ULLSTEIN

Das Buch

Auf das Erntedankfest freut sich ganz Turnham Malpas. Doch Lady Sheila Bissett, die schon immer die Vorbereitungen koordiniert, bricht sich das Bein und kann ihre Wohnung nicht verlassen. Das kommt ihrer ehrgeizigen Kontrahentin Grandmama Charter-Plackett, fünfundsiebzig und allgemein »die Herzogin« genannt, gerade recht. Scheinheilig um Sheilas Gesundheit besorgt, erschwindelt sie sich deren Unterlagen und ist nun bestens gerüstet, ihre Stelle einzunehmen. Doch ihr unschönes Vorgehen spricht sich schnell herum. Ein Teil der Dorfbewohner beschließt, die Herzogin zu boykottieren, was allerdings das Fest selbst in Gefahr bringt.
Und noch eine andere Angelegenheit beunruhigt die Gemüter: Georgie, die Frau des jähzornigen Gastwirtes Bryn, betrügt ganz offensichtlich ihren Mann mit dem Hobbykomiker Dicky. Der lässt keine Gelegenheit aus, um ihr seine Liebe zu beweisen, und hängt schließlich sogar ein Transparent an den Kirchturm, auf dem groß »Alles Gute zum Geburtstag, Georgie!« steht. Die Gemeinde ist empört und Pfarrer Peter Harris sieht sich gezwungen, Dicky zur Rede zu stellen – obwohl er wahrlich genug eigene Probleme hat …

Die Autorin

Rebecca Shaw besuchte eine koedukative Quäker-Schule und arbeitete danach als Lehrerin für Gehörlose. Nach ihrer Heirat widmete sie sich ganz der Erziehung ihrer vier Kinder. Als diese flügge wurden, fand sie Zeit zum Schreiben.

In unserem Hause sind von Rebecca Shaw bereits erschienen:

Das Dorffest
Dorfgeflüster
Dorfgeheimnisse
Dorfgespräch
Der neue Pfarrer

Rebecca Shaw

Der Dorfskandal

Roman

Aus dem Englischen
von Dietlind Kaiser

Ullstein

Besuchen Sie uns im Internet:
www.ullstein-taschenbuch.de

Umwelthinweis:
Dieses Buch wurde auf chlor- und säurefreiem Papier gedruckt.

Ullstein Verlag
Ullstein ist ein Verlag der Ullstein Buchverlage GmbH.
Deutsche Erstausgabe
1. Auflage Juli 2004

Published by arrangement with Shirley Crawshaw
Titel der englischen Originalausgabe: *Scandal in the village*
(Orion Books Ltd., London)
Übersetzung: Dietlind Kaiser
Redaktion: Elvira Willems
Umschlaggestaltung: Thomas Jarzina, Köln
Titelabbildung: Mauritius, Mittenwald
Gesetzt aus der Sabon, Linotype
Satz: KompetenzCenter, Mönchengladbach
Druck und Bindearbeiten: Ebner & Spiegel, Ulm
Printed in Germany
ISBN 3-548-25863-8

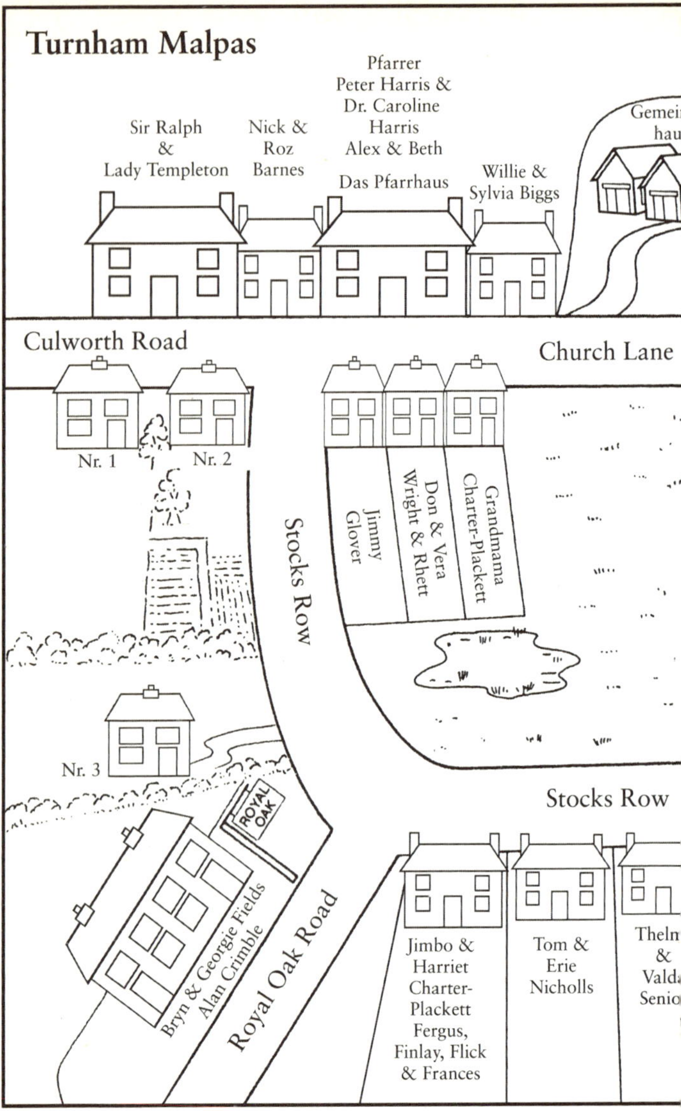

Turnham Malpas
Sir Ralph & Lady Templeton
Nick & Roz Barnes
Pfarrer Peter Harris & Dr. Caroline Harris Alex & Beth
Das Pfarrhaus
Willie & Sylvia Biggs
Culworth Road
Church Lane
Nr. 1
Nr. 2
Jimmy Glover
Don & Vera Wright & Rhett
Grandmama Charter-Plackett
Stocks Row
Nr. 3
ROYAL OAK
Stocks Row
Bryn & Georgie Fields Alan Crimble
Royal Oak Road
Jimbo & Harriet Charter-Plackett Fergus, Finlay, Flick & Frances
Tom & Erie Nicholls

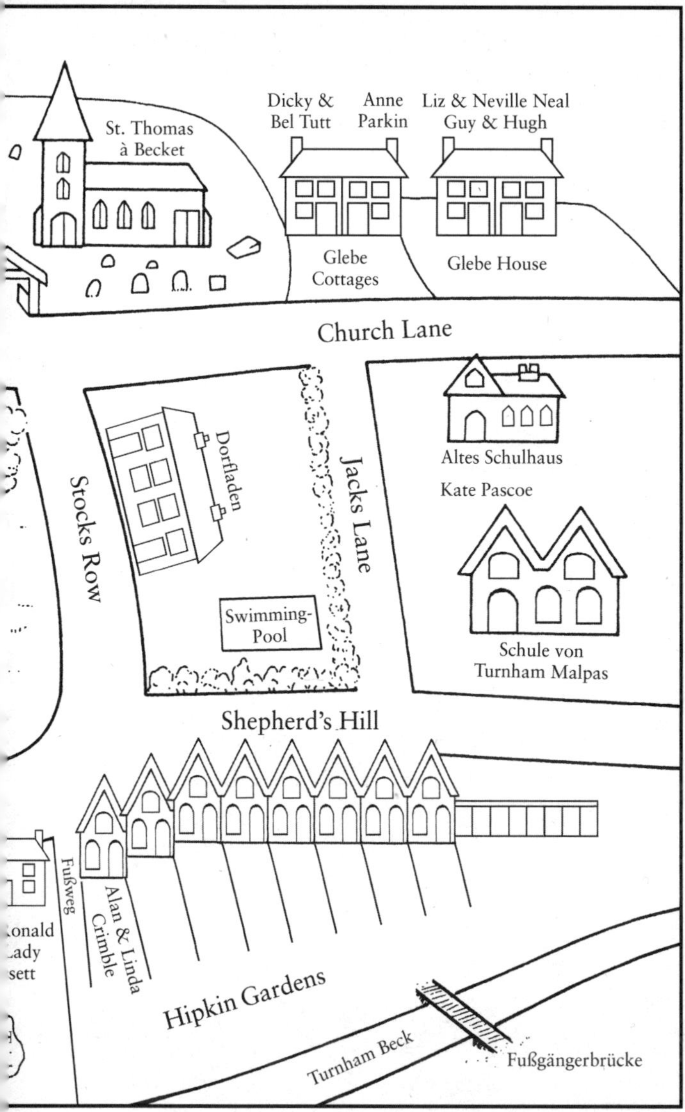
St. Thomas à Becket
Dicky & Bel Tutt
Anne Parkin
Liz & Neville Neal Guy & Hugh
Glebe Cottages
Glebe House
Church Lane
Dorfladen
Jacks Lane
Stocks Row
Swimming-Pool
Altes Schulhaus
Kate Pascoe
Schule von Turnham Malpas
Shepherd's Hill
Fußweg
Alan & Linda Crimble
Hipkin Gardens
Turnham Beck
Fußgängerbrücke

Die Bewohner von Turnham Malpas

Willie Biggs	Mesner von St. Thomas à Becket
Sylvia Biggs	Seine Frau und Haushälterin im Pfarrhaus
Sir Ronald Bissett	Pensionierter Gewerkschaftsführer
Lady Sheila Bissett	Seine Frau
James (Jimbo) Charter-Plackett	Besitzer des Dorfladens
Harriet Charter-Plackett	Seine Frau
Fergus, Finlay, Flick und Fran	Ihre Kinder
Katherine Charter-Plackett	Jimbos Mutter
Alan Crimble	Barkellner im Royal Oak
Linda Crimble	Seine Frau, Leiterin der Poststelle im Dorfladen
Bryn Fields	Wirt im Royal Oak
Georgie Fields	Seine Frau
H. Craddock Fitch	Besitzer von Turnham House
Jimmy Glover	Taxifahrer
Mrs. Jones	Dorfklatschmaul
Barry Jones	Ihr Sohn, Gutsschreiner
Pat Jones	Seine Frau

Dean und Michelle	Pats Kinder
Pfarrer Peter Harris, MA (Oxford)	Gemeindepfarrer
Dr. Caroline Harris	Seine Frau
Alex und Beth	Ihre Kinder
Jeremy Mayer	Verwalter von Turnham House
Venetia Mayer	Seine Frau
Kate Pascoe	Dorfschulrektorin
Sir Ralph Templeton	Pensionierter Diplomat
Lady Muriel Templeton	Seine Frau
Dicky Tutt	Pfadfinderführer
Bel Tutt	Schulhausmeisterin und Verkäuferin im Dorfladen
Don Wright	Mechaniker
Vera Wright	Putzfrau im Pflegeheim in Penny Fawcett
Rhett Wright	Ihr Enkel

1. Kapitel

»Wenn man vom Teufel spricht! Hier kommt er!« Georgie zapfte die Halbe zu Ende, reichte das Glas ihrem Gast und winkte Dicky zu.

Bryn schnaubte missbilligend. »Dicky Tutt! Soll das heißen, du hast ihn zum Probelauf herbestellt? Was versteht der schon vom Showbusiness?«

»Muss er doch gar nicht, er ist ein Naturtalent. Der geborene Komiker.«

Dicky kam schwungvoll zur Theke und bestellte sich etwas zu trinken. »Guten Abend allerseits! Wie üblich, bitte. Und wie geht's meiner Georgie heut Abend? Wie immer das blühende Leben und wunderschön.«

»Schmeichler!« Sie zapfte ihm seine Halbe und als er bezahlte, spürte Georgie, dass er ihr sanft die Finger drückte. Sie belohnte ihn mit einem umwerfenden Lächeln. »Heut Abend sind Sie ja in Hochform.«

»Natürlich. Kennen Sie den mit dem Hund mit zwei Schwänzen?«

Dicky legte mit besonderer Verve mit seiner Geschichte los, wusste er doch sehr genau, dass Bryn auf dem Quivive war, wenn es um ihn ging. Er hatte es in der Kunst, Bryn zu reizen, zur Perfektion gebracht, und er hatte ein schlechtes Gewissen, gleichzeitig stimulierte es ihn jedoch auch. Als Dicky zur Pointe kam, beugte sich Bryn über die Theke und wartete auf seine Gelegenheit, etwas zu sagen.

»Bilden Sie sich bloß keinen Moment lang ein, das hier wäre eine Kostümprobe für diese Lachnummer, die Georgie ausgeheckt hat ...«

Dicky tat unschuldig. »Was für eine Lachnummer?«

»Dieses Unterhaltungsprogramm, das freitags hier in der Bar steigen soll. Ich hab ein Machtwort dagegen gesprochen. Kommt nicht in Frage. Verstanden?«

»Okay. Okay. Mir ist beides recht. Ist mir doch egal.«

»Dann kommen Sie bloß nicht mit noch mehr Ideen für die Bar an, nie wieder.«

»Ich hab das nicht vorgeschlagen. Es war Georgies Idee.«

Georgie ging dazwischen. »Ehrlich, Bryn, das stimmt. Ich hab ihn drum gebeten. Ich glaub, du bist blöd. Wir können es doch mal ausprobieren und sehen, wie's läuft, oder?« Sie riss die schönen Augen weit auf und schaute zu Bryn hoch, um für ihren Plan zu plädieren. »Bitte, bloß einmal. Dicky wär ein guter Anfang. Bloß mal vorfühlen, eh? Wie wärs damit?«

Bryn zwirbelte seinen Schnurrbart und schaute in das hübsche Gesicht der Frau, die er seit zwanzig Jahren liebte. Er wollte ihr eine Freude machen, aber etwas, er wusste nicht, was, riet ihm, stur zu bleiben, und er brachte es nicht fertig, ihr den Gefallen zu tun. »Nein. Tut mir Leid. Senkt das Niveau.«

Dicky sah lächelnd zu Bryn auf. »Eh! Machen Sie mal halblang, meine Witze sind nicht dreckig.«

»Noch nicht, aber das könnte passieren, wenn Sie erst mal in Fahrt sind.«

»O nein, bestimmt nicht, ich erzähl keine anzüglichen Witze. Muss doch an meine Pfadfinder denken, eine Respektsperson für sie bleiben.«

»Wie auch immer, es spielt keine Rolle, ob's schmierige Witze sind, denn solange mein Name über der Pubtür steht, erzählen Sie die hier drin nicht. Die Lizenz läuft auf mich. Damit ist das Thema vom Tisch.«

Jimmy Glover, der ausnahmsweise allein trank, rief herüber: »Kommen Sie schon, Bryn, bringen Sie Stimmung in die Bude. Steigert den Umsatz, da hätten Sie doch bestimmt nichts dagegen?«

»Ich hätte nichts dagegen, den Umsatz zu steigern, Sorgen macht mir nur, wohin das führen könnte.«

Georgie und Dicky wechselten schnell einen Blick. Sie servierte einem Gast hastig einen Whisky, und als die Kasse klingelte, sagte Georgie: »Du brauchst dir keine Sorgen zu machen, es ist doch bloß ein Experiment, und Dicky ist bereit, es mal auszuprobieren. Er will nicht mal Geld dafür. Du weißt doch, wie alle auf seine Witze abfahren. Komm schon, Bryn, einen Versuch ist es wert. Hm?«

»Auf keinen Fall.« Bryn machte sich daran, Gläser abzutrocknen, und drehte ihr den Rücken zu.

Sie schaute Dicky an, schürzte den Mund und schüttelte den Kopf. Dicky begriff den Wink. Er stellte sich mit dem Rücken an die Theke und sah sich um. Jimmy war immer noch allein, und außer ihm und Jimmy waren nur drei Typen in der Bar. Es gab keinen Zweifel daran, dass das Pub eine neue Attraktion zur Belebung brauchen konnte.

Die Eingangstür ging auf, und Sir Ronald und Lady Bissett kamen mit ihrem kleinen Spitz herein.

»Abend, Sheila!«, rief Dicky ihnen zu. »Abend, Ron. Die Runde geht auf mich. Was möchten Sie trinken?«

Sheila strahlte zustimmend. Sie mochte Dicky, auch wenn er auf der gesellschaftlichen Leiter unter ihr stand, sie mochte ihn trotzdem. »Einen Gin Tonic bitte, Dicky. Wie geht es Ihnen?«

»Bestens, danke. Ron, was nehmen Sie?«

»Eine Halbe von Bryns ganz speziellem Bier, bitte.«

Dicky bestellte die Getränke bei Georgie, und die drei stellten sich an die Theke und sprachen über das Wetter. Sheilas Hund Pompon musste an der engen Leine geführt werden, weil er im Alter die schockierende Gewohnheit entwickelt hatte, die Zähne in die Wade der Menschen zu graben, die ihm missfielen, und häufig war Dicky das Opfer. Dicky wich ein Stück weiter zurück, als er in Pompons Brust ein leises Knurren hörte.

Sheila bückte sich und tätschelte den Hund. »Aber, aber, Pompon, das ist doch nur Dicky. Ich glaube, weil er nicht mehr so gut sieht wie früher, verwechselt er Füße mit Katzen.«

Dicky lachte leise. »Ach, wirklich. Dann gehe ich auf Abstand, wenn's recht ist!«

Ron, der in dem rotgelben Tweedanzug, von dem Sheila hartnäckig behauptete, er sehe darin aus wie ein englischer Gutsherr, immer stärker schwitzte, brachte ahnungslos ein Thema zur Sprache, das Dicky am Herzen lag. »Neulich hab ich an Sie gedacht, Dicky. Hab in der Zeitung einen Artikel darüber gelesen, wie es heutzutage in erfolgreichen Clubs zugeht, in Clubs für Arbeiter und so. Das sind jetzt die Orte, an denen Talentsucher fündig werden. Dort treten an den Wochenenden Alleinunterhalter auf – natürlich kriegen die großen Clubs die Leute mit den großen Namen, aber es heißt, die kleineren Clubs sind sehr gut für den Anfang. In dem Artikel wurden ein paar Komiker und Sänger genannt, für die kleinere Clubs das Sprungbrett zum Erfolg waren. Da habe ich an Sie und Ihre Witze gedacht. Ich bin mir sicher, Sie würden prima ankommen. Ich lache immer noch über den, den Sie uns erzählt haben, mit den …«

Bryn stach mit einem scharfen Finger gegen Rons Schulterblatt. »Weiß nicht, ob das so eine Art Verschwörung ist, aber machen Sie ihm nicht auch noch Mut, wenn ich bitten darf. Ich dulde so was nicht, und das ist mein letztes Wort.«

Sir Ronald, überrascht über einen derartigen Körpertreffer,

fragte Bryn, warum er so verärgert sei; er habe doch nur erwähnt …

Sheila, die spürte, dass sich ein Riesenkrach zusammenbraute, und wusste, dass wenig Verlass darauf war, dass Ron sich so taktvoll verhielt wie sie, unterbrach Ron und sagte: »Hoffen wir, dass das gute Wetter bis zum Erntedankfest hält. Wir haben so viel Mühe hineingesteckt, und schlechtes Wetter schreckt die Leute ab.«

Dicky prostete Sheila zu. »In diesem Punkt kann ich Sie nur bewundern, Sheila. Jedes Jahr denke ich, besser kann die Kirche gar nicht mehr aussehen, und treff mich der Schlag, im nächsten Jahr sieht sie noch besser aus. Sie sind schon immer auf wunderbare Ideen gekommen, und ich zweifle nicht daran, dass die Kirche noch prächtiger geschmückt sein wird als letztes Jahr.«

Sheila strahlte vor Freude. »Oh, danke. Eigentlich ist das alles Teamarbeit, meine Ausschussmitglieder sind sehr begabt, glauben Sie mir. Wissen Sie, Sie sind wirklich ein ganz reizender Mann.« Sie klopfte mit einem lackierten Fingernagel gegen Dickys Ärmel. »So was von reizend, ihre Bel hat recht daran getan, sich Sie zu angeln. Ehrlich gesagt, wenn Sie nicht schon vergeben wären, könnte ich mir …«

Ron biss sich fest wie ein Terrier an einem Knochen. »Bryn! Entschuldigung! Hab Sie nicht kränken wollen, obwohl ich nicht weiß, womit ich Sie gekränkt habe. Ich hab doch bloß …«

»Bitte vielmals um Entschuldigung. Es ist nur so, dass Georgie an den Freitagabenden hier ein Unterhaltungsprogramm veranstalten will, und ich bin dagegen. Ich hab gedacht, Sie wollten ihr Mut machen.«

Ron schlug vor Vergnügen auf die Theke. »Aber das ist doch seine Chance. Dicky würde das hervorragend machen. Der richtige Mann für so etwas. Sie würden doch auftreten, oder?«

Dicky stellte sich taub auf Rons Frage. Pompon, der den Verdacht hegte, Dickys Schuh schleiche sich an ihn heran und habe genau die hellbraune Farbe der Katze namens Chivers, machte einen Satz und schnappte nach Dickys Knöchel. Dabei riss er so an Sheilas Arm, dass diese das Gleichgewicht verlor. Ihr Glas löste sich aus ihrem Griff und wurde in die Luft geschleudert. Sheila versuchte, es aufzufangen. Als Dicky dem Gin ausweichen wollte, der sich über sein Jackett ergoss, schnappte Pompon wieder nach Dickys Knöchel. Sheila haschte erneut nach dem Glas, Pompon schnappte noch einmal zu, und Sheila ging zu Boden. Ihr Fuß rutschte zwischen die Fußstütze aus Messing und die Theke, und alle hörten den Knochen knacken, als Sheila landete, den Fuß hinter der Stange eingeklemmt, auf die sie ihn eben noch gestützt hatte. Dicky konnte gerade noch verhindern, dass er auf Sheila fiel, und Pompon jaulte, weil Sheilas Hinterteil ihn fast platt gedrückt hätte.

Ron versuchte, ihr hochzuhelfen. Georgie stürzte hinter der Theke hervor und rief: »Nicht bewegen! Ich bin mir sicher, dass sie sich etwas gebrochen hat.«

Sheila weinte vor Schmerz und Schock. Pompon kroch unter den nächsten Tisch. Dicky ging neben Sheila in die Knie und legte den Arm um sie. »Sachte, sachte, rühren Sie sich nicht. Nur eine Weile, ja, ich weiß, das ist unbequem, aber halten Sie still, bis Sie wissen, wie Sie sich fühlen, dann heben wir Sie hoch.«

»Oh, Dicky! Sie haben ja keine Ahnung, wie weh das tut. Was soll ich bloß machen?«

»Im Augenblick gar nichts. Dann heben Bryn und Ihr Ron Sie auf einen Stuhl, die beiden sind nämlich kräftiger als ich. Ich fürchte, es ist Ihr Bein. Es hat nach einem Bruch geklungen.«

»Es ist bestimmt gebrochen. Das hat mir gerade noch gefehlt. In der Woche vor dem Erntedank…«

»Aber, aber. Regen Sie sich bloß deshalb nicht auf. Das ist

im Moment Ihre geringste Sorge. Bryn, könnten Sie bitte kommen und helfen?«

Bryn umrundete die Theke und schob sich zwischen den Gästen durch. Er musterte Sheila besorgt, packte sie unter den Achseln, hievte sie sehr, sehr behutsam hoch und lehnte sie gegen die Theke. Sheila war aschfahl und schwitzte vor Schmerz, kam sich aber nicht mehr ganz so lächerlich vor wie auf dem Boden. Sie stützte das verletzte Bein ab. Vor Schmerz lief ihr der Schweiß über das Kinn.

»Gott, Ron! Ich fühl mich scheußlich ...« Sheila versagte die Stimme, und sie wurde ohnmächtig. Bryn fing sie mit Rons Hilfe auf.

»Holt Dr. Harris, und zwar schnell!«, rief Bryn.

Jimmy meldete sich freiwillig. Er klopfte laut gegen die Pfarrhaustür. Als sie aufging, stand Peter da und schaute auf Jimmy hinunter.

»Herr Pfarrer! Tut mir Leid, Sie so spät zu stören, aber Ihre Frau Gemahlin wird gebraucht. Sheila Bissett ist schlimm gestürzt, wir glauben, sie hat sich das Bein gebrochen, und jetzt ist sie ohnmächtig geworden.«

»Du meine Güte. Ja, natürlich.« Er wandte sich von der Tür ab und rief lauthals: »Caroline! Ein Notfall. Kannst du kommen?«

Caroline kam aus der Küche zur Tür gestürzt. »Pst! Du weckst ja die Kinder! Oh, hallo, Jimmy, was ist denn los?«

Caroline machte immer Eindruck auf Jimmy. Mit ihrer fröhlichen Kompetenz und ihrem strahlenden Lächeln hob sie stets seine Lebensgeister, und ihr kurzes, dunkles, lockiges Haar und ihre helle Haut erinnerten ihn an ...

»Erklär ich Ihnen unterwegs. Ich bring sie Ihnen im Handumdrehen wieder, Herr Pfarrer.«

Als Caroline in die Bar kam, war Sheila wieder bei Bewusstsein, sie saß auf einem Stuhl.

»Oh, Dr. Harris! Wie nett, dass Sie gekommen sind. Man hätte Sie nicht behelligen dürfen!«

»Doch, natürlich. Lassen Sie mich nachschauen.« Sehr, sehr vorsichtig befühlte Caroline Sheilas Bein. Sheila zuckte mehrmals zusammen. »Tut mir Leid, dass ich Ihnen wehtue. Wenn ich mich nicht gewaltig irre, ist es nicht nur verstaucht, sondern eindeutig gebrochen. Sie müssen leider ins Krankenhaus, Sheila.«

Sheila legte die Hand auf Carolines Schulter. »Das hab ich mir schon halb gedacht. Es ist unglaublich schmerzhaft.« Zwei dicke Tränen rollten ihr über die molligen Wangen. »Ich muss sehr tapfer sein, nicht wahr?«

Caroline lächelte und tätschelte ihr den Arm. »Ja, aber Sie sind doch sowieso eine tapfere Frau.« Caroline stand auf. »Sir Ronald, wenn wir Sheila in Ihr Auto helfen, könnten Sie dann …? Wenn Sie fahren, geht das schneller, als wenn wir auf den Krankenwagen warten.«

»Ja, ja, natürlich. Ich hole das Auto sofort. Ich bring dir die alte Decke mit, Sheila, damit du warm bleibst. Der Schock und so.«

Sie funkelte ihn bedeutungsschwanger an und sagte: »Du meinst den Überwurf im Auto, stimmt's, Ron?«

Er begriff und sagte: »Ja, natürlich, den Überwurf im Auto. Der mit dem Tartanmuster.«

»Den mit dem Royal-Stuart-Tartanmuster«, rief Sheila ihm schwach hinterher, als er hinauseilte. »Und meine Handtasche …«

Pompon jaulte unter dem Tisch. »Oh, Ron hat Pompon vergessen. Ich weiß überhaupt nicht mehr, was ich tun soll. Das ist alles zu viel. Oh! Die Schmerzen.«

»Keine Sorge, ich nehme ihn mit ins Pfarrhaus. Er kann in Mimis altem Körbchen schlafen. Sir Ronald kann ihn morgen früh abholen. Nein, wir machen das anders, es ist besser, wenn ich den Hund vorbeibringe und nach Ihnen sehe. Machen Sie sich jetzt bitte keine Sorgen um Pompon, ich werd ihn maßlos verwöhnen.«

Sheilas Unterlippe bebte. »In solchen Augenblicken lernt man seine Freunde kennen, stimmt's? Aber ich werd wochenlang ein Gipsbein haben, und es ist doch bald Erntedankfest. Ich kann den Pfarrer nicht im Stich lassen.«

Caroline schaute in Sheilas von Tränen verflecktes Gesicht und vergaß alle Streitereien mit ihr. Sie empfand nur noch Mitleid mit Sheila. »Machen Sie sich nur keine Sorgen. Sie haben das alles wunderbar geplant, und wir halten uns einfach genau daran. Denken Sie im Moment nur an sich. Da kommt das Auto. Sie bekommen ein Schmerzmittel, und Sie werden überrascht sein, wie viel besser Sie sich fühlen, wenn der Bruch erst mal eingerichtet ist.«

Ron und Bryn hielten sich an den Händen, und Sheila durfte sich auf ihre Arme setzen, damit sie sie ins Auto bringen konnten, wobei sie fast wieder ohnmächtig geworden wäre. Caroline beugte sich zu ihr hinunter. Sie packte sie in den Überwurf und sagte: »Versprechen Sie mir, dass Sie sich keine Sorgen um Pompon machen. Ich rufe in der Notaufnahme an und sage Bescheid. Behüt Sie Gott.«

Pompon ließ sich nur widerstrebend ins Pfarrhaus bringen, er bremste mit den Pfoten und protestierte bei jedem Schritt.

»Jetzt komm schon. Sheila ist tapfer, da musst du es auch sein. Stell dich nicht so an.« Aus ihrem energischen Ton schloss Pompon, es sei wohl besser nachzugeben, und folgte Caroline lammfromm.

Caroline steckte den Schlüssel ins Schloss, komplimentierte Pompon forsch ins Haus, schloss hinter sich ab und rief: »Peter! Ich habe Pompon dabei, sei bitte auf der Hut!«

Er kam aus dem Arbeitszimmer und stieß in dem Versuch,

Pompon die Rachegelüste auszutreiben, leise Schnalzlaute aus.

»Ich halte ihn noch eine Weile an der Leine, für alle Fälle.«

»Sheilas Bein ist also gebrochen?«

»Oh, eindeutig. Ron bringt sie gerade ins Krankenhaus. Ich glaube, es ist ein böser Bruch. Die Arme.«

»Normalerweise hast du kein Mitgefühl mit ihr.«

»Heute Abend schon. Sie hat schreckliche Schmerzen. Nein, Pompon, benimm dich!«

Peter bückte sich und hielt dem Hund seine Hand hin, die Pompon sanft beschnüffelte.

Triumphierend sagte Caroline: »Da siehst du es, er braucht nur eine feste Hand. So, junger Mann, ich hole jetzt das alte Katzenbettchen, und du darfst in der Küche schlafen. Mach bloß kein Theater.«

Als sie den Hund ins Körbchen gepackt, die Katzen beruhigt, abgeschlossen und ihre Teetassen ans Bett gebracht hatten, war es halb zwölf.

Peter saß lesend im Bett, als Caroline aus dem Bad kam und bemerkte: »Heute bin ich völlig erschöpft.«

»Ehrlich gesagt, siehst du schon eine Zeit lang nicht gut aus.« Peter schlug das Buch zu und legte es auf den Nachttisch. »Meinst du, dass du dich überanstrengst? Die Praxis und so und Sylvias kürzere Arbeitszeit?«

»Nein, auf keinen Fall«, fuhr Caroline ihn an. »Mir fehlt nichts. Ich hab im Moment bloß zu viel zu tun.«

Peter entschuldigte sich. »Tut mir Leid, aber du verstehst, was ich meine. Normalerweise fährst du mich nicht so an.«

»Da hast du Recht«, sagte Caroline reuig. »Ich muss mich bei dir entschuldigen. Hab einfach eine schlimme Woche hinter mir.« Sie stieg ins Bett und rutschte hinüber in die Geborgenheit seiner Arme. »Ich liebe dich, aber du darfst mich wirklich nicht in Watte packen. Ich bin inzwischen erwachsen, weißt du.« Sie schmiegte ihr Gesicht an seines und fuhr ihm mit der Zungenspitze über die Lippen. »Du bist ein schöner Mann, weißt du das? Alles an dir ist schön, deine Einsneunzig, dein rotblondes Haar, die blauen Augen, der frische Teint. Alles miteinander.«

»Danke«, sagte er bescheiden.

»Du siehst viel besser aus, als dir zusteht.«

»Nochmals danke«, sagte er, noch bescheidener.

Caroline lachte. »Und?«

»Und was?«

»Was hast du über mich zu sagen?«

»Dass du schön an Leib, Seele und Geist bist und bis zum Gehtnichtmehr zu mir passt. Ich möchte dich gegen nichts in der Welt eintauschen.«

»Das ist nicht sehr romantisch!«

»Mir kam's nicht so vor, als ob du in romantischer Stimmung wärst. Bist du schon seit Wochen nicht mehr gewesen. Allmählich frage ich mich, warum.«

Caroline drehte sich von ihm weg, zog sich die Decke bis zum Kinn und sagte: »Ich schlafe jetzt, also sag ich gute Nacht.«

»Dann gute Nacht, mein Schatz.« Er machte eine Pause und sprach dann weiter. »Falls du dir nichts mehr aus mir machst, möchte ich das gerne wissen.«

»So stimmt das nicht, ich bin, wie gesagt, nur müde.«

Peter beugte sich nachdenklich über sie und küsste sie auf die Wange. »Gott segne dich.«

»Dich auch.«

Peter drehte sich von ihr weg, und sie lagen eine Weile schweigend Rücken an Rücken, sodass er die Tränen nicht sah, die Caroline in die Augen stiegen und lautlos auf ihr Kissen rollten. Sie wischte sie zornig weg, aber sie wollten nicht versiegen. Als der Tränenfluss sich schließlich erschöpft hatte, sagte sie: »Ich liebe dich, das weißt du doch, oder? Auf immer und ewig, ganz gleich, was kommt. Du liebst mich auch, oder? Liebst mich wirklich?«

»Und ob. Ich sage dir das jeden Tag, und es ist mein Ernst. Gute Nacht, Liebste.«

»Gute Nacht, Liebling. Wenn ich die Kinder in die Schule gebracht habe, gehe ich gleich zu Sheila. Ich nehme an, sie wird sich fürchterlich Leid tun.«

»Allerdings. Die Arme. Es ist kein Vergnügen, sich in ihrem Alter ein Bein zu brechen.«

»Da hast du Recht. Es ist kein Vergnügen.«

Wie durch Gedankenübertragung wussten die meisten Mütter am Schultor über Sheilas Sturz Bescheid und erkundigten sich bei Caroline, wie es Sheila gehe.

»Gestern Abend hatte sie furchtbar starke Schmerzen, aber heute Morgen habe ich noch nichts von ihr gehört. Ich gehe gleich zu ihr.«

»Liebe Grüße von uns. Sie ist zwar eine alte Schachtel und obendrein tyrannisch, aber jetzt muss sie einem einfach Leid tun, stimmt's?«

Caroline lachte und pflichtete den Frauen bei. »Beim Erntedankfest wird sie nicht viel tun können, also müssen wir alle ihr zuliebe mit anpacken.«

»Machen wir, Sie brauchen es uns bloß zu sagen.«

»Wunderbar, danke.«

Mit Pompon im Schlepptau klopfte Caroline an Sheilas Tür.

Ron machte auf und bat sie herein. Pompon hatte total vergessen, dass Caroline ihn in der Stunde der Not mit liebevoller Fürsorge überschüttet hatte. Er sprang voller Aufregung über seine Heimkehr herum und machte sich auf die Suche nach Sheila.

Sie saß in einem Sessel, noch im Morgenrock mit passendem Nachthemd, und das gebrochene Bein, jetzt eingegipst, lag auf einem Schemel mit Gobelinbezug. Pompon sprang an Sheila hoch und wollte ihr zur Begrüßung das Gesicht lecken.

»Runter, Pompon, runter, sag ich. Oh, Ron, ich halt das nicht aus, schaff ihn weg. Lass ihn nicht an mein Bei-ei-ein. Ohhhh!«

Als Ron den Hund in die Küche gesperrt hatte, fragte Caroline, wie es Sheila im Krankenhaus ergangen sei.

»Es war grauenhaft, obwohl sie sich große Mühe gegeben haben, wir sind gegen eins nach Hause gekommen, und ich habe nicht viel geschlafen, muss aber sagen, dass ich mich heute Morgen ein bisschen besser fühle, vielen Dank.«

»Ich hab gedacht, Sie wären im Bett.«

»Ich halt's im Bett nicht aus. So langweilig. Kein Fernsehen, überhaupt nichts zu sehen. Ich hab gedacht, unten fühl ich mich wohler.«

»Bestimmt. Ich hab gestern Abend zu Ihnen gesagt, dass Sie tapfer sind, und das sind Sie auch, wissen Sie.«

»Mir ist dauernd zum Heulen. Wegen jeder Kleinigkeit.«

»Natürlich.«

»Weil Sie angerufen hatten, hab ich eine VIP-Behandlung gekriegt. Vielen herzlichen Dank.«

»Gern geschehen. Das Mindeste, was ich tun konnte. Machen Sie sich um gar nichts Sorgen. Ich richte alles aus, was Sie zu sagen haben, und dann kann Sir Ronald sich ausschließlich um Sie kümmern.«

»Das ist überaus nett. Wir haben über den Schmuck für das Erntedankfest gesprochen. Ich weiß einfach nicht, was ich dazu sagen soll. Ich kann mir nicht vorstellen, wie ich helfen soll.« Tränen stiegen Sheila in die Augen. »Es ist nicht fair, dass das ausgerechnet jetzt passieren muss. Zu einem für mich so wichtigen Zeitpunkt im Jahr.«

»Sagen Sie nichts mehr dazu. Ich mobilisiere alle, wir werden schon bestens zurechtkommen. Sie haben den Aktendeckel mit Plänen?«

»O ja, aber ich …«

»Ich weiß, Sie geben ihn ungern aus der Hand, das ist absolut verständlich. Am Samstag legen Sie sich den Aktendeckel auf den Schoß und geben uns Anweisungen, und wir machen die ganze Arbeit. Bestimmt springen alle ein, Sie werden schon sehen. Ich muss heute nicht in die Praxis, deshalb schicke ich Willie auf den Dachboden im Gemeindehaus, damit er mir die Schachteln mit den Sachen holt, und morgen Abend bei der Ausschusssitzung stauben wir alles gründlich ab und sehen es durch, reparieren alles, was es nötig hat …«

»Ich bezweifle, dass ich kommen kann. Ron spricht morgen Nachmittag bei einer Fortbildungsveranstaltung für Gewerkschafter in Birmingham, deshalb …«

»Es ist ausgeschlossen, dass Sie es allein schaffen. Soll ich …?«

»Nein, bitte, Sie haben genug am Hals, und Sie waren schon viel zu nett, nein, die Kinder … ich meine Louise und den lieben Gilbert, sie kommen, kochen mir was zu essen und machen mich für den Abend zurecht. Ron kommt zurück, bevor es Schlafenszeit ist, die Tagung geht nur bis zum frühen Abend.«

»Sind Sie sicher? Denn ich kann …«

»Völlig sicher. Zwei Maispüppchen müssen ausgebessert werden, ich bin nie dazu gekommen, und Sie wissen doch noch, dass wir immer …«

Sie hörten die Türklingel und Ron, der hinging. Durch die offene Wohnzimmertür war der befehlshaberische Ton von Grandmama Charter-Plackett zu vernehmen, die wissen wollte, ob sie helfen könne.

Sheila schrumpfte sichtlich im Sessel. Caroline zog verzweifelt die Augenbrauen hoch.

Ron versuchte, Grandmama an der Haustür abzuwimmeln, aber davon wollte sie nichts hören. »Ich muss ins Haus. Ich weiß, wie gewissenhaft Sheila ist, und ich bin hier, um ihr die Sorgen abzunehmen. Liegt sie im Bett?« Ohne eine Antwort abzuwarten, ging sie auf die Treppe zu.

»Ich bin hier, erste Tür rechts«, rief Sheila mit bebender Stimme.

Grandmama stand auf der Schwelle und musterte die Szene im Wohnzimmer. Sie war eine stolze, autokratische Frau in den Siebzigern, wie üblich bis ins letzte Detail in adretter Eleganz gekleidet, das Haar zu starren Wellen und Locken frisiert. Sie begrüßte die beiden Frauen mit einem Nicken. »Guten Morgen, Caroline, Sheila. So, wie ist der Stand der Dinge? Ich habe mit großem Bedauern von Ihrem Sturz erfahren. Ich habe gehört, Sie hätten sich beide Beine und einen Arm gebrochen. Offensichtlich ist das nicht der Fall.«

Sheila antwortete mit zittriger Stimme. »O nein. Nur ein Bein.«

»Ist es eine Qual, meine Liebe? Natürlich, es muss eine Qual sein. Ich habe mir nie etwas gebrochen, aber ich bin mir sicher, dass es furchtbar schmerzhaft ist. Ich bin hier, um Ihnen meine Dienste anzubieten. Sie braucht sich nicht die geringsten Sorgen zu machen, stimmt's, Caroline?« Ehe Caroline noch antworten konnte, preschte Grandmama mit ihrem Hilfsangebot weiter vor. »Kaffee! Ja, Kaffee. Die Küche, ich koche ihn.« Sie wedelte mit den Händen in Richtung Ronald. »Nein, nein, Sie haben genug zu tun, mit dem Hund, mit dem Haus und mit dem Einkaufen. Ich koche Kaffee für uns alle. Sie bleiben doch nicht, Caroline, oder? Ich nehme an, Sie haben viel Arbeit. War der Hund schon draußen, Sir Ronald?«

Ihm blieb nur Zeit, den Kopf zu schütteln, bevor Grandmama sagte: »Wenn das so ist, gehen Sie mit dem Hund, solange ich hier bin, dann ist Sheila nicht allein. Zucker, Sheila?«

»Ja, bitte.«

Ronald eilte mit Pompon hinaus, dankbar, dass er einen Grund hatte, Grandmama zu entkommen. Caroline sah Sheila an, verzog das Gesicht und sagte dann laut: »Ich gehe jetzt.« Sie beugte sich über Sheilas Sessel und flüsterte: »Keine Sorge wegen morgen Abend, wir kümmern uns um alles. Sie bleiben hier und ruhen sich aus, okay?«

»Sind Sie sicher?«

»Ja.« An der Tür rief Caroline: »Dann auf Wiedersehen. Ich komme morgen vorbei. Ich gehe, Mrs. Charter-Plackett.«

»Gut, überlassen Sie nur alles mir, und grüßen Sie den Pfarrer!«

2. Kapitel

Sheilas Unfall war das Hauptgesprächsthema im Laden gewesen, und sobald sie davon hörte, beschloss Grandmama Charter-Plackett, in die Bresche zu springen. Wenn so eine gewöhnliche Frau wie Sheila Bissett nicht in der Lage war, das Erntedankfest zu organisieren, würde sie es eben tun. Schließlich ging es nur um ein bisschen Blumenschmuck, das konnte doch jeder Schwachkopf. Sie hatte ihre Einkäufe nach Hause gebracht und verstaut, daran gedacht, sich im Spiegel im winzigen Flur zu mustern, hatte die Blumen, die Harriet ihr erst vor zwei Tagen geschenkt hatte, in frisches Papier eingewickelt und war zu Sheilas Haus marschiert.

Auf dem Weg durch die Anlage hatte sie ihre Strategie geplant. Am Anfang war Mitgefühl die beste Taktik. Dann konnte sie dazu übergehen, »falls«, »aber« und »natürlich« zu sagen, und ehe sie sich's versah, hatte sie die Leitung des Ganzen. Sie durfte nur nicht allzu erpicht darauf wirken. Das Gebimmel von Sheilas Türglocke hatte an ihren Nerven gezerrt. Manche Leute hatten keinen Geschmack. Grandmama war Ron ins Haus gefolgt und beim Anblick des Dekors zusammengezuckt. Also ehrlich, überall Kunstblumen, nicht zu fassen. Sie hätte ihren letzten Shilling darauf verwettet, dass die Ersatzrolle Klopapier in der Erdgeschosstoilette in einer Spitzenhülle steckte. Sie stand vor einer leicht lösbaren Aufgabe, jedenfalls für sie. Mit einer Tasse Kaffee würde sie sich den Weg ebnen.

Während das Wasser kochte, trieb sie eine Vase auf und ordnete die Blumen fantasievoll an. Sie brachte sie ins Wohnzimmer und sagte zu Sheila: »Die habe ich Ihnen mitgebracht, es geht doch nichts über … frische Blumen, stimmt's?«

Sie hielt Sheila die Blumen hin und beobachtete, wie Sheila daran roch. »Sie duften himmlisch. Vielen herzlichen Dank. Wie nett von Ihnen. Ron … Ronald hat nicht viel Ahnung von Blumen.«

»Wie Sie wissen, gehört zum Arrangieren von Blumen viel Geschick. Ich stelle sie auf den niedrigen Tisch dort. Der Kaffee ist gleich fertig.« Sie schnippte Sheila mit den Fingern zu und ging in die Küche. Im Geist rieb sie sich bereits die Hände und beglückwünschte sich dazu, wie gut alles lief. Sie hatte Sheilas wunden Punkt getroffen, das hatte sie gemerkt.

Grandmama brachte den Kaffee ins Wohnzimmer, stellte ihn auf den kleinsten der vielen Stilmöbeltische, und als sie sich gesetzt hatte und im Sessel zurücklehnte, plauderte sie über dies und das und kam allmählich darauf zu sprechen, wie behindert Sheila in den nächsten Wochen sein würde.

»Sie sagen, dass der Gips mindestens sechs Wochen lang dranbleiben muss.«

»Du meine Güte. Dann wird er frühestens Ende Oktober abgenommen.«

»Leider ja. Es ist so ärgerlich. Ron … Ronald und ich wollten in vierzehn Tagen mit dem Eurostar nach Brüssel fahren, gleich nach dem Erntedankfest, das müssen wir wohl absagen. Das würde ich nicht schaffen. Aber mit ein paar Planungsänderungen kann ich wenigstens die Vorbereitungen für das Erntedankfest in die Wege leiten. Es kommt so ungelegen, weil es doch einer der Höhepunkte in meinem Floristenjahr ist.«

»Das soll doch nicht etwa heißen, dass Sie zusätzlich zu Ihren vielen anderen Aufgaben auch noch beim Erntedankfest helfen wollen?«

»Ich organisiere es!«

»Oh! Davon hatte ich keine Ahnung. Aber ich hätte es mir denken können, weil Sie doch bei jeder Gelegenheit etwas mit Blumen zu tun haben. Ich war ja letztes Jahr nicht hier. Was werden Sie denn da bloß machen? Wie werden die Leute ohne Sie zurechtkommen?«

Sheila stellte die Tasse ab und sagte: »Keine Sorge. Ich habe alles geplant. Louise, Sie kennen doch meine verheiratete Tochter ...«

»Nein, ich hatte noch nicht das Vergnügen.«

»Sie müssen sie schon im Dorf gesehen haben, sie ist mit Gilbert verheiratet, dem Chorleiter.«

»Oh, natürlich, das ist also Ihre Tochter. Das habe ich nicht gewusst.«

»Letztes Jahr hat sie jedenfalls alle Einzelheiten für mich in ihrem Computer gespeichert und mir einfach alles ausgedruckt. Mit ein paar kleinen Änderungen habe ich alles im Griff. Ron kann mich zur Kirche fahren, und ich beaufsichtige alles von der ersten Bank aus.«

Grandmama schüttelte voller Bewunderung den Kopf. »Das ist ja ungeheuer tapfer von Ihnen. Ein Opfer, das bei weitem über die Pflichterfüllung hinausgeht.«

Sheila machte ein verwirrtes Gesicht. »Bei weitem hinausgeht ... Ich versteh das nicht ganz.«

»Menschen wie Sie, die solche Opfer bringen, sind der Rückhalt des Dorflebens.«

Sheila strahlte vor Freude. »Oh, das stimmt, wenn es um Blumen geht. Ich habe die Wettbewerbszelte bei den drei letzten Dorffesten organisiert, dieses Jahr, letztes Jahr und im Jahr davor, beim ersten Mal, da war es am schwierigsten. Es war jedes Mal ein rauschender Erfolg. Glauben Sie mir, dagegen ist der Blumenschmuck beim Erntedankfest ein Klacks. Wirklich ein Klacks.«

Grandmama merkte, dass diese Nuss schwerer zu knacken war, als es zunächst den Anschein gehabt hatte. »Ein Sturz wie Ihrer ist ein furchtbarer Schock für das ganze System, wissen Sie. Ihnen ist doch klar, dass Sie immer noch unter Schock stehen.«

»So?«

»O ja. Es kann sogar die Nerven sehr stark gefährden, wenn Sie sich abquälen, obwohl Sie eigentlich Ruhe bräuchten. Ein Knochenbruch ist genauso schwer zu verkraften wie eine größere Operation. Und was hätten die Ärzte nach einer größeren Operation zu Ihnen gesagt? Ich weiß es. Ruhe, völlige Ruhe, keinerlei Aufregungen.« Grandmama nickte nach dem Abschuss dieser Salve weise. Sie schien ihre Wirkung auf Sheila nicht zu verfehlen. »Es ist wie bei einer Grippe. Wenn Sie zu früh aufstehen, liegen Sie schnell wieder im Bett. So etwas zehrt an den Kräften.«

»So muss es wohl sein. Ich habe mich ein bisschen seltsam gefühlt.«

Triumphierend sagte Grandmama: »Was habe ich Ihnen gesagt?«

»Vielleicht will ich zu tapfer sein.«

»Genau, aber schließlich liegt das in Ihrer Natur, stimmt's? Sie haben die Art von Mumm, den wir im Krieg gebraucht haben.«

»Ich kann mich kaum an den Krieg erinnern, ich war noch zu klein.«

Die Erwiderung kam eine Spur zu hastig. »O ja, natürlich, ich auch, aber meine Mutter hat mir davon erzählt.«

Eine Pause entstand, in der Grandmama ihren Schlachtplan änderte. Sheila verlagerte unbehaglich das Gewicht im Sessel, und ihre Besucherin betrachtete voller Bewunderung das Bild über dem Kamin.

»Was für ein wunderbares Bild. Wer hat es gemalt?«

»Ich weiß nicht, wer der Künstler war, es war ein Abschiedsgeschenk von der Gewerkschaft, als Ron ...ald in Pension ging. Er ist sehr gut getroffen, nicht wahr?«

»Sehr gut. Der Maler hat seine ... *Stärke* eingefangen. Ich bewundere Stärke bei einem Mann.« In Wahrheit hielt sie das Porträt für hölzern, ohne die Spur einer Ähnlichkeit mit dem Mann, aber Leute wie Sheila legten so viel Wert auf solche Dinge. »Diese Liste, die ... Louise, richtig? ... mit dem Computer für Sie erstellt hat, meinen Sie, dass noch jemand einen Blick darauf werfen sollte, Sie wissen schon, nur für den Fall, dass Sie nicht in der Lage sind, das alles so gut zu bewältigen wie sonst? Ich will mich ja nicht einmischen, aber die Show muss weitergehen, wie man so sagt, und vielleicht wäre eine Zweitbesetzung ganz nützlich. Was meinen Sie? Ich bin die Letzte, die mitmischt, wenn es unerwünscht ist, und natürlich ist Ihr Wort Befehl. Sie haben ja so viel Erfahrung.«

Sheila, inzwischen überwältigt von Grandmamas Argumenten und überhaupt nicht in der Lage, wie sonst für sich einzutreten, spürte allmählich, dass sie schwach wurde. Wenn Grandmama einen Blick auf die Liste warf, hieß das noch lange nicht, dass sie die Leitung übernahm, oder?

»Die Liste ist in dem Aktendeckel mit der Aufschrift ›Erntedankfest‹, dort in der untersten Kommodenschublade.«

Grandmama kam aus dem Sessel hoch und hatte das Zimmer durchquert, ehe Sheila zu Ende gesprochen hatte. Sie hielt den Aktendeckel mit andächtiger Miene hoch, als wäre er die teure Neuerwerbung eines großen Museums. »Das hätten wir. Ich spüle die Tassen, und dann lasse ich Sie in Frieden, damit Sie ein bisschen Schlaf bekommen. Das Studium der Liste hat Vorrang für mich. Gemeinsam bekommen wir das schon hin. Wir können doch den Pfarrer nicht im Stich lassen, oder?«

Als sie ging, sagte Grandmama: »Machen Sie sich nur keine Sorgen. Ich habe Menschen wie Sie gekannt, die sich für alle anderen die Finger wund arbeiten, ohne einen Gedanken an sich selbst zu verschwenden. Jetzt denkt zur Abwechslung mal jemand an *Sie.*« Grandmama tätschelte Sheila den Arm und fuhr fort: »Nein, stehen Sie nicht auf. Typisch für Sie, Sie denken immer an andere. Ich finde schon allein hinaus. Schlafen Sie gut.«

Sie verbrachte den Rest des Vormittags mit der Lektüre von Sheilas Listen. Die Frau war ohne Zweifel viel ordentlicher, als Grandmama sich das vorgestellt hatte. Namen, Adressen und Telefonnummern ihrer Helferinnen. Ein Plan der Kirche, mit Notizen, wer was wo erledigte. Ein sorgfältig ausgearbeiteter Farbenplan mit Listen von Obst und Gemüse und den Zweigen mit Herbstlaub, die nötig waren, um die richtige Wirkung zu erzielen. Beim Himmel, der Gedanke, es handle sich um das Ausschmücken der Westminster Abbey, wäre verzeihlich gewesen. Sogar eine Liste, wo und was zum Gebrauch Jahr für Jahr in Schachteln gelagert war. Pflanzenständer, Ährenbündel, Maispüppchen, die Liste war endlos.

Sie kam zu dem Schluss, das könne unmöglich Sheilas Werk sein. Hinter dieser gewissenhaften Planung steckte ein ganz anderer Verstand als der von Sheila. Vielleicht Louise. Doch Grandmama ging der Gedanke durch den Kopf, es seien ein paar Veränderungen fällig. Es durfte nicht aussehen wie letztes Jahr, nicht ganz genauso. Sie würde mit dem Pfarrer sprechen. Das war die Lösung. Der Pfarrer. Sie schaute auf die Uhr. Halb eins. Zeit zum Mittagessen, und dann ab ins Pfarrhaus. Nein, sie würde gleich gehen. Vor dem Essen, da traf sie ihn sicher zu Hause an.

»Es geht um das Erntedankfest. Ist der Pfarrer da, Sylvia?«

»Der Herr Pfarrer hat schon Besuch im Arbeitszimmer, aber ich klopfe mal an der Tür, wenn Sie hier warten, Mrs. Charter-Plackett.«

»Danke.« Grandmama stand im Flur und schaute sich das Dekor an. Hier herrschte ein sehr viel besserer Geschmack. O ja, der Pfarrer und seine Frau lagen ihr wahrlich mehr. Sie hörte, wie Sylvia mit dem Pfarrer sprach, bevor sie zurück in den Flur kam.

»Wenn es um das Erntedankfest geht, sagt er, dann kommen Sie bitte gleich mit.«

Auf einem Sessel saß Harriet mit der kleinen Fran auf dem Schoß. Peter stand auf, um Grandmama zu begrüßen.

»Wie schön, zwei Mrs. Charter-Plackett und eine Miss Charter-Plackett auf einmal. Freut mich sehr. Wir sprechen gerade über das Erntedankfest, also sind Sie im richtigen Moment gekommen.«

»Guten Tag, Herr Pfarrer.« Wie hinreißend. Selbst auf eine Frau in ihrem Alter wirkte er ... verwirrend. »Guten Tag, Harriet. Hallo, Grandmamas Liebling. Was für ein Zufall.«

»Guten Tag, Schwiegermutter. Was führt dich her?«

Grandmama klopfte auf den Aktendeckel in ihrer Hand. »Ich habe den Plan für den Kirchenschmuck.«

Harriet stand unter Schock. »Was? Wie hast du denn das geschafft? Sheila lässt ihn doch nie aus den Augen.«

»Meine Liebe, sie ist verzweifelt. Dieser Unfall hat sie völlig aus der Bahn geworfen, es geht ihr gar nicht gut. Sie ist sehr dankbar für mein Angebot, in die Bresche zu springen.«

»Sheila? Wirklich? Ich bin verblüfft. Hast du auch wirklich nichts missverstanden?«

»Hier ist der Beweis. Ich habe ihr die Listen nicht gestohlen.«

Peter griff ein. »Will sie nicht die Leitung übernehmen?«

»Wie könnte sie das? Sie kann kaum gehen, und die Schmerzen sind eine Qual. Ich habe alles durchgelesen und mir ein paar Notizen gemacht. Der Grundgedanke bleibt, aber ich nehme ein paar kleine Veränderungen vor, schließlich ist es langweilig, wenn Jahr für Jahr derselbe Entwurf umgesetzt wird. Ich habe gesehen, dass du für das Brot zuständig bist, Harriet. Üblicherweise in der Form einer Maisgarbe. Ich glaube, dieses Mal nehmen wir etwas Schlichteres. Ich stelle mir einen großen Laib Bauernbrot vor. Wirkt natürlicher, meinst du nicht auch?«

»Aber ich habe immer eine Maisgarbe gebacken.«

»Genau das, was ich meine. Es wird mal Zeit für was anderes.«

Harriet war fest entschlossen, sich nicht überrumpeln zu lassen, und sagte: »Darüber möchte ich mit Sheila sprechen. Schließlich ist sie die Fachfrau.«

Grandmama schüttelte den Kopf. »Lass das, als ich gegangen bin, wollte sie schlafen. Es geht ihr überhaupt nicht gut. Es ist nicht nötig, sie zu beunruhigen, glaub mir. Heute Nachmittag rufe ich alle an, die letztes Jahr geholfen haben, und sage ihnen wegen der geänderten Pläne Bescheid. Sheila kann morgen Abend nicht zu dem Treffen kommen, deshalb habe ich ihr versprochen, an ihrer Stelle den Vorsitz zu übernehmen.«

»Aha. Aber«, Harriet nahm Fran vom Schoß und stand auf, »ich bin darüber überhaupt nicht glücklich, Schwiegermutter. Es sind noch zwei Wochen, reichlich Zeit für Sheila, sich halbwegs zu erholen, und was mich betrifft, ich bin nicht bereit, ohne Absprache mit ihr etwas zu unternehmen.«

Auch Peter erhob sich. »Ich glaube, wir sollten uns mit dem Herumtelefonieren noch ein paar Tage Zeit lassen, dann wissen wir genauer, in welcher Verfassung Sheila ist. Ich bin Ihnen sehr dankbar dafür, Mrs. Charter-Plackett, dass Sie in die Bresche springen wollen, aber mir wäre wohler, wenn ich die Gelegenheit hätte, mit Sheila zu reden, bevor etwas entschieden wird. Es ist sozusagen ihr Bier.«

»Selbstverständlich, Herr Pfarrer, ganz wie Sie wollen, aber wie Sie feststellen werden, will Sheila, dass ich mich um alles kümmere. Es ist völlig unnötig, dass Sie sich Sorgen machen. Alles wird laufen wie geschmiert. Ich werde Sie nicht enttäuschen. Vielleicht rufe ich im Vorfeld ein paar Leute an, gewissermaßen, um das Eis zu brechen.«

Harriet marschierte Hand in Hand mit Fran hinaus. »Danke, Peter, auf bald.« Als sie an ihm vorbeiging, warf sie ihm einen skeptischen Blick zu, den ihre Schwiegermutter zum Glück nicht bemerkte. Als Harriet fort war, sagte Grandmama: »Ehre, wem Ehre gebührt, Sheila hat sehr sorgfältig alles aufgelistet, ich kann Ihnen versichern, dass es keine Probleme geben wird.«

»In einem Dorf muss man sehr behutsam vorgehen. Ich habe erlebt, dass ganz harmlose Auslöser einen Riesenwirbel bewirkt haben. Man darf keinen Anstoß erregen, denn das könnte ein übles Nachspiel haben.«

Grandmama griff nach ihrer Handtasche und schaute lächelnd zu Peter auf. Sein rotblondes Haar und die blauen Augen, die alles sahen, ergaben eine umwerfende Mischung. Sie rief sich ins Gedächtnis, dass sie fünfundsiebzig war. »Natürlich, ich verstehe vollkommen. In dieser Angelegenheit gibt es kein übles Nachspiel, glauben Sie mir. Wenn wir beide auf derselben Seite stehen ...« Ihr Lächeln war verschwörerisch.

Peter wurde ganz bang ums Herz. Seine früheren Auseinandersetzungen mit Sheila dräuten beklemmend in seinem Kopf. Bei seiner Ordinierung hatte ihm niemand gesagt, dass Diplomatie ganz oben auf der Liste seiner Eigenschaften zu stehen hatte.

An jenem Nachmittag bekamen mehrere Dorfbewohner Anrufe, von denen sie überhaupt nicht begeistert waren.

3. Kapitel

Am folgenden Morgen ging Peter in den Laden, weil er ein paar Sachen brauchte. Als er Jimbo sah, der an der Fleischtheke bediente, rief er hinüber: »Guten Morgen, Jimbo!«

»Morgen, Peter! Schöner Tag.«

»Allerdings. Hebt die Lebensgeister gewaltig.«

»Guten Morgen, Herr Pfarrer«, erklang es im Chor, dann setzte das allgemeine Stimmengewirr wieder ein. Für diese frühe Tageszeit herrschte im Laden viel Betrieb. Drei Leute warteten an der Kasse, ein Grüppchen nutzte die Gelegenheit, dass der Kaffee aus der Kundenmaschine gratis war, und tratschte am Eiskremkühler; zwei Leute drängelten sich am Gitter des Postschalters und lauschten gebannt einer Geschichte, die Linda auf der anderen Seite erzählte.

Peter nahm freudig die Geräusche und Gerüche des Ladens in sich auf, denn heute Morgen hob nicht nur das Wetter die Stimmung, auch der Ladenbesuch trug dazu bei. Man wurde von der warmen, anheimelnden Atmosphäre, die Jimbo geschaffen hatte, magnetisch angezogen: die einladende Dekoration, das helle Licht, so sauber, so schick, so verlockend, dass es äußerst schwierig war, ohne einen Einkauf zu gehen. Jimbo war zwar Handelsbanker gewesen, doch darüber hinaus war er auch der geborene Ladenbetreiber. Von den leuchtenden Farben in der Obst- und Gemüseabteilung bis zum schick und geschäftsmäßig gestylten Postschalter war alles äußerst ansprechend, und am besten war, dass auch Jimbos Preise im Rahmen blieben, obwohl der Laden die einzige Einkaufsmöglichkeit im Dorf war.

Gesprächsfetzen wehten zu Peter herüber, als er die Auswahl an Zahnbürsten musterte.

»Ich sag's dir doch, ich weiß es. Ich hab's gesehen. Dicky und Georgie sind zusammen weggefahren.«

»Neiein! Das kann nicht sein.«

»Doch. Sie und Bryn hatten neulich abends einen Krach in der Bar, der sich anscheinend zugespitzt hat, nachdem Lady Bissett sich das Bein gebrochen hat und ins Krankenhaus gebracht wurde. Gehört sich nicht, diese ganze Streiterei in der Bar.«

»Stimmt. Ganz deiner Meinung. Aber zusammen abzuhauen! Starkes Stück. Der arme Bryn. Ich hab keine Ahnung gehabt, woher der Wind weht.«

»Ich auch nicht, und ich hätt's nicht mitgekriegt, wenn das Baby nicht so früh aufgewacht wär. Ich hab's am Fenster geschaukelt, und da hab ich gesehen, wie Georgie aus dem Pub kommt, wie Dicky in seinem Auto vorfährt, und wie sie einsteigt. Sie hat bloß 'nen kleinen Koffer dabei gehabt, also können sie nicht lange wegbleiben. Sie war total aufgetakelt, das kann ich dir flüstern. Ich sag dir, es hat Vorteile, in Nummer drei zu wohnen!«

»Und der ist Pfadfinderführer! Das nenn ich widerlich. Vielleicht hat er sie bloß zum Bahnhof gefahren.«

»Hast du heute Morgen die rosarote Brille auf? Warum war er dann gestern Abend nicht beim Pfadfindertreffen?«

Die Kaffeetrinker sprachen über andere Neuigkeiten.

»Hab gesehen, dass Lady Templeton wieder da ist.«

»Die sagt bestimmt kein Wort, du weißt doch, wie freundlich sie immer über alle redet.«

»Nicht immer, es ist schon vorgekommen, dass sie deutlich ihre Meinung gesagt hat.«

»Es wird ihr nicht gefallen, wenn Mrs. Charter-Plackett ihr vorschreibt, was sie tun soll, oder?«

»Nein, sicher nicht. Und ich sag dir, wem's auch nicht passen wird, wenn die sich Freiheiten herausnimmt.« Die Sprecherin nickte in Richtung der Tür mit dem Schild *Privat.* »Mrs. Jones. Werd nie begreifen, wie Mr. Charter-Plackett es schafft, mit der auszukommen, so wie die im Versandbüro das große Wort führt. Gibt dem Leben aber trotzdem ein bisschen Würze, stimmt's? Es wär ja langweilig, wenn wir über niemand reden könnten.«

Peter, der sich große Mühe gab, diesen Bruchstücken von Neuigkeiten nicht zuzuhören, entschied sich schließlich für eine Zahnbürste und musterte in der Hoffnung, er erinnere sich an die Sorte, die er benutzte, die Rasierklingen. Er hörte Mrs. Jones aus Jimbos Versandbüro rufen.

»Mr. Charter-Plackett! War das der Pfarrer, der eben hereingekommen ist?«

»Höchstpersönlich. Wollen Sie ihn sprechen?«

Mrs. Jones kam von hinten in den Laden. »Ja. Ziemlich vertraulich. Geht's in Ordnung, wenn der Herr Pfarrer mit ins Büro kommt? Ist Ihnen das recht, Sir?«

Peter konnte sich sehr gut vorstellen, worüber sie mit ihm sprechen wollte. »Ich hab's eilig, Mrs. Jones.«

»Dauert nicht lange.«

Sie bot ihm ihren Hocker an und lehnte sich gegen die Regale, auf denen sie Harriets Gelee- und Marmeladensorten lagerte.

»Ich hab nie viel für Sheila Bissett übrig gehabt. Sie ist eine herrische Person, die ihre Nase in alles steckt und immer ihren Kopf durchsetzen will, aber gestern bin ich von der Herzogin angerufen worden, Entschuldigung, von Mrs. Charter-Plackett.«

»Ahhh!«

»Dann wissen Sie also Bescheid.«

»Ich habe sie gebeten, nichts zu unternehmen, bis ich mit Sheila gesprochen habe.«

»Mir hat sie jedenfalls gesagt, dass ich nicht mehr die Fenstersimse schmücken darf, sondern das kleine Gesteck in der Sakristei übernehmen soll. Ich schmücke seit Jahren die Fenstersimse. Ich muss zugeben, dass der Schmuck der Fenstersimse nicht wiederzuerkennen ist, seit Sheila die Leitung übernommen hat. Ihre Vorschläge haben mir gefallen, und ich habe sie ausgeführt. Sie und ich waren uns einig. Aber ich lasse mir nicht gefallen, dass ich heruntergestuft werde und das Sakristeigesteck übernehmen soll. Das ist Kinderkram.«

»Ich verstehe. Hat sie einen Grund genannt?«

»Angeblich müssen die Fenstersimse auf den restlichen Kirchenschmuck abgestimmt werden, und deshalb ist es besser, wenn das die Leute erledigen, die für den Rest sorgen. Was heißt, dass Mrs. Charter-Plackett an Sheilas Stelle den Kirchenschmuck übernehmen will, deshalb will sie ein größeres Stück vom Kuchen. Wie Sie wissen, stifte ich nur ungern Unfrieden«, im Geist zog Peter bei dieser Bemerkung die Augenbrauen hoch, »aber das musste ich einfach loswerden.«

»Überlassen Sie es mir.«

»Sie müssen sich beeilen, sie hat jede Menge Leute angerufen. Alle sind auf dem Kriegspfad.«

»Du meine Güte.«

Sie nickte in Richtung Laden. »Wissen Sie, es ist ein bisschen schwierig für mich, weil ich hier arbeite und die Herzogin seine Mutter ist, da darf ich mir nicht zu viel herausnehmen.«

»Ich bin mir sicher, dass Jimbo weiß, wie seine Mutter ist.«

»Schon, aber sie ist immer noch seine Mutter. Muss weitermachen, Herr Pfarrer. Ich warte erst mal ab.«

»Gut. Ich glaube, sie will nur helfen, weil Sheila den Unfall hatte.«

»Nein, Herr Pfarrer, sie reißt alles an sich. Das ist etwas ganz anderes.«

Peter bezahlte seine Einkäufe und ging ins Pfarrhaus zurück. Er war noch nicht lange im Arbeitszimmer, als Sylvia mit dem Kaffee hereinkam.

»Danke, Sylvia, hier, sehen Sie, ich mache Platz.« Er schob Papiere auf seinem Schreibtisch beiseite, und Sylvia stellte seine Tasse ab.

»Ich schätz mal, alle haben darüber geredet, stimmt's, Herr Pfarrer?«

»Worüber?«

»Dass die Herzogin hinter Sheila Bissetts Rücken unsere ganze Planung umwirft.«

»Darüber ist tatsächlich geredet worden. Aber ich bin mir ganz sicher, dass Sheila das nicht zulässt.«

»Ich glaube, Sheila geht es so schlecht, dass sie keine andere Wahl hat. Es muss so sein, sie hat der Herzogin ihre kostbaren Aufzeichnungen gegeben.«

»Ich glaube, das sollten wir in Ruhe abwarten, Sylvia. Ich bin mir sicher, dass Mrs. Charter-Plackett es nur gut meint.«

»Gestern Nachmittag war sie außerdem im Herrenhaus und hat die Leute dort überredet, ihr aus dem Treibhaus jede Menge Topfpflanzen auszuleihen. Die Kirche wird aussehen wie ein Gartencenter. Und sie will Palmen und Gummibäume kaufen und der Kirche in Rechnung stellen. Was für ein lachhafter Anblick.«

»Sie will sie der Kirche in Rechnung stellen?«

»Ja.«

»Ich habe sie ermahnt, vorsichtig vorzugehen.«

»Wenn das ein vorsichtiges Vorgehen sein soll, dann weiß nur der Himmel, was passiert, wenn die Herzogin Ernst macht. Obendrein hat sie auch noch Lady Templeton ausgebootet.«

Peter lächelte Sylvia an. »Überlassen Sie das mir. Danke für den Kaffee.«

Als Sylvia gegangen war, trank Peter seinen Kaffee und dachte darüber nach, wie Grandmamas selbstherrlicher Alleingang zu stoppen war. Er würde Caroline fragen. Mit ihrem gesunden Menschenverstand hatte sie fast immer eine Lösung für solche Probleme. Schließlich gehörte Caroline dem Ausschuss an; vielleicht konnte sie ihm helfen. Grandmama meinte es gut, war aber sehr herrschsüchtig. Er schaute auf die Arbeitszimmeruhr. Noch drei Stunden, bis Caroline nach Hause kam. Wenn sie da war, wirkten Probleme immer halb so schlimm.

Aber ihn quälten Sorgen um Caroline. Es war nichts Bestimmtes, und doch wusste er, dass mit ihr etwas nicht in Ordnung war. Sie hatten nie Geheimnisse voreinander, bis auf das eine, mit dem er damals so ungeschickt umgegangen war, dass er Caroline fast verloren hätte, und er hatte solche Schuldgefühle gehabt, dass er am liebsten gestorben wäre. Aber jetzt war es anders. Keine Geheimnisse mehr, höchstens ... Er griff nach dem Foto, das auf seinem Schreibtisch stand. Es zeigte Caroline und die Zwillinge und war vor etwa zwei Jahren aufgenommen worden. Alex sah ihm so ähnlich, und Beth, die liebe kleine Beth ... Er verdrängte den Gedanken daran, wem sie mit ihrem blonden Haar und den rosigen, runden Wangen ähnelte. Selbst mit dem allerbesten Willen ließ sich nicht behaupten, sie sähe Caroline ähnlich.

Das Telefon klingelte.

»Pfarramt Turnham Malpas. Peter Harris am Apparat.«

»Peter, ich bin's, Harriet Charter-Plackett. Ist Caroline da?«

»Sie hat heute Vormittag Dienst in der Praxis und kommt erst gegen zwei.«

»Ah! Ich muss wegen heute Abend mit ihr sprechen, über den Ausschuss für das Erntedankfest. Richten Sie ihr bitte aus, dass sie mich gleich anruft, wenn sie nach Hause kommt? Es ist dringend.«

»Sicher. Wollen Sie das Treffen absagen, weil Sheila nicht kommen kann?«

Eine Pause entstand, dann antwortete Harriet: »Nicht ganz. Aber es ist dringend.«

»Das hab ich verstanden.«

Caroline rief Harriet vom Apparat im Arbeitszimmer aus zurück, und Peter begriff nicht, welche Intrige da geplant wurde. Als Caroline den Handapparat auf die Station zurückgestellt hatte, fragte er sie, was im Busche sei.

Caroline klopfte sich mit dem Zeigefinger gegen den Nasenflügel und sagte: »Streng geheim, je weniger Leute davon wissen, desto besser.«

»Liebling!«

»Es ist besser, wenn du nichts davon weißt. Hat Sylvia mir das Mittagessen hingestellt?«

»Ja. Was hat Harriet vor?«

»Möchtest du etwas mit mir trinken, Tee, Saft, Kaffee?«

»Nein, danke. Wird Jimbo dieser Geheimplan gefallen?«

Er gefiel Jimbo überhaupt nicht. In just demselben Augenblick stellte er seiner Frau – genau wie Peter der seinen – Fragen wegen ihrer Telefongespräche, und Harriet antwortete mit unverhohlener Schadenfreude.

»Wir haben uns gegenseitig angerufen und beschlossen, das Treffen zu boykottieren.«

»Warum?«

»Weil deine Mutter glaubt, sie kann uns für sich vereinnahmen. Das lassen wir uns nicht gefallen.«

Er sah sie erstaunt an. »Soll das heißen, Mutter geht zu dem Treffen und niemand sonst?«

»Genau. Sheila hat gestern zu Caroline gesagt, sie schafft es auf keinen Fall, zu dem Treffen zu kommen, und deshalb haben wir beschlossen, auch nicht hinzugehen. Ich möchte liebend gern Mäuschen spielen und das Gesicht deiner Mutter sehen, wenn sie merkt, dass niemand kommt.«

»Wie kannst du ihr das antun, Harriet?«

»Das ist ganz einfach.«

»Sie ist deine Schwiegermutter.«

»Daran brauchst du mich nicht zu erinnern. Das weiß ich nur allzu gut!«

»Ich glaube, so etwas Unfreundliches hast du noch nie getan.«

»Wie bitte?«

»Du hast mich schon verstanden.«

»Auf welcher Seite stehst du?«

»Auf deiner, natürlich. Aber ...«

»Du ergreifst Partei für deine Mutter, folglich stehst du *nicht* auf meiner Seite.«

»Aber es gibt Grenzen, und in diesem Fall ...«

»Tut mir Leid, Jimbo, aber keine von uns geht zu dem Treffen, dabei bleibt es. Erinnere dich lieber an dein Versprechen, bevor sie hergezogen ist. Du hast mir versprochen, dass du mich bei jedem Streit mit deiner Mutter unterstützt.«

»Mach ich doch immer.«

Harriet zeigte mit dem Finger auf ihn. »Eben nicht. Du hast geschworen, dass du auf meiner Seite stehst. Ich habe nicht gewollt, dass sie hierherzieht, wir sind noch nie miteinander ausgekommen, und das wird sich auch nicht mehr ändern. Sie mischt sich in alles ein, ist herrisch, rücksichtslos, selbstherrlich und unsensibel und besitzt nicht das geringste Zartgefühl. Aber sie ist deine Mutter, und ich war damit einverstanden, dass sie in die Nähe ihrer einzigen Angehörigen zieht, weil sie altersschwach wird … aber das nehme ich zurück, denn von Altersschwäche kann nicht die Rede sein, nicht die Spur. Aber ich warne dich, du bewegst dich auf sehr, sehr dünnem Eis …«

Die Drohung in Harriets Stimme schockierte Jimbo, und er beschloss, seine Wut auf Harriet an anderen Ausschussmitgliedern auszulassen. »Dass Caroline und Liz nicht hingehen, entsetzt mich. Den anderen hätte ich das schon zugetraut, aber den beiden doch nicht, erst recht nicht Caroline.«

»Du kannst so sehr entsetzt sein, wie du willst, denn das spielt überhaupt keine Rolle, wir gehen nicht zu dem Treffen. Jemand muss ein Zeichen setzen.«

»Wer hat sich denn immer über Sheila Bissetts Taktlosigkeit und Herrschsucht beklagt? Du überraschst mich.«

»Ach ja? Dass ich mich über Sheila geärgert habe, ist etwas ganz anderes, als tatenlos dabei zuzusehen, wie die Nische, die Sheila sich geschaffen hat, Stück für Stück von so einer Schreckschraube wie deiner Mutter demontiert wird.«

Harriet stand mit verschränkten Armen da und funkelte ihn an.

»Weiß Sheila Bescheid?«

»Nein. Wir trauen uns nicht, es ihr zu erzählen, weil sie nichts für sich behalten kann, wie wir alle zu unserem Leidwesen wissen.«

»Ist Peter eingeweiht?«

»Wir haben alle ein Schweigegelübde abgelegt, deshalb bin ich mir ziemlich sicher, dass Caroline ihm nichts gesagt hat.«

»Wenn er das wüsste, wäre er fuchsteufelswild. Er wird mir die Schuld geben. Ich habe gute Lust, ihn anzurufen.«

»Verkneif's dir. Denn wenn du das tust …«

»Ja?«

»Wenn du das tust … dann ist dein Leben nicht mehr lebenswert, und das ist mein Ernst. Mir ist im ganzen Leben noch nie etwas so ernst gewesen.«

Damit verließ Harriet das Wohnzimmer und schepperte in der Küche herum, als zertrümmerte sie einen Schrank nach dem anderen. Jimbo wusste, dass es schlimm stand, wenn sie sich so benahm. Er dachte daran, sich zum Haus seiner Mutter zu schleichen und ihr zu sagen, was im Busche war, überlegte es sich aber anders, als er sich ins Gedächtnis rief, wie viel ihm sein Zuhause als sicherer Hafen bedeutete, nicht nur für sich, sondern auch für seine Kinder. Es gab keinen Zweifel daran, dieses Mal musste um des lieben Friedens willen seine Mutter geopfert werden.

Grandmama Charter-Plackett rechnete fest damit, dass Sheila nicht kommen würde, schließlich hatte sie trotz der Tabletten aus dem Krankenhaus noch Schmerzen, und so freute sie sich darauf, beim Ausschusstreffen für das Erntedankfest den Vorsitz zu übernehmen. Seit sie ins Dorf gezogen war, bekam sie zum ersten Mal die Gelegenheit, zu zeigen, was in ihr steckte. Das war wirklich etwas, woran sie sich festbeißen konnte.

Das Treffen fand im kleinen Konferenzzimmer im Gemeindehaus statt. Grandmama war als Erste da und stellte den Thermostat am Heizkörper höher. Dieser Willie Biggs knauserte beim Heizen. Die Kirche konnte es sich durchaus leisten, für ein warmes Gemeindehaus zu sorgen; nach allem, was Grandmama wusste, hatte Mr. Fitch die Installation bezahlt, sodass nur die laufenden Kosten anfielen. Sie schaute auf die Uhr, nur noch fünf Minuten, die anderen waren spät dran. Es war ein Werktag, und sicher hatten alle noch etwas zu erledigen, bevor sie das Haus verließen. Wie schaffte Caroline es nur, neben ihren vielen anderen Aufgaben auch noch ihren Beruf auszuüben, ganz zu schweigen von den beiden kleinen

Satansbraten. Grandmama hatte ihr Leben lang keine so bezaubernden, aber auf einfallsreiche Weise ungezogenen Kinder gekannt. Gott sei Dank, dass sie keine Zwillinge bekommen hatte. Zwei auf einmal! Gütiger Himmel!

Draußen waren Schlurfgeräusche zu hören, und eine Stimme rief etwas. Grandmama ging nachsehen. Der letzte Mensch, mit dem sie gerechnet hatte und den sie schon gar nicht sehen wollte, war Sheila. Aber da war sie.

»Könnten Sie mir bitte die Tür aufhalten, Mrs. Charter-Plackett? Danke.«

Mit vereinten Kräften schafften sie Sheila durch die Tür und auf einen Stuhl. Sheila keuchte vor Erschöpfung, sackte auf den Stuhl und stieß einen Seufzer der Erleichterung aus. »Ich hatte kein Ahnung, wie weit es von unserem Haus zum Gemeindehaus ist. Sie müssen das Gemeindehaus versetzt haben, seit ich zum letzten Mal hier war!«

Grandmamas Verstand überschlug sich bei dem Versuch, sich auf die unwillkommene Überraschung einzustellen. Sie nahm Sheila die Krücken ab und lehnte sie an die Wand. »Sie sind wirklich äußerst tapfer, Sheila. Wenn man bedenkt, was für Schmerzen Sie haben ... Ich ... Wir haben heute Abend wirklich nicht mit Ihnen gerechnet. Sie hätten nicht kommen dürfen. Nein, das hätten Sie nicht tun sollen.«

»Aber ich hab's getan. Wollte doch nicht alle im Stich lassen. Ron kommt erst heute Nacht zurück, er ist aufgehalten worden, und als Gilbert und Louise nach Hause gefahren sind, hab ich gedacht, es ist doch sinnlos, ganz allein herumzusitzen, während das Treffen stattfindet. Ich muss da hin. Ich hab gedacht, irgendwie schaff ich das schon. Und hier bin ich! Aber es war mörderisch. Wo sind denn die anderen?«

»Ich weiß es nicht, sie haben alle viel zu tun, keine Sorge, sie kommen sicher bald.« Grandmama steckte in einem echten Dilemma. Ihre Idee, die Leitung zu übernehmen, wozu sie zugegebenermaßen bestens befähigt war, geriet durch Sheilas Auftauchen ernsthaft in Gefahr.

»Oh, gut! Wie ich sehe, haben Sie die Unterlagen mitgebracht. Ich nehme sie wieder an mich. Danke.« Sheila streckte die Hand aus. Grandmama fiel dazu nichts ein, und wenn sie nicht gerade sagen wollte »auf keinen Fall«, was sich unter den gegebenen Umständen nicht rechtfertigen ließ, musste sie die Unterlagen herausrücken. Sie unternahm einen letzten Versuch. »Sind Sie sich sicher? Schaffen Sie das wirklich?«

Sofort schlug bei Sheila ein Blitz der Erkenntnis ein. »Ob ich mir sicher bin? Natürlich bin ich mir sicher. Ich will doch hoffen, dass Sie nicht etwa damit gerechnet haben, den Vorsitz zu übernehmen. Oder?«

»Natürlich nicht! Ich habe doch nur versucht, einer … Freundin in Not zu helfen. Natürlich wollte ich nicht den Vorsitz übernehmen.«

Sheila schlug den Aktendeckel auf und sah als Erstes eine Liste in Grandmamas Handschrift.

»Was ist das für eine Liste?« Sheila nahm ihre Lesebrille heraus, setzte sie sich auf die Nase und las die Liste. Sie sagte nichts, blätterte aber in den Computerlisten. Hier, da, überall standen Notizen in roter Tinte, waren Punkte durchgestrichen. Sheila war so wütend, dass der Aktendeckel, als hätte er ein Eigenleben, durch die Luft segelte und zu Grandmamas Füßen landete. Grandmama bückte sich mechanisch und wollte ihn aufheben.

»Wagen Sie das nicht!«, rief Sheila. »Wagen Sie ja nicht, ihn aufzuheben! Keine Übernahme! Das war total gelogen! Sie haben alles geändert.«

»Nein, ich habe mir nur hier und da ein paar Notizen gemacht.«

»Ein paar Notizen! Sie haben meine ganzen Pläne über den Haufen geworfen. Sie haben so getan, als ob Sie mir helfen wollen, und dabei haben Sie alles ruiniert. Haben Sie aller Welt erzählt, Sie hätten den Vorsitz? Haben Sie das?«

»Eigentlich nicht, nein.« Sie war so viel Widerstand nicht gewohnt, aber sie hatte nicht die Absicht, diese Situation zu ihrem Waterloo werden zu lassen. Sie musste verlorenen Boden gut machen, und zwar schnell.

Trotz ihres angeschlagenen Zustands oder vielleicht gerade deshalb schrie Sheila: »Eigentlich nicht! Das glaube ich nicht. Ich habe den Vorsitz! Ich lasse mich nicht usu... usur... Ich dulde nicht, dass Sie übernehmen. Das ist mein Bier.«

»Also wirklich! Ich habe nur versucht, Ihnen zu helfen. Ich bin mir sicher, dass Sie etliches geändert hätten, Sie können nicht jedes Jahr dasselbe machen und ...«

»Es ist nicht jedes Jahr dasselbe! Wir arbeiten daran. Ihr Problem ist, dass Sie sich einbilden, es besser zu wissen als alle anderen. Aber das stimmt nicht. Sie können nicht einfach in dieses Dorf hereinschneien und mit allen Schlitten fahren.«

»Machen wir uns doch nichts vor, Sheila, die Leute hier sind nicht gerade besonders fortschrittlich. Sie brauchen einen Stups, um im zwanzigsten Jahrhundert anzukommen, vom einundzwanzigsten ganz zu schweigen. Wir beide könnten gemeinsam wahre Wunder bewirken. Sie mit Ihrem Wissen, ich mit meinem Stil. Wir wären ein unschlagbares Duo.«

Wenn sie wollte, konnte Grandmama eine wahre Überredungskünstlerin sein, und Sheila verstummte. Seit sie erfolgreich zum dritten Mal das Wettbewerbszelt beim Dorffest organisiert hatte, war ihr Selbstbewusstsein gewachsen und damit auch die Überzeugung, im Dorfleben eine wichtige Rolle zu spielen. Sie hatte es nicht mehr nötig, sich wie früher gegen starrköpfigen Widerstand durchzusetzen. Sie hatte es geschafft. Jetzt untergrub die Herzogin ihre Stellung aufs Neue.

»Ein unschlagbares Duo kann ohne Ausschuss nicht viel ausrichten, oder?«

Grandmama sah sich im Raum um. »Da haben Sie völlig Recht. Wo sind denn alle?«

Sheila schaute auf die Uhr. »Abgemacht war halb acht. Jedenfalls von mir aus. Haben Sie den Termin geändert?«

»Nein, natürlich nicht.«

»Von wegen ›natürlich nicht‹. Wenn Sie Lust hätten, würden Sie alles ändern. Das geht nicht. Ich dulde es nicht. Geben Sie mir den Aktendeckel. Bitte.«

Grandmama hob ihn auf und reichte ihn ihr. »Bitteschön.«

Die Blätter waren beim Hinunterfallen verrutscht, und obenauf lag jetzt die Seite, auf der Grandmama die Aufgaben neu verteilt hatte. »Was ist denn das hier? Lady Templeton hat immer die Orgel geschmückt. Sie können nicht so mit ihr umspringen, sie ist adlig.«

»Ach, machen Sie mal halblang. Sie war doch nur Anwaltssekretärin, man kann sie nicht wirklich zum Adel zählen.«

»Muriel *ist* Lady Templeton, ob's Ihnen nun passt oder nicht, und ohne ihre Zustimmung boote ich sie nicht aus.« Sheila funkelte Grandmama an. »Hat sie gesagt, sie will nicht mehr?«

»Ich hatte noch nicht die Gelegenheit, mit ihr zu sprechen, sie ist eben erst aus dem Urlaub zurückgekommen.«

»Gut, das reicht. Ich nehme die Unterlagen mit nach Hause, lasse sie von Louise neu ausdrucken und fange noch einmal ganz von vorn an. Sie haben nichts damit zu tun.« Sie warf wieder einen Blick auf die Liste. »Schau mal an, was hier steht. Palmen und Grünzeug vor dem Ambo. Der Ambo wird seit Urzeiten von der Pfarrfrau geschmückt. Dr. Harris wird schwer gekränkt sein. Was mischen Sie sich da ein, Sie blöde alte ... alte ... alte *Schachtel.* Geben Sie mir meine Krücken.«

Grandmamas Mund verzog sich zu einer Art Lächeln. Sie saß reglos da. Sheila hakte nach. »Bitte.«

»Da müssen Sie auf den restlichen Ausschuss warten. Ich

dulde nicht, dass die aufgetakelte Frau eines Gewerkschaftführers so mit mir redet, ob sie nun adlig ist oder nicht. Niemand spricht so mit Katherine Charter-Plackett. Niemand. Von mir aus können Sie bis morgen früh hier sitzen. Ich gehe jetzt nach Hause.«

Sheila erfasste plötzlich, dass sie in einer ausweglosen Situation war. Ohne Hilfe konnte sie nicht vom Stuhl aufstehen, und die Krücken konnte sie von ihrem Platz aus nicht erreichen. Sie kam auch nicht an ein Telefon heran, um Hilfe zu rufen; die Herzogin hatte sie völlig in ihrer Gewalt. Dann drängte sich ein anderer Gedanke dazwischen. Wo war der Ausschuss? Ihr pflichtbewusster Ausschuss, der sie nie im Stich gelassen hätte, niemals. Oder doch? War denn alles zerstört, wofür sie gearbeitet hatte? Auf alle Fälle war niemand gekommen. Sie schaute verstohlen auf die Uhr. Zwanzig vor acht. Jetzt kamen sie bestimmt nicht mehr. Sie hatten immer eine gute Tasse Kaffee getrunken, bevor sie anfingen, und Caroline oder Harriet hatten Kuchen mitgebracht, und alles war freundlich, gesprächig und rundum erfreulich gewesen.

»Sie würden es nicht wagen, eine kranke, hilflose Frau allein zurückzulassen.«

»Doch. Sie haben mit mir gesprochen, wie mein Leben lang nie jemand mit mir geredet hat. Sie sind eine gewöhnliche Frau aus kleinen Verhältnissen.«

Diese Bemerkung traf ins Schwarze. Sheila wusste seit Jahren, dass es ihr an gutem Geschmack mangelte. Aber seit Ron damals vor dem Blumenfest in der Kirche ein Machtwort gesprochen hatte und sie mit ihm weggefahren war und das grüne Kostüm gekauft hatte, das allen gefiel, und seit sie sich die Haare nicht mehr färbte, gab sie sich wirklich große Mühe. Doch sie wusste, dass sich ihr schlechter Geschmack hin und wieder in einem lachhaften Kauf niederschlug, den sie hinterher bereute. Es war ein ständiger Kampf, ihre gewöhnliche

Seite zu verstecken, und jetzt hatte diese schreckliche Frau sie wieder zum Vorschein gebracht.

»Was fällt Ihnen ein, so etwas zu sagen? Was glauben Sie eigentlich, wer Sie sind?«

Grandmama stand auf. Dieses geschmacklose Gespräch musste wirklich beendet werden. »Ich weiß, wer ich bin, wissen Sie denn, wer Sie sind? Ich gehe nach Hause.«

»Wie Sie wünschen, Frau Herzogin. Gehen Sie nur. Was Sie mir angetan haben, wird morgen im ganzen Dorf die Runde machen. Das ist doch nur Wasser auf die Mühle der Klatschmäuler. Macht Sie bestimmt richtig populär. Jetzt haben wir keinen Ausschuss mehr, alles nur Ihretwegen, folglich ist das Erntedankfest ruiniert, und ich traue mich nicht, es dem Pfarrer zu erklären. Was wird er bloß dazu sagen?«

»Herzogin? Wer nennt mich Herzogin?«

Ihr Tonfall brachte Sheila auf den Gedanken, sie könne es ihr vielleicht heimzahlen und ihr eins auf den Deckel geben. Sie kräuselte gegen ihre Gewohnheit spöttisch den Mund und sagte: »Alle. Haben Sie das nicht gewusst?«

Doch der Schuss ging daneben. Grandmama richtete sich auf, griff nach ihrer Handtasche aus Krokodilleder – vor Jahren bei Harrods gekauft, aber immer noch so gut wie neu – und sagte: »Dann haben die Leute wenigstens Respekt vor mir. Ich hatte ja keine Ahnung.« Sie lächelte und ging.

4. Kapitel

»Und da saß sie also und hat gewartet. Ihr Bein hat zu wehgetan, sie konnte nicht drauf stehen, und mit dem schweren Gips hätte sie beim Humpeln das Gleichgewicht nicht halten können. Als ich sie gefunden hab, war sie schon seit über einer Stunde dort.«

Vera lachte, bis ihr die Tränen über die Wangen liefen. Willie wusste, dass es komisch war, aber für so komisch hielt er es nun auch wieder nicht. Er hatte seine Sylvia holen müssen, damit sie Sheila in ihrem Auto nach Hause brachte, denn Sheila war zu verzweifelt und zu erschöpft gewesen, um den Heimweg alleine zu bewältigen. Zum ersten Mal in seinem Leben hatte Sheila ihm Leid getan, ehrlich Leid.

Schließlich hatte sich Vera so weit beruhigt, dass sie wieder sprechen konnte. »Aber ich verstehe nicht, wo der restliche Ausschuss war.«

»Die hatten sich darauf geeinigt, nicht hinzugehen, haben geglaubt, Sheila würde es sowieso nicht schaffen, hinzukommen, und dann wär die Herzogin dumm dagesessen, ohne Ausschuss zum Rumkommandieren, und das wär ihr nur recht geschehen.«

Vera griff nach ihrem Glas, um die letzten Tropfen Radlermaß auszutrinken, als ihr blitzartig ein Gedanke kam. »Aber Harriet Charter-Plackett ist doch auch im Ausschuss. Soll das heißen, sie hat sich getraut, ihrer Schwiegermutter so was anzutun?«

»Anscheinend ja, sie und Jimbo hatten deshalb einen furchtbaren Krach. Er hat gesagt, sie müsse aus Loyalität zu seiner Mutter hingehen, und sie hat gesagt, aus Loyalität zu Sheila und zum restlichen Ausschuss könne sie nicht hingehen. Da sind ganz schön die Fetzen geflogen, hab ich gehört. Bel Tutt hat erzählt, dass sie heute Morgen immer noch nicht miteinander gesprochen haben, und als Harriet zum Helfen in den Laden gekommen ist, während die kleine Fran in der Spielgruppe war, haben sie sich nur auf dem Umweg über Bel oder Linda verständigt.«

»Muss zum Schreien komisch gewesen sein. Es ist trotzdem nicht schön, wenn's wegen den Schwiegereltern Zoff gibt. Jimbo und Harriet sind doch ganz wild aufeinander, stimmt's? Aber ich bin froh, dass du Bel Tutt erwähnt hast.« Sie nickte in Richtung Theke. »Was meinst du, ist das mit Georgie und Dicky wahr?«

»Hör mal, zufällig sind zwei Leute zur gleichen Zeit ein paar Tage verreist. Das heißt doch nicht, dass sie zusammen weggefahren sind, oder?«

»Nein, aber Bel ist seine Frau, warum ist sie nicht mitgefahren? Dafür gibt's doch keinen Grund, oder?«

Willie hatte von seinem Platz aus die Bartür im Blick. Er wollte Vera eben antworten, als er sich umdrehte, ihr direkt in die Augen sah und sagte: »Schau jetzt nicht hin, sie ist grade reingekommen. Sie bestellt sich an der Theke einen Drink. Alan bedient sie.«

»Bel?«

»Ja. Sie kommt rüber. Sag kein Wort.«

»Gut.«

»Hallo, Bel. Wollen Sie sich zu uns setzen?«

Bel schätzte ab, ob sie sich neben Willie auf die Bank quetschen konnte, meinte aber, der Platz reiche nicht, und setzte sich auf den Stuhl neben Vera, die unbedingt erfahren wollte, was es mit Dickys und Georgies Verreiserei auf sich hatte und herausplatzte: »Bisschen einsam so allein ohne Dicky, was?«

Bel musterte Veras Gesicht. »Könnte man so sagen.« Sie trank einen langen Schluck von ihrer Radlermaß, stellte das Glas auf den Tisch und schaute sich um.

Mit einer derart glatten und nichts sagenden Feststellung ließ Vera sich nicht abspeisen. Sie fragte: »Ist es schön, wo er hingefahren ist?«

»Könnte man sagen.«

Willie wurde es peinlich; manchmal war Vera wirklich zu neugierig. »Ich hab gehört, dass es im Laden heute Ärger gegeben hat.«

Bels Gesicht heiterte sich auf. »Könnte man sagen. Linda und ich, wir waren mit unserer Weisheit am Ende. Ich war so was von froh, als es halb zwölf war und ich mich in die Schule verdrücken gekonnt hab. Denken Sie sich nur, Mr. Charter-P. war am Nachmittag nicht viel besser drauf. Aber in einem Punkt hat er Recht, sie hätte zu seiner Mutter halten müssen.«

Vera war empört. »Zur Herzogin halten? Ich seh nicht ein, warum. Die mischt sich in alles ein, die alte Schreck...«

»Vera!«, ermahnte Willie sie.

»Na schön, meinetwegen auch alte Schachtel.«

Bel lächelte zum ersten Mal. Es lohnte sich, auf ein Lächeln von Bel zu warten. Es erhellte ihr ganzes, großes, rundes Gesicht. Ihr Lächeln erfasste nicht nur die Lippen mit den reizvoll geschwungenen Mundwinkeln, auch ihre Wangen hoben sich, ihre Augenbrauen und sogar ihre Stirn, und ihre Augen strahlten. Ihre Haut, rosa und weiß, glühte vor Vergnügen.

»Die ist schon ein Kaliber, seine Mutter, mein ich. Manchmal kommt sie in den Laden und macht so ein entschlossenes

Gesicht, und dann merkt man, wie Mr. Charter-P. sich auf 'nen Streit gefasst macht. Sie macht ihm Vorschläge, was er alles ändern soll, was sie machen würde, wenn es ihr Laden wär. Aber wissen Sie, oft hat sie Recht, aber das gibt er ihr gegenüber natürlich nicht zu. Wenn sie fort ist, schleicht er 'ne Weile rum, dann ändert er was, genau wie sie's gesagt hat, und dann zuckt er die Achseln und zwinkert mir zu. Manchmal hat sie gute Ideen, aber manchmal, na ja …«

Veras Wissensdurst war noch nicht gestillt, und sie setzte ihre Erkundigungen fort. »Die Nachtwanderung. Unser Rhett hat schon alles vorbereitet. Leiten Sie das ganz allein, wo Dicky doch verreist ist?«

Bel schaute sie an. »Er kommt morgen zurück. Der lässt keine Wanderung aus.«

»Oh. Aha. Ich hab gedacht …«

»Was?«

»Ach, nichts.«

»Bel ist ein merkwürdiger Name, wie sind Sie dazu gekommen?«, sinnierte Willie.

»Eigentlich Isobel, aber ich hab's nicht aussprechen können, also hab ich Bel gesagt, und das ist hängen geblieben.«

Um Bel zu weiteren Enthüllungen zu ermutigen, bemerkte Vera: »In *Vom Winde verweht* kommt 'ne Belle Watling vor. War das Lieblingsbuch von unserer Brenda, deshalb hat sie unseren Rhett so getauft. Der arme Junge. Wird dauernd gehänselt.«

»Er könnt den Namen doch ändern. In Robert oder Roland oder Richard.«

»So heißt Ihr Dicky eigentlich, stimmt's? Richard.«

»Könnte man sagen.«

»Vielleicht hat er das auch nicht aussprechen können, genau wie Sie.«

»Schon möglich.«

Bel trank ihre Radlermaß. Willie überlegte sich, was er als Nächstes sagen könnte, und Vera fiel ein, dass sie zeitig ins Bett musste, weil sie Frühschicht hatte.

»Dann sag ich gute Nacht. Abmarsch zur Wanderung um halb zehn, Bel?«

Bel nickte. »Vor dem Gemeindehaus. Essen können sie mit den Fingern, aber sagen Sie Rhett, dass er ein Trinkgefäß mitbringen soll.«

»Mach ich. Nacht, Willie.« Vera sprach auf dem Weg nach draußen noch mit ein paar Leuten. Bel sah ihr nach.

»Bisschen still für Sie ohne Dicky?«

»Ja. Mit Dicky wird's einem nie langweilig. Ist Georgie nicht da?«

»Nein. Die haben Krach gehabt, sie und Bryn, und sie ist verreist. Wegen Ihrem Dicky.«

»Wegen Dicky?«

»Haben Sie das nicht gewusst? Georgie hat ihn gebeten, hier mal aufzutreten. Mit 'ner komischen Nummer. Sie kennen ja Dickys Witze. Georgie will hier ein Unterhaltungsprogramm aufziehen, und Bryn will nichts davon wissen, und sie hat Dicky für den ersten Auftritt eingeplant gehabt.«

»Aha.«

»Hat er Ihnen das nicht erzählt? Hätt der Anfang von 'ner Karriere im Showbusiness werden können! Man kann nie wissen.«

Bel trank aus, hievte ihren massigen Körper vom Stuhl, brachte ihr Glas zur Theke und ging, ohne ein weiteres Wort zu sagen.

Am nächsten Morgen im Laden war Bel sehr still. Jimbo fiel es auf, und er schob es darauf, dass Dicky ihr fehle. Er hatte jedoch schon genug mit der eigenen Misere zu tun, ohne sich auch noch Sorgen um die Eheprobleme anderer Leute zu machen. Inzwischen hatte er über achtundvierzig Stunden in der Hölle verbracht, und die Hölle war nichts für ihn. Wegen der häuslichen Atmosphäre waren die Kinder bedenklich aufsässig geworden, und die kleine Fran hatte geweint, als sie in die Spielgruppe musste. Er konnte es nicht leiden, wenn sie weinte. Genauer gesagt, er konnte es nicht ertragen, aber noch schlimmer war, dass Harriet ihn nicht an sich heranließ.

Caroline kam herein. »Morgen, Jimbo, Morgen, Linda.«

»Guten Morgen. Dr. Harris. Wie geht's denn so?«

»Okay, danke. Was macht Ihr kleiner Lewis?«

»Entwickelt sich prächtig. Alan ist ganz hingerissen von ihm. So ein sonniger kleiner Junge. Ist mit Ihren beiden in der Schule alles okay?«

»O ja, bestens. Ehe ich's mich versehe, gehen sie in Kates Klasse und sind mit der Grundschule fertig! Ich möchte diese beiden Briefe aufgeben. Sie gehen nach Indien.«

»Legen Sie sie bitte auf die Briefwaage!«

»Bitteschön.«

»Achtzig Pence für jeden.«

»Danke. Ist Harriet da?«

Linda nickte. »Hinten in der Küche. Nicht reizen!«

Caroline zog die Augenbrauen hoch, und Linda zeigte auf Jimbo und schnitt eine Grimasse.

Zu Lindas Enttäuschung war ihre nächste Kundin die Herzogin. Linda hatte sich gelobt, sie wegen der Geschichte mit Sheila Bissett mit einem Minimum an Höflichkeit zu behandeln. Sheila in diesem Zustand sich selbst zu überlassen war einfach nicht richtig.

»Guten Morgen, Linda. Ich möchte ein Päckchen als Einschreiben aufgeben. Wie geht es Ihnen heute, meine Liebe? Ist der Kleine brav?«

»Ja, danke. Das macht vier Pfund zweiundzwanzig.«

»Vier Pfund zweiundzwanzig? Sind Sie sicher?«

»Ein Einschreiben ist sehr teuer. Wenn Sie sich das nicht leisten können«, fügte Linda ziemlich boshaft hinzu, »ein Einlieferungsschein ist billiger.«

»Sie brauchen nicht gleich unverschämt zu werden, mein Kind. Jimbo! Komm her.« Er kam herüber. »Das Porto für dieses Päckchen ist unerhört hoch. Geht es für mich nicht billiger? Ich gehöre zur Familie.«

»Nicht am Postschalter, Mutter. Tut mir Leid.«

»Schon gut, aber ich sehe es nicht ein. Bitte per Einschreiben, es ist wichtig. Verstehen Sie mich nicht falsch, ich kann es mir leisten, es kommt mir für so ein kleines Päckchen nur sündheidenteuer vor.«

»Aber es ist ganz schön schwer.«

Grandmama steckte das Wechselgeld in ihr Portemonnaie, und als sie es zuknipste, fragte sie: »Ist meine Schwiegertochter da?«

»Äh ... ja.«

»Hinten?«

»Äh ... ich glaube schon.«

»Ist sie jetzt da oder nicht?«

»Na ja, sie ist da ... glaub ich.«

Als Grandmama in die Küche kam, lehnte Harriet an einem der riesigen Tiefkühler und unterhielt sich mit Caroline.

»Harriet! Ich habe gewartet.«

»Worauf?«

»Auf eine Entschuldigung.«

»Wofür?«

»Dein Benehmen bei dem Treffen.«

»Ich war nicht dort.«

»Ich weiß, genau das meine ich.«

Caroline wollte gehen, aber Harriet hielt sie auf. »Nein, bleiben Sie bitte. Als Zeugin.«

»Ich glaube nicht, dass ich …« Caroline bemühte sich um einen würdevollen Abgang, aber Harriet hielt sie am Arm fest.

Grandmamas Blick heftete sich auf Caroline. »Sie schulden mir auch eine Entschuldigung, Dr. Harris.«

»Ich? Von mir bekommen Sie keine Entschuldigung zu hören!«

»Sie schulden sie mir beide. Sie haben geglaubt, dass diese Bissett nicht da wäre, und sind mit Absicht nicht zum Treffen gekommen. Sie wollten mich zum Gespött machen.«

Jimbos Stimme unterbrach die Auseinandersetzung. »Ich habe sehr viel zu tun, aber die Zeit, um wegen gestern Abend mit dir zu schimpfen, nehme ich mir. Ich war sehr verärgert darüber, dass die beiden das Treffen boykottiert haben, aber mein Ärger hat sich gelegt, als ich gehört habe, was du Sheila angetan hast. Das war abscheulich. Ich hab doch richtig gehört, oder?«

Grandmama, die gehofft hatte, sie könne Harriet und Caroline dazu zwingen, von ihrem Ross herunterzusteigen, sah ihre Felle davonschwimmen. Sie drehte sich zu Jimbo um. So wütend hatte sie ihn noch nie erlebt. Die Herausforderung schien plötzlich nicht mehr so viel Spaß zu machen wie bisher. Offenbar war Sheilas Popularität weit größer, als ihr bewusst gewesen war, wenn sie sich auch nicht vorstellen konnte, wieso das so war.

Sie reckte das Kinn etwas höher als üblich und sagte laut und deutlich: »Du hast richtig gehört. Ich habe doch nur eine helfende Hand ausgestreckt, wollte Beistand leisten in der Stunde der Not, und wie ist mir das vergolten worden? Mit einer Beleidigung! Lady Bissett.« Sie wiederholte schneidend: »Lady Bissett – ich bitte dich! – hat mich eine alte …« Sie zögerte kurz. Sollte sie es aussprechen? Ja, es musste sein. Sie musste sich für ihre Handlungsweise rechtfertigen, unbedingt.

»Sie hat mich eine alte *Schachtel* genannt! Sie hat nur bekommen, was sie verdient hat.«

Harriet unterdrückte ein Grinsen.

Jimbo verzog keine Miene. »Mutter, ich schäme mich. Ich mag mir gar nicht vorstellen, was jetzt alle über dich denken.«

»Ich bin doch zurückgetreten, ich habe nicht mehr die Leitung. Vielleicht sind jetzt alle zufrieden.«

»Sie werden es dir trotzdem nicht vergessen, ebenso wenig wie ich.«

Seine Mutter ging auf ihn los. »Jimbo! Es war deine Frau, die mich am meisten gekränkt hat. Sie hätte zu mir halten und zu dem Treffen kommen müssen, ganz gleich, was die anderen gesagt haben. Die Frau meines Sohns! Meine Schwiegertochter!«

Jimbo verteidigte Harriet fuchtig: »Meine liebe Frau ist durchaus fähig, selbst ein moralisches Urteil zu fällen, dazu braucht sie mich nicht. Angesichts der Sachlage bin ich der Meinung, dass sie durchaus richtig gehandelt hat.«

»Wie konntest du nur? Ich bin in der Hoffnung hierhergezogen, dass du mich unterstützt.«

»Und ich werde dich auch unterstützen, solange du dich anständig benimmst. Jetzt geh bitte, Mutter, bevor noch mehr Schaden angerichtet wird.« Jimbo machte die Schwelle frei und wartete darauf, dass seine Mutter ging. Grandmama wollte protestieren, überlegte es sich jedoch anders, sammelte den Rest ihrer Würde ein und wandte sich zum Gehen.

Sie verließ die Küche mit der Absicht, einen anderen Ausgang zu wählen als den durch den Laden, war aber in ihrer Wut so verwirrt, dass sie keine Tür fand. Statt um Hilfe zu bitten, marschierte sie zwischen den Kunden hindurch, die sich versammelt hatten, um zu belauschen, was geredet wurde, und dann an der Kasse vorbei. Jemand sang im Takt zu ihrem gebieterischen Ausschreiten leise den *Dambuster's March*. Als sie die Tür hinter sich zugemacht hatte, stieg das hysterische Gelächter zu einem Crescendo an. Doch das Gelächter brach hastig ab, als Jimbo von hinten in den Laden kam. Er schaute sie böse an, und beim Anblick seines zornigen Gesichts wichen sie zurück. Doch als er daran dachte, dass Harriet beim Abgang seiner Mutter leise »Danke, Jimbo, Liebling« gesagt hatte, kehrte sein Sinn für Humor zurück. Er zog den Strohhut und verbeugte sich vor seinen Kunden.

5. Kapitel

Caroline war vom Laden aus direkt ins Pfarrhaus zurückgegangen. Sie schloss die Tür hinter sich und lehnte sich mit dem Rücken dagegen. Diese Frau war ihr Ende. So ein Heckmeck. Sie hatte durchaus ein schlechtes Gewissen gehabt, weil sie nicht zu dem Treffen gegangen war, denn es kam ihr vor wie ein böser Streich, aber dass man ihr sagte, sie solle sich entschuldigen! Das war wirklich die Höhe. Sheila hatten sie mit der Zeit halbwegs zur Vernunft gebracht, und jetzt führte sich Katherine Charter-Plackett noch schlimmer auf als Sheila. Solche Dinge werden uns geschickt, um uns auf die Probe zu stellen, dachte sie. Aber ich hätte auf keinen Fall so patzig reagieren dürfen. Als Frau des Pfarrers hätte sie das nicht tun dürfen. Doch in letzter Zeit schienen ihre angeborenen guten Manieren unter ihren Sorgen zu leiden. Im Pfarrhaus war es still. Peter war nicht da, Sylvia war in Culworth beim Zahnarzt, die Kinder waren bis halb vier in der Schule. Fast fünf Jahre alt. Wo war die ganze Zeit geblieben? Sie würde in aller Ruhe Kaffee trinken und Zeitung lesen. Hoffentlich klingelte das Telefon nicht.

In der Küche war es warm. Caroline liebte diese Küche. Die hellen Wände, der Tisch aus Kiefernholz und der große Herd gefielen ihr. Sie dachte daran, wie die Küche ausgesehen hatte, als sie eingezogen waren. Dass dreißig Jahre lang ein unverheirateter Pfarrer hier gewohnt hatte, war nicht spurlos an der Küche vorübergegangen. Peter hatte behauptet, sie bekämen den Herd nie wieder hin; der alte Mr. Furbank habe ihn sicher nie benutzt, sondern den scheußlichen Gaskocher im Einsatz gehabt, den sie weggeworfen hatten. Doch gründliches Putzen und ein genialer Handwerker, der etwas von Herden verstand, hatten Wunder gewirkt. Jetzt war der Herd ihr Stolz und ihre Freude. Obwohl Sylvia ihn häufiger benutzte als sie. Dem Himmel sei Dank für Sylvia.

Der Kaffee war schön heiß. Sie fand die Zeitung und brachte sie mit dem Kaffee ins Wohnzimmer. Schiere Glückseligkeit! Sie hatte einen friedlichen Morgen für sich allein. Obwohl sie gern als Allgemeinpraktikerin arbeitete, war es doch sehr Kräfte zehrend, denn sie bekam die Menschen immer nur zu sehen, wenn sie auf dem Tiefstpunkt waren. Dem Tiefstpunkt. Der Gedanke, der in ihrem Hinterkopf rumorte, kehrte zurück. Sie, eine Ärztin, die häufig so sanft wie möglich sagte: »Es wäre viel vernünftiger gewesen, wenn Sie gleich zu mir gekommen wären, als Sie es gemerkt haben, meinen Sie nicht auch?« Und jetzt machte sie es genauso. Sie ignorierte es. Es Peter zu sagen, das machte es so schwierig. Davor graute ihr. Sie konnte sich der Tatsache stellen, aber Peter konnte das nicht. Auch ohne seine häufigen Versicherungen wusste sie, dass er ohne sie völlig verloren wäre. Eine Liebe wie seine machte ihn auf grauenhafte Weise verletzlich.

Caroline griff zur Zeitung und versuchte, sich zu konzentrieren, aber alle Artikel, die sie las, waren voll von Düsterkeit und Verhängnis. Geschah denn überhaupt nichts Erfreuliches? Offenbar nicht. Sie legte die Zeitung weg und versuchte, sich ihrem Problem zu stellen. Sie war schon mit einem missgebildeten Unterleib zur Welt gekommen, und jetzt, da sie sich mehr als sicher war, dass an ihren Eierstöcken etwas Heimtückisches wucherte, kam es ihr so vor, als wäre in ihr bald nichts mehr übrig, was sie sich als Frau fühlen ließ. Das Telefon klingelte.

»Liebling! Ich bin's, Peter! Hör mal, ich bin in Culworth aufgehalten worden. Du hast doch einen freien Tag, da könntest du doch herkommen und mit mir zu Mittag essen. Wir haben nicht oft die Gelegenheit dazu, oder?«

»Sylvia kommt erst später zurück.«

»Macht nichts. Lange kann es nicht dauern, hinterlass ihr einen Zettel und schalt den Anrufbeantworter ein.«

»Soll ich wirklich?«

Caroline war nicht nach Fröhlichkeit zumute. Sie wollte sich nur verstecken und in Ruhe gelassen werden. Aber die Freude in Peters Stimme! Sie konnte es ihm wirklich nicht abschlagen. Ein Café in Culworth war nicht unbedingt der richtige Ort, ihrem Liebsten von einer Operation zu erzählen, deshalb war es gerechtfertigt, wenn sie es aufschob, es ihm zu sagen.

»Du hast Recht! Ich komme! Um eins an der Abbey Close?«

»Wunderbar!«

Als sie sah, wie eifrig er aus der Abbey Close auf sie zustrebte, weinte sie innerlich. Es würde nie den richtigen Zeitpunkt geben, es ihm zu sagen. Aber das Begrüßungslächeln in ihrem Gesicht war echt. Schon sein Anblick hob ihre Lebensgeister. Seine Energie, sein dichter rotblonder Haarschopf und das strahlende Lächeln in seinem Gesicht, als er sie sah. Wie konnte sie ihm das Herz brechen?

»Liebling!« Peter fasste sie an den Ellbogen, zog sie an sich und küsste sie auf den Mund. Sie erwiderte den Kuss mit verzweifelter Heftigkeit.

»Peter! Ich glaube nicht, dass Pfarrern solche Küsse in der Öffentlichkeit erlaubt sind!«

»Warum nicht? Ich bin kein Heiliger! Und ich bin mit dir verheiratet! Wo wollen wir essen?« Er schob ihre Hand in seine Armbeuge und lächelte Caroline an.

»Nicht im George. Nicht mittags. Da muss man immer so lange auf das Essen warten.«

»Na gut. Wie wär's mit dem Belfry Restaurant? Das ist gleich hier.«

»Okay. Also das Belfry.«

Die Kellnerin schlug ihnen einen Tisch am Fenster vor, der eben frei geworden war.

»Wenn ich schon mal schwänze, sollen mich ruhig alle aus der Abbey dabei sehen.«

»Wenn schon, denn schon, stimmt's?« Caroline gab ihm ihren Mantel, und er hängte ihn neben seinen Umhang. Sie hatte ihm zu ihrer Hochzeit die Silberschließe dafür geschenkt. Jetzt brauchte Peter einen neuen Umhang. Sie würde am jetzigen Maß nehmen und ihn damit überraschen. Wegen Peters Größe musste der Umhang maßgeschneidert werden.

»Meilenweit fort? Ich habe dich gefragt, was du essen möchtest.«

»Entschuldige, Liebling.« Caroline warf einen Blick auf die Speisekarte und nahm nur Lasagne wahr. »Ich nehme Lasagne.«

»Bist du sicher? Ich lade dich ein.«

»Völlig sicher. Danke. Nur Kaffee. Ich trinke keinen Wein, weil ich nachher gleich zurückfahre.«

»Nein, natürlich nicht. Ich glaube, ich nehme das Steak mit allen Beilagen.«

»Gut, du brauchst was auf die Rippen!«

»Du lachst, aber seit Tagen erreicht das Lachen nicht mehr deine Augen.«

Caroline wich dem Blick der Leute aus und schaute Peter an. Sie hatte vergessen, wie scharfsinnig er war. »Heute Morgen hatte ich eine Auseinandersetzung mit der Herzogin. Sie hat behauptet, ich hätte keine Ehre im Leib. Ebenso wenig wie Harriet! Leider hab ich kein Blatt vor den Mund genommen und bin wütend weggerannt.«

»Du meine Güte! Das sieht meiner Caroline überhaupt nicht ähnlich. Ganz untypisch. Aber das war heute. Was war an den vielen anderen Tagen, an denen du ...«

Die Kellnerin kam, um die Bestellung aufzunehmen, und als sie fort war, berichtete Caroline ihm von dem Schlagabtausch in der Ladenküche. »Um zum Schluss zu kommen, Harriet und Jimbo haben sich versöhnt, also ist ihre Welt wieder in Ordnung.«

»Ihre vielleicht, aber unsere nicht. Bist du übermüdet? Hör mal, du musst nicht in der Praxis arbeiten. Ich bin mir sicher, dass es jede Menge eifrige junge Dinger gibt, die dich mit Freuden ersetzen. Ruh dich eine Weile aus. Du hast lange gearbeitet, wenn auch nur auf Teilzeitbasis, und ich hätte es gern, wenn du zu Hause wärst. Was meinst du, liegt das Problem darin, dass du übermüdet bist?«

Eine kleine, untersetzte Gestalt marschierte am Fenster vorbei. Caroline winkte. »Oh, schau, der Dekan geht vorbei. Dreh dich um und wink ihm!«

»Hoffentlich kommt er nicht rein. Oh! Er ist weg.«

»Der Dekan ist nett. Ich mag ihn.«

»Quatsch!«

»Peter!«

»Hör auf, vom Thema abzulenken.«

»Ich habe den Dekan nicht hergezaubert.«

»Ich würde es dir durchaus zutrauen.«

Er saß da und drehte ständig an seinem Ehering herum. Caroline deutete das Zeichen richtig. Er machte sich Sorgen um sie, wusste aber nicht, warum. Seine Frage, ob sie übermüdet sei, war nur ein Versuchsballon gewesen, um die Wahrheit aus ihr herauszubekommen. Aber sie würde es ihm nicht sagen, nicht heute. Erst, wenn sie es genau wusste.

»Ich bin wohl nur müde. Es ist ziemlich anstrengend, mich nach der Arbeit und an den Wochenenden um zwei Vierjährige zu kümmern. Am Wochenende hast du immer so viel zu tun.«

»Ja.« Peter sah sich im Restaurant um. Offensichtlich wollte sie es ihm nicht sagen. Aber er wusste, dass es ein Problem gab. Bloß was für eins? Vielleicht wusste sie es selbst nicht und es war nur unbestimmte Unruhe. Er war egoistisch. Er hatte sie hierhergebracht, aufs Land verbannt, und ihr wurde alles zu viel. Vielleicht musste er weg ... ihr zuliebe. »Ich habe an eine Veränderung gedacht.«

Caroline antwortete erst, als die Kellnerin serviert hatte. »Danke. Parmesan? Ja. Danke.« Sie wandte ihre Aufmerksamkeit wieder Peter zu. »Eine Veränderung?«

»Ja, wir sind seit über fünf Jahren hier, vielleicht wird es Zeit ...«

»Denkst du im Ernst an einen Umzug?«

»Du nicht?«

Caroline hatte die Lasagne noch nicht angerührt. Sie hatte zur Gabel gegriffen, aber sie misstraute dem seltsamen Ton in Peters Stimme. Sie legte die Gabel weg und lehnte sich zurück. Er musterte ihr Gesicht, suchte nach dem geringsten Anzeichen, nach allem, was ihm einen Hinweis hätte geben können.

Sie blieb bei der Antwort ganz ruhig. »Mein Liebling, für einen Umzug gäbe es nur einen einzigen Grund: Dass du weg willst. Darauf haben wir uns geeinigt. Deine Mission im Leben hat einen höheren Stellenwert als meine. Ich kann überall eine Stelle bekommen. Das ist unsere Regel. Okay?«

»Aber vielleicht müssen Regeln manchmal geändert werden?«

»Diese nicht«, antwortete Caroline sehr entschieden.

»Deine Traurigkeit liegt also nicht daran …«

»Es ist gar nichts. Ich bin hergekommen, weil ich das Zusammensein mit dir genießen will. Ist es nicht großartig, wie gut Alex und Beth sich in der Schule eingewöhnt haben? Wenn man bedenkt, wie schlimm es war, als Beth in die Spielgruppe kam, hat mir richtig davor gegraut, dass sie Schwierigkeiten machen könnte. Sie ist ganz begeistert von dem Mittagessen in der Schule. Ich habe ihr vorgeschlagen, ein Lunchpaket mitzunehmen, aber das wollte sie nicht.«

Peter beschloss, Caroline zuliebe etwas fröhlicher zu wirken. »Stimmt. Es ist eine Riesenerleichterung.« Dann kam er auf einen neuen Gedanken. »Es liegt doch nicht daran, dass die Kinder in die Schule gekommen sind, oder? Dass du dir überflüssig vorkommst?«

»Ein bisschen. Aber ich kann sie nicht ewig zu Hause behalten, oder? Ich bin flügge geworden, das gilt auch für sie. Alex wird dir mit jedem Tag ähnlicher.«

»Ja, nicht wahr?«

»Und Beth wird Suzy immer ähnlicher.« Ein Schweigen entstand, als Caroline das sagte. Sie wusste, wie schwer es für Peter war, wenn sie die Mutter der Kinder erwähnte, aber es war zwecklos, so zu tun, als hätte es Suzy nie gegeben. Sie brauchten nur Beth anzuschauen, dann wussten sie, dass Suzy existierte.

»Ja, stimmt.« Peter schob das Essen beiseite, mit dem er noch nicht fertig war, legte Messer und Gabel nebeneinander, lehnte sich zurück und schaute Caroline an. »Dann ist es also das? Quält es dich wieder, dass du unfruchtbar bist?«

So nahe an der Wahrheit. Vielleicht war jetzt der richtige Augenblick gekommen, aber es trafen neue Gäste ein, und eine kultivierte Männerstimme sagte erfreut: »Peter! Caroline! Wie schön, Sie hier zu treffen. Kommt nicht oft vor, dass Sie zum

Mittagessen ausgehen können! Wir sind zum ersten Mal hier, sonst gehen wir ins George, aber dort ist heute eine Tagung, und bei dem Hochbetrieb war es uns zu ungemütlich. Muriel, meine Liebe, schau nur, wer hier ist.« Peter stand auf, als Muriel neben Ralph trat.

»Wie schön! Es muss ja ein gutes Restaurant sein, wenn der Pfarrer und seine Frau hier essen! Was für eine nette Überraschung.«

Caroline sah einen Ausweg aus ihrem Dilemma und rückte den Stuhl neben ihr zurecht. »Setzen Sie sich doch zu uns.«

Muriel sah Peter an, bemerkte seine verzweifelte Traurigkeit und schüttelte den Kopf. »Auf keinen Fall! Sie sehen so aus, als würde es Ihnen gut tun, ausnahmsweise mal allein zu sein. Wir wollen nicht stören. Komm, Ralph! Auf Wiedersehen! Bis bald! Genießen Sie das Essen.«

Caroline fing auf, dass Ralph protestierte, aber Muriel blieb energisch.

»Dieser Trick hat nicht funktioniert, oder?«, sagte Peter. »Nach deinem Gesichtsausdruck zu schließen, hat der Himmel die beiden geschickt.«

»Ich bin nicht hergekommen, um mich analysieren zu lassen. Du bist mein Mann, nicht mein Therapeut. Iss zu Ende! Iss dein Gemüse auf! Ich bin mir sicher, dass deine Nanny das dauernd zu dir gesagt hat.«

»Und ob! Sie war ein Berserker! Einmal habe ich …« Caroline ließ ihn weiter von seiner Nanny erzählen. Ich bin wieder auf sicherem Boden, dachte sie dankbar. Er begriff, und sie plauderten über Gott und die Welt, unter anderem auch über Dicky Tutt und Georgie Fields.

»Caroline, glaubst du wirklich, dass sie zusammen weggefahren sind?«

»Kann ich mir nicht vorstellen. Du weißt doch, dass die Dörfler gerne aus einer Mücke einen Elefanten machen! Als ich die Haustür abgeschlossen habe, ist Georgie zum Laden hinübergegangen. Ich weiß nicht, ob Dicky auch wieder da ist. Alle anderen glauben, dass die beiden gemeinsam unterwegs waren. Bryn benimmt sich offenbar wie ein Bär mit einem Brummschädel, und Bel ist ganz still geworden, was ihr gar nicht ähnlich sieht. Sie versteht sich so gut wie Jimbo darauf, uns alle aufzuheitern.«

»Denk dran, er ist der Pfadfinderführer. Sogar heutzutage kann man nicht vorsichtig genug sein.«

»Aber die arme Bel! Der arme Bryn!«

»Es ist bestimmt nicht sehr lustig in einer kleinen Gemeinde wie Turnham Malpas, wo jeder schon über die Privatangelegenheiten der anderen Bescheid weiß, bevor die es selber merken.«

»Offenbar nickt Jimmy weise dazu, hält aber den Mund und will niemandem sagen, was er weiß.«

»Tatsächlich? Ehrlich, es ist immer das Gleiche. Ich frage mich, was er weiß. Hilfe! Ich bin ja schon genauso schlimm wie alle anderen. Ein leichtes Hüsteln, und sie halten einen schon für tot und begraben!«

Caroline lachte nicht. Peter auch nicht, als er ihr Gesicht sah.

Am Abend sah Caroline Peter vom Bett aus beim Ausziehen zu. »Ich glaube fast, du hast kein Gramm zugenommen, seit wir geheiratet haben.«

Er stellte sich vor den Spiegel. »Glaub ich auch nicht. Ehrlich gesagt, weiß ich es. Hab mich vor ein paar Tagen gewogen. Genau das gleiche Gewicht wie damals.«

»Du arbeitest ja auch hart daran, fit zu bleiben. Ich bewundere deine Charakterstärke, dass du bei jedem Wetter läufst.«

»Gewohnheitssache. Jimbo kommt nicht mehr jeden Morgen mit wie früher, etwa dreimal pro Woche, sagt, er hat keine

Zeit mehr. Ich habe ihn davor gewarnt, dass er das ganze Gewicht, das er abgenommen hat, langsam wieder zulegt. Aber er behauptet, er habe jetzt so viel mit seinen ganzen Geschäftsbereichen zu tun, er sei dauernd auf den Beinen und meint deshalb, er habe das Laufen nicht mehr so nötig. Bin gleich wieder da.«

Er ging ins Bad. Caroline rollte sich auf ihrer Seite zusammen, bereit zum Einschlafen. Sie würde es ihm sagen, wenn … nein, sie würde es ihm heute Nacht sagen. Nein, sie würde warten, bis sie einen Termin hatte. So war es richtig.

Peter kam ins Bett, zog sie an sich, legte einen Arm unter ihren Nacken, den anderen Arm über ihre Taille. Er schmiegte sein Gesicht in ihr Haar und sagte: »Lieb dich.«

»Lieb dich auch.« Caroline legte einen Arm über seine Brust und drückte Peter an sich.

»Tut mir Leid, dass du so niedergeschlagen bist. Würde es dich trösten, wenn wir uns lieben?«

Sie löste sich aus seinen Armen. Das brachte sie nicht über sich. »Nein, ich glaube nicht.«

Peter lag eine Weile schweigend da. Ihre Weigerung verwirrte und ängstigte ihn. »Das muss das erste Mal überhaupt sein, dass du nicht willst.« Er versuchte, unbeschwerter zu klingen, und scherzte: »Entwickelst du dich etwa zu einer dieser Frauen, die Kopfschmerzen vorschützen? Zehn Jahre Ehe, und du hast genug!« Er drehte sich um und betrachtete ihr Gesicht, das jedoch nichts verriet.

»Was für ein billiger Witz. Natürlich nicht!«

Er hatte das Licht auf seiner Seite nicht ausgemacht und griff jetzt hinüber, um die Lampe ein Stückchen zu verrücken, sodass das Licht auf Carolines Gesicht fiel. Peter sah, dass ihr die Tränen kamen. Eine rollte ihr über die Wange. Er wischte sie mit dem Daumen weg.

»Mein Schatz, was auch immer es sein mag, es gibt nichts,

worüber wir beide nicht reden können. Wir haben keine Geheimnisse voreinander, du und ich. Wir sagen uns die Wahrheit.« Er wollte sie wieder in die Arme nehmen. »Du und ich.«

Sie rückte von ihm weg. »Nicht immer, Peter, nicht immer.«

Zweimal machte er den Mund auf, wollte etwas sagen, zweimal brachte er sich zum Schweigen. Dann sagte er: »Ich hatte Angst davor, dir wehzutun.«

»Aber ich hätte es lieber gewusst.«

»Wenn es dir also lieber gewesen wäre, dass ich es dir gebeichtet und dir großen Schmerz zugefügt hätte, obwohl es vielleicht gar nicht nötig gewesen wäre, obwohl es schließlich doch nötig wurde, warum kannst du mir dann jetzt nicht die Wahrheit sagen, wenn dir das damals lieber gewesen wäre?«

»Ich kann dir in diesem Moment nur versprechen, dass ich es dir sage, sobald ich es kann.«

»Mehr ist dir nicht möglich?«

»Nein, im Augenblick nicht.«

Er konnte es nicht ertragen, dass Caroline stumm und verschlossen, eng zusammengerollt auf der anderen Bettseite lag. »Ich muss dich in den Armen halten. Nicht mehr. Ist das okay?«

Sie rutschte über das Bett und lag weinend in seinen Armen, bevor er ›okay‹ gesagt hatte.

»Liebling! Liebling! Aber! Aber!« Er hielt sie fest und tröstete sie, wie er die Kinder tröstete, wenn sie Albträume hatten. »Sachte! Ich hab dich in den Armen. Nichts kann dir etwas antun. Ich lasse es nicht zu!« Als die Tränen versiegten, fand er ein Papiertaschentuch und wischte ihr das Gesicht ab. »Hör mir zu! Es gibt nichts auf der Welt, was wir nicht gemeinsam durchstehen könnten. Oder doch?«

»Nein.«

»Also gut. Ich frag dich nicht noch einmal. Du sagst mir,

was dich bedrückt, wenn du dazu bereit bist. Gute Nacht, und Gott segne dich.« Er strich ihr das Haar aus dem Gesicht und küsste sie sanft auf die Stirn. Der Kuss war ein Unterpfand seiner Liebe zu ihr, ohne Begehren, ohne Lust, nicht der Kuss eines Liebhabers, sondern ganz schlicht sein Tribut an sie als den Menschen, dem er seinen totalen, liebevollen, alles umfassenden Beistand gab.

Und dafür liebte sie ihn.

6. Kapitel

Der Morgen des Erntedankfests brach hell und sonnig an. Ein kühler Hauch von Herbst lag in der Luft, aber es war, wie alle beim Aufziehen der Vorhänge sofort erklärten: »Ein schöner Tag für den Erntedank. Ganz klarer Himmel.«

Um Viertel vor zehn strömten die stets wachsenden Pfadfinderscharen mit ihren Erntedankgaben zur Kirche. Das Gotteshaus war schon fast voll, und obwohl Willie mit Sylvias Hilfe jeden freien Platz mit Stühlen aus dem Kinderkirchensaal vollgestellt hatte, gingen ihnen die Sitzplätze aus. Schließlich gab es nur noch Stehplätze hinter dem Taufbecken, und Willie dachte: Noch ein Kirchgänger mehr, und wir müssen anbauen.

Doch was für ein Augenschmaus wurde ihnen geboten. Es war ein besonderer Tag, und so schimmerte auf dem Altar das Kirchensilber, an dem sie alle nach dem Kampf um die Rettung der Stücke so hingen, und dahinter stand der große Leuchter, in dem eine riesige, cremeweiße Kerze brannte. Ihr flackerndes Licht fiel auf die Girlanden aus Blumen und Grün, die sich über den Sims des großen Altarfensters ergossen. Riesige Vasen mit Blumen und Laub standen auf dem Boden. Vor dem Ambo prangte ein Gesteck aus orangefarbenen und gelben Blumen und einer Fülle von zarten, grauweißen Eukalyptusblättern. Caroline hatte am Samstagmorgen viel Zeit damit verbracht, es genau richtig hinzubekommen, und selbst jemand, der nichts von Blumen verstand, musste merken, dass es etwas ganz Besonderes war.

Die Fenstersimse an den Seitenwänden waren mit Obst, Beeren und Grün geschmückt. Kleine Efeuranken ragten über die Ränder auf die Mauern darunter. Mrs. Jones konnte den Blick nicht davon abwenden. Ihr war der Gedanke zuwider, am Montagmorgen alles abbauen zu müssen. Lieber heute Abend, dachte sie, dann habe ich es hinter mir, obwohl sie dann den Leuten im Weg war, die die Pakete für die Kinderheime und für die Alten zusammenstellten. Sie würde sich trotzdem beeilen. Die Steinsäulen waren mit gelben und weißen Chrysanthemen bekränzt, die fest verankert waren; die grünen, wie von Zauberhand gehaltenen Ranken ließen den rötlich braunen Stein weicher wirken.

Sheila hatte einen privilegierten Platz in der ersten Bank, das gebrochene Bein lag auf einem Schemel. Wenn sie den Hals leicht verrenkte, konnte sie fast die ganze Kirche bewundern, bis auf das Gesteck vor der Orgelbank. Sie war überwältigt vor Befriedigung darüber, dass sich alles zum Guten gewendet hatte. Trotz ihrer Probleme, weil sie nicht beweglich war und der Herzogin gegenüber fast die Beherrschung verloren hätte, trotz der Schmerzen und ihrer Sorgen, weil sie durch das gebrochene Bein beeinträchtigt war, empfand sie ungeheuren Stolz.

Die ganze Planung war wunderschön umgesetzt worden, viel, viel besser, als sie es unter den gegebenen Umständen je hätte erhoffen können. Nach dem grauenhaften Abend, an dem sie geglaubt hatte, ihr Ausschuss habe sie im Stich gelassen, hatte bei ihr zu Hause ein vergnügtes Treffen stattgefunden. Louise hatte alle Listen noch einmal ausgedruckt, und sie hatten sich zusammengesetzt, sämtliche Änderungen der Herzogin rückgängig gemacht und die freundliche Atmosphäre wiederhergestellt, als ob überhaupt nichts vorgefallen wäre.

Mrs. Jones bekam ihre Fenstersimse zurück, Lady Templeton ihr Orgelgesteck. Harriet hatte zur Freude aller eine Maisgarbe gebacken, und Dr. Harris hatte die anderen dazu überredet, der Herzogin zu erlauben, den Blumenschmuck an der Trennwand zur Gedächtniskapelle zu übernehmen; eine Geste, die gute Beziehungen fördern sollte. Alles in allem war das Ganze ein Riesentriumph für Sheila, denn der Ausschuss hatte sich ihr gegenüber loyaler gezeigt, als sie mit Recht hätte erwarten dürfen.

Grandmama Charter-Plackett kam spät. Sie hatte daran gedacht, überhaupt nicht zu kommen. Das würde ihnen zeigen, wie sehr sie alles missbilligte. Aber dann war ihr aufgegangen, dass es ihnen ohnehin egal war. Vermutlich hätten sie nicht einmal gemerkt, dass sie nicht da war. Deshalb hatte sie geplant, im letzten Augenblick zu kommen.

Mrs. Peel an der Orgel spielte rein zufällig ein besonders triumphierendes Stück, als Grandmama eintrat. Ohne es zu merken, marschierte sie im Takt zur Musik den Mittelgang entlang. Sie schaute links und rechts nach einem Platz, doch es war keiner mehr frei. Sie hatte gehofft, sie könnte sich in die Bank der Templetons ganz vorn quetschen, doch die war von Muriel, Ralph und den vier Mädchen der Priors besetzt, armen Verwandten von Ralph, wie sie gehört hatte, obwohl es sie überraschte, dass jemand mit seinem Hintergrund arme Verwandte haben sollte.

Auf der Pfarrhausbank war noch eine Lücke frei. Caroline fing Grandmamas Blick auf und schob die Zwillinge ein Stück weiter, sodass Grandmama gerade noch neben diese beiden abscheulichen Schwestern passte, Valda und Thelma Senior. Warum sie so gute Plätze ganz vorn in der Kirche hatten, war Grandmama wirklich ein Rätsel. Nur weil sie beschlossen hatten, keinen Gottesdienst auszulassen, nachdem sie wegen dieser Hexengeschichte im letzten Jahr, bevor Grandmama hergezogen war, vor Angst wie von Sinnen gewesen waren? Grandmama hoffte jedenfalls, dass sie daran gedacht hatten, sich vor der Kirche anständig zu waschen, denn sie saßen wirklich sehr dicht neben ihr.

Als Grandmama sich von den Knien erhob, lächelte Caroline zur Begrüßung. Sie war in der Kirche, folglich war sie lieber großmütig, deshalb erwiderte sie Carolines Lächeln. Sie musste zugeben, dass die Kirche wunderbar aussah. Ihr Gesteck am Fuß der zum Gedächtnis an die Gefallenen geschnitzten Trennwand machte einen ausgezeichneten Eindruck. Ein erstklassiger Standort. Die blutroten Blüten, die Mr. Fitch ihr überlassen hatte, waren zusammen mit dem tiefdunklen, glänzenden Laubgrün und den roten Beeren jedenfalls sehr passend. Sehr angemessen. Tatsächlich sah alles sehr geschmackvoll aus. Obwohl Palmen und Gummibäume für ein gewisses Extra gesorgt hätten ... nein, vielleicht doch nicht. Sie musste widerstrebend einräumen, dass Sheila Bissett etwas von ihrem Handwerk verstand.

Der Pfarrer kam herein. Er war ein bezaubernder junger Mann. Ein Jammer, dass Caroline so mager aussah. Grandmama war überzeugt, dass Caroline seit der Auseinandersetzung in der Ladenküche um zehn Jahre gealtert war. Allerdings mussten die Zwillinge sehr anstrengend sein. Alex sang aus voller Brust falsch, dazu noch das reinste Kauderwelsch, und merkte nicht, wann eine Strophe zu Ende war, und Beth versuchte, ihre Schnürsenkel mit denen von Alex zu verknüpfen. Also wirklich! Caroline schien es nicht einmal aufzufallen. Sie hatte nur Augen für den Pfarrer. Das war auch kein Wunder. In diesem mit alten Spitzen besetzten schneeweißen Messgewand sah er ... sah er einfach ungeheuer gut aus ... Grandmama konzentrierte sich wieder auf den Gottesdienst.

Heute war der letzte Septembertag, dann musste ihr Untersuchungstermin im Krankenhaus am Mittwoch sein. Um halb elf, wenn sie sich richtig erinnerte. Oh, gut! Heute war sie bei Jimbo zum Mittagessen eingeladen. Wie schön. Sie konnte einen Blick auf Fergus und Finlay in ihren Pfadfinderuniformen erhaschen, und auf der anderen Seite, für Grandmama nicht sichtbar, musste Flick bei den Pfadfinderinnen stehen. Fran sah sie nicht, Jimbo und Harriet mussten sehr spät gekommen sein, denn sie hatte die beiden beim Betreten der Kirche nicht bemerkt.

Da war dieser Dicky Tutt! So was von unverfroren. Stand rotzfrech da, der selbstgerechte kleine Mann. Alle sagten, er sei mit Georgie verreist gewesen, eine Schande. Er hatte das Gesangbuch in der Hand und sang sich die Seele aus dem Leib, als könnte er kein Wässerchen trüben. Hielt sich aufrecht, als Beispiel für die vielen Jungen. Sie würde Jimbo sagen, dass er ihre Enkel einem derart widerlichen Einfluss entziehen müsse. Wenn Grandmama nach links schaute, konnte sie am Ende der Bank Georgie Fields sehen. Gut so, Georgie war so winzig, dass sie auf einem anderen Platz überhaupt nichts gesehen hätte. So eine hübsche Frau. Nicht mehr in der ersten Jugendblüte, aber immer noch sehr attraktiv. Georgie beobachtete Dicky! Tatsächlich. Wie konnte sie das nur wagen? Die Leute hatten einfach kein Schamgefühl mehr. Was mochte sie nur an Dicky finden? Er war wirklich mickrig. Nicht klein genug für einen Jockey, aber fast. Dieser Dicky Tutt kniete zum Gebet nieder. Sie beäugte ihn zwischen den Fingern hindurch. Und er bekreuzigte sich auch noch! Ein Wunder, dass ihn nicht der Blitz traf. Sie musste mit dem Pfarrer sprechen. Was er da duldete, brachte die anglikanische Kirche in Verruf, ganz zu schweigen von der Pfadfinderbewegung.

Als die Gebete zu Ende waren, stand Dicky zum Singen auf und schaute zu Georgie hinüber. Oh! Du meine Güte! Dicky schnippte mit den Fingern nach ihr und zwinkerte! Georgie wurde rot. Immerhin hatte sie so viel Scham im Leib, dass sie errötete. Bryn, der neben Georgie stand, konnte dank seiner Größe Dicky bestens sehen und lief dunkelrot an. Grandmama dachte: Er weiß es. Er weiß es! Dann muss etwas dran sein. Er schäumt. Georgie ließ in ihrer Verwirrung das Gesangbuch fallen. Etliche Köpfe drehten sich nach ihr um. Bryn bückte sich und hob das Gesangbuch auf. Aus dem Augenwinkel sah Grandmama, sah *eindeutig*, wie er zu einem Entschluss kam. Ehe Georgie es sich versah, hatte Bryn sie am Ellbogen gepackt und schleifte sie den Gang entlang. Vielleicht war schleifen ein zu starkes Wort, aber Georgie war so schnell unterwegs, dass ihre Füße kaum die Steinplatten berührten.

Willie, der an der Tür stand, machte sie hastig auf und ließ die beiden hinaus. Der Gesang kam zum Stillstand, sodass Mrs. Peel schließlich zu orgeln aufhörte, weil sie glaubte, sie habe eine Strophe zu viel gespielt. Nur Peter sang ohne Stocken weiter, obwohl Grandmama wusste, dass er es bemerkt hatte; sie sah schließlich, dass er es beobachtete. Mrs. Peel schloss sich ihm wieder an, und die Gemeinde fasste sich und versuchte weiterzusingen.

Peter machte weiter, als wäre nichts vorgefallen, und allmählich riss die Gemeinde sich zusammen. Grandmama vermutete jedoch, dass nicht wenige gleich nach dem Gottesdienst in aller Eile das Royal Oak aufsuchen würden.

Als sich gerade alles beruhigt hatte, Grandmama sich an dem kleinen Stück erfreute, das die Kinder aufführten, und die Eltern vor Befriedigung über ihre unglaublich begabten Kinder strahlten, wurde Caroline ohnmächtig. Nicht dramatisch oder laut, sie rutschte einfach von der Bank und fiel in den Seitengang. Die Kirche war so voll, dass zunächst niemand merkte, was passiert war. Grandmama war als Einzige in der Lage, tätig zu werden. Sie quetschte sich an Thelma und Valda, die wie vom Donner gerührt waren, und an den beiden Kindern, die zu weinen anfingen und nicht wussten, was sie tun sollten, vorbei und ging neben Caroline in die Knie. Sie zog ihre Pelzjacke aus und schob sie ihr unter den Kopf. Wie hergezaubert tauchte Sylvia hinter Grandmama auf und sagte: »Ich hole Wasser. Bleiben Sie bei ihr.« Grandmama wühlte in ihrer Handtasche und fand ihr Riechsalz. Das mochte zwar altmodisch sein, aber sie tat das einzig Mögliche.

Sylvia ging in die Sakristei, und inzwischen richtete sich eine Menge Aufmerksamkeit auf den Seitengang. Die Kinder setzten ihr Spiel fort, und Peter schaute ihnen zu. Er saß mit dem Rücken zur Gemeinde auf einem Stuhl und merkte gar nicht, was geschehen war.

Das Riechsalz brachte Caroline schnell zu sich. Grandmama flüsterte: »Nein, stehen Sie nicht auf, noch nicht. Bleiben Sie liegen.«

Sylvia kam mit einer alten Tasse zurück. »Das war alles, was ich auftreiben konnte. Hier, Dr. Harris, trinken Sie einen Schluck. Gut so. Setzen Sie sich ein bisschen auf. Wunderbar.«

»Wir sollten sie lieber an die frische Luft bringen«, flüsterte Grandmama. »Nehmen Sie die Zwillinge.«

Caroline kämpfte darum, sich zusammenzureißen, voller Angst, Peters Gottesdienst zu stören. »Tut mir furchtbar Leid. Es liegt an der Hitze. Ich stehe jetzt auf.«

Grandmama, die sie stützte, pflichtete ihr bei. »Wir gehen nach draußen, da ist es kühler. Kommen Sie.«

Die Gemeinde applaudierte den Kindern, und erst als Peter sich umdrehte, sah er, dass Grandmama Caroline hinaus half und Sylvia ihnen mit den Kindern folgte. Nach einer Konsultation mit Sylvia schlich Willie den Gang entlang und flüsterte Peter etwas zu.

Der nickte und sagte dann den nächsten Choral an.

Während Mrs. Peel den Anfang intonierte, ging Peter den Gang entlang und in die Vorhalle. Caroline, gestützt von

Grandmama, stand draußen, atmete tief und erholte sich langsam.

»Peter! Es lag an der Hitze da drin und am Blumenduft. Bitte, Liebling, geh wieder hinein. Mir geht's gleich wieder gut.«

Er nahm ihre Hand und drückte sie. »Liebling! Es tut mir furchtbar Leid, dass du dich nicht wohl fühlst. Die frische Luft tut dir sicher gut. Danke für Ihre Hilfe, Mrs. Charter-Plackett. Ich hatte ja keine Ahnung.«

»Gehen Sie wieder rein. Wir kommen zurecht. Ich bringe sie ins Pfarrhaus, sobald sie dazu in der Lage ist.« Sie ließ Caroline los und wedelte mit den Händen nach Peter. »Gehen Sie schon. Ich habe alles im Griff.«

»Kommst du auch wirklich zurecht, wenn ich gehe?«

»Natürlich. Ich fühle mich schon viel besser.« Also ging er, wusste aber nicht, wie er den Rest des Gottesdienstes hinter sich bringen sollte. Doch es war so, wie sie gesagt hatte: Es war heiß in der Kirche, und der Blumenduft kam noch dazu. Dann dachte er an ihr Gespräch von neulich im Bett. »Ich sage es dir, sobald ich kann.«

Die Kinder klammerten sich, weil sie nicht wussten, wie sie ihre Sorge sonst zeigen sollten, an Carolines Rock. Sylvia sagte: »Kommt schon, Kinder, wir gehen voraus. Wir setzen den Kessel auf, und dann könnt ihr Mummy eine schöne Tasse Tee einschenken. Den mag sie bestimmt.« Sie huschten davon, beide an Sylvias Händen, und schauten sich ständig um. Caroline hörte Beth sagen: »Ist meine Mummy sehr krank, Sylvia?« O Gott, sie war sehr krank. Sie schaute den Kindern nach. Sie musste ihnen zuliebe stark sein. Sie musste kämpfen.

Grandmama half ihr nach Hause, sobald Caroline sich dazu in der Lage fühlte, kam jedoch nicht mit hinein, sondern überließ Caroline an der Tür Sylvias Fürsorge und ging in die Kirche zurück.

Nur mit äußerster Willensanstrenung, die allen in der Kirche deutlich war, gelang es Peter, den Gottesdienst zu Ende zu bringen. Als er am Ausgang stand, allen die Hand gab und sie ihre Sorge um Caroline aussprachen, dämmerte ihm die Wahrheit. Wie selbstsüchtig konnte ein Mann sein? Er war in seiner Arbeit aufgegangen, im Bemühen, seiner Herde ein guter Hirte zu sein, aber das Einzige, was ihm als Vater und Ehemann hätte auffallen müssen, war ihm entgangen. Caroline hatte abgenommen. Sie sah sogar geradezu gespenstisch aus. Sie war ihm gegenüber untypisch jähzornig gewesen, reizbar den Kindern gegenüber, und sie hatte an ihm als Mann nicht das geringste Interesse gezeigt. Nimm kein Blatt vor den Mund, dachte er, sie hatte keinen Sex gewollt, und Sex war immer ein Pfeiler ihrer Ehe gewesen.

Er stand fast zwanzig Minuten am Ausgang und sehnte sich weg, aber es waren so viele Menschen da. So viele, die ihm versicherten, Caroline fehle nichts Ernstes, es sei kein Wunder, dass sie ohnmächtig geworden sei. Bei dieser Hitze. Wunderschöner Gottesdienst. Danke, Herr Pfarrer. Wunderschön, wie immer. Sie haben sich selbst übertroffen. Sheila, begleitet von Ron, kam auf ihren Krücken herausgehumpelt.

»Sheila! Vielen, vielen Dank ... Die Kirche sieht wundervoll aus, wirklich wundervoll! Sie haben sich selbst übertroffen.«

Sie war von seiner Dankbarkeit schier überwältigt und bedankte sich murmelnd.

»Danken Sie dem Ausschuss in meinem Namen? Ich bin so dankbar für alles, was Sie tun.«

»Natürlich mach ich das; sie sind ein großartiges Team. Sie haben mich dieses Jahr wirklich sehr unterstützt. Und ich danke Ihnen, es freut mich, dass es Ihnen gefallen hat. Es wird Zeit, dass Sie zu Dr. Harris nach Hause gehen und nach ihr sehen.«

»Gleich. Seien Sie beim Gehen vorsichtig.«

Schließlich entschuldigte er sich und ging.

Sylvia hatte die Kinder mit Spielzeug beruhigt, und Caroline saß am Küchentisch und trank Tee. Sie hatte wieder Farbe in den Wangen und begrüßte ihn mit einem Anflug ihrer üblichen Vitalität.

»Tut mir furchtbar Leid, Peter, dass ich in der Kirche für solche Aufregung gesorgt habe. Ich muss mich wirklich entschuldigen. Ich weiß, wie viel der Gottesdienst dir bedeutet.« Sie hielt ihm das Gesicht für einen Kuss hin. Peter bückte sich und küsste sie auf die Wange.

»Bitte, entschuldige dich nicht. Mir tut nur Leid, dass ich dich nicht selbst nach Hause bringen konnte. Sylvia, Willie ist fast fertig. Gehen Sie nach Hause, damit er sein Mittagessen bekommt. Ich komme zurecht.«

Sylvia stand außerhalb von Carolines Blickfeld. Sie zeigte mit dem Finger auf Caroline und fragte: »Sind Sie sicher?«

»Absolut.«

Sylvia nickte in Richtung Flur. »Dann gehe ich jetzt.«

Peter folgte ihr aus der Küche und machte die Tür hinter sich zu.

Sylvia sagte nichts, bis sie an der Haustür waren. »Mir hat sie sich nicht anvertraut, Sie müssen sie dazu bringen, dass sie sich wenigstens Ihnen anvertraut. Gefällt mir gar nicht, wonach das alles aussieht, Herr Pfarrer. Gefällt mir überhaupt nicht.«

»Ich hab's versucht, aber sie will nicht. Wir haben uns darauf geeinigt, dass sie es mir sagt, wenn sie dazu bereit ist.«

»Dann sollten Sie das Äußerste versuchen. Diese Abmachung, dass Sie beide das Terrain des anderen respektieren, ist jetzt ganz fehl am Platz. Die Frau da drin ist entweder krank oder sie hat grauenhafte Sorgen. Morgen früh komme ich zeitig.« Mit der Hand am Haustürriegel drehte Sylvia sich um und sagte: »Denken Sie daran, morgen früh will ich eine

Antwort hören. Ich mache mir eine Menge Gedanken über Dr. Harris, wissen Sie. Das muss geklärt werden. Sonst …«

Peter zog das Messgewand aus und hängte es in den Flurschrank, straffte die Schultern und kehrte mit der festen Absicht, es herauszufinden, in die Küche zurück.

»Kommt mir nicht richtig vor, direkt aus der Kirche hierherzugehen, aber ich sterbe vor Neugier, was hier los ist.« Vera, ganz ungewohnt in Dons Begleitung, setzte sich zu Jimmy an seinen Lieblingstisch.

Don hob sein Glas Orangensaft und sagte: »Auf euch beide.«

»Und auf dich«, antwortete Jimmy. »Schön, männliche Gesellschaft zu haben. Ich rechne heut nicht mit Willie, sonntags kommt er nicht her, und schon gar nicht jetzt, wo's Dr. Harris schlecht geht.«

»Früher hat's was ganz Bestimmtes zu bedeuten gehabt, wenn 'ne Frau ohnmächtig geworden ist.«

»Und zwar?»

»Dass was Kleines unterwegs ist.«

»Das ist aber unwahrscheinlich. Wir wissen doch, dass sie keine Kinder kriegen können.«

Weil Veras Theorie verworfen wurde, war ihr die Luft aus den Segeln genommen. Sie seufzte. »Stimmt! Das wissen wir allerdings. Und wir wissen auch, dass es nicht an ihm liegt. Das hat er bewiesen.«

»Na also.« Jimmy schaute sich um. »Eh! Eben ist Georgie reingekommen. Hat das Glitzerkostüm ausgezogen, das sie bei ihren seltenen Ausflügen in die Kirche trägt, und lächelt, als gäb's kein Morgen. Ganz schön unverschämt.«

»So was von dreist von diesem Dicky. Winkt und zwinkert in der Kirche. Wär was anderes, wenn sie noch jung und ledig wären.«

»Du weißt doch, wen Cupidos Pfeil trifft …«

»Cupidos Pfeil! Den hätten sie auffangen und zurückschießen sollen. In ihrem Alter müssten sie mehr Verstand haben.«

Jimmy lachte. »Deine Frau ist ja ganz entrüstet, wär's möglich, dass sie ein bisschen eifersüchtig ist, Don? Hast du die beiden gesehen?«

»Nein.«

Bryn war mit dem Servieren beschäftigt, ein grimmiges Lächeln im Gesicht. Sogar sein Schnurrbart schien sich vor Ärger zu sträuben. Georgie zapfte Bier, aber am anderen Ende der Theke.

»Fühlen Sie sich besser, Georgie?«, rief Jimmy. »War sehr heiß in der Kirche, was?«

Bryn zog ein finsteres Gesicht. Georgie sagte: »Es war sehr heiß. Mich wundert, dass sonst niemand da raus musste.«

Jemand sagte: »Sie waren nicht die Einzige. Kurz nach Ihnen ist die Pfarrersfrau rausgegangen. Ist einfach umgekippt. War schrecklich bleich.«

»Oh! Dann ist es nicht nur mir so gegangen. Hier, macht ein Pfund achtzig, bitte.«

Als der Gast das Wechselgeld einsteckte, sagte er: »Mir kamen Sie ganz rot angelaufen vor, Georgie.«

»Ich hab doch gesagt, es war heiß.«

»Ihr Bryn hat ja schnell geschaltet, hat Sie rausgeschafft wie der Blitz«, bemerkte Jimmy anzüglich.

Bryn funkelte Jimmy böse an, und einen Moment lang glaubte Jimmy, Bryn würde rüberkommen und ihm einen Hieb verpassen, aber der Moment verstrich, und Jimmy trank hastig einen Schluck Bier.

Vera war schockiert. »Also ehrlich, Jimmy! Gleich fängst du dir ein Veilchen.«

»Ich nicht, aber vielleicht der.« Er nickte in die Richtung der Bartür.

Vera und Don verrenkten sich, um etwas zu sehen. Bel und Dicky Tutt waren eben hereingekommen. Sie kamen so selten gemeinsam, dass die Leute sie ohnehin angestarrt hätten, aber jetzt um diese Mittagszeit starrten die Leute sie nicht nur an, sie waren entsetzt. Dicky riskierte wirklich Kopf und Kragen. Gelegentlich brannte bei Bryn die Sicherung durch, und weil er etwa doppelt so kräftig war wie Dicky, konnte es brenzlig werden. Roastbeef und Yorkshire Pudding konnten warten, auf der Speisekarte stand ein anderer Leckerbissen.

Zur tiefen Enttäuschung aller erforderte ein Problem im Speisesaal Bryns Aufmerksamkeit, sodass er Georgie und Alan hinter der Theke zurücklassen musste.

»Die Pfadfinder haben heute Morgen einen guten Eindruck gemacht, Dicky!«, rief Vera hinüber. »Sie machen dir Ehre!«

Dicky, der die Pfadfinderuniform abgelegt hatte, spielte jetzt in einem knallroten Pullover mit Polokragen und schwarzweiß karierten Hosen den Dandy. »Danke, Vera!«, rief er. »Sind gute Jungen, alle miteinander! Sie haben ja Ihren Mann mit hierher geschleppt. Was führen Sie denn neuerdings im Schilde, Don?«

Don prostete ihm mit dem Glas zu. Er war dafür bekannt, nicht viel Worte zu machen, aber dieses Mal wuchs er über sich hinaus. »Es ist wohl eher die Frage, was *Sie* neuerdings im Schilde führen, Dicky.«

Rundum wurde hörbar nach Luft geschnappt. Vera verschluckte sich an ihrem Drink und musste nach ihrem Taschentuch suchen, um sich das Kinn abzutupfen. Was Jimmy betraf, ihm blieb der Mund offen stehen. Die Gäste am Tisch neben dem Kamin brachen in Gelächter aus und hielten sich die Seiten, aber Bel lief dunkelrot an und schaute zu Boden, und Georgie schüttelte warnend den Kopf, was Dicky ignorierte. »Oh, dies und das, Sie wissen schon«, sagte er. Er prostete Georgie zu und grinste. »Dies und das. He, Georgie!

Kennst du den über den Ehemann, der eines Abends früher nach Hause kam und seine Frau im Bett erwischte, mit …«

Bel versetzte ihm mit der flachen Hand einen kräftigen Schlag ins Gesicht. Falls ihm nicht der Schädel brummte, allen anderen ging es so. Dann schlug sie ihn mit der anderen Hand auf die andere Wange. Er wich zurück, aber sie folgte ihm an der Theke entlang und versetzte ihm bei jedem Schritt einen weiteren heftigen Schlag.

»Das hast du davon, mich so in der Öffentlichkeit vorzuführen!«

Auf Georgies Höhe hörte Bel auf mit den Schlägen und musterte Georgie über die Theke hinweg. »Wenn der Tresen nicht zwischen uns wäre, würde ich Ihnen auch eine langen!« Bel packte Dicky am Pulloverkragen und zerrte ihn hinaus. Als die Bartür hinter den beiden zuging, hörten sie Dicky schreien: »Bel! Bel! Ich hab noch nicht ausgetrunken! Hab ein Herz!«

Die Gäste, die dem Fenster am nächsten waren, stürzten hin und schauten den beiden nach.

»Sie hat ihn immer noch nicht losgelassen!«

»Er zappelt und wehrt sich!«

»Sie hat ihn wieder geschlagen!«

»Er hat sich losgerissen!«

»Er kommt zurück!«

»Nein, macht er nicht.«

»Doch!«

»Er kommt zurück! Großer Gott!«

In diesem Augenblick kam Bryn aus dem Speisesaal in die Bar, und alle setzten sich schnell, aber die Aufregung lag noch in der Luft. Bryn schaute sich um, wollte Erklärungen hören, aber niemand sagte etwas. Alle wichen seinem Blick aus. Er sah Georgie an, aber sie tat, als müsste sie dringend unter der Theke nach einem sauberen Tuch zum Gläserpolieren suchen.

Die Tür schwang auf, und Dicky kam wieder herein. Er

war rot im Gesicht und kurzatmig, aber er war kein Duckmäuser und war zurückgekommen, um auszutrinken. Er marschierte zur Theke, wobei er sich bewusst war, dass sämtliche Augen auf ihn gerichtet waren, und weil er die Dramatik der Situation genoss, beschloss er, seinem Publikum etwas zu bieten.

Er griff nach seinem Glas, drehte sich um und prostete allen zu. Erst einem Grüppchen, dann dem nächsten. Es wurde gekichert, dann laut gelacht und schließlich laut applaudiert. Doch Dicky hatte nicht gemerkt, dass Bryn ihn beobachtete.

Dicky stellte das leere Glas auf die Theke, machte ein paar Stepptanzschritte und verbeugte sich. Als er sich aufrichtete, packte Bryn ihn am Arm.

»Raus, Sie Zwerg! Raus! Sie haben Hausverbot!« Und schon wieder wurde Dicky über den Boden gezerrt. Bryn schleuderte ihn hinaus, ohne Rücksicht darauf, was Dicky passieren mochte, wenn er über die zwei Stufen zur Straße wankte. Als Bryn wieder hereinkam, knallte er die Tür laut hinter sich zu.

»Alan! Wo ist Alan!«

»Hier.« Alan schleppte einen Kasten Flaschenbier aus dem Keller herauf und fragte: »Was gibt's?«

»Kommst du zehn Minuten allein zurecht?«

»Ja, natürlich.« Bestürzt sah er sich nach einem Anhaltspunkt dafür um, was los sein mochte. Aber niemand schaute in seine Richtung, alle beobachteten Bryn, der Georgie zornig anfunkelte. Sie musterte den Abstand zwischen sich und der Tür mit dem Schild *Privat*. Bryn ging mit drohender Miene auf Georgie zu.

Sie wich zurück. Mit einem hübsch gefeilten und lackierten Fingernagel stach sie in die Luft zwischen sich und Bryn. »Rühr mich ja nicht an, sonst bin ich weg und komme nie mehr zurück!«

»Ich hab dich noch nie geschlagen und hab nicht vor, jetzt damit anzufangen. Ins Büro, ein bisschen plötzlich.«

Er machte die Tür nach hinten auf und trat beiseite, um Georgie den Vortritt zu lassen. Bevor er hinter ihnen die Tür zumachte, hörten die Gäste Bryn sagen: »Und jetzt, Madam, will ich wissen, was hier los ist.«

Don trank seinen Orangensaft aus und sagte mit unbewegter Miene zu Vera: »Nach diesem krönenden Abschluss wird's Zeit, dass wir nach Hause gehen und du mir mein Essen machst.«

7. Kapitel

Grandmama hatte daran gedacht, Harriet darum zu bitten, sie zur Untersuchung ins Krankenhaus zu fahren, aber als es so weit war, hatte Harriet zu viel zu tun, und Grandmama bestellte Jimmy, damit er sie in seinem Taxi hinbrachte. Der Bus stank so, und die Abfahrtszeiten passten ihr so schlecht, es war also einfacher, sich von Jimmy fahren zu lassen. Das war die erste Nachuntersuchung seit ihrem Umzug nach Turnham Malpas. Es hatte geheißen, ihre Unterlagen seien weitergeleitet worden; deshalb handelte es sich eigentlich nur um eine Formsache. Sie ging ungern hin, spielte dieses Mal sogar mit dem Gedanken, nie wieder hinzugehen. Schließlich war sie jetzt seit fünf Jahren ohne Befund, es war nicht nötig, ihre Zeit zu vergeuden.

Sie bat Jimmy, sie am Haupteingang abzusetzen, er sollte nicht wissen, dass sie die Abteilung zur Krebsbehandlung aufsuchte. So etwas würde sich im Nu im Dorf herumsprechen, wie sie zu ihrem Leidwesen bei dem Debakel mit dem Erntedankfest herausgefunden hatte. Der Haupteingang gehörte offensichtlich zum ursprünglichen Krankenhaus, aber im Lauf der Jahre hatte sich die Größe des Gebäudes vervierfacht, und Grandmama fand sich nicht zurecht. Sie fragte eine Schwester, die sich auszukennen schien, und folgte deren Wegbeschreibung.

Die Pfeile auf den Wegweisern schienen nicht nur geradeaus und nach links und rechts zu zeigen, sondern sinnigerweise auch himmelwärts, und Grandmama kam ganz durcheinander. Sie schob sich durch eine Schwingtür und fand sich in der Schwangerensprechstunde wieder. Also wirklich! Sie sah sich nach einer Schwester um, die sie nach dem Weg hätte fragen können, doch an einem Tisch auf der anderen Seite saß nur eine Empfangsdame, also schlängelte Grandmama sich zwischen Kindern, Spielzeug und Müttern in verschiedenen Schwangerschaftsstadien hindurch. Es waren so viele Frauen, dass Grandmama sich fragte, ob es in Culworth noch kein Fernsehen gebe. Die Empfangsdame telefonierte, also musste Grandmama warten. Eine der Türen hatte ein neues Schild mit der Aufschrift *David R. Lloyd-Jones, beratender Arzt*. Die Tür ging auf, und heraus kam Caroline Harris! Ausgerechnet! Was für ein Zufall! Ein sehr distinguiert wirkender Mann war bei Caroline, sie gaben sich die Hand, und Grandmama hörte den Mann sagen: »Alles Gute.«

»Vielen Dank für alles«, sagte Caroline, sah auf ihre Uhr und ging eilig weg.

So, so. Sie hatte also Recht gehabt. Es war doch ein Baby. Dass Caroline mager und geistesabwesend aussah, musste an der Morgenübelkeit liegen, bei manchen Frauen war das so. Wer hätte das gedacht! Nach so vielen Jahren. Ein Baby.

Grandmama merkte, dass die Empfangsdame mit ihr sprach. »Entschuldigung! Ich habe Sie gefragt, ob ich Ihnen helfen kann?«

»Ich muss wohl in der falschen Abteilung sein.«

»Das nehme ich auch an.«

Grandmamas eindringliche Augen bedachten die Empfangsdame mit einem finsteren Blick, bevor sie nach dem Weg fragte. Sie musste ihn sich zweimal erklären lassen; was sie eben gesehen hatte, brachte sie so durcheinander, dass sie es sich nicht merken konnte. Dann wandte sie sich hastig zum Gehen. Wenn sie sich nicht beeilte, kam sie noch zu spät.

Peter konnte sich nicht konzentrieren. Er wartete darauf, dass Caroline anrief, denn heute war der Termin ihrer zweiten, gründlicheren Ultraschalluntersuchung. Er hatte ihr angeboten, sie nach Culworth zu fahren und mit ihr zu warten, aber davon wollte sie nichts wissen. Jetzt wünschte er sich, er hätte darauf bestanden.

»Ich habe gleich danach Dienst in der Praxis, es ist unnötig. Ich rufe dich gegen Mittag an und sag dir Bescheid. Wir müssten sowieso beide Autos nehmen. So ist es besser.«

»Hör mal, könntest du dich nicht privat behandeln lassen?«

»Auf keinen Fall. Ich bin Ärztin, ich darf kein privilegiertes System für mich in Anspruch nehmen, während die Mehrheit meiner Patienten das nicht kann. Das wäre nicht richtig.«

»Natürlich nicht. Das sehe ich ein.«

Er ging in die Garage, holte ihr Auto und fuhr es vor den Pfarrhauseingang.

»Oh, danke, Liebling.«

»Das Mindeste, was ich tun kann. Caroline, ich ...«

Sie unterbrach ihn, um ihn daran zu hindern, etwas Mutmachendes zu sagen, was die Mauer, die sie um sich herum aufgebaut hatte, hätte durchbrechen können. »Nach dem Termin besuche ich David Lloyd-Jones. Was ihn betrifft, brauche ich dein Gedächtnis wohl kaum aufzufrischen, oder?« Sie lächelte ihn boshaft an.

»Natürlich nicht! Er hat seine Stelle also schon angetreten?«

»Hat am Montag angefangen. Ich will ihm gratulieren.«

»Wenn's dabei bleibt!«

»Peter! Nach so langer Zeit! Du bist doch nicht etwa immer noch eifersüchtig?«

»Eigentlich nicht. Nein.« Er schaute weg.

»Du bist es doch! So, so. Muss weg, sonst komm ich zu spät.«

Er hatte das Gespräch so geführt, wie sie es wollte. Normal. Emotionslos. Knapp. Wenn das ihre Methode war, damit fertig zu werden, musste er sich fügen. »Dann tschüs! Vergiss nicht, mich anzurufen!« Er sehnte sich danach, sie zu küssen, sie festzuhalten, sie zu umarmen, nach allem, nur nicht nach dieser Sachlichkeit.

Er sah ihr nach, als sie wegfuhr, kehrte dann ins Haus zurück und dachte daran, wie er am Sonntag, als Sylvia fort war, in die Küche zurückgegangen war, wo Beth auf Carolines Schoß saß und sich knuddeln ließ. Beth hatte den Daumen im Mund, und Caroline schaukelte sie. »Ich hab dich lieb, Mummy. Geht es dir jetzt besser?«

»Viel besser, Liebling. Viel besser.« Alex war aufgestanden und hatte sich neben Caroline gestellt. Er lehnte sich gegen ihre Beine, legte ihr den Arm um die Taille und fragte: »Du bist doch Ärztin, kannst du dich nicht gesund machen?«

»Manchmal, aber manchmal brauchen auch Ärzte Hilfe.«

Beth nahm den Kopf von Carolines Schulter und fragte: »Brauchst du jetzt Hilfe?«

»Vielleicht.«

»Wenn ich groß bin, werde ich Arzt«, sagte Alex.

Beth rümpfte die Nase. »Ich nicht. Arzt sein ist eklig. Da muss man Leute mit Spritzen stechen, wie sie es mit uns bei der Schulimpfung gemacht haben. Das war scheußlich. Hat wehgetan.«

»Meine Spritzen tun bestimmt nicht weh. Da sorg ich dafür. Ich könnte dich gesund machen, stimmt's, Mummy?«

»Natürlich könntest du das.«

Beth gab ihm einen Stups. »Kannst du nicht, du bist zu klein.«

»Bin ich nicht!«

»Bist du doch!«

»Mummy, ich bin doch nicht klein? Ich bin größer als Beth.«

Ehe Caroline antworten konnte, sprang Beth von ihrem Schoß und rief: »Bist du nicht, bist du nicht, wir sind zusammen geboren, da kannst du gar nicht größer sein.«

»Bin ich aber, schau!« Sie stellten sich Rücken an Rücken, und Peter musste bestätigen, dass Alex tatsächlich größer war als Beth.

»Das ist nicht fair«, maulte Beth.

»Männer sind immer größer als Mummys. Schau Daddy an.«

»Stimmt nicht! Mr. Tutt ist klein. Und Mrs. Tutt ist riesengroß.« Sie streckte die Arme aus, so weit sie reichten.

Caroline musste lachen. »Ab mit euch beiden. Ich möchte den Tisch fürs Mittagessen decken. Es steht seit einer Ewigkeit im Backofen, und ich rieche, dass es überfällig ist.«

Nach dem Essen gingen die beiden Kinder in den Garten und spielten mit ihren Fahrrädern. Caroline und Peter tranken Kaffee.

»Wunderschöner Gottesdienst, Peter. Hat die Kirche nicht wunderbar ausgesehen? Ich glaube, so schön war sie noch nie. Ich war so stolz auf mein Gesteck. Die Eukalyptusblätter vor dem dunklen Holz haben großartig ausgesehen, haben es förmlich aufgehellt.«

Er antwortete nicht.

»Halloooo! Jemand zu Hause?«

»O ja.«

»Und?«

Peter sagte, ohne sie anzuschauen: »Wie lange willst du mich noch im Ungewissen lassen?«

Caroline sah aus dem Fenster und schaute den Kindern zu, die auf dem Gartenweg ein Wettrennen veranstalteten. Beths stämmige Beinchen traten so kräftig in die Pedale, wie sie irgend konnte, aber Alex' lange Beine, die viel lässiger in die Pedale traten, verschafften ihm einen Vorsprung.

»Und? Du hast mir noch keine Antwort gegeben. Du bist so kostbar für mich, bedeutest mir mehr als alles andere auf der Welt, und trotzdem darf ich es nicht wissen.«

Sie schenkte ihm Kaffee nach und reichte ihm den Zucker.

»Mein Schatz, *es quält mich zu Tode.*«

»*Mich auch.*«

Peter wartete. Die Küchenuhr schlug die Viertelstunde.

Caroline stieß einen tiefen Seufzer aus und sagte leise, fast unhörbar und sehr, sehr langsam: »Es gibt kein Rezept dafür, es zu sagen, keine Methode, es dir schonend beizubringen, also kann ich es genauso gut direkt sagen. Ich war bei einer Ultraschalluntersuchung, weil sie glauben ... Sie glauben, dass ich eine Wucherung an den Eierstöcken haben könnte. Am Mittwoch habe ich einen Termin für eine zweite Ultraschalluntersuchung im Krankenhaus, mit einem besseren Gerät.«

Von draußen kam das fröhliche Gelächter ihrer beiden Kinder. Im Haus erwachte der Küchenboiler zum Leben, und die Küchenuhr vertickte die Sekunden. Lange, erschreckende, Furcht erregende Sekunden, in denen Peter fast am Schock erstickt wäre. Caroline zuliebe holte er erschauernd tief Luft, dann noch einmal. Dann ein drittes Mal, bis er seine Stimme unter Kontrolle hatte. »Mein Liebling! Warum nur hast du mir das nicht früher gesagt? Seit wann weißt du es?«

»Seit einer Weile.« Sie langte über den Tisch und streichelte seine Hand.

»Was kann ich sagen, was nicht leer und abgedroschen klingt? Ich bin tief traurig. Du hast diese Last ganz allein getragen. Womit kann ich dich so enttäuscht haben, dass du das

Gefühl hattest, sie nicht mit mir teilen zu können? Es macht mich so unglaublich traurig, dass ich dich im Stich gelassen habe.« Er legte seine freie Hand auf ihre. »Ich stelle dir nicht die dumme Frage, ob du dir auch sicher bist, dass es sich nicht um einen Irrtum handelt. Dazu kenne ich dich zu gut.«

»Es ist kein Irrtum, Liebling. Und du hast mich nicht im Stich gelassen. Es ist meine Schuld, ich hab's nicht über mich gebracht, es dir zu sagen. Ich wollte dir nicht das Herz brechen.«

»Mein Herz! Was hat *mein Herz* denn damit zu tun? Du musst es verkraften.«

»Du auch. Lass uns offen reden. Wenn es schlimmer ist, als sie glauben, dann ... dann könnte es bedeuten, dass du allein zurechtkommen musst.«

»Gütiger Gott! Gütiger Gott!« Peter stützte die Ellbogen auf die Knie und nahm den Kopf zwischen die Hände. Er setzte sich wieder auf. Durch den Schock war die Farbe aus seinem Gesicht gewichen, es war totenbleich. Er sagte, genauso langsam wie sie beim Formulieren der Neuigkeit: »Sehen wir es von der guten Seite. Wir dürfen nicht das Schlimmste annehmen. Vielleicht ist nur eine einfache Operation nötig, und alles ist vorbei und erledigt. Selbstverständlich wirst du dich schonen müssen, vielleicht darfst du nur stundenweise arbeiten, dich nicht übernehmen, aber es gibt keinen Grund, warum nicht alles bald wieder sein sollte wie früher. Oder gibt es einen?«

»Überhaupt keinen.« Caroline lächelte tapfer, und er erkannte die Tapferkeit und streckte die Arme nach Caroline aus. Sie stand auf und setzte sich auf seinen Schoß. »Deshalb bist du ohnmächtig geworden, stimmt's? Ich bringe es kaum fertig, dich danach zu fragen, aber hast du starke Schmerzen?«

»Manchmal. Aber vielleicht spielt sich auch alles nur im

Kopf ab, Angst, du weißt schon. Deshalb bin ich so schnippisch gewesen.«

»Schnippisch? Das ist mir gar nicht aufgefallen! Am Mittwoch. Drei Tage. Gehst du trotzdem in die Praxis?«

»Ja, so ist es leichter. Etwas zu tun haben, du weißt schon. Keine Zeit zum Grübeln.«

Peter tätschelte ihr den Arm, streichelte ihr Knie, rieb sein Gesicht an ihrem Haar. »Ich bin so blind gewesen. Ich bin total und unverzeihlich blind gewesen.«

»Aber ich habe dich doch gebeten, mich nicht zu fragen.«

»Ich werde nie wieder tun, was du sagst, nie, niemals wieder. Wenn ich dich etwas fragen möchte, tue ich es. Es ist lachhaft, das Terrain des anderen zu respektieren.«

»Nein, das ist es nicht. Es ist eine Übereinkunft zwischen zwei intelligenten Menschen, die ein Recht auf eigene Gedanken und Entscheidungen haben. Was hättest du tun können, wenn du es gewusst hättest? Nichts. Niemand kann etwas tun.«

»Ich hätte rücksichtsvoller sein können.«

»Du bist sowieso schon viel rücksichtsvoller, als mir gut tut. Ich habe es niemandem gesagt. Niemand weiß es, und ich will auch nicht, dass es jemand erfährt.«

»Wir werden es Sylvia sagen müssen.«

»Warum?«

»Weil sie mir eben gesagt hat, dass ich ... dass sie am Montag eine Antwort erwartet, sonst ...«

»Ich frage mich, was sie mit ›sonst‹ meint.«

»Caroline, du musst es ihr sagen, sonst tu ich's. Das gebietet die Fairness. Vielleicht sind wir auf Sylvia angewiesen.«

Caroline nahm Peters Gesicht in die Hände und musterte ihn eindringlich. Sie fuhr ihm mit den Fingern über die Augenbrauen, hielt ihm dann sanft mit den Daumen die Lider zu und küsste ihn liebevoll. »Du bist mein Liebster. Alle David Lloyd-Jones' der Welt können dir nicht das Wasser reichen. Und ich weiß nicht, warum. Ich hatte nicht viel mit der Kirche im Sinn, weißt du, es lag also nicht an deinem Hundehalsband, aber an dem Morgen, an dem du in meine Sprechstunde gekommen bist, mit Halsschmerzen, mit laufender Nase, roten, wässrigen Augen, dem grauenhaften Husten und rot angelaufenem Gesicht ...«

»Gütiger Himmel! Ich kann nicht sehr reizvoll ausgesehen haben.«

»Hast du auch nicht. Aber du hast mein Herz zum Klopfen gebracht, und es hat seither nicht mehr aufgehört zu klopfen.«

Peter lächelte sie an. »Ich habe mich schon oft gefragt, was das für ein seltsames Geräusch ist, wenn ich dir nahe komme.«

»Ach, dieses Geräusch! Das ist nur der Aufruhr meiner Hormone.«

Peter fing an zu lachen, aber dann kamen ihm die Tränen. Sie küsste sie ihm weg. »Hör auf, sonst muss ich auch weinen.«

»Du bist so tapfer. Ich habe entdeckt, dass ich überhaupt nicht tapfer bin.«

»Du wirst es sein, wart's nur ab.« Sie stand von seinem Schoß auf. »Lass uns abräumen. Die Kinder sind so still, sieh mal nach, was sie machen.«

Er putzte sich die Nase, fuhr sich mit den Fingern durch das Haar, ging dann zum Fenster und schaute hinaus. »Das wird dir gar nicht gefallen.« Er rannte zur Hintertür hinaus und ließ sie weit offen. Caroline eilte hinterher. Alex balancierte auf der Mauer und wollte auf die Gasse hinunterspringen. Beth kam humpelnd durch das Tor zurück, beide Knie übel verschrammt, und sie hielt sich die Hand, als hätte sie Schmerzen. Dicke fette Tränen rollten ihr über die hübsch gerundeten Wangen. »Lieber Himmel!«

Sie mussten beide verarzten, denn bevor Peter an der Mauer war, war Alex schon gesprungen. Es waren etwa anderthalb Meter, und der Boden war holprig, deshalb hatte auch Alex sich verletzt.

Als sie die beiden vor den Fernseher gesetzt hatten, sorgfältig bandagiert und versorgt mit süßem, heißem Tee, von dem Alex behauptete, Ärzte verordneten ihn immer gegen Schock, seufzte Caroline und sagte: »Wenigstens wird uns nie langweilig!«

Jetzt wartete er also darauf, dass das Telefon klingelte. Er versuchte, sich auf einen Aufsatz zu konzentrieren, der ihm bei der Vorbereitung auf den nächsten Sonntag helfen sollte, aber vom Ergebnis her hätte er genauso gut die Fernsehzeitschrift lesen können. Das Klingeln des Telefons unterbrach Peter in seinen Gedanken.

Es war Caroline. Es war erst elf. »Ich komme nach Hause.«

»Oh, gut!«

»Bin gleich da.«

»Ja, stimmt. Fahr vorsichtig. Pass auf.«

Sie sagte es ihm, sobald sie im Haus war. Die Wucherung war größer, als sie erwartet hatten, und sie musste sofort operiert werden. Peter zog sie eng an sich. »Also in den nächsten Wochen, sobald ein Bett frei wird?«

»Nein, diesen Freitag. Sie haben mir einen Tag Zeit gegeben, alles zu ordnen.«

»Das muss heißen …« Er brach ab und setzte neu an. »Es gibt nichts zu ordnen.«

»Doch. Wir müssen es zum Beispiel den Kindern sagen. Nächste Woche habe ich zwei Sitzungen, da lasse ich mich entschuldigen. Ich sage einfach, meine Termine würden sich überschneiden oder so, irgendetwas, aber ich will nicht, dass die Leute es erfahren.«

»Wir können die Tatsache nicht verhehlen, dass du im Krankenhaus bist«, sagte Peter sehr sanft. »Irgendetwas müssen wir den Leuten sagen.«

Caroline sackte auf Peters Stuhl zusammen, legte den Kopf auf den Schreibtisch und weinte. Sie war untröstlich. Ihr Schluchzen riss an Peters Herz. In ihrem ganzen gemeinsamen Leben hatte er sie nie so tief, so quälend verzweifelt erlebt, und es schien nichts zu geben, womit er sie beruhigen oder trösten konnte. Er stand hilflos neben ihr, legte ihr die Arme um die Schultern. Allmählich legte sich das Schluchzen, und Caroline wandte sich ihm zu, legte ihm die Arme um die Taille und presste ihren Kopf an seinen Körper.

»Oh, Peter! Ich brauche dich. Bitte, hilf mir!«

8. Kapitel

Am Morgen nach Grandmamas Krankenhaustermin war sie bei Muriel zum Kaffee eingeladen. Wider Willen schmeichelte der Anlass ihr.

Wenn Muriel auch nur eine pensionierte Anwaltssekretärin war, sie wurde trotzdem mit Lady Templeton angeredet und war mit dem bezaubernden Sir Ralph verheiratet. Grandmama machte mit großer Sorgfalt Toilette und fühlte sich beim Verlassen des Hauses, als läge ihr die Welt zu Füßen. Als sie abschloss, blieb sie stehen und bewunderte ihr Cottage mit einem Gefühl, das Liebe nahe kam. Schulkinder kamen vorbei, in einem sauberen Gänsemarsch. Bei ihnen war Kate, diese nette junge Frau.

»Guten Morgen, Kinder! Guten Morgen, Miss Pascoe!«

»Guten Morgen, Mrs. Charter-Plackett. Ist es heute nicht wunderschön?«

»Und ob. Unterwegs zu einer Wanderung?«

»Wir besuchen die Nightingale Farm.«

»Wie schön! Da haben Sie sich ja den richtigen Tag ausgesucht! Auf Wiedersehen, Kinder.«

»Auf Wiedersehen, Mrs. Charter-Plackett.« Sie hörte deutlich, dass mindestens zwei »Auf Wiedersehen, Frau Herzogin« sagten, aber sie bedachte sie nicht mit einem strafenden Blick; sie machten ihr ja nur ein Kompliment.

Muriel kam an die Tür, als Grandmama klingelte. Muriel in eleganten karierten Hosen und einer schönen rosa Seidenbluse.

Sie verstand sich darauf, sich zu kleiden, das musste man ihr lassen, aber bei dem Geld, das die beiden hatten, gehörte es sich auch, dass Muriel elegant aussah.

»Guten Tag, Muriel!«

»Guten Tag, Katherine. Kommen Sie doch herein. Wunderschöner Tag.«

»Und ob.«

Ralph kam aus seinem Arbeitszimmer. »Guten Morgen, Katherine.«

»Mein lieber Ralph! Und wie geht es Ihnen?«

»Gut, danke, sehr gut, ja. Ich überlasse das Kaffeetrinken den Damen, habe einen geschäftlichen Termin. Bis nach dem Mittagessen, meine Liebe.« Ralph küsste Muriel auf den Mund, und Grandmama dachte, ein Kuss auf die Wange hätte auch gereicht. Sie verabscheute es, wenn in die Beziehung zwischen zwei Menschen im Alter der beiden Sex hineinspielte. Geradezu obszön.

Muriel tätschelte ihm die Wange. »Pass auf, Ralph. Fahr nicht zu schnell!«

»Mach ich doch nie!« Er lachte, und Grandmama sah den jungen Mann vor sich, der er einst gewesen war, und sekundenlang beneidete sie Muriel. Aber als Muriel sie ins Wohnzimmer bat, war der Moment verflogen.

»Das Wasser kocht, ich mache gleich Kaffee.«

Grandmama setzte sich in den Sessel, dessen Größe darauf schließen ließ, dass es Ralphs Platz war. Dieses Zimmer hatte wirklich Charme. Es enthielt ein Sammelsurium aus Gegenständen, die Ralph während seiner Jahre im Ausland angehäuft haben musste, aber er und Muriel hatten sie zu einer Einheit verschmolzen, und das Zimmer war einladend und strahlte

Wärme aus. Auch die Möbelfarben taten dem Auge wohl. Schöne weiche Cremetöne und helles Braun mit einem Hauch von Pfirsich, der dem Gesamteindruck das gewisse Etwas gab.

»Hier, bitte sehr!« Muriel stellte das Tablett auf ein Tischchen vor dem Kamin. Zu Grandmamas großer Genugtuung war zu ihren Ehren das Familiensilber aufgetischt worden. Mit eingeprägtem Wappen!

Muriel schenkte den Kaffee in eine Porzellantasse, die so dünn war, dass Grandmama meinte, sie könnte hindurchsehen. Der Teller passte dazu, und Grandmama legte zwei der selbst gebackenen Kekse darauf, die Muriel ihr anbot.

»Das ist köstlich. So kultiviert!«

»Sind wir auch!« Muriel lachte.

»Das sollte nicht heißen, dass *Sie* nicht kultiviert sind, aber etliche Leute hier sind es eindeutig nicht.«

»Das sollten Sie nicht denken, wissen Sie. Es sind lauter freundliche, wohlmeinende Leute. Das Salz der Erde.«

»So? Nach dem, was sich am Sonntag im Pub abgespielt hat, habe ich da so meine Zweifel!«

»Das trägt doch alles nur zum vielfältigen Wandteppich des Lebens bei.«

»Ich weiß etwas, was den vielfältigen Wandteppich des Lebens, wie Sie das nennen, noch bunter macht. O ja, gestern musste ich das Krankenhaus aufsuchen …« Muriel war sofort um sie besorgt, und Grandmama musste sie beruhigen. »Es war nur eine Nachuntersuchung, ich brauche nicht mehr hinzugehen.« Muriel entspannte sich, und Grandmama fuhr mit ihrer Geschichte fort. »Ich hatte mich verlaufen, der Krankenhauskomplex ist so verwirrend, und ich musste an der Anmeldung in der Schwangerensprechstunde nach dem Weg fragen. Ich habe gewartet, weil die Empfangsdame ein langwieriges Telefongespräch über eine Terminänderung oder so etwas führte, und wen bekomme ich zu Gesicht! Raten Sie!«

»Keine Ahnung. Meinen Sie eine Patientin?«

»Ja, genau.«

»Ich kenne keine Frau im Dorf, die ein Kind erwartet.«

»O doch, es gibt eine. Sie ist am Sonntag ohnmächtig geworden.«

Muriel war ratlos. »Am Sonntag ohnmächtig geworden? Dann ist also noch eine Frau in Ohnmacht gefallen?«

»Nur die eine, meine liebe Muriel, nur die eine.«

»Sie können doch unmöglich Caroline meinen.«

»Sicher. Sie ist aus dem Sprechzimmer des beratenden Arztes gekommen. Er hat gesagt: ›Alles Gute‹, und sie hat gesagt: ›Danke für alles.‹ Ich habe es gleich vermutet, als sie ohnmächtig geworden ist, aber jetzt hat es sich bestätigt, nicht wahr? Was hätte sie sonst in der Schwangerensprechstunde verloren? Sie arbeitet doch nicht im Krankenhaus, oder?«

»Nicht mehr. Nein. Aber ich war der Meinung ...«

»Das waren wir alle, aber heutzutage kann man doch etwas dagegen unternehmen, und in letzter Zeit hat sie eindeutig ganz spitz im Gesicht ausgesehen. Liegt natürlich an der Morgenübelkeit, aber damit dürften Sie keine Erfahrung haben.«

»Nein, die habe ich nicht. Aber ich bin erstaunt, wirklich erstaunt. Oh, sie wird sich freuen. So sehr freuen.« Muriel klatschte begeistert in die Hände. »Das ist einfach wunderbar.« Sie trank einen Schluck Kaffee, aß einen Bissen von ihrem Keks und sagte dann: »Aber wir sollten lieber nicht darüber reden, man kann nie wissen.«

»Warum denn nicht?«

»Weil ... ich weiß auch nicht, warum, aber es wäre unschicklich und gedankenlos, das zu verbreiten, schon für den Fall ...«

»Unschicklich? In der heutigen Zeit? Wo sie es vor aller Augen im Fernsehen tun, das heißt, wie ich hoffe, nur so tun als ob. Da brauchen wir doch wegen so etwas kein Blatt vor den Mund zu nehmen!«

»Sie tun es? Tun was? Wer tut es?«

»Wirklich, Muriel, manchmal frage ich mich, ob Sie überhaupt in der Gegenwart leben. Aber ich nehme Abstand davon, Unschickliches auszusprechen, wie Sie das nennen. Schließen wir das Thema ab.«

Muriel saß schweigend da und musterte ihren Gast. Sie dachte an Caroline und Peter. Es konnte nicht wahr sein. Andererseits hatte Katherine einen stichhaltigen Anhaltspunkt, und sie war eine scharfe Beobachterin, es musste Caroline gewesen sein, die sie gesehen hatte. Ein wohliges Gefühl überkam Muriel; ihr wurde warm ums Herz. Aber sie würde niemandem ein Wort darüber sagen, außer Ralph.

»Wenn Sie gestatten, Katherine, ich halte es für das Beste, wenn die beiden uns die Neuigkeit selbst erzählen. Vielleicht ist es noch zu früh, und sie sind sich nicht ganz sicher, manchmal kommt es zu einem Missgeschick.«

»Aber alle werden sich so für die beiden freuen. Ich weiß es, ich freue mich für sie. Diese Zwillinge mögen zwar Carolines Stolz und ihre Freude sein, aber es ist unvermeidlich, dass sie jedes Mal, wenn sie die beiden anschaut, daran denken muss, wie sie zu ihnen gekommen ist.«

Muriel war entrüstet. »Also wirklich!«

»Wer würde sich denn von diesem hinreißenden Mann keine Kinder wünschen? Ich halte ihn für den attraktivsten Mann, den ich seit Jahren kennen gelernt habe. Wenn ich nur dreißig Jahre jünger wäre, na ja, zwischen uns, vierzig Jahre jünger, hätte ich es auf ihn abgesehen.«

Muriel wurde es allmählich zu bunt. »Ich glaube, Sie sollten bei Ihrer Wortwahl vorsichtiger sein. ›Auf ihn abgesehen‹! Das ist ja unerhört!«

»Werden Sie erwachsen, meine Liebe. Sie wollen mir doch

nicht im Ernst erzählen, dass Ihnen noch nie aufgefallen ist, wie attraktiv er ist. Am schönsten ist, dass ihm das gar nicht bewusst ist! Ich könnte wetten, dass so manches weibliche Herz wie verrückt flattert, wenn er eine Frau mit seinen tiefblauen Augen ansieht. Ich kann mir gut vorstellen, dass er sich die Frauen scharenweise vom Leib halten muss! Das ist bestimmt eine ständige Sorge für Caroline, vor allem, weil er schon einmal fremdgegangen ist, und mit so peinlichen Folgen!«

Jetzt war Muriel am Überkochen. Sie stand auf und erklärte: »Ich hatte mich sehr auf diesen Vormittag gefreut, aber jetzt bedaure ich, dass ich Sie eingeladen habe. Mir ist unbegreiflich, wie Ihnen solche Gedanken durch den Kopf gehen können.« Sie holte tief Luft und fuhr fuchtig fort: »Das ist absurd! Geradezu schändlich!«

Grandmamas Tasse schepperte gegen die Untertasse, so wütend war sie. Sie stellte das Geschirr auf das Beistelltischchen neben dem Sessel und stand auf. Ihre Wangen bebten vor Zorn. »Das war das letzte Mal, dass ich Ihnen eine Neuigkeit erzählt habe, Muriel Templeton! Absurd, das ist die Höhe! Schändlich! Ich habe, wie Sie genau wissen, nur die Wahrheit gesagt. Was spricht gegen die Wahrheit?«

»Manchmal bleibt sie besser ungesagt.«

»Ach ja? Wenn sich zeigt, dass ich mit dem Baby Recht hatte, bereuen Sie hoffentlich Ihre Worte und entschuldigen sich bei mir! Ich glaube, es ist das Beste, wenn ich jetzt gehe. Danke für den Kaffee und auf Wiedersehen.«

Wutentbrannt verließt Grandmama Muriels Wohnzimmer. Sie hatte Mühe, die Haustür aufzubekommen, und sie ertrug den Gedanken nicht, nach Hause zu gehen und mit ihrer Wut allein zu sein, aber ihr fiel kein anderes Ziel ein.

Dann wurde sie sich schlüssig und stürmte zum Royal Oak. Nach dieser Auseinandersetzung hatte sie wirklich eine Stärkung nötig. Sie stieß die Bartür auf und marschierte hinein. Sie war zum ersten Mal hier und angenehm überrascht von der Einrichtung und der freundlichen Atmosphäre im Allgemeinen. Sehr gediegen, dachte sie. Georgie stand hinter der Theke.

»Einen Whisky, bitte. Einen doppelten.«

»Oh, schön, Sie zu sehen, Mrs. Charter-Plackett.« Georgie schenkte ihr ein und sagte: »Geht aufs Haus, weil Sie zum ersten Mal hier sind.«

»Oh, danke.« Sie kippte den Whisky mit einem Schluck hinunter.

»Liebe Zeit, Sie sehen aus, als ob Sie den gebraucht hätten.«

»Und ob. Es gibt Momente, in denen einem Muriel Templetons moralinsaure Art wirklich auf den Wecker geht. Ich nehme noch einen.«

»Sehr wohl.«

Sie kippte auch den zweiten Whisky hinunter und zückte dann einen Zehnpfundschein. »Berechnen Sie zwei, ich brauche noch einen, aber den trinke ich langsam und mit Wasser. Ich stehe nicht gern an der Theke, hätten Sie Lust, sich zu mir zu setzen? Sie haben im Moment ja nichts zu tun.«

»Eine Weile, ja, gern.«

»Dann berechnen Sie einen weiteren Drink für sich.«

»Danke.«

Grandmama setzte sich an das Holzfeuer im riesigen Eckkamin.

Wenigstens ist es ein echter Kamin, dachte sie, kein aus neuen Backsteinen gebauter, der durch das Einschwärzen mit synthetischem Ruß alt wirken soll.

Georgie setzte sich auf den Hocker neben sie. »Ein Feuer hat was Tröstliches, nicht wahr?«

»O ja. Mir gefällt mein Cottage, weil es einen Kamin hat. Daran lässt sich träumen.«

»Ah! Ja.« Georgie saß da, hatte den Whisky noch nicht angerührt und schaute ins Feuer.

»Sie sehen aus, als hätten Sie Stoff zum Träumen.«

Georgie seufzte. »Ach!«

»Ich habe das mit Dicky gehört.«

»Ja?«

»Hören Sie mir zu, meine Liebe, wenn Sie wollen. Ich kenne Sie nicht sehr gut, aber vielleicht kann ich Ihnen einen Rat geben. Sie sollten sich *niemals* eine Chance auf das Glück entgehen lassen. Das Leben überschüttet uns nicht mit Blumen, und wenn es doch einmal passiert, sollten wir die Hände aufhalten und sie auffangen.«

»Meinen Sie?«

»Ich bin mir sicher. Es gibt nichts Schlimmeres, als damit zu leben, dass man etwas bedauert. Nichts. Glauben Sie mir. Ich weiß es.« Sie trank einen Schluck Whisky und beschloss, das Thema zu wechseln. »Ich weiß, dass Sie noch nichts davon gehört haben, weil ich als Einzige Bescheid weiß, das heißt, bis auf Muriel Templeton, aber ich glaube, wir bekommen im Pfarrhaus bald das Tapsen kleiner Füßchen zu hören.«

Georgies niedergeschlagene Miene hellte sich auf. »Wirklich! Ich hatte keine Ahnung. Oh, das ist ja wunderbar! Wirklich wunderbar. Dr. Harris wird überglücklich sein. Hat sie es Ihnen erzählt?«

»Nein, aber ganz zufällig habe ich sie im Krankenhaus in der Schwangerensprechstunde getroffen. Und nachdem sie am Sonntag ohnmächtig geworden ist ...«

»Das habe ich gar nicht gewusst.«

»Sie sind ja auch hinausgegangen, bevor es passiert ist. Dieser Dicky hat's ganz schön hinter den Ohren. Nimmt sich eine Menge heraus.«

Georgie wurde rot. »Ich frag mich, was er als Nächstes anstellt.«

»Ist Bryn wütend?«

»O ja. Und ob. Der arme Bryn. Wir sind seit zwanzig Jahren verheiratet, und mit jedem Jahr, das verstreicht, werde …«

»Ich weiß. Jede kleine Angewohnheit geht einem auf die Nerven.«

Georgie sah Grandmama an, sie war dankbar für ihr Verständnis. »Genauso ist es. Der ganze Lack ist ab. Restlos. Manchmal glaube ich, wenn er mich noch mal bittet, was für ihn zu erledigen, Sie wissen schon, bestell dies, bestell das, wasch das, wisch das ab, ruf den an, ruf die an, dann bringe ich ihn um. Er glaubt, es müsste mir Spaß machen, weil's fürs Geschäft ist. Aber es macht mir keinen Spaß, nicht mehr. Wir reden nur noch über die Arbeit.«

»Sagen Sie es ihm.«

»Hab ich schon, aber er versteht nicht, wovon ich rede.«

»Wie dumm er ist. Versuchen Sie's noch einmal und machen Sie sich dann auf die Suche nach Ihrem Glück.«

»Sie meinen, ich soll abhauen?«

»Ja, gehen Sie. Will Dicky das?«

»Das hat er nie gesagt, noch nicht. Kann er eigentlich nicht, wir sind noch nicht so weit. Und dann ist da noch Bel.«

»Natürlich. Die arme Bel. Für sie ist es bestimmt nicht schön.«

»Es ist für uns alle nicht schön.« Sie stand auf, denn ein Gast war hereingekommen, und ließ Grandmama am Feuer sitzen. Georgies fröhliches »Hallo! Was darf ich Ihnen bringen?« klang unecht, aber der Gast schien es nicht zu bemerken.

Grandmama trank ihren Whisky aus und nahm sich als Nächstes den Laden vor. Sie brauchte ein paar Sachen und brannte darauf, Harriet von dem Baby zu erzählen.

»Hallo, Linda! Ist Harriet da?«

»Ist eben weg, um Fran abzuholen. Aber Mr. Charter-Plackett ist im Büro.«

»Danke, Liebes.« Sie marschierte nach hinten, nickte im Vorbeigehen Mrs. Jones zu und steuerte Jimbo an.

»Hallo, Mutter. Setz dich. Bin gleich fertig.« Ohne aufzustehen, zog er ihr einen Hocker heran und tippte weiter auf seinem Computer. Grandmama wartete. Sie hielt Jimbo nicht für einen besonders ordentlichen Menschen, aber hier in seinem Büro war er es eindeutig. Alles war abgelegt, beschriftet, stand gerade da, sogar sein Schreibtisch war aufgeräumt. Er hörte auf zu tippen und drehte sich auf dem Stuhl zu ihr um.

»Und was kann ich heute für meine liebe Mutter tun?«

»Dann hast du mir also verziehen?«

»Was verziehen?«

»Diesen ganzen Wirbel um das Erntedankfest. Ich hatte keine Ahnung, dass das so viel Ärger gibt. Die sitzen ganz schön auf dem hohen Ross.«

»Du bist schließlich neu hier, es wird an die fünfzig Jahre dauern, bis sie dich so akzeptieren, wie du bist.«

»Zu spät für mich, verdammt noch mal.«

»Verdammt, auch fast zu spät für mich!«

»Ach, ich weiß nicht. Ich glaube, du machst es richtig. Über dich reden alle nur Gutes.«

»Bis ich ihnen auf die Zehen trete, und dann fällt der Vorhang für Jimbo Charter-Plackett und Co.«

»Unsinn! Eigentlich wollte ich zu Harriet. Ich habe wunderbare Neuigkeiten.«

Jimbo hatte ein Faible für Klatsch. Er spitzte die Ohren. »Was für Neuigkeiten? Erzähl's mir.«

»Ich glaube, Caroline Harris erwartet ein Kind.«

Jimbo reagierte auf diesen Leckerbissen mit Schweigen.

Grandmama war verärgert und wollte wissen: »Und? Freust du dich nicht für die beiden?«

»Ich weiß nicht alle Einzelheiten darüber, warum sie keine Kinder bekommen kann, es liegt auf der Hand, dass Caroline so etwas Heikles weder Harriet noch mir anvertraut hat, aber ich glaube, du irrst dich. Wie kommst du auf die Idee?«

Grandmama berichtete es ihm. Er schüttelte den Kopf. »Hör mal, sie hat jede Menge Kontakte zu Medizinern, ihre Eltern sind beide Ärzte, sie kennt alle möglichen Kollegen, es könnte schlicht und einfach ein Besuch bei einem Freund der Familie gewesen sein. Hör auf meinen Rat und halt den Mund.«

»Mach dich nicht lächerlich. Die beiden wollen doch bestimmt, dass sich alle mit ihnen freuen.«

»Aber nicht, wenn es nicht wahr ist.« Jimbo stand auf. »Wird Zeit, dass ich meine Aushilfe ablöse.«

»Das Ärgerliche an den Leuten in diesem Dorf ist, dass sie allesamt zu gut sind, um wahr zu sein. Diese Muriel Templeton ist eine Nervensäge, sie war ganz ...«

»Hast du es ihr erzählt?«

»Ja.«

»Wenigstens tratscht sie es nicht weiter. Jetzt tu, was ich dir sage, und verlier kein Wort mehr darüber.«

Er kam nicht mehr von der Kasse weg und schaute erst auf, als er hörte, wie eine Kundin einer Nachbarin, die sie beim Aussuchen einer Glückwunschkarte für deren Dad getroffen hatte, die Neuigkeit berichtete. Da sah Jimbo, dass seine Mutter von Dorfbewohnern umringt draußen auf der Bank saß und genau das Gegenteil von dem tat, was er ihr geraten hatte.

An jenem Abend war im Dorf von nichts anderem die Rede, und wer es nicht selbst gehört hatte, erfuhr es am Telefon. Die Freude verbreitete sich im Nu.

Weil sie nicht wollten, dass sich die Kinder länger als nötig Sorgen machten, brachten sie den Kindern an jenem Nachmittag, als Sylvia sie aus der Schule nach Hause gebracht hatte, die Nachricht bei, dass Caroline ins Krankenhaus musste.

Beth hatte es sofort begriffen. »Dann bist du also sehr krank, Mummy?«

»Ja. Sie nehmen mir heraus, wovon ich Bauchschmerzen bekomme.«

Alex machte ein erleichtertes Gesicht und sagte: »Ach, wenn's bloß Bauchschmerzen sind, dann nimm doch was von unserer Arznei, wir geben dir gern was davon ab, stimmt's, Beth?«

Beth verzog verächtlich das Gesicht. »Du bist blöd.« Sie ging weg, holte ihre Lieblingspuppe, schob den Daumen in den Mund, setzte sich und wiegte ihre Puppe.

Alex brach in Tränen aus und suchte Trost bei Peter. »Ich will nicht, dass meine Mummy ins Krankenhaus kommt. Sag ihr, das darf sie nicht.«

»Wenn du Bauchschmerzen hättest und ins Krankenhaus müsstest, würde ich dich nicht daran hindern, dass dir dort geholfen wird, oder? Wir dürfen also Mummy nicht daran hindern. Wir wollen doch, dass es Mummy besser geht, oder?«

»Ja, aber dann ist niemand da, der mich nachts ins Bett packt und mir einen Kuss gibt.«

»Da wirst du eine Weile mit mir vorlieb nehmen müssen und mit deiner Sylvia, und du kannst auch mit Mummy telefonieren, stimmt's, Mummy?«

»Natürlich. Jeden Abend.«

»Dauert es viele, viele Wochen?«

»Natürlich nicht«, antwortete Caroline. »Nur eine Weile.« Sie schaute nach, wie Beth damit fertig wurde, und sah, warum diese schwieg. Sie wiegte sich hin und her, und Tränenströme liefen ihr über das Gesicht. »Beth, komm zu Mummy.« Beth schüttelte den Kopf. »Bitte, Liebling. Mummy möchte dich knuddeln.«

Beth ließ die Puppe fallen und rannte in Carolines Arme. Sie schlang Caroline die pummeligen Ärmchen um den Hals und rief: »Oh, Mummy, ich hab dich lieb.«

»Ich dich auch, sehr, sehr lieb.« Dann brach auch sie in Tränen aus. Alex machte sich aus Peters Armen los und umarmte seine Mutter.

Peter, dem ebenfalls die Tränen in den Augen standen, sagte: »So geht das nicht. Wir dürfen den Kopf nicht hängen lassen. Mummy bleibt nicht lange weg, und wir werden alle froh sein, wenn es ihr besser geht. So, kommt schon, trocknen wir die Tränen. Wir alle. Die arme Mummy wird ganz traurig, wenn wir alle weinen, und das ist nicht fair. Kommt, ihr beiden, Kopf hoch! Wir müssen alle tapfer sein.«

Es klopfte an der Wohnzimmertür. Das war Sylvia. Sie hatte auch geweint. »Ich komme morgen früh wie üblich um acht, Dr. Harris. Gute Nacht. Herr Pfarrer, ich muss Ihnen etwas ausrichten, könnten Sie eben kommen?«

Sie ging voraus in sein Arbeitszimmer. »Machen Sie die Tür zu, Sir.«

»Hat das nicht Zeit?«

»Nein, leider nicht. Ich weiß nicht, wie ich es Ihnen sagen soll, aber ich muss Sie vorwarnen. Ich bin froh, dass ich die Kinder abgeholt habe, und wissen Sie, warum?« Peter schüttelte den Kopf. »Weil im ganzen Dorf die Runde macht, dass ... Ich möchte es in diesem Moment nicht aussprechen, aber ich ich komme nicht drum herum. Sie müssen es wissen ... Es geht das Gerücht, Dr. Harris ... wäre schwanger.«

»Was?!«

»Pst! Das mit dem Gerücht ist wahr. Wie oder warum es entstanden ist, weiß ich nicht, aber da haben wir die Bescherung. Ich habe den Leuten gesagt, ich wüsste nicht, worüber sie reden, und habe mich furchtbar aufgeregt. Als ob es nicht schon schlimm genug wäre.« Sylvia setzte sich auf den nächsten Stuhl und schluchzte.

Peter ballte die Fäuste. Die niederdrückende Last des Ganzen war unerträglich. Ausgerechnet jetzt, wo sie Hilfe brauchten. Dass jetzt auch noch das passieren musste. Er stand einen Moment lang schweigend da und sagte dann: »Danke, Sylvia, dass Sie es mir gesagt haben. Nichts könnte weiter von der Wahrheit entfernt sein, nicht wahr?«

Sylvia unternahm einen tapferen Versuch, sich zu fassen. »Allerdings. Sie sollen wissen, dass ich alles tun werde, was in meinen Kräften steht, damit alles glatt läuft. Ich arbeite so viel wie nötig, und ich erwarte kein Geld für die Überstunden, schon das Angebot wäre eine Beleidigung. Falls Sie lange weg sein sollten, weil Sie zum Beispiel die Nacht im Krankenhaus verbringen müssen, obwohl ich nicht glaube, dass das nötig wird, könnten Willie und ich in meinem alten Zimmer hier im Haus schlafen, das heißt, wenn Sie nichts dagegen haben, dass Willie hier ist. Ich möchte nicht allein mit den Kindern sein, nur für den Notfall. Ich habe das Bett schon bezogen. Sie brauchen sich also keine Sorgen zu machen.« Sie putzte sich die Nase und sagte: »Ich halte große Stücke auf Dr. Harris, wissen Sie. Ich kann's kaum ertragen.«

»Ich auch nicht. Aber sie ist so tapfer.«

»Ich hätte auch nichts anderes von ihr erwartet. Sie ist stark, aber das heißt nicht, dass sie keine Angst hat. Sollen wir den Leuten die Wahrheit sagen?«

»Das lässt sich nicht vermeiden. Aber nur das Nötigste, nicht zu viel. Sie will kein Riesentheater. Danke, Sylvia.«

»Denken Sie dran, ich tu alles, was nötig ist, jederzeit. Ich komme jeden Tag, auch samstags und sonntags. Machen Sie sich also deshalb keine Sorgen. Vermutlich kommt sie bald wieder nach Hause, dann können wir sie selbst pflegen und dafür sorgen, dass es ihr besser geht, ja? Ich gehe jetzt. Tut mir

Leid, dass ich Ihnen das sagen musste, aber es ging nicht anders. Ich konnte doch nicht zulassen, dass Sie ohne Vorwarnung mit Glückwünschen überfallen werden.«

»Das stimmt. Danke.« Peter nickte, weil er nicht wagte, mehr zu sagen.

»Dann gehe ich jetzt. Wir denken an Sie beide. Gute Nacht.«

Der Teufel sollte die Leute holen! Verdammt noch mal! Wie in aller Welt waren sie bloß auf eine so herzzerreißende Idee gekommen? Zu einem besseren Zeitpunkt wäre es komisch gewesen, aber jetzt! Gott sei Dank hatte er in seiner Sorge, er könnte nicht rechtzeitig zurück sein, Sylvia gebeten, die Kinder abzuholen. Wenn Caroline es getan hätte! Der bloße Gedanke war unerträglich. Wenn er gegangen wäre, hätte er vermutlich jeden geschlagen, der es gesagt hätte.

»Peter?«, hörte er Caroline rufen. »Alles in Ordnung?«

Er machte die Arbeitszimmertür auf, vergewisserte sich, dass er keine Tränen im Gesicht hatte, und rief munter: »Alles bestens. Ich komme.«

9. Kapitel

Es gehörte nicht viel Fantasie dazu zu erraten, wer auf den Kirchturm und auf die Brüstung gestiegen war, um das Transparent unterhalb der Turmspitze zu befestigen. *Alles Gute zum Geburtstag, Georgie*, stand in knalligen rosa Buchstaben auf weißem Hintergrund darauf. Die Buchstaben verliefen von oben nach unten, bis auf den Boden, wo das Transparent an der Dachrinne neben der Turmtür befestigt war.

Der Landarbeiter, der eins von Ralphs Häusern in Hipkin Gardens gemietet hatte, sah das Transparent als Erster, als er um halb fünf zum Melken zur Nightingale Farm aufbrach. Der Nächste war Malcolm, der Milchmann, der besonders zeitig die Runde machte, weil er mit seiner Freundin verabredet war und so schnell wie möglich wieder zu Hause sein wollte. Es gab im Dorf kaum etwas, was Malcom nicht wusste, und er lachte in sich hinein, als er sich vorstellte, wie die Dörfler reagieren würden, wenn sie das Transparent nach dem Aufwachen entdeckten. Sie konnten es nicht übersehen. Das war völlig ausgeschlossen!

Die Leute in der Schlange, die auf den ersten Bus nach Culworth warteten, lachten schallend.

»O Gott! Das muss Dicky gewesen sein!«

»Der hat's faustdick hinter den Ohren.«

»Und nicht zu knapp!«

»Aber der arme Bryn.«

»Die arme Bel.«

»Was es nicht alles gibt!«

»Wenn sich mein Mann nur mal so was für meinen Geburtstag ausdenken würd. Hab Glück, wenn ich 'ne Karte krieg, sobald er von der Arbeit nach Hause kommt. Bildet sich ein, er hat ein Wunder vollbracht. ›Du hast sie doch pünktlich gekriegt, oder?‹, tönt er. Ha!«

»Wenn es meine Frau wär, würd ich dem den Hals umdrehen!«

»Ach, hör doch auf! Du könntest doch nicht mal 'ner Fliege was zuleid tun!«

Willie, der nicht hatte schlafen können, weil Sylvia sich vor Sorge um Dr. Harris die ganze Nacht im Bett herumgewälzt hatte, verließ früher als üblich das Haus, um seinen Pflichten nachzukommen, die Heizung einzuschalten und die Gesangbücher für den Schülergottesdienst am Freitagmorgen herauszulegen. Den musste heute Kate Pascoe halten, denn der Pfarrer wollte Dr. Harris nach Culworth bringen, sobald die beiden die Kinder in der Schule abgeliefert hatten. Willie ging durch das Friedhofstor und schaute wie immer zuerst zur Kirche, bevor er den Pfad entlangging. Er traute seinen Augen nicht, als er das Transparent bemerkte. Es zu bemerken war nicht weiter schwierig, groß, wie es war, war es nicht zu übersehen. Da hing es und wehte frech in der Brise! Dicky Tutt konnte was erleben, wenn Willie ihn zu fassen bekam. Vorausgesetzt, es war tatsächlich von ihm. Es musste von ihm sein. Auf keinen Fall war es von Bryn. Netter Kerl, aber nicht sehr einfallsreich.

»Der Idiot. Der Vollidiot. Dieser Dicky ist ja nicht richtig im Kopf.«

Willie schloss die Kirche auf und schaltete die Heizung ein. Der Pfarrer mochte es nicht, wenn es in der Kirche kalt war.

Du meine Güte, was sich nicht alles geändert hatte, seit er hier war! Die Kirche war nicht mehr wiederzuerkennen. Alles lebendig, energiegeladen. Die Gemeinde war größer, als sie es zu Willies Lebzeiten je gewesen war, und die Leute kamen *gern*, und nicht nur, weil es sich so gehörte.

Auf halbem Weg den Mittelgang entlang blieb Willie unvermittelt stehen. An diesem ganz besonderen Morgen musste er unbedingt kurz mit seinem Schöpfer sprechen. Er war kein Betbruder, wie er das nannte, er zollte dem Herrn zwar den gebührenden Respekt, aber das Beten lag ihm nicht. Doch an diesem Morgen kniete er in der kleinen Gedächtniskapelle nieder, wo Peter, wie Willie wusste, sonst jeden Morgen betete, und sprach ein Gebet für Caroline. »Ich bin zwar kein großes Licht, Herr, wenn's ums Beten geht, aber heute, zum Donnerwetter, bete ich zu dir. Ich kann mich nicht so ausdrücken wie der Pfarrer, hab nicht studiert, weißt du, war bloß in der Dorfschule, aber vielleicht hörst du ja auch ein Gebet von einem einfachen Mann. Mach, was du willst, aber ruf Dr. Harris nicht diese Woche als einen deiner Engel zu dir. Und auch nicht an 'nem anderen Tag in der näheren Zukunft. Der Pfarrer braucht sie so sehr, und diese Kinder, die sie unter sehr schwierigen Umständen unter ihre Fittiche genommen hat, wie du weißt, Herr, die brauchen sie noch viel mehr. Ehrlich gesagt, wir alle brauchen sie, sie ist eine so gute junge Frau, und wir lieben sie alle. Wenn es dir gefällt, Herr, dann lass sie also bei uns bleiben. Amen. Übrigens, morgen komm ich wieder, und dann kann ich dir hoffentlich dafür danken, dass sie mit deiner Hilfe die Operation überstanden hat. Amen.«

Er kam von den Knien hoch, bekreuzigte sich der besseren Wirkung halber und holte dann die Trittleiter, um auszuprobieren, ob er an das Transparent herankam und es herunterziehen konnte.

Als er mit der Leiter nach draußen kam, stand Dicky, die

Kamera in der Hand, auf dem Weg zur Kirche und explodierte schier vor Gelächter.

»Hey, Willie! Sieht das nicht toll aus? Da freut sie sich bestimmt.«

»Freuen! Hören Sie mal, das geht nicht. Geht schlicht und einfach nicht. Wenn der Pfarrer das sieht, wird er fuchsteufelswild.«

»Fuchsteufelswild? Warum denn bloß?«

»Die Kirche ist nicht dazu da, Ihre Liebesbotschaften zu verkünden, Dicky Tutt. Das ist widerlich!«

»Widerlich! Was ist denn widerlich daran, verliebt zu sein?«

»Sie sind beide verheiratet, oder ist Ihnen das entfallen? Sie müssten es besser wissen.«

»Sie sind ein echter Spielverderber. Weg mit Ihrer Leiter, schwirren Sie ab und tun Sie sonst was, vielleicht bringt Sie das auf andere Gedanken. Ich will ein Foto machen.«

»Ich denk nicht dran. Hopphopp, weg mit Ihnen, hopphopp.«

»Machen Sie mal halblang, Willie, Sie wissen doch, wie es ist, wenn man verliebt ist. Geben Sie uns eine Chance. Ich möchte, dass sie ein Andenken daran bekommt. Machen Sie schon, nur ein klitzekleines Foto. Niemand erfährt es.«

»Wenn Sie mir nicht aus dem Weg gehen, kriegen Sie ein Andenken von mir, und zwar ein Veilchen. Jetzt scheren Sie sich nach Hause zu Bel. Sie sollten sich schämen.«

Plötzlich ging Dicky ein Licht auf. »Was haben Sie mit der Leiter vor? Sie wollen doch nicht etwa Georgies Transparent runterholen?«

»Doch.«

»Das tun Sie nicht.«

»In einer Stunde ist Schülergottesdienst. Ich dulde nicht, dass die Kinder den Beweis für Ihre ... Ihre illegalen Amouren zu sehen kriegen.«

»Aber dann kriegt Georgie es doch auch nicht zu sehen, sie steht nie vor neun auf, weil sie so lange arbeitet.«

»Pech gehabt.«

»Nur ein Foto, mehr verlange ich ja gar nicht.«

»Nein. Ich weiche nicht vom Weg.«

»Na gut, dann sind Sie mit drauf auf dem Foto, und dann sieht es so aus, als ob Sie mir beim Aufhängen geholfen hätten.«

Willie, der sowieso schon wütend war, wäre fast explodiert. Er brüllte: »Wagen Sie das ja nicht! Weg mit der verdammten Kamera.«

Dicky lachte, ging ein gutes Stück zurück, drehte sich dann um und knipste mehrmals. Wahrscheinlich war Willie darauf kaum zu erkennen, denn er hatte weit zurücktreten müssen, um das ganze Transparent auf das Bild zu bekommen, aber es kam ihm nur darauf an, Willie zu verunsichern.

»Die lass ich heute Morgen in 'nem Geschäft in der Nähe vom Büro entwickeln. Sie kriegen ein paar Abzüge!«

»Sparen Sie sich die Mühe!« Willie lehnte die Leiter an die Kirchenmauer und setzte Dicky nach, um ihn vom Kirchengrund zu vertreiben. Dicky rannte immer noch lachend weg, und Willie, der zurückblieb, war so wütend wie noch nie in seinem Leben. Er wusste, dass der Pfarrer das Transparent nicht bemerken konnte, bevor er wegfuhr, denn vom Pfarrhaus aus war es nicht zu sehen, aber Willie wollte nicht, dass der Pfarrer es bei der Rückkehr aus dem Krankenhaus noch vorfand.

Aber so sehr er sich auch bemühte, das Transparent gab nicht nach. Was sollte er machen? Es war ausgeschlossen, dass Willie die Turmtreppe hinaufstieg. Das hatte er zum letzten Mal als Junge getan, an Allerheiligen, und ihm war furchtbar übel geworden. Er hatte es bis ganz nach oben geschafft und wäre dann fast umgekippt, als er über den Rand geschaut und gemerkt hatte, wie hoch er war. Er war wie gelähmt gewesen, und sie hatten ihn hinuntertragen müssen. Es hatte geheißen, das sei Akrophobie, und er war seither nie wieder auf den Turm gestiegen. Er würde es noch einmal versuchen ... aber das Transparent ging nicht ab. Zum Teufel mit diesem Dicky. Zum Teufel mit ihm. Er musste Jimmy holen. Ja, er würde zu Jimmy gehen und ihn aus dem Schlaf klopfen. Aber Jimmy hatte wohl schon zeitig das Haus verlassen, denn niemand kam an die Tür.

Peter kam aus dem Krankenhaus nach Hause, parkte sein Auto vor dem Pfarrhaus und ging direkt zur Kirche, um sein Morgengebet zu sprechen. Er sah das Transparent, sobald er durch das Friedhofstor trat. Er erriet gleich, dass das Dickys Werk sein musste. Warum in aller Welt hatte Willie es nicht abgenommen?

»Ich hab's versucht, Sir, wirklich, aber es hat sich nicht vom Fleck gerührt.«

»Nicht mal vom Turm aus? Womit hat er es denn eigentlich befestigt?«

Willie sah betreten drein. »Nein, vom Turm aus hab ich's nicht versucht.«

»Warum denn nicht? Mir wäre es lieber, wenn die Kinder es nicht zu sehen bekämen.«

»Mir auch, Sir.«

»Und warum waren Sie dann nicht oben?«

Willie scharrte mit den Füßen und musste dann beichten. »Wissen Sie, Herr Pfarrer, ich geh da nie rauf.«

»Nie?«

»Ich hab eine Akrophobie.«

»Was ist das?«

»Höhenangst.«

»Und trotzdem sind Sie hier Mesner, seit ... seit wie vielen Jahren?«

»Fünfzehn.«

»Und Sie waren noch nie auf dem Turm?«

»Stimmt.«

»Wer steigt dann hinauf? Macht sauber und so?«

»Jimmy. Er erledigt das für mich.«

Trotz seiner Sorgen musste Peter lachen. »So, so.«

»Wie geht's der Frau Doktor, alles in Ordnung?«, fragte Willie. »Sie wissen schon, als Sie weggegangen sind?«

Peter sagte, ohne Willie anzuschauen: »Sie war tapfer, wollte nicht, dass ich mir Sorgen mache. Ich soll gegen vier anrufen, aber ich glaube, ich fahre lieber hin.«

»Das ist bestimmt das Beste. Ja. Jetzt zu diesem Transparent. Ich hab an Jimmys Tür geklopft, aber er ist nicht zu Hause.«

»Ich mach das schon. Haben Sie den Schlüssel? Wie ist Dicky überhaupt reingekommen?«

Willie runzelte verärgert die Stirn. »Ich weiß nicht, aber ich frag ihn, wenn er von der Arbeit zurückkommt. Hat ein Foto von dem Ding gemacht. Ich könnt ihn erwürgen.«

»Ich bin auch nicht gerade gut auf ihn zu sprechen.«

»Nehmen Sie lieber eine Schere mit, nein, ich weiß, in meinem Werkzeugkasten im Heizraum ist mein Stanley-Messer. Ich hol's Ihnen.«

Peter machte sich auf den langen Aufstieg die steinerne Wendeltreppe hinauf. Sie war schmal, und die Stufen waren zu klein für seine großen Füße; die Treppe war für Menschen gebaut worden, die viel kleiner waren als er. Einmal stieß er mit dem Knie gegen die raue Steinmauer, zweimal mit dem Ellbogen. Beim Hinaufsteigen dachte er daran, dass die Glocken bald wieder aufgehängt und dann über die Felder läuten würden. Wundervoll. Er stellte sich den Klang der Glocken vor, wenn sie, wie schon Hunderte von Jahren, wieder die Menschen zum Gottesdienst riefen. Danke, Mr. Fitch. Genauer gesagt, danke, Mr. Fitch, für die Zentralheizung, danke für die Orgelreparatur und jetzt danke für die Glocken. Anständiger Mann, aber er schien herzlos zur Welt gekommen zu sein, obwohl Sadies Tod ihn sichtlich tief bewegt hatte. Tod. Im Moment wollte er nicht daran denken. Nicht heute. Er stieg die restlichen Stufen hinauf, stieß die Falltür hoch und trat auf die Brüstung hinaus.

Er war schon öfter hier oben gewesen, jedes Jahr an Allerheiligen, aber dann war es immer so voll, dass er die Aussicht nicht genießen konnte. Er klappte das Stanley-Messer auf und machte sich daran, die Seile durchzuschneiden, an denen das Transparent hing. Dicky hatte eindeutig gute Arbeit geleistet. Peter beugte sich vor und wollte Willie etwas zurufen, da sah er Georgie im Gespräch mit Willie auf dem Weg stehen. Sogar aus dieser Höhe sah Peter, dass sie durcheinander war, und als sie merkte, dass er zu ihr herunterschaute, lief sie rot an.

»Okay, Willie! Gleich hab ich's geschafft!« Peter schnitt die Seile durch, und das Transparent flatterte zu Boden. Er sah, dass Willie die Seile an der Unterseite kappte, und wandte dann seine Aufmerksamkeit der Aussicht zu. Beim Umrunden der Brüstung sah er das Herrenhaus, dann die Bickerby Rocks, den Verkehr auf der Umgehungsstraße. Er glaubte sogar, einen Blick auf die gewaltigen Türme der Culworth Abbey erhaschen zu können, die etwa fünfzehn Kilometer weit entfernt war. Zwischen Turnham Malpas und Culworth erstreckten sich Felder, etliche noch mit Stoppeln, etliche schon umgepflügt für nächstes Jahr. Nächstes Jahr. Ob es für ihn ein nächstes Jahr gab? Falls Caroline … Aber da waren die Kinder. Um ihretwillen musste er durchhalten. Beten. Er musste in die Kirche und beten.

Als er unten ankam, war Georgie fort, und Willie kämpfte immer noch mit dem Transparent. »Zu windig, Sir. Krieg's nicht in den Griff.«

Gemeinsam schafften sie es, das Transparent zusammenzurollen und in den Heizraum zu schaffen.

»Sagen Sie Dicky, dass ich ihn sprechen will. Nicht heute, habe andere Sorgen, aber irgendwann morgen. Was hat Georgie dazu gesagt?«

»Halb verlegen, halb hingerissen. Er hat sie vom Büro aus angerufen und ihr gesagt, sie soll es sich anschauen. So ein Idiot, dieser Dicky.«

»Schlimmer als ein Idiot. Ich gehe jetzt beten. Hier ist der Turmschlüssel.«

Als Peter nach dem Gebet die Kirche verließ, begegnete er der Herzogin, die mit einem Armvoll Blumen hereinkam.

»Guten Morgen, Mrs. Charter-Plackett! Schöne Blumen.«

»Ich habe diese Woche den Altarschmuck übernommen, weil Sheila Bissett verhindert ist! Eigentlich wollte ich das am Samstagvormittag machen, aber ich fahre mit Harriet und den Kindern weg, deshalb hab ich gedacht, ich mach es schon heute. Sind sie nicht prächtig? Mr. Fitch hat sie mir geschenkt. So ein gütiger Mensch.«

»Sehr großzügig.«

»Das ist er. Ich darf mir diese Gelegenheit nicht entgehen lassen, weil wir unter vier Augen sind. Ich möchte Ihnen sagen, wie sehr ich mich freue.«

»Wie sehr Sie sich freuen?«

»Ja, über das ... gut, ich weiß, es ist ein Geheimnis, aber ich meine das Baby. Ich habe Caroline in der Schwangerensprechstunde gesehen. Ich habe es gleich vermutet, als sie in der Kirche ohnmächtig geworden ist, aber als ich Caroline dort gesehen habe, war ich mir sicher. Sie müssen überglücklich sein, und Caroline auch.« Sie war so zufrieden mit sich, dass sie gar nicht merkte, wie Peters Miene sich veränderte.

»Dann haben Sie also dieses Gerücht in Umlauf gebracht?«

Die Herzogin wollte sich schon dagegen verwahren, sie verbreite Gerüchte, aber etwas in seinem Tonfall brachte sie zum Verstummen.

»Gerücht?«

»Ja. In Wahrheit wird sie heute operiert. Ich habe sie vorhin ins Krankenhaus gebracht. Sie hat Krebs. Eierstockkrebs.«

Die Herzogin stand völlig sprachlos da. Sie sah Peter nach, als er wegging und hinter Willies Cottage aus ihrem Blickfeld verschwand. Das Blut pulsierte in ihrem Kopf, und sie sah nur noch verschwommen. Was hatte sie da bloß angerichtet? Der arme Mann. Das hatte er doch bestimmt nicht nur gesagt, um sie aus der Fassung zu bringen? Nicht so etwas Ernstes wie ... Krebs? Sie wusste alles über die Angst, die dieses Wort in der Psyche auslöste. Das hatte sie alles erlebt, o ja. Aber eine junge Frau in Carolines Alter, die Kinder großziehen musste. Der bloße Gedanke war unerträglich. Und sie hatte aller Welt erzählt ... Das konnte sie im Leben nicht wieder gutmachen. Fünfzig Jahre, hatte Jimbo gesagt. Es hätten genauso gut hundertfünfzig sein können. Aber es war keine böse Absicht gewesen. Überhaupt nicht. Sie hatte sich nur an die Tatsachen gehalten. Tatsachen? Menschen fielen aus allen möglichen Gründen in Ohnmacht. Und offenbar hatte Caroline in der Schwangerensprechstunde lediglich einen Freund besucht. Grandmama brauchte zum Arrangieren der Blumen weit über eine Stunde. Sie hatte sich so darauf gefreut gehabt, und jetzt wollte es ihr weder für Geld noch gute Worte gelingen, die Blumen ansehnlich wirken zu lassen. Blumen! Sie wollte in ihrem Leben keine Blume mehr sehen. Leben. Was war, falls Caroline ... Am besten war es, wenn Grandmama ein kurzes Gebet sprach, bevor sie ging. Eigentlich hätte sie den ganzen Tag auf den Knien verbringen müssen. Ein Büßerherz. Das wäre jetzt das Richtige für sie gewesen. Ein Büßerherz.

Peter konnte nicht länger warten, zudem wollte er aus dem Haus sein, bevor die Kinder aus der Schule zurückkamen und ihn anbettelten, mitfahren zu dürfen. So verließ er das Pfarrhaus um halb drei. Weil er wusste, dass er mit den Gedanken woanders war, fuhr er vorsichtig an der grausigen Kreuzung, an der es zu dem seltsamen Unfall wegen des Traktors gekommen war, vorbei und weiter nach Culworth. Es war zu jeder Tageszeit schwierig, einen freien Platz auf dem Krankenhausparkplatz zu finden, aber er machte sich zunutze, dass er der offizielle Krankenhausseelsorger war, und parkte auf dem eigens für Geistliche reservierten Platz.

Das Krankenhaus war ihm vertraut, und er fand sofort die richtige Station. Die Schwestern begrüßten ihn und versicherten ihm, alles sei bestens, sie erhole sich gut, und natürlich dürfe er zu ihr.

Sie lag flach auf dem Rücken und war an einen Tropf und, wie Peter fand, zahllose Schläuche und Kabel angeschlossen.

»Caroline! Liebling! Ich bin's, Peter!«

Ihre Lider flatterten und gingen dann auf, sie sah ihn geistesabwesend an. Ihr Mund formte sich zu einem Lächeln, doch sie glitt zurück in den Schlaf, bevor es ein Lächeln wurde. Peter holte sich einen Stuhl, stellte ihn neben das Bett, setzte sich und nahm Carolines Hand.

Hilflos. Im Moment war seine Caroline völlig schutzlos. Immer Herrin der Lage und dynamisch. So liebevoll, gütig und rücksichtsvoll. Er hatte sie nicht verdient. Sein Beruf, in dem er anderen Menschen den Vorrang vor seinen Nächsten geben musste, hätte von jedem zu viel verlangt. Eine Schwester kam herein, um nach dem Rechten zu sehen.

»Guten Tag, Herr Pfarrer. Sie brauchen sich keine Sorgen zu machen, wissen Sie, sie hat es gut überstanden.« Sie tätschelte Caroline die Wange und rief: »Dr. Harris! Hallo!«

Caroline regte sich und machte die Augen auf. »Alles in Ordnung?« Keine Antwort, Caroline war wieder eingeschlafen.

»Scheint alles okay zu sein. Es wird noch eine Weile dauern, bis sie sprechen kann. Gehen Sie doch eine Tasse Tee trinken oder so. In etwa einer Stunde kommt sie ganz zu sich.«

»Hier liegen noch andere Patienten, die ich besuchen sollte. Vielleicht mach ich das und komme dann zurück.«

»Gute Idee.«

Auf das, was er bei seiner Rückkehr vorfand, war er jedoch nicht vorbereitet. Das Zimmer war voller Krankenhauspersonal, und Peter konnte Caroline nicht sehen.

»Beiseite!« Alle wichen zurück, und er hatte freie Sicht auf Carolines Körper, den ein Elektroschock durchzuckte. Der Monitor zeigte eine gerade Linie, überhaupt keinen Herzschlag. Eine Schwester zählte und drückte rhythmisch Carolines Brust, sie gaben Caroline Sauerstoff, und in dem entstehenden manischen Chaos konnte Peter nur rufen: »Caroline? Caroline?«

Jemand brüllte: »Schafft ihn raus!«

»Kommen Sie, Sir, überlassen Sie das uns.« Er spürte Hände, die ihn zur Tür lenkten. Er wollte nicht hinausgehen. Sein Platz war neben Caroline. Peter drehte sich um. »Überlassen Sie das lieber uns. Wir tun alles, was wir können.« Wieder spürte er Hände, die ihn wegschoben. Durch die Tür kamen Anweisungen, hastige Geräusche, Anzeichen kontrollierter, verzweifelter Anstrengungen. Er durfte sie jetzt nicht allein lassen. Er ging wieder hinein. Sie waren zu beschäftigt, um ihn zu bemerken. Die Linie auf dem Monitor war gerade.

»Caroline! Caroline!«, rief er, so laut er konnte. Seine Stimme hallte von den Wänden wider, wirkte in dem kleinen Raum ohrenbetäubend. Auf dem Schirm erschien ein Leuchtpunkt, ein zweiter, dann noch einer, dann wieder eine gerade Linie, dann ein unstetes Flackern, und plötzlich blinkten die Punkte wieder regelmäßig auf. Die messerscharfe Wachsamkeit im Raum legte sich und mit ihr die Anspannung der letzten Momente. Alle stießen einen hörbaren Seufzer der Erleichterung aus.

»Gut. Danke euch allen, sie ist wieder da.« Die Regelmäßigkeit der Leuchtpunkte auf dem Schirm wirkte beruhigend. Der Arzt stand besorgt und wachsam neben dem Bett und überprüfte die Kontrollanzeigen, beobachtete Carolines Atmung und ihre Gesichtsfarbe.

Das Personal räumte die Wiederbelebungsgeräte weg und verschwand, um sich anderen Pflichten zuzuwenden. Peter blieb allein mit Caroline und dem Arzt, der jetzt merkte, dass Peter aschfahl und zitternd auf der anderen Seite des Bettes stand. »Ich gehe nicht«, sagte Peter. »Ich bleibe hier. Niemand zwingt mich zum Gehen. Haben Sie verstanden? Ich lasse mich nicht hinauswerfen. Ich bleibe bei ihr.«

»Selbstverständlich. Die ganze Nacht lang, wenn Sie wollen. Meine Güte, sie hat uns eine Riesenangst eingejagt. Wir können es uns doch nicht leisten, eine gute Ärztin zu verlieren.«

Peters Stimme bebte. »Auch keine gute Ehefrau, was das betrifft.«

»Nein, wirklich nicht. Auf keinen Fall. Ich bedaure das sehr. Ein Arzt und eine Schwester werden ständig nach ihr sehen, aber falls irgendetwas Sie beunruhigt, klingeln Sie einfach. Wir müssen herausfinden, was diesen kleinen Stolperer verursacht hat, falls uns das gelingt.«

»Kleiner Stolperer! Sie war tot!«

Das Blinken setzte sich stetig fort.

»Ihr Herz ist einen Moment lang stehen geblieben.«

»Dann war sie tot. Versuchen Sie nicht, mich mit Euphemismen einzulullen. Ich lasse mich nicht einlullen. Wie auch immer, es hat länger als einen Moment gedauert.«

»Ich bedaure das zutiefst.«

Die Leuchtpunkte zeigten weiter den Herzschlag.

»Was war die Ursache?«

»Möglicherweise eine Unverträglichkeitsreaktion auf die Narkose. Wir müssen es herausfinden. Völlig unerwartet. Jedenfalls hat sich die Lage jetzt beruhigt. Melden Sie sich, falls Sie etwas brauchen. Von jetzt an sollte sie gute Fortschritte machen.«

Peter bedankte sich bei dem Arzt. Er war jetzt nicht mehr ganz so aschfahl und hatte auch das Zittern im Griff. Er zog sich den Stuhl, der weggestoßen worden war, wieder heran und setzte sich neben Caroline. Er nahm ihre Hand in seine, senkte den Kopf und küsste sie. Er spürte einen ganz leichten Druck ihrer Finger und glaubte, auf ihren Lippen ein winziges, kaum wahrnehmbares Lächeln zu sehen.

Dann setzte seine Reaktion ein. Der Schweiß lief ihm über das Gesicht, als wäre er in sengender Mittagshitze einen Marathon gelaufen. Seine Knie wurden weich, seine Hände zitterten so heftig, dass er aus Angst, er werde sie aufregen, Carolines Hand loslassen musste. Eine Schwester kam herein und überprüfte den Monitor, sagte aber nichts. Peter hätte ihr sowieso keine Antwort geben können; seine Kehle war zugeschnürt, und er biss die Zähne zusammen. Der Schwester fiel auf, wie fahl er war und dass ihm Schweiß über das Gesicht lief.

»Alles wird gut, Mr. Harris. Schauen Sie.« Sie zeigte auf die Leuchtpunkte. »Kein Grund zur Sorge. Jetzt nicht mehr.«

Er nickte.

»Ich setze Wasser auf und koche Ihnen eine Tasse Tee.«

Kaum hatte die Schwester zu Ende gesprochen, hielt er den Tee schon in den zitternden Händen. Die Zeit schien einen Sprung gemacht zu haben. Er versuchte, die Tasse zum Mund zu führen. Aber er zitterte so sehr, dass er den Tee verschüttete.

Die Schwester nahm ihm die Tasse ab und setzte sie ihm an den Mund. Peter war eiskalt. Der Tee war kochend heiß.

»Trinken Sie noch einen Schluck, das wird Ihnen gut tun.«

Langsam hörte das Zittern auf, und Peter nahm die Tasse wieder an sich. Ein Auge auf den Schirm gerichtet, trank er den Tee aus. Ein Bodensatz aus Zucker blieb zurück, der sich nicht aufgelöst hatte.

Die Schwester streckte die Hand nach der Tasse aus. »Noch eine?«

»Ja, bitte. Ich bin so durstig.«

»Das liegt daran, dass Sie einen kleinen Schock hatten.«

»Das kann man wohl sagen.«

»Und nicht nur einen *kleinen* Schock. Bin gleich wieder da.«

Er ging kurz zum Telefon, rief Sylvia an und erklärte ihr, er komme noch nicht nach Hause, vermutlich erst in den frühen Morgenstunden, und er wäre froh, wenn sie und Willie im Pfarrhaus übernachten würden, und könne er bitte mit den Kindern sprechen, und ja, mit Caroline sei alles gut, und vielen Dank für alles. Er beruhigte die Kinder: Ja, Mummy gehe es sehr gut. Ja, er bleibe eine Zeit lang bei ihr; sie sollten brav zu Sylvia sein. Ja, am Morgen komme er nach Hause. Nacht, Nacht, Beth. Nacht, Nacht, Alex. Ja, er gebe Mummy einen dicken fetten Kuss. Nacht, Nacht, schlaft schön. Gott segne euch beide.

10. Kapitel

Wenn möglich, arbeitete Jimbo samstags nicht im Laden, doch an diesem Samstag ging es nicht anders. Dazu kam noch, dass Harriet außer sich war vor Sorge um Caroline, dass seine Mutter am Boden zerstört war über das, was sie angerichtet hatte, und im Allgemeinen spürte Jimbo eine schwarze Wolke über seinem Leben, ohne die er sich sehr viel wohler gefühlt hätte.

Das Leben musste trotzdem weitergehen. Er hatte die Morgenzeitungen sauber neben der Kasse gestapelt, er hatte die Fleischtheke in Ordnung gebracht, das Gemüse präsentierte sich in knackiger Frische, die Schreibwarenregale waren bis zum Bersten gefüllt, und jetzt war Oktober, und ehe Jimbo es sich versah, würde Weihnachten vor der Tür stehen. Gestern Abend war ein guter Abend gewesen. Jimbo hatte ein Faible für eine gute Party, und der einundzwanzigste Geburtstag gestern Abend war eine fröhliche Feier gewesen. Ihm fiel ein, dass er Pat Jones anrufen und ihr sagen musste, wie zufrieden er mit ihrer Leistung gewesen war. Menschen konnten Jimbo immer wieder überraschen. Wer hätte gedacht, dass in Pat ein solches Potenzial steckte? Das war ein Punkt, zu dem er sich selbst beglückwünschen konnte, denn er hatte ihr Potenzial entdeckt und zu seinem Vorteil genutzt, im Übrigen auch zu ihrem.

Die Glocke bimmelte, und Peter kam herein. Jimbo fand, er

sähe grauenhaft aus. Eingefallen, erschöpft, geschrumpft vor Sorge.

»Guten Morgen, Peter. Wie sieht es aus?«

»Als ich um drei Uhr morgens gegangen bin, hatte sich ihr Zustand verbessert. Ich habe eben angerufen, sie macht weiter Fortschritte, deshalb besuche ich sie heute Nachmittag mit den Kindern.«

»Danken wir Gott dafür!«

»Ich habe ihm schon dafür gedankt. Muss bloß ein paar Sachen einkaufen, ich will Caroline etwas mitbringen, Sylvia braucht auch etliches. Ich schau mich mal um.«

»Bitte. Ich wäre dankbar, wenn Sie Caroline Blumen von Harriet und mir bringen könnten. Mit lieben Grüßen.«

»Danke, vielen Dank, das wird sie freuen.« Peter nahm sich einen Korb und machte sich an seine Einkäufe. Er hatte eben Milch und einen Karton Eier in den Korb gepackt, als die Türglocke bimmelte und Dicky hereinkam. Er sah Peters rotblonden Schopf über den Regalen und trat schnell den Rückzug an, doch Peter richtete sich auf und ertappte Dicky auf der Flucht. »Dicky! Ich muss mit Ihnen sprechen!«

Widerwillig kehrte Dicky um und machte die Tür zu.

»Jetzt hören Sie, Peter, das war ein harmloser ...«

»Wissen Sie, Ihr Privatleben ist Ihre Sache, aber was Sie mit der Kirche anstellen, geht mich durchaus etwas an. Was haben Sie sich dabei gedacht?«

Dicky schaute auf seine Schuhe, steckte die Hände in die Taschen, sah dann zu Peter auf und sagte: »Ehrlich gesagt, ich weiß es nicht. Ich kann nicht anders. Hab's nicht im Griff.«

»Ach ja?«

»Sie wissen doch, wie das ist mit der Liebe. Cupido trifft, und es geht ab wie 'ne Rakete.«

»Ich weiß, wie das mit der Liebe ist, aber Sie treiben es zu weit. Ich meine, ein Transparent an der Kirche, und die Kinder waren auf dem Weg zum Gottesdienst. Ich habe keine Ahnung, was die Kinder darüber gedacht haben mögen. Und Bel. Was ist mit ihr?«

»Sie hat eine Sauwut, aber ich kann nicht damit aufhören. Ich sitze in einer Achterbahn und kann nicht aussteigen.«

»Aber Dicky, denken Sie doch an Georgie ...«

»Kann nicht damit aufhören. Für mich ist Georgie die Allerschönste.«

»Sie ist sehr attraktiv, ich weiß ...«

»Ja, nicht wahr?« Dickys Gesicht hellte sich auf. »Sehr, sehr attraktiv. Liegt an dieser Mischung aus dem blonden Haar und den zarten Zügen ... und sie hat genau die richtige Größe für mich! Ich kann nicht begreifen, warum ich das erst jetzt gemerkt habe. Hab sie tagtäglich gesehen, wenn ich auf 'nen Drink in der Bar war, und dann hab ich sie eines Tages angeschaut, und wumm! Bumm! Hab mich Hals über Kopf verliebt. Es war, als hätt ich sie noch nie gesehen. Ich hab mich gefühlt, als hätt mich 'ne Axt umgehauen. Sie ist die Hefe in meinem Brot, der Zucker in meinem Tee, der Guss auf meiner Torte, das Soda in meinen Drinks, die Sahne in meinem Kaffee, der Sherry in meinem Nachtisch, der ...«

»Dicky! Denken Sie bitte an Ihre Stellung. Sie sind der Pfadfinderführer. Sie müssen ein Beispiel geben.«

Dickys Gesicht wurde finster. »Ich weiß. Ich bin bei den Pfadfindern, seit ich acht war. Ist mir in Fleisch und Blut übergegangen, und wenn ich das aufgeben müsste ... ich darf gar nicht dran denken. Aber ... was kann man schon machen, wenn die Liebe einen am Kragen packt? Sie kennen das Gefühl?«

»Und ob.«

»Dann sind wir verwandte Seelen, Sie und ich. Eben hab ich Willie getroffen, er hat mir das mit Dr. Harris erzählt, wie geht es ihr heute Morgen?«

»Ganz ordentlich. Hat die Operation gut überstanden, jetzt müssen wir nur noch abwarten, wie erfolgreich der Eingriff war.«

Dicky legte ihm eine Hand auf den Arm und drückte ihn. »Wunderbare Frau. Es muss schwer für Sie sein. Tut mir so Leid. Grüßen Sie sie von mir, ja? Muss weiter.«

»Danke, mach ich. Werden Sie beherzigen, was ich gesagt habe?«

»Natürlich.«

»Es geht um das Leben von vier Menschen, nicht nur um Ihres, wissen Sie.«

Dicky nickte. »Ich weiß. Ich mach nichts mehr an der Kirche, mit Transparenten und so, aber sonst kann ich nichts versprechen.«

»Dicky!«

Dicky grinste. »Meine besten Grüße an Dr. Harris. Hab sie sehr gern.« Er zwinkerte Peter zu, und Peter musste lachen. Dicky reichte Jimbo einen Laib Brot. »Das ist heute Morgen alles. Danke. Auf bald! Tschüs!« Er rannte lachend hinaus.

Als Jimbo Peters Einkäufe addierte, sagte er: »Ich bin sehr, sehr traurig wegen dieses Gerüchts, das meine Mutter in Umlauf gebracht hat. Ich habe ihr gesagt, sie soll den Mund halten, aber sie ließ sich nicht davon abbringen. Ich bin so froh, dass Caroline nichts davon erfahren hat.« Er schaute besorgt auf. »Sie hat es doch nicht erfahren, oder?«

»Nein. Zum Glück nicht. Es war ein verständlicher Irrtum.«

»Sie sind zu großmütig. Sie meint es gut, sie hat bloß so eine herrschsüchtige Ader, wissen Sie. Sie ist sehr betroffen darüber, was sie angerichtet hat.«

»Vielleicht ist ihr das beim nächsten Mal eine Lehre.«

»Wär für alle ein Segen. Mir graut davor, in was sie sich als Nächstes verbeißen könnte. Ich hab so eine Ahnung, dass sie vielleicht was gegen das Glockenläuten hat. Wenn ich nur ihre ganze Energie in die richtige Bahn lenken könnte, bevor Mutter …«

»Keine Sorge, Jimbo. Was macht's?«

»Zwölf Pfund siebenundneunzig.«

»Danke.«

Jimbo wickelte die Blumen für Caroline ein. »Vergessen Sie die Blumen nicht! Hier. Liebe Grüße von uns beiden. Sie ist eine großartige Frau.«

»Danke, Sie und ich haben beide großes Glück gehabt.«

»Wenn ich uns beide so anschaue, meine ich doch, dass unsere Frauen auch Glück gehabt haben!«, rutschte es Jimbo heraus.

Peter konnte ein Lächeln nicht unterdrücken, und als er ging, sagte er: »Es tut mir gut, in den Laden zu kommen, rückt die Perspektiven zurecht. Ich weiß nicht, wie Sie das machen.«

Caroline machte die Augen auf, um zu sehen, wer sie besuchte. »Liebling! Ich hatte heute Abend gar nicht mit dir gerechnet, weil du doch schon heute Nachmittag hier warst! Wie schön! Kannst du auch wirklich so viel Zeit erübrigen?«

»Natürlich. Schließlich ist der Samstag mein freier Tag. Die Blumen sind von Jimbo und Harriet, mit lieben Grüßen, ich hab heut Nachmittag vergessen, sie mitzubringen.«

»Stimmt ja, ich hatte ganz vergessen, dass Samstag ist. Die Blumen sind wunderschön, wie nett von den beiden. Ich lass sie nachher ins Wasser stellen. War mit den Kindern alles in Ordnung, als du sie nach Hause gebracht hast?«

»Alles bestens.« Er erzählte Caroline nicht, wie sehr sie geweint hatten, als es Zeit zum Schlafengehen war, wie Alex sich an ihn geklammert und gefragt hatte, wann Caroline nach Hause komme, erzählte ihr nichts von Beths Wutanfall vor dem Baden, als sie sich auf den Boden geworfen, geschrieen und gestrampelt hatte, weil er den Badeschaum vergessen hatte, obwohl Beth sich gar nichts daraus machte. Er verschwieg, dass Beth vor dem Schlafengehen Carolines Lieblingsschal unter ihrem Kopfkissen versteckt hatte; Peter hatte Beth zuliebe so getan, als hätte er es nicht gemerkt. Er verschwieg auch, dass Alex seinen Babybecher aus dem Schrank geholt und darauf bestanden hatte, den Saft vor dem Einschlafen daraus zu trinken.

»Wirklich?«

»Na ja … natürlich fehlst du ihnen, aber wir kommen ganz gut zurecht. Wie geht es dir heute Abend, mein Liebling? Wenn du willst, dass ich gehe, weil du müde bist, brauchst du es nur zu sagen.«

»Ich bin müde, aber ich will nicht, dass du gehst. Manchmal schlafe ich einfach ein, sogar wenn ich mit jemandem rede.« Sie schaute an ihm vorbei und sagte dann: »Weißt du, ich bin noch nie operiert worden.«

»Ich weiß, ich auch nicht. Ich halte dich für ungeheuer tapfer.«

»Das stimmt nicht ganz, Peter …«

»Ja?«

»Peter, von mir, wie du mich kennst, ist nichts übrig. Nichts von dem Ich, was *ich* bin!«

»Von meinem Platz aus scheint alles, was ich liebe, noch da zu sein, wo liegt also das Problem?« Er streckte die Hand aus, strich ihr das Haar aus der Stirn und tat so, als inspizierte er ihren Kopf. »Sie haben dir doch nicht etwa auch das Gehirn entfernt?«

»Bring mich nicht zum Lachen, das tut weh!«

»Entschuldigung! Sie haben es also nicht entfernt, oder? Du bist immer noch meine Caroline, die ich über alles liebe.«

Caroline drehte den Kopf weg und schaute zur Wand. »Aber alles, was mich zur Frau macht, ist fort. Für das, was noch an Weiblichkeit übrig ist, könnte ich hundert Jahre alt sein. Solange das alles noch intakt war, gab es noch eine klitzekleine Hoffnung, so idiotisch das war, dass ich möglicherweise doch noch Kinder von dir bekommen könnte, obwohl mein Unterleib so gut wie unnütz war. Ich weiß, das war alles sehr töricht von mir, denn in Wahrheit hätte ich niemals ein Kind austragen können, aber jetzt besteht überhaupt keine Hoffnung mehr.«

»Wie Rhett Butler gesagt hätte: ›Ehrlich gesagt, meine Liebe, das schert mich einen Dreck.‹ Du und ich werden weiterhin ein wunderbares Eheleben führen, und kein Chirurg der Welt kann uns daran hindern.«

Caroline verlagerte unter Schmerzen das Gewicht im Bett, versuchte, es sich etwas bequemer zu machen. Sie schwieg eine Weile, und Peter glaubte, sie müsse wieder eingeschlafen sein, doch dann sagte sie: »Mir macht solche Angst, dass ich mich nur noch als halber Mensch fühle. Wie kannst du mich danach noch begehren?«

»Caroline, ich höre nicht auf, dich zu lieben, bloß weil du, wie Sheila Bissett sich ausdrücken würde, ausgeräumt worden bist. Das ändert für mich nicht das Geringste, und wir werden auch nicht zulassen, dass sich dadurch für dich das Geringste ändert.«

»Wissen es alle?«

»Inzwischen schon, davon gehe ich aus.«

»Mir wäre lieber, sie hätten es nicht erfahren müssen.«

»War unvermeidlich. Übrigens hat deine Mutter angerufen, vier Mal. Sie hat zweimal mit dem behandelnden Arzt telefoniert und ihm erklärt, was sie mit ihm macht, falls etwas daneben geht. Offenbar hat sich herausgestellt, dass er mit deinem Vater zusammen Medizin studiert hat. Sie kommt her, wenn du entlassen wirst.«

»Oh, gut. Ich kann verstehen, dass sie kommen will, und

ich bin ihr dankbar dafür, aber mir wäre trotzdem lieber, sie bliebe weg. Mir gefällt bestimmt nicht, wie sie mich herumkommandiert.« Sie verstummte und lag mit geschlossenen Augen da. Ohne die Augen aufzumachen, fuhr sie dann fort: »Ich habe gestern gespürt, dass du für mich gebetet hast. Nein, nicht eigentlich gebetet, sondern nach mir gerufen. Ich kann mich nicht daran erinnern, wann das war. Warst du hier, als sie mich aus dem OP gebracht haben?«

»Kurz danach.«

»Du hast zweimal meinen Namen gerufen, und ich bin zurück ins Zimmer gekommen, um zu hören, was du willst. Das war wirklich sehr seltsam.«

»Oh, gut! Wie ich sehe, sind die Blumen gekommen.«

Sie lächelte ihn an. »Sie sind wunderschön. Bedank dich in meinem Namen bei Jimbo und Harriet für den Strauß, ja?«

»Natürlich. Soll ich neben dir sitzen bleiben, bis du eingeschlafen bist?«

»Ja, bitte. Ich werde jetzt schlafen.«

Peter stützte die Ellbogen auf die Matratze, hielt Carolines Hand an seine Wange und küsste sie dann. »Gott segne dich.«

»Und dich. Gib meinen beiden Kleinen einen Kuss von mir. Ich hoffe, sie sind nicht zu schwierig.«

»Nein, überhaupt nicht. Lammfromm. Sylvia und ich kommen ganz gut zurecht, obwohl wir alle froh sein werden, wenn du wieder da bist.«

»Ich liebe die beiden. So sehr. Und dich. Ich liebe dich über alles.«

»Ich weiß, und ich liebe dich.«

Er hörte sie schwach sagen: »Wir haben großes Glück, wir beide, nicht wahr?« Sie drückte seine Hand und lächelte, und dann schlief sie ein.

Als Peter am Sonntag in der Kirche bei den Fürbitten war, berichtete er der Gemeinde von Carolines Krebsoperation und bat sie, mit ihm ein Gebet um ihre Gesundung zu sprechen.

Niemand betete inbrünstiger als Grandmama. Sie hatte tausend Jahre durchlebt, seit sie Peter am Freitagmorgen getroffen und er ihr die Wahrheit über den Fall gesagt hatte. Dem Himmel sei Dank, dass sie nicht Caroline getroffen und etwas zu ihr gesagt hatte. Der bloße Gedanke war unerträglich. Hätte sie nur auf Jimbo gehört und wäre seinem Rat gefolgt. Aber sie hatte es nicht getan und in ihrer üblichen herrischen Art alles ausgeplaudert. Doch in etlichen Punkten hatte sie Recht. Schließlich setzte Jimbo oft ihre Ideen für den Laden um. Er gab es nie gleich zu, aber wenn sie das nächste Mal hinkam, hatte er genau das getan, was sie vorgeschlagen hatte. Nicht immer, aber doch so häufig, dass sie das Gefühl hatte, sich nützlich zu machen. Aber im Moment würde sie beten. Zwischen den Fingern erhaschte sie einen Blick auf die Zwillinge, die neben Sylvia saßen, weil sie im Kindergottesdienst gestört hatten und hinausgebracht worden waren. Die lieben, lieben Kleinen. Sie waren ganz schön zappelig, aber wer wäre das im Alter der beiden nicht gewesen?

Als der Gottesdienst zu Ende war, ging Grandmama zu den Zwillingen und gab jedem ein Pfundstück. »Das dürft ihr im Laden ausgeben, wenn Sylvia nach der Schule mit euch hingeht. Heute hat er geschlossen, aber ihr könnt ja morgen hingehen. Kauft euch was Hübsches, ja?«

Sylvia zwang sich, mit zusammengepressten Lippen zu sagen: »Was sagt man, Kinder?«

»Danke, Mrs. Charter-Plackett.« Die beiden musterten einen Moment lang die glänzenden Münzen und steckten sie dann ein.

Als sich Sylvia vergewissert hatte, dass die Kinder sich höflich benahmen, wandte sie sich Grandmama zu. »Ich darf die

Kinder nicht enttäuschen, sie sind wegen ihrer Mutter so durcheinander, aber wenn es nach mir ginge, würde ich Ihnen das Geld ins Gesicht werfen. Sie können sich nicht mit Geld bei uns einschmeicheln, bei keinem von uns.«

»Was nehmen Sie sich heraus!«

»Was Sie verdient haben. Ich habe rausgekriegt, dass Sie das Gerücht über Dr. Harris in Umlauf gebracht haben ... Sie wissen schon. Wie konnten Sie das tun? Wie konnten Sie nur?« Sylvia stampfte mit dem Fuß auf, und ein Grüppchen, das sich im Gang gebildet hatte, weil kein Durchkommen war, hörte entzückt zu, wie Grandmama abgekanzelt wurde.

»Es war keine böse Absicht, ich habe nur die Tatsachen zusammengezählt.«

»Aber es waren keine Tatsachen, oder?«

»Dem Anschein nach schon.«

»Aber nicht in Wirklichkeit. Können Sie sich vorstellen, wie Dr. Harris zumute gewesen wäre, wenn Sie sie getroffen und ihr das gesagt hätten, als sie schon wusste, was ihr bevorsteht? Wenn wir noch einen Tauchbalken hätten, dann säßen Sie da jetzt drauf und würden im Teich ertränkt für Ihre Übeltaten. Vor langer Zeit ist das mit bösen alten Klatschmäulern wie Ihnen mehr als einmal gemacht worden.«

Jemand im Grüppchen mischte sich ein: »Auch wegen dem, was sie Sheila Bissett angetan hat. Das war hundsgemein.«

»Stimmt. Hundsgemein grausam.«

Grandmama spürte, dass sie Hilfe brauchte, die Lage spitzte sich zu. Zu ihrer Erleichterung half Jimbo ihr aus der Patsche.

Er erklärte viel lauter als nötig: »Mutter! Da bist du ja. Kommst du mit nach Hause zum Essen?«, schob sich durch das Grüppchen und nahm Grandmamas Arm.

Sylvia stellte fest, dass sie sehr viel Unterstützung bekam. »Sylvia hat Recht. Sagen Sie ihr, Mr. Charter-Plackett, sagen

Sie ihr, dass sie mit dieser Einmischerei aufhören muss. Das war fies von ihr, wirklich fies.«

»Wir machen alle Fehler. Sie hat es nicht fies gemeint«, gab Jimbo scharf zurück.

»Gehen Sie schon, gehen Sie mit Ihrem Jimbo nach Hause, wir haben bloß Nachsicht mit Ihnen, weil wir ihn so gern haben, aber treiben Sie es nicht zu weit, sonst behält Sylvia Recht, und Sie werden als Wasserleiche im Teich gefunden.«

Es wurde geschubst und gedrängelt, und Jimbo wusste, dass er Grandmama wegbringen musste, bevor sich die Lage noch mehr zuspitzte. »Komm mit, Mutter, sofort.« Sie sah aus, als wäre sie versucht, noch zu bleiben und den Leuten die Meinung zu sagen, weil sie sich an Jimbos Arm in Sicherheit fühlte, aber er führte sie ab, und als sie den Gang entlanggingen, hörten sie ein Gemeindemitglied sagen: »Solche Lügenmärchen rumzuerzählen!«

»Widerlich.«

»Die arme Dr. Harris.«

In seiner üblichen versöhnlichen Art gab Peter Grandmama die Hand und erkundigte sich nach ihrem Befinden, aber sie konnte ihm nicht ins Gesicht schauen, sondern bedankte sich nur mit gesenktem Blick bei ihm und ging schweigend mit Jimbo weg.

Das sonntägliche Mittagessen bei Jimbo und Harriet war eine fröhliche Angelegenheit, aber sie gab Grandmama Gelegenheit zum Nachdenken. Die Kinder schienen nicht zu merken, wie still sie war, aber Harriet fiel es auf, und als sie beim Kaffee waren und die beiden Mädchen nicht mehr am Tisch saßen, erkundigte sie sich bei Grandmama, wie sie sich fühle. »Ist dir nicht wohl? Du bist so still.«

»Mir geht es gut, danke.«

»Es sieht dir nicht ähnlich, das ist alles.«

Fergus reichte ihr den Zucker und sagte: »Geht schon in

Ordnung, Grandmama, wir wissen alle, was los ist. Ich hab gesehen, wie Sylvia dich angeblafft hat. Hab gar nicht gewusst, dass sie so wütend werden kann.«

»Fergus!« Jimbo war nicht danach, seine aufgebrachte Mutter schon wieder beruhigen zu müssen.

»Sei still, Jimbo, er hat völlig Recht.«

Harriet zog die Augenbrauen hoch, und Finlay grinste. »Du warst ganz rot im Gesicht!« Fergus lachte schallend.

Unter dem Tisch trat Jimbo Fergus gegen das Schienbein, aber Grandmama lächelte verkniffen und antwortete: »Es war sehr peinlich. Aber sie hatte völlig Recht. Das hätte ich auf keinen Fall sagen dürfen. Ich hätte abwarten müssen.«

»Mach dir keine Gedanken, Mutter, wir müssen dankbar sein, dass Caroline die Operation überstanden hat.«

»Und ob. So, ihr Jungen, bald sind Ferien. Habt ihr schon Pläne gemacht? Ihr bekommt Geld von mir, falls ihr Lust auf einen Tagesausflug habt oder ins Kino gehen wollt.«

Sie besprachen, wofür sie das Geld von Grandmama ausgeben wollten, und von dem in die Welt gesetzten Gerücht war erst wieder die Rede, als Grandmama gegangen war und Harriet und Jimbo in der Küche waren.

»Meine Güte! Das muss man ja im Kalender rot anstreichen! Deine Mutter bereut etwas! Vergiss nicht, Spülmittel in die Maschine zu füllen. Hier.«

»Vielleicht hat sie dieses Mal ihre Lektion ja gelernt. Ich habe gehört, dass sie auch mit Muriel Streit gehabt hat, das muss sie also auch noch in Ordnung bringen.«

»Meinst du, dass wir friedlicheren Zeiten mit deiner Mutter entgegensehen?«

»Wann war sie denn je friedlich? Das ist doch bloß Wunschdenken.«

Harriet seufzte. »Du hast Recht, aber ich glaube, es hat ihr einen Dämpfer versetzt. Sie war noch nie so zerknirscht.«

»So, das war's, alles erledigt. Ich hab keine Ahnung, wozu sieben Leute so viel Geschirr und so viele Töpfe brauchen. Ich hab nicht mal gewusst, dass wir so viele haben.«

»So viele Kinder oder so viele Töpfe?«

»Beides. Hast du mal dran gedacht, noch ein Kind zu bekommen? Dann wären's fünf. Was meinst du?« Er presste Harriet gegen die Spülmaschine, stützte sich mit beiden Händen am Schrank darüber ab und küsste sie herzhaft. Als der Kuss zu Ende war, antwortete sie ihm. »Auf keinen Fall.«

»Komm schon. Lass uns noch eins kriegen.«

»In deinem Alter? Oder in meinem, was das betrifft. Nein, Jimbo, ich bin grade erst wieder ins normale Leben zurückgekehrt, und ich lasse mich nicht wieder ans Haus binden. Vier Kinder sind genug.« Sie schob ihn weg und fragte die Kinder, wer Lust zum Spazierengehen habe.

Während sie draußen in den Bickerby Rocks waren, sah nur Harriet, dass Dicky und Georgie Hand in Hand bergabwärts Richtung Parkplatz außer Sichtweite verschwanden.

11. Kapitel

Als Bel am Montagmorgen um acht zur Schule hinüberging, um aufzuschließen und nachzusehen, ob die Heizung angesprungen war, rechnete sie nicht damit, etwas in einen halben Meter großen Kreidebuchstaben auf die Jacks Lane geschrieben zu finden. ICH LIEBE GEORGIE. Die schwungvolle Schrift verstärkte die Aussage noch.

Bels hübsches, offenes, freundliches Gesicht einer Frau vom Land lief vom Haaransatz bis zur Kehle rot an. Sie würde Dicky umbringen, jawohl, das würde sie. Es gab Grenzen. Sie hatte sich gefragt, warum er nicht im Haus gewesen war, als sie aufstand, meistens verließen sie es gemeinsam, er holte sich seine Zeitung und fuhr dann zur Arbeit, und sie ging zur Schule. Sie würde die Schrift mit dem Schulhofbesen wegscheuern. Aber zuerst musste sie ihre Aufgaben erledigen. Nein. Erst das Wegscheuern, dann die Schule.

Bel sah nach der Heizung, bevor sie den Besen und den Eimer aus dem Besenschrank in der Schulküche holte und hinausging. Aus dem Wasser im Eimer stiegen Dampfschwaden in die frühwinterliche Kälte. Bel fing mit ICH an und machte sich dann an das LIEBE …

»Was ist denn das hier?«

Bel schaute auf, denn sie wollte sehen, wer mit ihr sprach. Es war der Postbote, Ted.

»Sie können doch sicher lesen, jedenfalls will ich's hoffen.«

»Oh, kann ich. Brauch's sowieso nicht ganz zu sehen. Ich hab's schon gelesen.«

»Dann sind Sie heute Morgen aber zeitig dran.«

»Nein, eigentlich nicht, vor dem Pub steht es auch, dort hab ich's zuerst gesehen. Das war Bryn, stimmt's?«

Bel schäumte. »Vor dem Pub auch?«

»Hab's eben gesehen.«

»Nein, Bryn war's nicht!«, schnauzte sie ihn an.

»Wer dann? Wer ist denn so blöd?«

Bel dachte einen Moment lang nach und behauptete dann, sie habe keine Ahnung, wer es gewesen sein könnte.

Ted lachte. »Wer das auch ist, der ist dumm, das direkt vor dem Pub zu machen. Bryn ist neuerdings wie ein Bär mit 'nem Brummschädel, hat mich eben zur Sau gemacht, weil ich 'nen Brief an ihn versehentlich in 'nem Cottage von Wochenendlern eingeworfen hab. Die waren zwei Wochen nicht hier, deshalb hat er den Brief wirklich sehr spät gekriegt. War nicht meine Schuld. Hab's nicht mit Absicht getan. Bryn kann ganz schön grob werden, und nicht zu knapp.«

Bel scheuerte den Rest von GEORGIE weg, nahm den Eimer und überließ Ted seinen Grübeleien. Er lieferte die Schulpost und zwei Briefe an Miss Pascoe ab und ging dann in den Laden. Jimbo hatte einen Haufen Post, Ted legte sie auf die Theke und rief nach hinten: »Mr. Charter-Plackett! Die Post liegt auf der Theke.«

Jimbo kam mit einer Kiste Äpfel aus dem Lager.

»Morgen, Ted. Danke.« Ted griff in die Kiste und suchte sich einen Apfel aus. Er sah Jimbo mit hochgezogenen Augenbrauen an. Jimbo nickte, und Ted grub die Zähne in die rote Frucht. Als er den ersten Mund voll geschluckt hatte, sagte er: »Jemand hat ›Ich liebe Georgie‹ auf die Straße vor der Schule geschrieben. Mit Kreide. In Großbuchstaben.«

Jimbo fuhr zu ihm herum. »Hat Bel das schon gesehen?«

»Hat's eben weggeschrubbt. Die war vielleicht rot im Gesicht!«

»Das überrascht mich nicht.«

»Dann wissen Sie also, wer's war?«

»Ich kann's mir denken.«

Ted biss noch ein Stück von dem Apfel ab, doch ehe er geschluckt hatte, war Jimbo wieder im Lager verschwunden. Ted sah die köstlichen Birnen. Er prüfte eine auf ihre Reife, vergewisserte sich, dass Jimbo nicht so schnell zurückkam, und steckte die Birne in die Posttasche, gerade noch rechtzeitig.

Dann fragte er: «Und wer ist es?«

»Ich nehm an, dass Sie es sowieso bald erfahren. Dicky Tutt.«

Ted blieb der Mund offen stehen. »Dicky Tutt! Dicky Tutt! Der doch nicht.«

»Aufs Rad, Ted. Ich hab zu tun.«

»Sie meinen, in den Lieferwagen. Ich bin jetzt motorisiert. Das hätt ich im Leben nicht gedacht. Die arme Bel.«

»Tschüs, Ted, und ich hätte Ihnen die Birne auch geschenkt, wenn Sie mich darum gebeten hätten.«

Ted wurde rot. »Entschuldigung.« Er wollte die Birne aus der Tasche nehmen.

»Lassen Sie. Aber tun Sie's nicht wieder.«

Jimbo war sich nicht recht sicher, wie er Bel begrüßen sollte, wenn sie in der Schule fertig war und zur Arbeit kam. Aber sie betrat den Laden mit ihrem üblichen fröhlichen Gruß, sodass es schwierig war, das Thema zur Sprache zu bringen.

»Morgen allerseits. Ist es heute nicht schön und sonnig? Wir sollten das Beste daraus machen, solange das Wetter hält. Womit soll ich heute Morgen anfangen, Mr. Charter-P.?«

Linda hinter dem Postschalter war voller Mitleid mit Bel. Sie war eine nette Frau, eine Affenschande, dass sie sich so etwas von Dicky gefallen lassen musste. Linda hatte die Erklärung auf der Straße gesehen, es hatte sich nicht umgehen lassen, denn es war von ihrem Schlafzimmer aus deutlich zu lesen gewesen. Sie hatte beobachtet, wie die arme Bel mit dem Wegschrubben anfing, aber dann hatte das Baby Zuwendung gebraucht, und sie hatte sich beeilen müssen. Und hier war Bel, putzmunter, als wäre nichts passiert. Linda hätte ihren Alan umgebracht, wenn er je etwas derart himmelschreiend Eindeutiges getan hätte. Bei näherer Überlegung hätte sie ihn schon umgebracht, wenn er auch nur eine andere Frau angeschaut hätte, vom Hinausposaunen ganz zu schweigen.

»Guten Morgen, Bel«, rief Linda hinüber. »Meine Ständer mit Versandmaterial könnten Nachschub vertragen, da gibt es etliche Lücken.«

Jimbo ging auf sie los. »Für diese Ständer sind Sie zuständig, Linda, nicht Bel, sie hat im Moment Wichtigeres zu tun. Sie haben im Moment keine Kunden, also seien Sie so gut und kümmern Sie sich jetzt darum, wenn ich bitten darf. Bel, fangen Sie damit an, die Lebensmittelregale aufzufüllen, bitte, ich habe in einer halben Stunde einen Termin und brauche Sie an der Kasse, wenn ich weg bin. Okay?« Jimbo sah Bel an und musterte ihr Gesicht, aber sie blieb auf der Hut, und er musste den Moment verstreichen lassen.

Um Viertel vor zehn, nur eine Viertelstunde nachdem Bel zur Arbeit gekommen war, schwang die Tür auf, und Bryn kam herein. Schon sein Auftauchen im Laden war ungewöhnlich, denn normalerweise kaufte Georgie ein, nie Bryn. Linda war froh, dass Jimbo noch nicht weg war, denn bei Bryns Anblick hatte sie den Verdacht, er sei sehr wütend; sein Gesicht war lila, er hatte Schweißtropfen auf der Stirn, ballte die Fäuste und knirschte eindeutig mit den Zähnen.

Linda war dabei, das unterste Fach mit Packungen von Briefumschlägen aufzufüllen. Sie richtete sich auf und sagte das Erste, was ihr einfiel: »Guten Morgen, Mr. Fields. Haben Sie sich über irgendwas geärgert? Sie sehen gar nicht gut aus.« Er baute sich vor ihr auf, und Linda wich vorsichtshalber ein Stück zurück. »Kann ich Ihnen etwas bringen?«

Mit zusammengebissenen Zähne und mühsam beherrschter Stimme sagte er: »Ist Bel Tutt da?«

»Schon möglich.«

»Entweder, oder. Also?« Wie aufs Stichwort kam Bel mit einem Klemmbrett in der Hand aus dem Lager. Sobald sie Bryn sah, trat sie den Rückzug an. »Ich will mit Ihnen sprechen! Kommen Sie her!«

Bel stand zögernd auf der Schwelle, sie schien sich nicht schlüssig zu sein, was sie tun sollte. Im Hintergrund hörte sie Jimbo telefonieren, und im Versandbüro bearbeitete Mrs. Jones den Tacker, als gäbe es kein Morgen. Bel sah, dass Linda ein ängstliches Gesicht machte und zum Ausgang wollte.

Bel holte tief Luft. »Sie haben ein Wörtchen vergessen.«

Einen Moment lang herrschte Schweigen, dann sagte Bryn: »Bitte.«

Bel setzte sich langsam in Bewegung und blieb neben der Kasse stehen. Sie legte eine Hand auf die Theke, als müsste sie sich stützen, und wartete.

»Haben Sie gesehen, was mit Kreide geschrieben auf der Straße vor meinem Pub steht?«

»Nein.«

»›Ich liebe Georgie.‹ Das steht da. Ich ... liebe ... Georgie.«

»Ich war's nicht.«

»Das hab ich auch keinen Augenblick lang angenommen. Aber Ihr Dicky war's.«

»So?«

»Sie wissen verdammt genau, dass er es war. Ich hab die Schnauze voll.« Bryn ging auf Bel zu. »Ich hab die Schnauze bis zum Stehkragen voll von Ihrem Dicky. Ich hab ihm Hausverbot im Pub erteilt, aber er lässt mich trotzdem nicht in Ruhe. Richten Sie ihm aus« –, Bryn stach sich mit dem Finger in die Brust –, »dass ich ihn mir schnappe, wenn dieser Schwachsinn nicht aufhört. Gott steh mir bei, ich schnapp ihn mir und drück ihm den Hals zu, bis dem Kümmerling die Luft ausgeht. Ja!« Er verschlang die Hände, als lägen sie um Dickys Kehle.

»Ich richt's ihm aus.«

»Wenn Sie's nicht tun, sag ich's ihm. Er soll meine Georgie in Ruhe lassen. In Ruhe! Verstanden? Sonst sorg ich dafür, dass es aus mit ihm ist. Gott ist mein Zeuge.«

»Verstanden.«

»Sie können Ihrem Däumling auch noch ausrichten, dass er ein Zwerg ist, ein kümmerlicher, zu klein geratener, verdammter kleiner Fatzke. Ein Liliputaner.« Bryn holte Luft und suchte nach dem Schlimmsten, was er sagen konnte, ohne total gegen die guten Sitten zu verstoßen. »Ein beschissener, bösartiger Zwerg.«

Als Bryn mit seiner Rede fertig war, bestand sein Publikum aus Mrs. Jones, Jimbo, zwei Küchenhelferinnen, Harriet, Linda und Grandmama. Jimbos Mutter war während der Tirade hereingekommen und hatte ihm mit offenem Mund zugehört. Als er sich zum Gehen wandte, trat Grandmama vor und versperrte ihm den Weg. Mit ihrer überheblichsten Stimme tadelte sie ihn wegen seines Ausbruchs.

»Guter Mann, haben Sie einen Moment lang daran gedacht, wie Bel zumute sein muss? Sie ist schließlich genauso betroffen wie Sie. Ihr Benehmen ist äußerst verwerflich, Sie sollten sich schämen. Haben Sie je einen Gedanken daran verschwendet, warum Georgie so fasziniert von Dicky zu sein scheint? Oder daran, warum Dicky so eingenommen von Georgie ist? Haben Sie mal ernsthaft darüber nachgedacht? O nein! Von Ihnen habe ich das auch nicht erwartet. Wie dumm Sie sind. Gehen Sie nach Hause und denken Sie darüber nach.

Und marschieren Sie nie wieder hier herein und halten Drohreden. Das hier ist ein Einzelhandelsgeschäft, kein Jahrmarktsboxring. Was für eine Ausdrucksweise! Wie konnten Sie Ihre Wut nur so an Bel auslassen? Das ist einfach schändlich. So, und jetzt raus!«

Sie machte die Tür auf und wartete darauf, dass er ging. Was er auch tat, aber erst, nachdem er Bel noch einen stechenden Blick zugeworfen und zu Grandmama gesagt hatte: »Und Sie, Herzogin, sind eine wichtigtuerische alte *Henne.*« Dann warf er die Tür hinter sich zu. Ein betäubtes Schweigen entstand, als das Zuknallen der Tür im Laden widerhallte.

Als erste erholte sich Grandmama. Sie rieb sich die behandschuhten Hände, als wollte sie etwas Ekliges wegwischen, blickte in die Runde und lächelte. »Wird hier heute Morgen eigentlich nicht bedient? Ich brauche Briefpapier und Umschläge und einen Becher Sahne, denn ich bekomme Besuch zum Kaffee. Hopp, hopp! Bel, gehen Sie nach hinten und lassen Sie sich von Jimbo aus seinem Erste-Hilfe-Kasten einen Brandy einschenken. Sie sehen aus, als ob Sie einen brauchen könnten. Guten Morgen, Harriet.«

»Gleichfalls guten Morgen.«

Langsam kehrten alle an ihre Plätze zurück. Mrs. Jones ging wieder ins Versandbüro, voller Bewunderung für die würdevolle Art, mit der Grandmama auf die Situation reagiert hatte. Zu einer solchen Standpauke gehörte Klasse, schlicht und einfach Klasse. Linda wählte mit Bedacht im untersten Fach das teuerste Briefpapier aus, das sie finden konnte. Bel, bleich und zitternd, verschwand mit Jimbo im Schlepptau. Harriet ging zum Kühlregal, um die Sahne zu holen.

»Meine Güte, Schwiegermutter, du hast ihn ja ganz schön heruntergeputzt. Seit er hier ist, habe ich noch nie erlebt, dass er so explodiert ist. Wenn er sich so aufführt, muss die Lage ernst sein.«

»Das ist sie, Harriet, das ist sie.«

»Du weißt Bescheid?«

»Ja. Sehr schön, Linda. Danke. Sehr geschmackvoll, das muss ich schon sagen. Zähl's zusammen, Harriet, ich habe es eilig. Muriel kommt zum Kaffee.«

»Ach ja? Ich habe gedacht, ihr seid nicht gerade ... du weißt schon ... Freundinnen.«

Grandmama sah betreten drein. »Eine kleine Scharte, die ich heute ausbügeln will. Ich habe mich nicht ganz richtig ausgedrückt, aber du weißt schon, was ich meine. Danke, meine Liebe. Auf bald.«

Als Grandmama ging, war sie hoch zufrieden mit ihrer Morgenarbeit. Jetzt musste sie nur noch Muriel einwickeln, dann war ihre Welt wieder völlig in Ordnung. Es ging nichts über eine Demonstration von Stärke, damit man sich fühlte wie ... nach welcher Wendung suchte sie? Wie der Hahn im Korb? Du meine Güte, nein, das war es nicht. Zehn Jahre jünger? In Hochstimmung? Sie würde darüber nachdenken, wenn sie das Kaffeeservice aus dem Schrank nahm. Ein Jammer, dass sie kein Familiensilber zum Auftischen besaß, aber man konnte nicht alles haben.

Nach dem Kaffee ging Muriel zum Mittagessen nach Hause, sehr erheitert über Grandmamas Versuche, sich für ihren Ausrutscher und das Verbreiten des Gerüchts über Caroline zu entschuldigen. Grandmama war eine sehr stolze Frau, und es musste sie eine Menge gekostet haben, sich derart wortreich zu entschuldigen. Muriel mit ihrem guten Herzen konnte gar nicht anders, als die Entschuldigung gnädig anzunehmen, und sie schieden als beste Freundinnen. Zumindest an der Oberfläche, denn im Grunde war Muriel eher danach zumute, noch abzuwarten, zu welchen weiteren Eskapaden Grandmama sich hinreißen lassen würde.

»Ralph, mein Lieber, hast du es schon gehört?«

»Nein, ich glaube nicht.«

»Oh, hier bist du!« Muriel stand auf der Schwelle seines Arbeitszimmers und bewunderte Ralph, sein schneeweißes, gepflegtes Haar, seinen frischen Teint, seine wachen braunen Augen und seine, wie sie fand, wundervolle aristokratische Nase. »Jedes Mal, wenn ich dich anschaue, siehst du noch besser aus!«

»Danke, meine Liebe. Ist das die Neuigkeit? Dass Ralph Templeton mit jedem Tag besser aussieht?«

Sie lachte. »Natürlich nicht! Das ist mir nur so rausgerutscht. Nein, Grandmama hat mir erzählt, dass Bryn im Laden war und Bel ganz übel wegen Dicky ausgeschimpft hat, und eben habe ich Bel auf dem Weg zur Schule getroffen und ihr gesagt, wie Leid es mir tue und dass sie ihn ignorieren solle, und sie hat gesagt, das tue sie auch, aber ich habe gesagt, es müsse sehr schwierig sein, und sie hat gesagt, das sei es, deshalb habe ich gesagt, sie müsse ein Machtwort sprechen, und sie hat gesagt, Sie kennen doch Dicky, und ich habe gesagt, ja, ich kenne ihn, er ist ein sehr ungezogener Junge, und sie hat gesagt, genau das ist er, deshalb habe ich sie gefragt, ob sie möchte, dass du mit ihm sprichst, und sie hat gesagt ...«

»Muriel!« Ralph hob protestierend die Hand. »Muriel! Ich mische mich nicht in die Ehe anderer Leute ein. Bitte.«

Muriel sah völlig geknickt aus. »Aber Ralph, er braucht jemanden wie dich, der ...«

»Nein, braucht er nicht.«

Sie trat neben ihn, legte ihm die Arme um die Schultern und gab ihm einen Kuss auf den Kopf »Bitte, mein Lieber, jemand muss etwas unternehmen, und Peter können wir damit nicht belästigen, solange Caroline so krank ist.«

»Ich mach's nicht. Tut mir Leid. Und dass du mich küsst, ändert nicht das Geringste daran.«

»O Ralph! Bitte.«

»Nein.

»Dann tu ich's.«

»Ich verbiete dir ausdrücklich, auch nur ein Wort zu sagen, Muriel. Das sollen die unter sich klären.«

»Du verbietest es mir?«

»Entschuldige. Natürlich verbiete ich es dir nicht, aber hör bitte auf meinen Rat und halte dich da raus.«

»Aber das geht doch nicht, das ganze Dorf spielt verrückt.«

»Dann lass es doch verrückt spielen. Es entwickelt sich zu einer schmutzigen Geschichte, und damit will ich nichts zu tun haben.«

»Aber eins musst du zugeben, Ralph, wenn sie nicht alle verheiratet wären, wäre es wunderbar romantisch. Aller Welt erzählen, wie einem ums Herz ist. So romantisch, so... packend. Wie in einem Film. Einem Film aus den fünfziger Jahren wie *Tanz in den Frühling* mit Anna Neagle oder *Begegnung* mit Trevor Howard, als es noch Romantik gab und nicht nur Sex.« Sie seufzte sehnsüchtig.

»Muriel?« Er legte den Füller weg, stützte die Ellbogen auf den Schreibtisch und musterte ihr Gesicht. »Ich glaube wirklich, dir gefällt die Vorstellung, im ganzen Dorf Botschaften zu verteilen. Vielleicht vernachlässige ich die Romantik in unserer Ehe. Ich werde mir etwas für dich einfallen lassen müssen, vielleicht könnte Dicky mir ein paar Vorschläge machen.«

Muriel wurde rot. »O nein! Bloß nicht so was. Das wäre zu peinlich.«

»Dann nimm dich in Acht, meine Liebe, wenn ich herausbekomme, dass du ihnen allen gute Ratschläge gegeben hast, finde ich eine Möglichkeit, dich gründlich in Verlegenheit zu bringen!« Ralph lachte leise über Muriels bestürzte Miene.

»Das ist Erpressung!«

»In der Tat. Aber ich tu's, da kannst du mein Wort darauf nehmen.«

»Ralph!« Ganz außer Fassung wegen Ralphs Hänselei, eilte sie in die Küche.

Doch am folgenden Abend ergab sich die Gelegenheit, mit Dicky zu sprechen, und Muriel konnte nicht widerstehen. Sie hatte den ganzen Tag lang viel zu tun gehabt, und es war dunkel geworden, bevor sie dazu kam, einen Kuchen ins Pfarrhaus zu bringen, von dem sie hoffte, er sei eine kleine Hilfe für Sylvia. Als Muriel klingelte, kam Sylvia an die Tür.

»Guten Abend, Sylvia. Ich habe Ihnen einen Kokosnusskuchen gebracht, hab gedacht, das ist Ihnen vielleicht eine Hilfe.«

»Vielen herzlichen Dank. Das weiß ich wirklich zu schätzen. Kokosnuss, köstlich!«

»Gibt es heute etwas Neues?«

»Einen Riesenfortschritt. Uns ist allen viel leichter ums Herz. Sie ist aufgestanden und wird allmählich wieder sie selbst.«

»Ich bin so froh. Ist Peter heute Abend bei ihr?«

»Nein, er überreicht bei irgendeinem Pfadfinderinnentreffen die Preise.« Sylvia drehte sich um, als sie hörte, dass die Tür zum Arbeitszimmer zuging. Es war Dicky, mit einem Umschlag in der Hand. »Haben Sie gefunden, was Sie wollten?«

»Ja, danke. Er hat es wie versprochen für mich bereitgelegt. Sagen Sie dem Herrn Pfarrer, dass ich mich vor dem Wochenende bei ihm melde. Oh, guten Abend, Lady Templeton.«

»Guten Abend, Dicky. Dann verabschiede ich mich jetzt.«

»Danke für den Kuchen, erspart mir morgen das Backen.«

»Gut, freut mich.«

Dicky und Muriel verließen gemeinsam das Pfarrhaus, eine solche Gelegenheit durfte nicht ungenutzt verstreichen. Noch ehe sie aus dem Schein der Lampe über der Pfarrhaustür traten, räusperte Muriel sich und packte den Stier bei den Hörnern.

»Kann ich mit Ihnen sprechen, Dicky?«

»Natürlich. Aber ich habe nicht viel Zeit, muss in zehn Minuten bei den Pfadfindern sein.«

»Oh, es dauert nicht lange. Ich habe mich gestern mit Bel unterhalten. Ich mache mir Sorgen um sie.« Dicky, der genauso groß war wie Muriel, sah ihr direkt in die Augen, ohne zu antworten. Muriel wurde unbehaglich zumute, sie wünschte sich, sie hätte das Gespräch gar nicht erst angefangen. Sie hätte wirklich auf Ralphs Rat hören sollen. Aber sie musste es loswerden. Es musste sein. »Ich kann gut verstehen, dass Sie von Georgie so angetan sind, kann es absolut verstehen, sie ist eine sehr attraktive Frau, und ich weiß, wie schwierig es werden kann, wenn jemand das Licht Ihres Lebens ist, Ihre Gefühle Sie überwältigen und Sie sich völlig hilflos vorkommen und ... ich ... ich will mich nicht einmischen, aber was Sie tun, ist nicht richtig.«

»Nicht richtig? Es ist nicht richtig, verliebt zu sein?«

»Nein, ich kann nicht behaupten, dass es nicht richtig ist, verliebt zu sein, wir sollten uns nie gegen die Liebe verschließen, aber Sie dürften nicht verliebt sein, oder? Jedenfalls nicht in Georgie.«

»Fragt die Liebe nach dem Familienstand, bevor sie zuschlägt?«

»O nein, natürlich nicht. Nein, aber ...«

»›Aber‹, genau. Ich kann nichts dagegen tun.«

»Trotzdem muss es doch nicht alle Welt wissen. Sie müssen die Tatsache doch nicht hinausposaunen.«

»Was soll ich denn sonst machen, wenn es mit mir durchgeht? Sie hat mich total umgehauen, und ich kann an nichts anderes denken.«

»Aber Ihr Ruf. Denken Sie an den.«

Dicky schaute sich auf der Straße um, dachte einen Moment lang nach und sagte dann sehr leise: »Mein Ruf ist mir piepegal, piepegal. Ich liebe sie, und nur das zählt.«

»Dann sollten Sie wenigstens an Bel denken, daran, wie es für sie sein muss. Es hat mir aufrichtig Leid getan, als ich gehört habe, was Bryn gestern im Laden zu ihr gesagt hat. Das muss sie tief verletzt haben. Wissen Sie, oft leiden gerade fröhliche, heitere Menschen am meisten. Also mache ich mir die größten Sorgen um Bel, denn schließlich ist sie Ihre *legale* Frau. Sie sollten an sie denken, in allererster Linie.«

Dicky antwortete nicht sofort, sondern schaute Muriel erst tief in die Augen. Er schien abzuschätzen, ob das, was er sagen wollte, klug sei. Dann tätschelte er ihr den Arm und sagte: »Das Wort ›legal‹ gehört nicht in diesen Zusammenhang, also brauchen Sie sich keine Sorgen um Bel zu machen. Gute Nacht, Lady Templeton.«

12. Kapitel

Peter hatte Caroline über alle Dorfneuigkeiten auf dem Laufenden gehalten; daher gab es kaum etwas, was sie nicht wusste, als sie zehn Tage später nach Hause kam. Nur wusste selbstverständlich niemand, was am Dienstagabend der vorigen Woche zwischen Muriel und Dicky vorgefallen war. Sylvia holte die Kinder aus der Schule ab, und sie sagten als Erstes zu ihr: »Ist Mummy zu Hause?«

»Ja.«

Die beiden rannten über den Schulhof zum Tor.

»Nein! Nein! Die Straße! Passt auf!« Zum Glück stand Miss Booth am Tor und hielt die beiden auf.

»Oh, danke, Miss Booth. Sie sind so aufgeregt, die Frau Doktor ist heute Nachmittag nach Hause gekommen, wissen Sie, und die Kinder können es nicht erwarten.«

»Ich weiß! Sie haben den ganzen Tag von nichts anderem geredet. Ich freue mich.« Miss Booth tätschelte den Zwillingen die Köpfe. »Sie wird so froh sein, wenn sie euch sieht.«

Beth nickte. »Wir haben sie im Krankenhaus besucht, aber das hat mir nicht gefallen. Ich mag keine Krankenhäuser. Komm schon, Sylvia, beeil dich!«

»Wir müssen richtig über die Straße gehen, ganz gleich, was los ist, Beth. Nimm meine Hand. Du auch, Alex.«

Alex drängte sie zur Eile.

Sie rannten ins Pfarrhaus und schrien: »Mummy! Mummy!«

»Im Wohnzimmer.« Alex stürzte hinein, warf sich auf Caroline und umarmte sie, aber Beth stand auf der Schwelle und schaute zu, wie Alex Caroline begrüßte. »Wo ist meine Beth? Ich bin hier, Liebling.«

Beth ging sehr langsam hinein und blieb vor ihrer Mutter stehen. Caroline breitete die Arme aus und sagte: »Komm her, mein Liebling.«

Beth wurde nicht mit den Gefühlen fertig, die sie dabei empfand, dass Caroline endlich wieder zu Hause war. Sie floh auf der Suche nach Sylvia in die Küche. Doch dort traf sie nur auf Peter.

»Beth, Liebling, was ist denn?« Er hob sie hoch, und sie schlang ihre pummeligen Ärmchen so fest um seinen Hals, dass er kaum Luft bekam. Ihre heißen Tränen tropften auf seinen Nacken. Er spürte, wie kalt ihre Wangen waren, atmete den Duft ihres Haares ein und drückte sie an sich.

»Liebstes Kind, Mummy ist wieder zu Hause und in Sicherheit. Komm, begrüß sie.«

»Ich kann nicht, es tut weh.«

»Wo tut es weh?«

»Ich glaube, das Herz. Ich glaube, es platzt.«

»Aber nein. Du brauchst eine Umarmung von Mummy, dann wird dein Herz gesund. Wir gehen zusammen rein.«

»Will dein Herz auch platzen, Daddy?«

»O ja. Und ob.« Er trug Beth ins Wohnzimmer und setzte sie neben Caroline aufs Sofa. »Hier sind wir. Du umarmst Mummy, dann geht es dir gleich besser.«

Caroline schloss sie fest in die Arme, und allmählich legte sich Beths Angst. Das so grausig zerstörte Puzzle ihres Lebens fügte sich langsam wieder zusammen, und Beth spürte, dass ihre Welt wieder heil war.

»Mummy, du musst Daddy auch umarmen, sein Herz platzt auch gleich.« So saß Caroline auf dem Sofa, einen Arm um Alex gelegt, einen um Beth, und Peter kniete vor ihr und lehnte den Kopf an ihre Brust. Ihre Tränen trockneten, und als Sylvia mit dem Tee hereinkam, den sie an Peters Stelle fertig gekocht hatte, blieb sie mit dem Tablett in den Händen auf der Schwelle stehen und lächelte, ein strahlendes Lächeln, wie es ihr seit Tagen nicht mehr möglich gewesen war. Endlich war wieder Normalität eingekehrt, und Sylvia stieß einen Riesenseufzer der Erleichterung aus, der von Herzen kam.

»Möchte jemand Tee?«

Caroline hatte sich geweigert, sich hinzulegen, solange die Kinder auf waren. Sie redete, scherzte, hörte zu und spielte mit ihnen, bis sie völlig erschöpft war. Peter brachte die beiden ins Bett, und als er sie glücklich eingepackt hatte, Alex mit seinem Teddy, Beth mit dem Daumen im Mund, ihr altes Kaninchen Boo Boo an sich gepresst, ging Peter nach unten zu Caroline.

»Peter, ich bin so müde.«

»Das sehe ich. Du hättest dich früher hinlegen sollen.«

»Ich weiß, aber für die Kinder ist es wichtig, dass sie mich normal erleben, sie brauchen Beruhigung. Das weißt du doch.«

»Ich bring dich nach oben, und du schläfst dich aus, ja?«

»Das wäre himmlisch.«

Er half ihr beim Ausziehen, und als sie im Bett lag, meinte er, er werde gegen zehn mit einem heißen Getränk kommen; was sie denn möge?

»Tee, glaube ich, und ein Stück von Sylvias Kuchen, ganz gleich, was sie gerade gebacken hat.«

»Gute Idee. Du musst wieder zunehmen.«

»Setz mich bitte nicht unter Druck. Wenn ich so weit bin, kommt das alles von allein.«

»Entschuldige, ich bin nur besorgt, weißt du.« Er hängte ihren Rock und ihre Strickjacke in den Schrank, steckte ihre Bluse und ihre Unterwäsche in den Wäschekorb und ging, damit sie schlafen konnte.

Peter saß lange im Sessel in seinem Arbeitszimmer. Er betete und grübelte abwechselnd und unterstrich seine Dankbarkeit dafür, dass Caroline die Operation überstanden hatte, indem er Gott dankte. Er hatte keine Angehörigen mehr, niemanden, an den er sich in Notzeiten wenden konnte. Auf Erden hatte er nur Caroline und die Kinder. Sie waren seine ganze Welt. Die schreckliche Bedrohung ihres Glückes hatte ihm umso eindringlicher bewusst gemacht, wie sehr er im Alltags auf Carolines Unterstützung angewiesen war, wie sehr er ihren gesunden Menschenverstand brauchte, ihren Humor, ihre Kraft. Caroline gab so vielen Menschen so vieles: ihm, seinen Kindern, ihren Patienten, ihren Freunden, ihrer Familie, der Kirchengemeinde. Niemand von ihnen würde ohne Caroline auch nur annähernd so gut zurechtkommen.

Auf seinem Schreibtisch lag der Stapel von Karten mit Genesungswünschen, die Caroline aus dem Krankenhaus mitgebracht hatte. Peter las eine nach der anderen, sie stammten von Gemeindemitgliedern, von Verwandten und von Freunden, die er längst nicht alle kannte. Ganz unten lag die Karte von David Lloyd-Jones. Der Mann stellte keinerlei Bedrohung dar, konnte aber immer noch eifersüchtige Gefühle wecken. Peter musste über sich lachen.

Sie sei noch nicht aus dem Schlimmsten heraus, hatte der Spezialist zu Peter gesagt, aber ihre Prognose sei ausgezeichnet. Noch musste die Hürde der Therapie genommen werden, aber Peter war entschlossen, das Thema gelassen anzugehen, ja, eindeutig gelassen.

Die kleine Pendüle auf dem Kaminsims des Arbeitszimmers schlug zehn. Er ging in die Küche, setzte Wasser auf, legte ein

Tuch, das Caroline vor Jahren aus Indien mitgebracht hatte, auf ein Tablett, holte die beste Teekanne hervor, Tassen, Untertassen, einen passenden Teller und ein Spitzendeckchen für den Kuchen.

Als er ins Schlafzimmer kam, stellte Peter das Tablett auf seinen Nachttisch und sah nach, ob Caroline wach war. Sie schlief fest; auf einer Seite kuschelte sich Alex an sie, auf der anderen Beth. Peter überlegte, was er tun sollte, beschloss aber, die Kinder hier zu lassen. Wenn die beiden neben Caroline schliefen, kamen sie schneller über den Schock hinweg. Er trug das Tablett ins Kinderzimmer und legte sich voller Neid auf seine Kinder zum Schlafen in Alex' Bett.

13. Kapitel

Grandmama stürmte durch die Haustür herein und rief: »Harriet, meine Liebe, wo bist du? Bist du da? Hallo, Fran, mein Liebling!«

Jimbo kam aus dem Wohnzimmer. »Hallo, Mutter, was ist denn los, brennt's irgendwo?«

»Nein, es brennt nicht, lieber Jimbo.« Sie hielt ihm das Gesicht für einen Kuss hin. »Ich habe aufregende Neuigkeiten erfahren. Du wirst es nicht fassen. Wo ist Harriet? Was machst du um diese Zeit zu Hause?«

»Freier Nachmittag, muss gelegentlich sein, habe heute Abend eine Bewirtung.«

Harriet hatte sich das Haar gewaschen und frottierte es, als sie die Treppe herunterkam. »Hallo, Schwiegermutter. Was gibt's denn Neues?«

Grandmama nickte in Richtung Küche. Jimbo und Harriet folgten ihr hinein.

»Wollte nicht, dass die kleine Fran es hört. Die anderen Kinder sind doch noch nicht zu Hause, oder?«

»Sie kommen erst in einer halben Stunde. Warum?«

Grandmama setzte sich an den Küchentisch, wühlte in ihrer Handtasche und brachte eine kleine Plastiktüte zum Vorschein. »Da drin ist das Ersatzteil, das ich für die Reparatur meiner Nähmaschine brauche. Die ist so alt, dass keine Ersatzteile dafür mehr hergestellt werden, und ich habe überall danach gesucht und einen Mann in Culworth gefunden, der das Teil für mich auftreiben konnte.«

»Das war's? Sind das die Neuigkeiten?« Jimbo war sehr enttäuscht, er hatte mindestens mit einem Mord gerechnet.

»Natürlich nicht. Aber du solltest dich für mich freuen. Mir hat die Nähmaschine wirklich gefehlt. Ich werde Sachen für wohltätige Zwecke schneidern. Ich habe sehr gute Schnittmuster für Stoffpuppen, natürlich sehr geschmackvoll, nicht dieser kunstgewerbliche Schnickschnack, den sie Designerpuppen nennen. Jedenfalls, während der Mann nachgesehen hat, was ich ihm schulde, hat er mich gefragt, ob ich in Culworth wohne, und ich habe gesagt, nein, in Turnham Malpas, und er hat gesagt, dass ich dann bestimmt Dicky Tutt kenne. Er kennt Dicky, denn Dicky arbeitet im Büro der Firma, von der er das Nähmaschinenersatzteil besorgen konnte, deshalb kennt er Dicky sehr gut, wisst ihr. Macht schon jahrelang Geschäfte mit Dickys Firma. Also haben wir uns darüber unterhalten, wie nett Dicky ist und wie lustig, was ja stimmt, und ich habe gesagt, seine Frau ist auch reizend, sie ist Hausmeisterin in der Schule und arbeitet für meinen Sohn.« Grandmama machte eine Pause und vergewisserte sich, dass die beiden ihr aufmerksam zuhörten. »Dann hat er gesagt … Ihr werdet es nicht fassen …«

Jimbo stand auf. »Jetzt hör mal, Mutter, ich dulde nicht, dass du wieder Gerüchte in die Welt setzt. Tu mir einen Gefallen und behalte das alles für dich, ich will es wirklich nicht wissen. Es hat sich gezeigt, wie gefährlich deine Gerüchte sind, sprich also nicht weiter.«

Harriet mischte sich ein. »Beruhige dich, deine Mutter erzählt uns doch bloß, was der Mann gesagt hat, sie hat es schließlich nicht erfunden.«

»Danke, Harriet, dass du mir beistehst. Wie Harriet

sagt, wiederhole ich doch nur, was der Mann zu mir gesagt hat.«

»Ich will nicht hören, was ein popeliger Nähmaschinenmechaniker abgesondert hat. Jetzt sag bitte nichts mehr, Mutter. Wenn du kein anderes Gesprächsthema hast als haltlose Klatschgeschichten, kannst du gleich wieder gehen.«

»Jimbo! Ich glaube ...«

»Mir ist gleich, was du glaubst! Und wenn ich zu hören bekomme, dass du auch nur ein falsches Wort, ich wiederhole, *ein falsches Wort* über Dicky Tutt verbreitet hast, ziehe ich dich zur Rechenschaft. Das ist mein Ernst, Mutter. Was auch immer dieser Mann behaupten mag, es hat nicht das Geringste damit zu tun, dass Dicky mit den Jungen hervorragende Arbeit leistet.«

Grandmama stand auf. »Ich gehe, bevor die Kinder nach Hause kommen. Wenn du meine interessanten Neuigkeiten nicht hören willst, dann lass es eben bleiben. Aber erwarte nicht von mir, dass ich dir je wieder etwas erzähle. Und das sagt jemand, der saftige Klatschgeschichten so genießt? Das halte ich für doppelzüngig. Wenn andere Leute Klatsch erzählen, geht das in Ordnung, nur bei mir nicht.«

»Nein, bei dir nicht, und du wirst es nicht herumerzählen. Ich hatte geglaubt, du hättest deine Lektion gelernt. Offenbar ist das nicht der Fall.«

Grandmama fegte hinaus, während Jimbo noch einmal sagte: »Das ist mein Ernst.«

Harriet hängte das Handtuch zum Trocknen über den Heizkörper. »Ich fürchte, das war eine Spur zu heftig, Jimbo.«

»Seit wann bist du auf Mutters Seite?«

»Bin ich nicht, aber ich kann ihr gegenüber trotzdem fair sein.«

»Ich habe ihr mit Absicht so zugesetzt. Auf einen groben Klotz gehört ein grober Keil.«

»Sie wollte uns doch nur erzählen, was er gesagt hat.«

»Es geht darum, dass Mutter sich einbildet, dass alles stimmt, was dieser Mann in Culworth ihr erzählt hat. Er könnte sich total irren.«

»Ich frage mich, was er wohl gesagt hat. Du hast ihr viel zu früh den Mund gestopft, ich hätte gern gehört, worum es ging.«

»Harriet! Du bist genauso schlimm wie Mutter.«

»Okay. Okay. Ich gehe kurz Caroline besuchen. Ich bleibe nicht lange. Ihre Mutter kommt morgen, also ist es am besten, wenn ich heute hingehe. Ich bürste mir nur noch das Haar.«

»Grüß sie von mir.«

»Mach ich.«

Am folgenden Morgen fuhr Malcolm die Milch spät aus, denn das Baby war die halbe Nacht wach gewesen und Ted war zeitig dran, sodass sie gleichzeitig am Royal Oak ankamen.

»Morgen, Ted.«

»Gott, du siehst ja furchtbar aus.«

»Ist wegen dem Kleinen, erst kann man's nicht erwarten, dass sie kommen, und dann ... Er ist erst eingeschlafen, als es für mich Zeit zum Aufstehen war, und ich bin noch mal weggesackt. He! Schau dir das an.«

Er musterte die Blumenkästen. Drei hingen unter dem breiten Fenster zwischen den beiden Eingängen. Georgie hatte in alle drei winterharte Stiefmütterchen gepflanzt, und der Efeu, der im Sommer üppig gewesen war, war jetzt in der Kälte fast am Eingehen. Am Rand aller drei Kästen steckten rote Rosen in der Erde. Jede einzelne Blume war mit einem kleinen herzförmigen Anhänger bestückt, auf dem in roter Schrift ›Georgie‹ stand. Die Rosen sahen aus wie Gardeoffiziere bei einer Parade. Nach Teds Schätzung mussten es drei Dutzend sein. »Schon wieder Dicky. Er kann's nicht lassen. So ein Blödmann.«

»Möcht nicht in seiner Haut stecken, wenn Bryn das rauskriegt. Der ist in letzter Zeit verdammt schlecht drauf.«

»Das ist unter den Umständen wohl kaum 'ne Überraschung. Würd's dir gefallen, wenn jemand direkt vor deiner Nase deiner Frau den Hof macht?«

»Ich bin doch nicht blöd, bin nicht verheiratet.«

»Na, dann. Stell die Milch ab und lass uns verschwinden, bevor er's merkt.«

»Der steht noch nicht so schnell auf.« Malcolm stellte wie sonst auch einen Kasten Milch für den Speisesaal vor die Tür und machte sich wieder auf den Weg. Ted warf die Briefe ein und vergewisserte sich, dass er nach der Panne beim letzten Mal keinen vergessen hatte.

Als die beiden schließlich aufstanden, bat Georgie Bryn, die Milch hereinzuholen, weil für das Frühstück nicht mehr genug da war, also sah Bryn die Rosen als Erster.

Bryn wusste nicht, ob er lachen oder weinen sollte. Wie konnte dieser Mann ihm das antun? Wie konnte er nur? Er machte Bryn zum Gespött der Leute. Das erbitterte ihn am meisten: dass er als Volltrottel dastand. Georgie und er gehörten zusammen. Als sie geheiratet hatten, war er total verrückt nach ihr gewesen. So hübsch, so zierlich, er konnte ihr nicht widerstehen, und sie hatten ein gutes Geschäft aufgebaut, so viel Zulauf in ihrem früheren Pub und jetzt auch hier im Speisesaal und in der Bar. Sie arbeiteten gut zusammen. Zugegeben, die Arbeitszeit war mörderisch, und er steckte das nicht mehr ganz so gut weg wie früher, aber so war es nun einmal. Was konnte Georgie bei ihren Öffnungszeiten denn anderes erwarten?

Verdammt noch mal, die Rosen würde sie nicht zu sehen bekommen. Er würde sie rausreißen und in den Mülleimer stecken, bevor Georgie einen Blick darauf werfen konnte. Er rannte an den Kästen entlang und zog die Rosen heraus. Die

Dornen zerkratzten ihm die Finger, stachen ihn in die Hände, bis seine Handgelenke bluteten, aber das war ihm gleich. Als er die letzte Rose ausgerissen hatte, schaute er sich um, ob er beobachtet wurde, dann rannte er um das Gebäude herum zur Mülltonne auf dem Parkplatz und eilig wieder zurück.

»Bryn, wo bleibt die Milch? Ich hab so einen Durst auf eine Tasse Tee.«

»Ich komm ja schon.«

Der Morgen verstrich wie gewohnt. Alan kam zur Arbeit, und Georgie verschwand, um die Betten zu machen und sich anzuhübschen, bevor sie um die Mittagszeit aufmachten. Der Koch traf ein, um das Mittagessen im Speisesaal vorzubereiten, und außerdem kam eine nassforsche Blondine mit mehr Dreistigkeit als Verstand. Bryn beglückwünschte sich schon zum Erfolg seines heimlichen Sabotageakts.

Um Viertel vor eins waren die Stammgäste da und eine stattliche Anzahl von Gästen, die Tische reserviert hatten und vor dem Essen einen Drink nahmen. Jimmy war da, weil es sein freier Tag war, außerdem waren Willie und Sylvia gekommen.

Jimmy wischte sich den Schaum von der Oberlippe und fragte, warum Willie und Sylvia um die Mittagszeit hier seien.

»Es ist mein freier Tag, und der Pfarrer hat gesagt, Sylvia soll sich auch einen Tag freinehmen, weil sie doch so viel gearbeitet hat, als die Frau Doktor im Krankenhaus war. Also trinken wir was, dann essen wir zu Mittag, und hinterher fahren wir nach Culworth.«

»Ihr esst zu Mittag, so?«

Sylvia merkte sofort, was er sich erhoffte. »Möchtest du mit uns essen?«

»Gern, wenn ihr nichts dagegen habt.«

»Überhaupt nichts, oder, Willie?«

Willie schüttelte den Kopf. »Bist uns willkommen.«

Jimmy lächelte dankbar. »Ist mit Dr. Harris alles in Ordnung?«

»Es geht ihr jeden Tag besser, worüber wir uns sehr freuen. Der Pfarrer lächelt wieder, Gott sei Dank.«

»Hab ihn mal in Culworth zu sehen bekommen, als sie im Krankenhaus lag, da hat er furchtbar ausgesehen, richtig furchtbar. Der arme Mann. Es ist schwer, wenn man sich so liebt wie die beiden, und ...«

Alle hörten das Telefon klingeln, achteten aber nicht weiter darauf, vermutlich war es eine Tischreservierung für den Speisesaal. Doch Georgies Stimme klang nicht nach einem Dutzendgespräch. Sie legte den Hörer auf die Theke, klappte die Schranke hoch, ging zur Tür und verschwand nach draußen. Bryn, der am Tisch neben dem Kamin leere Gläser einsammelte, sah Georgie nach. Sein Herz schlug schneller. Er ging zur Theke, griff zum Telefonhörer, brüllte: »Sie können mich mal!« und legte leise auf.

Alle merkten, dass ein Drama im Gange war, und warteten gierig auf Georgies Rückkehr. Als sie wieder hereinkam, tat Bryn so, als rückte er seine Sammlung von Toastgabeln aus Messing zurecht, die über dem Kamin hing. Georgie marschierte zum Telefon und schaute überrascht den Hörer an.

»Hast du den Hörer aufgelegt?«

»Den Hörer? Nein.« Bryn fing ein Gespräch mit einem Gast an, behielt Georgie dabei jedoch misstrauisch im Auge. Sie stand immer noch da und sah das Telefon an, man sah förmlich, wie es bei ihr klingelte. Im Handumdrehen umrundete Georgie die Theke und blieb vor Bryn stehen.

Die Gäste hielten den Atem an.

»Das warst du, stimmt's? Du hast die Rosen aus den Blumenkästen genommen.«

Im Oktober Rosen in den Blumenkästen? Was meinte sie damit?

»Rosen? Ich?«

»Bryn Fields, du lügst mich an. Du warst es. Es steht dir ins Gesicht geschrieben. Du verlogener falscher Fuffziger.«

»Was erwartest du denn von mir? Dass ich tatenlos zusehe, wie dieser Mickerling dir den Hof macht, als wärst du noch zu haben? Aber du bist nicht zu haben, und ich schaue nicht tatenlos zu. Jetzt reicht es mir. Ich hab die Rosen rausgerissen und in den Mülleimer gestopft, und ich tu alles, was nötig ist, um den fiesen kleinen Saftsack dran zu hindern, dass er dich mir wegnimmt. Du und ich, wir sind ein Team.« Er gestikulierte mit dem Arm in Richtung der Theke und der Gäste. »Wir haben das hier aufgebaut, wir haben es zu dem gemacht, was es ist. Dieser Koofmich mit seinem mies bezahlten Bürojob kann dir nie so viel bieten wie ich, nicht in tausend Jahren.«

»Was hab ich denn schon von dem Geld auf der Bank? Wir gönnen uns nie was. Wir haben immer viel zu viel zu tun. Zu viel Arbeit und kein Vergnügen. Immer die Bar, die Bar, Tag für Tag. Dicky ist wenigstens amüsant und lebensfroh, und ihm liegt was an mir, was man von dir nicht sagen kann! Ich hab's satt, Bryn, gründlich satt. Jetzt hole ich die Rosen aus dem Mülleimer, stell sie in die schönste Vase, die ich finden kann, und dann kommen sie hier auf die Theke, wo jeder sie sehen kann. Und wag es ja nicht, jemals wieder den Hörer aufzulegen, wenn das Gespräch für mich war.«

Sylvia konnte nur bewundern, wie beherzt Georgie ihren Verehrer verteidigte. »Aber sie sollte das alles nicht vor den Leuten sagen. Man muss Bryn lassen, dass er mit ihr nach hinten gegangen ist, als er protestieren wollte.«

Jimmy war anderer Meinung. »Ist doch unterhaltsamer, wenn man's mitbekommt. Was bedeutet denn das mit den Rosen? Er muss das Haus damit geschmückt haben. Dieser Dicky! Der handelt sich bestimmt noch Ärger ein.«

»Der ist einfach blöd, total bescheuert«, meinte Willie. »Das wird dem Pfarrer überhaupt nicht gefallen. So was ist kein Vorbild für die Jungen, überhaupt kein Vorbild. Er sollte sich anständig benehmen, das sollte er. Das ist doch wirklich bescheuert.«

In diesem Moment kam Georgie mit einer riesigen Vase aus geschliffenem Glas zurück, die mit Dickys roten Rosen gefüllt war. Etliche sahen ein bisschen mitgenommen aus, aber die meisten waren noch prächtig. Georgie stellte die Vase wie angekündigt auf die Ecke der Theke, wo niemand sie übersehen konnte.

Bryn, der hinter der Theke Gläser ins Spülwasser tauchte, beobachtete Georgie aus dem Augenwinkel. Er ließ den Bierkrug fallen, den er eben spülte. Der Krug landete mit einem gewaltigen Aufklatschen in der Spüle, und Bryn holte aus und fegte die Vase von der Theke. Das Glas barst auf dem Steinboden in tausend Stücke. Überallhin ergoss sich Wasser, Rosen und Glasscherben flogen durch die Luft. Georgie brach vor Wut in Tränen aus und schlug mit den Fäusten auf Bryn ein, aber er schob sie beiseite.

Zwei Gäste mussten einen Satz rückwärts machen, um dem Wasser und den Scherben auszuweichen, zwei weitere verließen angewidert die Bar. Sylvia stand auf und sagte: »Geben Sie mir einen Handfeger und eine Kehrschaufel, Georgie. Ich helfe Ihnen.«

»Das tun Sie nicht.« Bryn ging auf sie zu, als wollte er sie daran hindern, sich einzumischen.

Sylvia hob versöhnlich die Hände. »Schon gut, ich lass es.«

Willie trat neben sie. »Wagen Sie es ja nicht, meiner Frau zu drohen.«

»Wenn es Ihnen hier nicht gefällt, können Sie jederzeit gehen«, erwiderte Bryn kampfeslustig.

Willie richtete sich zu seiner vollen Größe auf. »Und ob ich gehe. Dieses Pub ist nicht mehr, was es mal war. Ich hab's satt, mir Ihre blöden Kräche anzuhören, könnt schwören, dass die das Bier zum Umkippen bringen. Wir kommen her, weil wir in aller Ruhe mit Freunden was trinken wollen, und was passiert? Sie schlagen die Bude zusammen, und das bloß, weil Sie zu blöd sind, Ihre Frau zu halten.«

Bryn ging mit grimmigem Gesicht und geballten Fäusten auf ihn zu, doch Willie ließ sich nicht einschüchtern. »Komm, Sylvia, wir essen in Culworth, ich hab gehört, dass sie im Plaice am Fluss tolles Essen servieren, und ich hab grad Appetit auf 'nen köstlichen Fisch.« Er nahm ihren Arm und schlängelte sich mit ihr zwischen den Tischen hindurch zur Tür. Als er Sylvia die Tür aufhielt, drehte Willie sich um und sagte: »Bald werden Sie gar keine Gäste mehr haben, und das geschieht Ihnen nur recht. Kommst du mit, Jimmy?«

Jimmy stand vom Tisch auf. »Nichts dagegen, das Drama scheint vorbei zu sein, und mein Ale schmeckt beschissen. Hab gehört, im Jug and Bottle in Penny Fawcett würde ein anständiges Bier serviert. Wenn das hier noch lange so weitergeht, werd ich dort Stammgast.« An der Tür setzte Jimmy sich die Mütze auf und rief: »Allen noch einen schönen Tag.«

14. Kapitel

Beim Mittagessen setzte Willie Jimmy darauf an, auf den Turm zu steigen, die Treppe zu fegen, die Glühbirnen zu überprüfen und vor Allerheiligen alles aufzuräumen. Seit Urzeiten durften die Gemeindemitglieder und alle, die sich das Privileg etwas kosten lassen wollten, an Allerheiligen auf den Turm steigen und die Aussicht genießen. Danach gab es im Gemeindehaus Tee und Schmalzkuchen. Niemand konnte sich daran erinnern, wann sie damit angefangen hatten, Tee anzubieten, und seit wann Schmalzkuchen serviert wurde, war ebenfalls in Vergessenheit geraten. Fremde runzelten bei der Erwähnung von Schmalzkuchen die Stirn, die älteren Einwohner von Turnham Malpas nickten wissend, weigerten sich aber, ihre Geheimrezepte zu verraten.

Der Tradition gemäß buken nur bestimmte Ortsansässige, deren Vorfahren in den ältesten Pfarrregistern verzeichnet waren, die Schmalzkuchen für Allerheiligen. Lavender Gotobed, die jetzt in Little Derehams wohnte, deren Familie aber jahrhundertelang in Turnham Malpas gelebt hatte, gehörte dazu, Mrs. Jones, die für den Versand im Laden zuständig war, ebenfalls; außerdem Willie Biggs und Jimmy Glover, die Nightingales von der Nightingale Farm, Thelma und Valda Senior. Für die Organisation war die jeweilige Gutsherrin zuständig. Da jedoch im Herrenhaus keine Templetons mehr wohnten, war es Muriel, die überall anrufen und sich vergewissern musste, dass die Schmalzkuchen gebacken und rechtzeitig abgeliefert wurden.

Um zehn am Morgen des ersten November schloss Willie immer die Tür zum Turm auf. In diesem Jahr machte er das zum sechzehnten Mal, und als er sich, eingemummelt in alle erdenklichen Kleidungsstücke, die ihn vor der Kälte schützen sollte, neben der Tür auf einen Stuhl setzte, fragte er sich, wie viele Leute wohl kommen würden.

Erst heute Morgen hatte er zu Sylvia gesagt: »Diese alten Bräuche sind schon recht, aber es ist unvermeidlich, dass sie ihre Anziehungskraft einbüßen. Heutzutage können die Leute so viel anderes unternehmen. Fernsehen, in den Zentren einkaufen, mit dem Auto rumfahren, ans Meer reisen, es gibt Computerspiele und Winterurlaub in der Sonne und so, da ist doch klar, dass sie das Interesse daran verlieren, bloß wegen der schönen Aussicht auf 'nen Turm zu steigen.«

»Wart's nur ab, das ist eine Tradition, und die Leute hier in der Gegend lieben die Traditionen. Bringst du bitte diese vier Schmalzkuchen ins Gemeindehaus? Zwei von dir und zwei von Jimmy. Schau mal, ich hab die allerbesten Rosinen und Butter genommen, sie sollten gut schmecken. Ich halt das Rezept deiner Mutter für das beste.«

Daraufhin wurde Willie munterer. »Die hat sie immer sehr gern gebacken. Immer nur an Allerheiligen. Jedes Jahr hat sie einen Kuchen für uns behalten, und wir haben ihn zum Tee gegessen, aber sie hat's nie verraten, und wir auch nicht. Ich glaub, sie hat gedacht, das bringt Unglück oder so, aber sie hat einfach nicht widerstehen können. Dann geh ich jetzt. Wann kommst du?«

»Gegen elf. Hast du die Büchse für das Geld?«

»Ja, das Bild von Königin Viktoria auf dem Deckel hat mir schon immer gefallen. Ist von ihrem goldenen Thronjubiläum. Wird seitdem jedes Jahr dafür benutzt.«

»Du kommst noch zu spät.«

»Gib Küsschen.«

»Na gut, kannst du haben.«

Jetzt saß er also dort und wartete auf Kundschaft. Die Ersten auf dem Pfad waren der Pfarrer und die Zwillinge.

»Guten Morgen, Herr Pfarrer.«

»Hallo, Willie.«

»Mr. Biggs, hier ist mein Geld. Dürfen wir jetzt rauf?« Beth trug die rote Wollmütze, die sie mit drei Jahren zu Weihnachten bekommen hatte und seither nicht mehr missen wollte. Sie schaute mit einem zauberhaften, eifrigen Lächeln zu Willie auf.

»Ich schätz, das ist für dich das erste Mal.«

»Ja. Mummy hat immer gesagt, wir sind noch zu klein, aber jetzt, wo wir in die Schule gehen, sagt sie, wir dürfen rauf.« Alex trat zurück und schaute zur Turmspitze hinauf. »Es ist weit bis nach oben.«

»Stimmt. Du brauchst kräftige Beine, wenn du da rauf willst. Lass mich mal deine Muskeln anfassen.« Willie bückte sich und tat so, als überprüfte er Alex' Beinmuskeln.

»Ich auch, ich auch. Ich bin stark.« Beth wollte ihre Beine auch überprüfen lassen.

»Ich schätz mal, Herr Pfarrer, mit solchen Muskeln müssten die beiden es schaffen.«

»Schätz ich auch. Sie quengeln seit acht, weil sie hierher wollen. Sind wir die Ersten?«

»Ja, Sir. Passen Sie auf.«

Willies Büchse füllte sich bei dem stetigen Zustrom von Leuten, die auf den Turm steigen wollten, mit Zwanzigpencestücken. Es war kalt, und von Osten wehte ein kalter Wind, der brutal durch den wärmsten Mantel fuhr. Willie konnte sich nicht vorstellen, wie es erst oben auf der Spitze sein mochte.

Dicky Tutt kam den Pfad entlang. Er blieb stehen, um mit

Willie zu reden, aber mit den Gedanken war er offensichtlich woanders, denn er schaute immerzu den Pfad entlang, als ob er auf jemanden wartete. Dann vergaß er Willie völlig, als Georgie eilig ankam. Willie beobachtete, dass Dicky sich sichtlich zusammennehmen musste, um Georgie nicht mit einem Kuss zu begrüßen.

Dicky warf das Geld in die Büchse. »Hier, bitte sehr, vierzig Pence.«

Georgie begrüßte Willie mit den Worten: »Guten Morgen, Sie müssen hier bei der Arbeit ja ganz schön frieren.«

»Stimmt, aber es ist für einen guten Zweck.«

»An wen geht das Geld denn dieses Jahr?«

»An den Kinderschutzbund.«

»Dann sollten Sie fünfzig Pence und nicht zwanzig verlangen.«

»Sind nun mal zwanzig, sonst wird's für 'ne ganze Familie zu teuer. Sie sollten sich was Wärmeres anziehen. Hab gehört, dass an kalten Tagen wie heute der Wind da oben eisig ist.«

Dicky zog eine Wollmütze aus der Tasche. »Hier, Georgie, setz die auf.«

Sie verschwanden Hand in Hand im Turm. Willie konnte diese Dreistigkeit nicht fassen. Es ist ihnen egal, das ist der Grund. Es ist ihnen egal, wer sie sieht. Das ist nicht richtig.

Wenn früher wirklich viel Betrieb herrschte, hatte Willie auf dem Pfad eine Schlange bilden und warten müssen, bis Leute herunterkamen und er andere hinauflassen konnte. Es gab auf der Wendeltreppe mehrere Ausweichmöglichkeiten, so dass es nicht viel ausmachte, wenn Leute gleichzeitig auf- und abstiegen, aber oben war es so eng, dass Willie darauf achten musste, nicht zu viele auf einmal einzulassen. Schließlich sollte in dem Gedränge niemand über den Rand gestoßen werden.

Als Nächste kamen Flick, Finlay und Fergus und dann, zu Willies Entsetzen, gleich dahinter Bryn Fields. Willie war nicht mehr im Royal Oak gewesen, seit Bryn Dickys Rosen von der

Bartheke gestoßen hatte. Er hatte eigentlich nicht damit gerechnet, dass Bryn herkam, und, o Gott, Dicky war oben. Er musste sich schnell etwas einfallen lassen.

»Hallo, Bryn. Leider müssen Sie eine Weile warten, es sind schon zu viele Leute oben.«

»Auf einen mehr kommt's doch sicher nicht an. Ich geh rauf.«

»Tut mir Leid, aber da muss ich ganz streng sein. Es sind schon zu viele. Ich muss Sie bitten zu warten.«

»Ich warte nicht.« Er griff in die Hosentasche und brachte ein Pfundstück zum Vorschein. »Hier, ein Pfund, jeden einzelnen Penny wert.«

Bryn warf die Münze in Willies Büchse und eilte zum Fuß der Treppe.

Willie stand auf und trat in den Turm. »Bryn, kommen Sie zurück.« Aber Bryn war um die Kurve der Wendeltreppe verschwunden, und Willie musste die ersten Stufen hinaufsteigen, damit Bryn ihn noch hörte. »Bryn, tun Sie, was ich sage, kommen Sie zurück.« Er sah nur die Hacken von Bryns Schuhen, die schnell um die nächste Kurve verschwanden. Es war ausgeschlossen, dass Willie hinaufstieg, folglich fand das Drama, das sich möglicherweise abspielen würde, ohne ihn statt.

Oben stand Georgie mit dem Rücken an der Mauer und holte Luft. »Wirklich steil, und nicht zu knapp. Du musst fit sein, Dicky!«

»Bin ich! Komm her, schau dir das an!« Er beugte sich so weit wie möglich über den Rand. Nur einer seiner bestens polierten Halbschuhe stand auf festem Boden.

»Pass auf! Du fällst noch runter.«

»Ach wo, ich hab neun Leben.«

Georgie ging zu ihm hinüber.

»Tu mir bloß den Gefallen und bleib mit beiden Füßen auf dem Boden, ich krieg ja eine Gänsehaut.«

Er nahm ihre Hand in die Armbeuge, und sie schauten auf das Dorf hinunter. Dicky zeigte auf einzelne Gebäude, und sie waren ganz in ihrer eigenen Welt.

»Hallo, Mr. Tutt! Ich war noch nie hier oben. Ist es nicht schön?«

»Hallo, Beth, wo ist denn dein Dad, du bist doch nicht etwa allein hier?«

»Nein, natürlich nicht, er ist mit Alex auf der anderen Seite. Sie schauen sich durch Daddys Fernglas die Autos auf der Umgehungsstraße an. Hallo, Mrs. Fields. Wo ist Mr. Fields?«

»Bei der Arbeit.«

»Dann kommt er bestimmt später, wenn er nicht mehr so viel zu tun hat. Man kann weit sehen, stimmt's? Wenn ich bloß größer wäre und über den Rand schauen könnte, ich kann bloß durch die Löcher gucken.« Sie steckte den Fuß durch eine Lücke zwischen den Mauersteinen. »Die haben die richtige Größe für mich.«

Dicky lächelte auf sie hinunter. »Du wächst schnell genug. Ich heb dich nicht hoch, und das ist eine Tatsache. Ich kann ja selber grade mal über den Rand schauen.«

»Wenn du so groß wärst wie mein Daddy, könntest du alles sehen. Er kann überall alles sehen.«

»Da hast du Recht. Hier ist er, schau. Bisschen windig hier oben, stimmt's?«

Peter pflichtete ihm bei. »Und ob. Beth, zieh den Fuß rein, meinen Nerven zuliebe. Rein! Danke. Wie geht's Ihnen, Georgie? Lange nicht gesehen.«

Der schneidende Wind setzte Georgie zu, und sie zog sich Dickys Wollmütze tiefer über die Ohren. »Viel zu tun. Sie wissen ja, wie das ist. Mittags und abends geöffnet.« Sie drehte Peter den Rücken zu; heute war sie Peters eindringlichem Blick wirklich nicht gewachsen. Und auch nicht der Enttäuschung, die sie darin sah.

Oben an der Treppe entstand ein Gedrängel, und Bryn tauchte auf. Er bückte sich tief unter dem Türrahmen und atmete schwer.

Er sagte nichts, weil er nicht sprechen konnte, denn er war viel zu schnell nach oben gestiegen. Seine Atemlosigkeit schürte seine Wut nur noch. Dicky hatte ihn nicht bemerkt, er schaute immer noch auf das Dorf hinunter. Georgie gab ihm einen Stups. Er drehte sich zu ihr um und lächelte, ein liebevolles, besitzergreifendes Lächeln. Ein unmissverständliches Lächeln für Peter, der sich mit der Liebe auskannte, und Peter wurde bang ums Herz. Er warf einen Blick auf Bryn und merkte, dass es auch ihm nicht entgangen war. Bryn, dem unkontrollierbarer Zorn ins Gesicht geschrieben stand, machte einen Satz und packte Dicky am Kragen.

»Ich hab gewusst, dass ich euch hier oben finde«, keuchte er. »Ich hab gewusst, dass ihr euch hier verabredet habt.«

»Bryn! Lass ihn los! Lass los!« Georgie packte Bryn am Arm und wollte ihn wegzerren, aber der schüttelte sie ab.

Bevor jemand etwas sagen oder tun konnte, zog Bryn Dicky am Kragen und am Hosenboden hoch und versuchte, ihn über den Rand zu hieven. Dicky wand sich, zappelte und strampelte, um sich zu befreien, aber Bryns Griff war der eines Irren.

»Ich hab dich gewarnt, dass ich dich alle mach, und ich tu's. Du kriegst sie nicht.« Beim Sprechen versuchte er weiter, Dicky über den Rand zu hieven, aber Dicky klammerte sich an die Brüstung, und ihn hochzureißen erwies sich als viel schwieriger, als Bryn für möglich gehalten hatte. Georgie schrie und weinte und versuchte, Dicky festzuhalten, und Bryn brüllte: »Ich mach dich alle. So wahr mir Gott helfe, ich tu's! Lass los, du Scheißkerl.« Es ging so schnell, dass Peter einen Moment brauchte, bis er begriff, was sich da abspielte. Er schob die Kinder hinter sich, trat hinter Bryn und konzentrierte seine ganze Kraft darauf, Bryn an den Armen zu packen und an seine Brust zu pressen. Es kam zu einem heftigen Kampf.

Peter hörte die Kinder schreien und Willie von unten rufen: »Was ist da oben los?« Mehrere Männer griffen ein, um gemeinsam mit Peter Bryn daran zu hindern, Dicky über den Rand zu stoßen. Mit ihrer Hilfe gewann Peter allmählich die Oberhand, Bryns Griff lockerte sich, und urplötzlich verließ Bryn die ganze irrwitzige Kraft, und er gab auf.

Dicky war aschfahl und atmete schnell. Er zog sich die Kleider zurecht. Georgie stand da und beobachtete, wie Bryn zusammenbrach. Bryn war immer ein Fels der Stärke gewesen, ein Schwerarbeiter, zäh und ehrgeizig, doch jetzt lehnte er an der Brüstung und sah aus wie ein gebrochener Mann. Alles ihretwegen.

Peter, rot angelaufen und schwer atmend, begriff, dass die Kinder wegen der Rangelei völlig verängstigt waren und er sie beruhigen musste, obwohl er sich kaum dazu in der Lage fühlte, so schockiert war er von dem Gedanken, dass Dicky fast umgebracht worden wäre.

»Still, still, Daddy fehlt nichts«, keuchte er. »Niemandem ist was passiert. Beruhigt euch doch, ihr braucht euch keine Sorgen zu machen.« Peter atmete kurz tief durch und bekam sich in den Griff. Sämtliche Besucher auf dem Turm hatten sich auf der Seite versammelt und schauten hinunter auf die Anlage, entgeistert angesichts der Möglichkeit, dass Dicky fast dort hinuntergestürzt worden wäre. Dickys Gesicht hatte die Farbe von Kitt, und er schwitzte. Georgie und die Zwillinge weinten, und Bryn stützte die Ellbogen auf die Brüstung und hielt sich die Hände vor das Gesicht, um die Tatsache zu verhehlen, dass er Tränen vergoss.

Peter sagte mit seiner strengsten Stimme: »Gütiger Gott, Mann, Sie hätten ihn fast umgebracht! Was haben Sie sich dabei gedacht? Dicky, Sie und Georgie gehen nach unten, aus dem Weg. Ich komme mit Bryn nach, wenn er sich gefasst hat.«

Mrs. Jones erbot sich, die Zwillinge nach unten zu bringen. »Ich gehe voraus und passe auf, dass sie nicht stürzen. Wir holen uns ein Stück Schmalzkuchen, ja, vielleicht kommt euer Daddy zu uns, wenn er so weit ist?«

Peter nickte dankbar. Beth rief dringlich: »Nicht raufen, Daddy, Mummy gefällt das bestimmt nicht. Bitte, rauf nicht mehr mit Mr. Fields.«

»Nein, Beth, ich tu's nicht wieder. Versprochen.«

Mrs. Jones nahm Beths Hand und zog sie zur Tür. »Machen Sie sich keine Sorgen. Ich passe auf die Kinder auf. Komm, Alex. Und Sie, Dicky Tutt, Sie sind ja nicht ganz richtig im Kopf. Das ist alles Ihre Schuld!« Sie verschwand mit den Zwillingen durch die niedrige Tür, und Peter hörte Alex sagen: »Ist mein Daddy nicht tapfer?« Die Augenzeugen des Vorfalls folgten dem Grüppchen, froh darüber, auf den Boden zurückzukehren. Auf alle Fälle war es eine großartige Neuigkeit für das Gemeindehaus. Fast hätten sie einen Mord mit angesehen! Und das alles für zwanzig Pence. Wenn der Pfarrer nicht gewesen wäre, hätten sie einen Mord erlebt. Ob es einer von ihnen geschafft hätte, Bryn daran zu hindern, wenn Peter nicht da oben gewesen wäre? Nein, sie hätten es nicht geschafft. Bryn war wie besessen gewesen. Vom Wahnsinn gepackt, und wie.

Grandmama war im Gemeindehaus für die Teekanne zuständig. Sie hatte schon Tee getrunken und ein Stück Schmalzkuchen gegessen, obwohl sie nicht auf dem Turm gewesen war. Es war unvernünftig von einer Dame in reiferen Jahren, auf Kirchtürme zu steigen, und außerdem musste jemand da sein, wenn die Ersten zum Teetrinken kamen, und Grandmama hatte eine Märtyrermiene aufgesetzt und sich erboten, ein persönliches Opfer zu bringen und die Teekanne zu bewachen.

Zum ersten Ansturm gehörten diejenigen, die gesehen hatten, wie Dicky nur knapp dem Tod entronnen war. Grandmama war völlig schockiert über den Vorfall, als sie die Geschichte hörte, und Mrs. Jones sagte: »Wir sollten wirklich Bel benachrichtigen, sie muss es erfahren.«

Kate Pescoe, die Schulrektorin, erbot sich freiwillig, in den Laden zu gehen und es Bel zu sagen. Kurz nachdem sie gegangen war, kam Dicky herein und setzte sich auf einen Stuhl, während Georgie zwei Tassen Tee holen ging.

Als Grandmama den Tee einschenkte, flüsterte sie: »Georgie, es tut mir sehr Leid, was passiert ist. Wie geht es Dicky?«

»Er steht unter Schock. Ich hoffe, der Tee belebt ihn ein bisschen. Ich weiß nicht, wie ich es geschafft habe, ihn die Treppe hinunterzubringen, er hat so zittrige Beine. Auf dem Friedhof ist ihm furchtbar schlecht geworden, er hat grauenhaft gewürgt.« Grandmama bot ihr Zucker und Schmalzkuchen an. »Ja, er nimmt Zucker. Bitte zwei Stück. Aber keinen Schmalzkuchen, vielleicht wird ihm davon wieder übel.«

»Meine Liebe, was werden Sie jetzt denn bloß tun?«

»Ich weiß es nicht. Ich weiß es einfach nicht.«

»Falls Sie ein Dach über dem Kopf brauchen sollten, kann ich jederzeit das Gästebett beziehen.«

Georgie sah sie dankbar an. »Danke, vielleicht nehme ich Sie sogar beim Wort.« Sie brachte den Tee zu Dicky hinüber und blieb vor ihm stehen, während er trank. Er hatte die Tasse eben halb ausgetrunken, als Bel hereinkam.

Die Gespräche verstummten. Alle schauten verstohlen auf Dicky und Georgie. Sie stand neben ihm, einen Arm um seine Schultern gelegt, und war so beschäftigt damit, ihn zu trösten, dass sie nicht bemerkt hatte, wie Bel hereinkam.

Bel baute sich mit verschränkten Armen vor den beiden auf. »Seid ihr jetzt zufrieden? Habt ihr das Fass endgültig zum Überlaufen gebracht? Habt ihr genug Unheil angerichtet? Man sollte euch die Köpfe gegeneinander schlagen. Am Schlimmsten bist du, Dicky Tutt. Du solltest dich schämen. Wegen dir wäre Bryn fast zum Mörder geworden. Wenn ich's mir recht überlege, ist es ein Jammer, dass er dich nicht runtergeworfen hat, du hättest es verdient.« Sie wandte sich Georgie zu. »Und Sie, Madam, je früher Sie Ihr Leben in Ordnung bringen, desto besser für alle. Sie haben doch schon einen Mann, wozu brauchen Sie noch einen? Ich hätt eigentlich gedacht, mit einem hätt man schon genug am Hals. Der arme Bryn, Sie haben ihn an den Rand des Abgrunds getrieben.«

»Ganz zu schweigen von Dicky ...«, sagte jemand zu laut, und die Umstehenden lachten.

Bel fuhr zu ihnen herum. »Das ist komisch? Das ist zum Lachen? Ein Tratschthema für das Wochenende? Es ist bitter ernst. Zu ernst für Witze. Fast hätten wir jetzt den Bestattungsunternehmer rufen müssen, damit er den da« – sie schnippte mit dem Daumen in Dickys Richtung – »abholt.« Sie drehte sich wieder zu Dicky um. »Und du kommst mit mir nach Hause, *sofort,* wo ich dich im Auge habe. Steh auf.«

»Hör mal, Bel ...«

»Nichts da. Du kommst mit nach Hause, und Sie, Madam« – Bel stach Georgie mit dem Finger in die Schulter und brachte sie leicht ins Wanken – »tun wieder das, was Sie am besten können: hinter der Theke stehen und den Typen die Ohren voll quatschen.« Bel wollte Dicky eben hochziehen und fortbringen, da flog die Tür auf und Peter und Bryn kamen herein. In Turnham Malpas heißt es oft, die Leute kämen nicht viel herum, bekämen aber etwas vom Leben zu sehen. Der Spruch war nie wahrer als jetzt. Alle vier Hauptdarsteller in einem Raum, und das ganze Dorf war dabei. Totenstille trat ein.

15. Kapitel

Dicky sprang auf. Sein Gesicht, das fast wieder seine natürliche gesunde Farbe angenommen hatte, wurde bei Bryns Anblick aufs Neue bleich. Er stieß ein Wimmern aus, als Peter die Tür zumachte, Bryn in den Saal kam und kurz vor Dicky stehen blieb.

Bryn war immer noch völlig durcheinander. Zwei Geister schienen in ihm zu streiten, er wusste nicht, ob er wieder versuchen sollte, Dicky aus dem Weg zu räumen, oder ob er wegen der grauenhaften, furchterregenden Tat, die er fast begangen hätte, wieder anfangen sollte zu weinen.

Peter sprach mit angespannter, beherrschter Stimme. »Ich würde mich freuen, Dicky und Bel, wenn Sie mit ins Pfarrhaus kämen, damit wir versuchen können, das alles zu klären. Sie auch, Georgie. Dieser Vorfall ist äußerst schwer wiegend, und ich bin zutiefst betrübt. Zutiefst betrübt. Der Fall ist so ernst, dass Dicky einen Mordversuch zur Anzeige bringen könnte, und ich wäre verpflichtet, seine Aussage zu bestätigen. Ich hoffe aufrichtig, dass sich das vermeiden lässt.«

»Wieso vermeiden? Zeigen wir ihn doch an. Der Mann ist ein Irrer.« In Dickys Stimme schwang Hysterie mit, was Bryn aufbrachte. Er ballte wieder die Fäuste und ging drohend auf Dicky zu. Dicky griff nach einem Stuhl und richtete die Beine gegen Bryn.

Bel entwand Dicky den Stuhl. »Sei doch nicht blöd, es hat schon genug Ärger gegeben. Komm, gehen wir ins Pfarrhaus.«

»Ich gehe nicht ins Pfarrhaus. Ich will nichts mit ihm zu tun haben. Er ist gefährlich, er hätte mich fast umgebracht.«

»Und wer ist schuld daran?«

Peter ging zur Tür und öffnete sie. »Kommen Sie, Bryn, und Sie auch, Dicky. Ich bestehe darauf.«

»Tut mir Leid, Herr Pfarrer, aber nein. Kommt nicht in Frage, dass ich mit diesem Verrückten zusammengesperrt werde. Wer weiß, ob er's nicht wieder probiert.« Dicky schüttelte den Kopf. »Kommt nicht in Frage.«

Peter versuchte es wieder. »Bryn hat mir sein Ehrenwort gegeben, dass er es nicht noch einmal versucht. Zum letzten Mal, kommen Sie mit ins Pfarrhaus. Ich bürge für Ihre Sicherheit.« Er wurde lauter und war kurz davor, die Geduld zu verlieren. »Sie alle, sofort!«, brüllte er. »Na? Ich warte.« Er stand neben der offenen Tür.

»Wenn du nicht freiwillig mitkommst, befördere ich dich mit Fußtritten hin«, drohte Bel. »Du hast die Wahl. Komm. *Komm*!«

Dicky wägte die Folgen ab, die es haben würde, wenn er sich weigerte, freiwillig mitzukommen, und kam zu dem Schluss, sich zu fügen sei besser, als sich von Bel treten zu lassen. Er ging langsam zur Tür und wich Bryn so sorgsam aus wie einem tobenden Löwen. Bel, Bryn und Georgie folgten, und Peter machte die Tür hinter sich zu. Als sie gingen, fiel die Spannung im Saal zusammen. Alle waren zutiefst enttäuscht, dass es nicht zu dem erwarteten Tumult gekommen war.

Mrs. Jones schüttelte den Kopf. »Die arme Bel, sie tut mir besonders Leid. Stellen Sie sich vor, Ihr Mann rennt am hellichten Tag einer anderen nach. Es ist schon schlimm genug, wenn sie es geheim halten.« Mrs. Jones stand auf und nahm die Zwillinge an die Hände. »Sie tut mir wirklich Leid, das arme Ding. Die Peinlichkeit. Die Schande.«

»Sie hat kein Recht auf Dicky. Er kann tun, was er will. Sie sind nicht verheiratet«, rutschte es Grandmama heraus.

»Nicht verheiratet? Sind Sie sich sicher?« Mrs. Jones setzte sich unvermittelt wieder.

»Nein, sind sie nicht. Ich weiß es aus sicherer Quelle.«

Als diese Bombe platzte, brach im ganzen Saal ein allgemeines Stimmengewirr aus.

»Nicht verheiratet! Das kann ich nicht fassen.«

»Ich auch nicht. Sei vorsichtig, wir sind schon mal auf 'ne Geschichte von der Herzogin reingefallen.«

»Wer hätte das gedacht.«

»Ich bin baff.«

»Kann's denn noch dicker kommen?«

»Dann ist er also ledig ...«

»Woher wissen Sie das?«, erkundigte Mrs. Jones sich bei Grandmama.

»Ich habe meine Quellen. Jemand, der Dicky seit Jahren kennt, hat es mir erzählt. Der Tee wird kalt. Ich koche noch eine Kanne.«

In jener Nacht seufzte Peter im Bett, und Caroline fragte ihn, warum er so seufzen müsse.

»Ich wollte an meiner Predigt für morgen feilen. Von wegen. Ich habe noch nie mit vier so sturen Menschen zu tun gehabt.«

»Aber mit der Zeit hast du sie dazu gebracht, auf die Stimme der Vernunft zu hören.«

»Mit der Zeit, richtig. Bryn ist furchtbar wütend, was ja auch kein Wunder ist. Als sie schließlich damit einverstanden waren, sich eine Woche Zeit zu lassen und darüber nachzudenken, wohin das alles führen soll, war ich total erschöpft.

Georgie will Bryn verlassen. Bryn will das Dorf verlassen und mit Georgie einen Neuanfang machen. Er stellt sich vor, eine Bar auf einem Kreuzfahrtdampfer zu betreiben, ich bitte dich! Dicky ist überzeugt davon, dass Georgie die Richtige ist, und nur Bel ist vernünftig, sie hat am wenigsten Schuld an dem Ganzen. Wenn die Situation eine Woche lang ruht, hoffe ich, Betonung auf ›hoffe‹, das wir zu einer vernünftigen Lösung kommen.«

»Ich bin wirklich froh, dass Dicky keine Anzeige erstattet.«

»Genau! Ich habe ihm gesagt, wenn er seine schmutzige Wäsche wirklich in der Öffentlichkeit waschen und den Ruf von Bel und Georgie ruinieren will, ganz zu schweigen von Bryn und seinem Lokal und Dicky selbst, dann ist eine Anzeige genau die richtige Methode, aber mitnichten eine Lösung.«

»Aber wenn es nach Dicky geht, bedeutet das zwei Scheidungen. Wie peinlich.«

»Nicht zwei, nur eine.«

Caroline setzte sich auf und sah Peter an. Er hatte die Hände hinter dem Kopf verschlungen und schaute an die Decke.

»Nur eine? Was meinst du damit?«

Peter drehte leicht den Kopf und sah sie ernst an. »Wenn ich es dir sage, verlässt kein Wort unser Schlafzimmer! Okay?«

Caroline nickte. »Niemand außer den vieren und uns beiden weiß es, verstehst du? Bel und Dicky sind nicht verheiratet.«

Caroline sank auf das Kissen zurück und lachte, bis ihr die Tränen über die Wangen rollten. »Nicht verheiratet! O Peter! O Peter! Was für ein Schlamassel! Das haben sie dir heute gesagt?«

»Still! Mach nicht so einen Krach, du weckst noch die Kinder! Ja, haben sie, obwohl ich das Gefühl hatte, dass es nicht die ganze Wahrheit ist. Die vier verschweigen mir etwas. Wie auch immer, sag keinen Mucks, denn wenn es bekannt wird, stehen die Leute vor der Pfarrhaustür Schlange und behaupten, Dicky tauge nicht zum Pfadfinderführer, und das will ich nicht. Er macht das hervorragend. Da kann ihm niemand das Wasser reichen, und ich dulde nicht, dass die Pfadfindergruppe von engstirnigen Bigotten kaputt gemacht wird.«

Caroline wischte sich die Augen, beugte sich mit ernstem Gesicht über Peter, sah ihm direkt in die Augen und sagte: »Ich kann mich noch daran erinnern, dass du dich ganz schön darüber aufgeregt hast, dass Willie und Sylvia vor der Hochzeit zusammengelebt haben. O ja, dazu hattest du eine Menge zu sagen, jedenfalls zu mir. Offensichtlich hast du andere Saiten aufgezogen.«

»Es ist eine Frage der Prioritäten. Wenn es niemand weiß, macht es das Dorf nicht heiß, und alles kann weitergehen wie bisher. Dicky hat eine Pfadfinderkapelle gegründet, wie du weißt, und Gilbert Johns hat seine Hilfe angeboten, und ich habe gedacht, ich könnte ...«

»Peter! Du hast ihnen eine Woche Zeit gegeben. Eine vergleichweise friedliche Woche, aber was ist, wenn Dicky und Georgie sich danach dafür entscheiden, nicht zusammenzuleben? Die Vorstellung, dass alle weiter im Dorf wohnen, bringt eine Menge Probleme mit sich.«

»Warten wir's ab. Kommt Zeit, kommt Rat.«

»Ja, du hast Recht. Die Geschichte von diesem ganz besondere Allerheiligen wird die Jahre überdauern! Darüber werden die Leute noch in hundert Jahren reden! Dabei fällt mir ein, dass sie an einem sehr passenden Tag fast einen Heiligen dazubekommen hätten! Du meine Güte! Jetzt muss ich schlafen. Ich bin plötzlich sehr müde. Gute Nacht, Peter.«

»Gute Nacht, mein Liebling. Ich liebe dich.«

»Ich liebe dich.«

»Gott segne dich.«

»Und dich.«

»Caroline, ist dir wohler? Was uns beide betrifft?«

Schweigen breitete sich aus, und er wartete darauf, dass sie es füllte. Sie wusste, dass er die Frage in der Schwebe ließe, wenn sie nichts erwiderte, und sie wusste, dass sie nicht würde schlafen können, wenn sie nicht antwortete. Sie suchte unter der Decke nach seiner Hand, fand sie, hielt sie an ihre Lippen und küsste sie. »Danke, dass du so ein wunderbar verständnisvoller Mann bist. Nein, ein verständnisvoller *Ehemann.* Du hast instinktiv gewusst, wie du mich dazu bringst, mich ganz zu fühlen, obwohl ich es nicht bin und nie mehr sein werde. Und dafür danke ich dir aus tiefstem Herzen. Ja, mir ist viel wohler, was uns betrifft, und wenn ich grünes Licht bekomme …«

»Du klingst sehr zuversichtlich, dass du es bekommst …«

»Ich bin sehr zuversichtlich, dass ich es bekomme. Ich glaube fest daran, dass zwischen uns dann alles wieder gut wird. Als ich nach Hause kam, warst du mir schrecklich verleidet, es war zum Fürchten, aber das lag wohl daran, dass ich schwach war und große Angst hatte. Vielleicht fühlt man sich nach einer solchen Operation auch einfach so. Ich konnte dich wirklich kaum in meiner Nähe ertragen, und es klingt grauenhaft, so etwas von einem Menschen zu sagen, den man liebt, aber es ist wahr. Aber jetzt glaube ich, dass ich deine Männlichkeit wieder zu schätzen wissen werde.«

»Halleluja!«

»Halleluja« war jedoch keineswegs das Wort, das Peter benutzte, als er den Brief las, den er am Montagmorgen auf der Fußmatte gefunden hatte.

»Verdammt noch mal! Wer zum Teufel hat die Katze aus dem Sack gelassen?«

Er las weiter … »Als Konsequenz aus diesen Ereignissen,

die zu unserer Kenntnis gelangt … lebt mit einer Frau zusammen, mit der er nicht verheiratet ist … selbst in dieser toleranteren Zeit ist seine Stellung nicht haltbar … und wir, die Unterzeichner … sind uns einig, dass Dicky Tutt als Leiter der Pfadfinder von St. Thomas à Becket nicht mehr tragbar ist …«

»Verdammt noch mal!«

»Daddy! Das war ein schlimmes Wort.«

»Alex, du hast völlig Recht. Es tut mir Leid.« Er rannte die Treppe hinauf. »Caroline! Sieh dir das an.« Er warf ihr den Brief in den Schoß. »Ich frage mich, wer das aufgesetzt hat. Sie haben mir versprochen, kein Wort zu sagen. Kein Wort. Jetzt wissen offenbar alle Bescheid.«

Caroline, die Beth beim Anziehen half, hielt inne und überflog den Brief. »Du meine Güte! Sie wissen wirklich Bescheid. Hier, Beth, zieh die Strumpfhose an. Nein, andersrum, so ist es richtig. Schau dir bloß die Unterschriften an! Sechs! Sechs Gemeindemitglieder. Wie konnten sie das nur tun? Etliche haben nicht mal was mit den Pfadfindern zu tun. Schau! Thelma Senior würde einen Pfadfinder nicht mal erkennen, wenn sie ihn auf der Straße träfe. Venetia, Vince Jones, aber Mrs. Jones nicht. Das ist scheußlich. Einfach nicht fair Dicky gegenüber. Wie mies!«

Beim Frühstück sprachen Peter und Caroline weiter über die Sache, und Peter beschloss, zunächst einmal gar nichts zu unternehmen. Er nannte es Arbeitsüberlastung. Caroline nannte es Vogel-Strauß-Politik. Sie lachten über ihre Bemerkung, als Sylvia zur Arbeit kam.

Caroline schenkte ihr eine Tasse Tee ein und sagte: »Guten Morgen, Sylvia.«

Alex sprang vom Stuhl, um Sylvia seine neuen Schuhe zu zeigen. »Schau, Sylvia. Schau meine neuen Schuhe an.«

»Die sind wunderschön, Alex. Eine gute Wahl! Die halten dir die Füße warm. Schöne Farbe. Guten Morgen, allerseits.

Sie sehen heute Morgen besser aus, Frau Doktor, sogar viel besser.«

»Danke. Ich fühle mich auch besser, viel besser. Sie haben das Neueste bestimmt schon gehört?«

»Über Dickys Rettung im letzten Augenblick? Natürlich habe ich das gehört. Es gibt kein anderes Gesprächsthema.«

»Peter hat heute Morgen eine Bittschrift bekommen, in der verlangt wird, dass er Dicky Tutt als Pfadfinderführer absetzt. Jemand hat herausbekommen, dass ...«

Peter räusperte sich. »Ich glaube, wir sollten nicht ...«

»Sylvia wird es sowieso erfahren. Jemand hat ausgeplaudert, dass Dicky und Bel nicht ...« Caroline warf einen Blick auf die Kinder und ergänzte: »... nicht im Stand der Ehe leben.«

»Wir wissen alle, wer dieser Jemand war, nicht wahr?«

Caroline zog eine Augenbraue hoch. »Wissen wir das?«

»Ich war im Gemeindehaus, weil ich nachschauen wollte, ob sie Hilfe brauchen, bevor ich auf den Turm gestiegen bin, und ich habe gehört, wie die Herzogin es allen erzählt hat. Hat gesagt, sie weiß es von jemandem, der Dicky schon lange kennt.«

»Dieses verdammte Weib!«

»Peter! *Pas devant les enfants.*«

»Tut mir Leid.«

»Das war heute schon das zweite Mal, Daddy«, sagte Alex.

»Ich bitte dich um Entschuldigung. Bis der Tag rum ist, könnte mir das glatt fünfmal passieren. Die ganze Situation entwickelt sich zu einer Riesenkrise, obwohl das völlig unnötig ist. Wenn alle den Mund gehalten hätten, wäre gar nichts passiert. Wie auch immer, heute ist Montag, also fahre ich zuerst nach Penny Fawcett. Brauchen Sie was vom Markt dort, Sylvia? Caroline?«

»Frisches Gemüse, bitte, Herr Pfarrer, vor allem Kartoffeln.«

»Caroline?«

»Nichts, danke. Ich glaube, heute Morgen bringe ich die Kinder zur Schule. Die frische Luft und die Abwechslung werden mir gut tun.«

»Was für eine glänzende Idee. Ja, mach das. Ich geh jetzt. Tschüs, Kinder. Tschüs, Liebling.«

»Vergiss deinen Umhang nicht, es ist kalt.«

»Okay.«

Als Caroline die Kinder in der Schule abgeliefert hatte, war ihr nicht danach, gleich nach Hause zurückzugehen, deshalb schlenderte sie, in der Hoffnung auf einen Plausch mit irgendjemandem, der zufällig hereinkam, in den Laden. Seit ihre Mutter abgereist war, hatte sich Caroline von der Welt ganz abgeschnitten gefühlt, und sie meinte, es sei an der Zeit, ihren Horizont zu erweitern.

Jimbo begrüßte sie mit offenen Armen. »Sie wollten sich eine Umarmung abholen, was? Wunderbar, dass Sie wieder ausgehen. Hier, setzen Sie sich auf diesen Stuhl, und ich bringe Ihnen einen Kaffee, wenn ich darf. Eben gekocht, also ganz frisch.«

»O ja, bitte. Nett von Ihnen. Wie geht's denn so?« Jimbo reichte ihr eine Tasse und bot ihr Zucker an. »Danke, ja. Ich nehme sonst keinen, aber Peter sagt, ich müsste wieder zunehmen.«

»Müssen Sie unbedingt.«

Der Kaffee war zu heiß zum Trinken, deshalb stellte Caroline ihn auf das nächste Regalbrett und fragte Jimbo, ob er etwas Neues wisse.

Ehe er antworten konnte, kam Linda herein. »Oh, Frau Doktor, schön, dass Sie unterwegs sind. Das freut mich. Das Leben kehrt wieder zur Normalität zurück, stimmt's?«

»Nicht ganz, aber fast.«

»Meine Güte, Ihre beiden Kleinen müssen am Sonntag ja einen bösen Schock bekommen haben. Ich bin froh, dass ich nicht dabei war. Ist mit den Kindern alles in Ordnung?«

»Ich glaube, dass sie glücklicherweise gar nicht so recht gemerkt haben, was passiert ist. Sie haben sich schreckliche Sorgen gemacht, weil ihr Vater in eine Rangelei verwickelt war, das hat den größten Eindruck auf sie gemacht! Alex hat es mir sehr anschaulich geschildert, als er nach Hause kam. Er war sehr stolz auf Peter und konnte oder wollte nicht begreifen, dass es eigentlich gar kein Ringkampf war.«

»Gott sei gedankt für den Herrn Pfarrer, kann ich dazu nur sagen. Was für ein Segen, dass er dort war. Und dann, als die Herz..., als Mrs. Charter-Plackett damit rausgerückt ist, dass sie nicht verheiratet sind, da hätten Sie mal die Gesichter sehen sollen, die Leute konnten es nicht fassen. Die waren wie vom Donner gerührt, das kann ich Ihnen sagen ...« Linda lehnte sich gegen ein Regal und schien sich für den Vormittag gemütlich einrichten zu wollen. »Mrs. Jones hat gesagt ...«

Jimbo, der immer an sein Geschäft dachte, unterbrach sie. »Entschuldigung, Linda, aber Sie sind sowieso zehn Minuten zu spät gekommen, und an Ihrem Schalter scharrt schon jemand mit den Füßen. Könnten Sie bitte anfangen? Bei uns ist der Kunde König.«

»Tut mir wirklich Leid.« Sie eilte weg, musste aber noch einmal zurückkommen, um den Schlüssel für die Postkasse zu holen.

Jimbo nahm ihn aus der Tasche, und Linda riss ihn ihm fast aus der Hand. Jimbo sah Caroline mit hochgezogenen Augenbrauen an. »Kommen Sie nach hinten. Bringen Sie Ihren Kaffee mit.« Jimbo rief Linda zu: »Falls ich gebraucht werde, ich bin im Büro. Bel müsste bald hier sein.«

Er bot Caroline seinen Stuhl an und setzte sich auf den Hocker.

»Peter ist gar nicht glücklich über das, was Ihre Mutter am Samstag im Gemeindehaus gesagt hat. Es hat sich als wahr herausgestellt, ich weiß, aber Peter hatte gehofft, es könnte geheim bleiben.«

»Ich weiß, ich weiß. Sie hat schon vor etwa einer Woche gesagt, dass sie etwas über Dicky erfahren hat, aber ich wollte es nicht hören. Ich habe gesagt, sie darf niemandem ein Wort darüber sagen, keinen Mucks et cetera. Aber die Versuchung war vermutlich zu groß.«

»Da ist noch etwas, Jimbo, Sie werden es ohnehin bald erfahren, also macht es nichts, wenn ich es Ihnen als Erstem sage. Peter hat heute Morgen durch den Briefschlitz eine Bittschrift bekommen mit der Forderung, Dicky als Pfadfinderführer abzusetzen. Leider war es die Handschrift Ihrer Mutter, und sie hat als Erste unterschrieben.«

Jimbo ächzte. »O nein! Ich kann's nicht fassen. Nach allem, was ich zu ihr gesagt habe. Offenbar hat das nicht gereicht. Beim gütigen Himmel, ich wünsche mir, sie wäre nie hierher gezogen. Sie ist schlimmer als ein Kind. Sobald Bel kommt, statte ich meiner Mutter einen Besuch ab. Sie ist wirklich das Letzte. Der absolute Gipfel.«

»Wen meinst du?« Auf der Schwelle stand seine Mutter. In makellosem Schwarzweiß war sie der Inbegriff der gut gekleideten älteren Dame.

»Mach die Tür zu.«

»Wie bitte?«

»Ich hab gesagt, mach die Tür zu.«

Sie tat es. »Und? Wen meinst du?«

»Dich, Mutter. Ich habe dich gebeten, kein Wort von dem weiterzusagen, was der Nähmaschinenmechaniker dir erzählt hat. Aber was machst du? Du plauderst es vor dem halben

Dorf aus. Als ob das noch nicht schlimm genug wäre, hast du auch noch einen Protestbrief gegen Dicky unterschrieben. So geht das einfach nicht. Was du tust, fällt auf mich zurück. Meine Stellung in diesem Dorf ist ungeheuer wichtig für meinen geschäftlichen Erfolg. Bist du entschlossen, mich zu ruinieren? Abgesehen davon, ist es äußerst unfreundlich von dir, sogar rücksichtslos, dich an dieser Bittschrift zu beteiligen.«

»Sprich nicht in diesem Ton mit mir. Ich bin deine Mutter!«

»Daran brauchst du mich nicht zu erinnern.«

»Nach dem, was am Samstag vorgefallen ist, musste es doch sowieso herauskommen. Das war unvermeidlich. Meiner Meinung nach lieber früher als später. Und es war mein Ernst, was ich in diesem Brief über ihn geschrieben habe. Die moralische Rechtschaffenheit meiner Enkel ist in Gefahr, und das dulde ich nicht, auch wenn du gerne darüber hinwegsehen würdest.«

»Ich habe nicht gesagt, dass ich darüber hinwegsehe, ich habe gesagt, es geht mich nichts an.«

»Du weichst doch dem Thema nur aus. Hättest du es dir damals angehört, würdest du die ganze Geschichte kennen. Als ich gesagt habe, dass Dicky verheiratet ist, hat der Mann in der Werkstatt gesagt: ›Dicky Tutt soll verheiratet sein? Doch nicht Dicky, der ist nicht der Typ, der heiratet. Der liebt die freie Wildbahn, der lässt sich doch nicht von einer Frau einfangen.‹ Also habe ich gesagt: ›Aber jetzt ist er verheiratet.‹ Er hat gesagt: ›Ich weiß ganz genau, dass er es nicht ist.‹ Ich habe gesagt: ›Doch, ist er.‹ Und er hat mich nach dem Namen der Frau gefragt, und natürlich habe ich gesagt: ›Bel.‹ Daraufhin hat sich sein ganzes Verhalten verändert, man hätte meinen können, ich hätte ein unanständiges Wort benutzt. Er hat mich merkwürdig angesehen, mir das Wechselgeld gegeben und dicht gemacht wie eine Auster. Als ich mich bei ihm bedankt habe, weil er mir mit dem Ersatzteil für meine geliebte Nähmaschine das Leben gerettet hat, hat er mir den Rücken zugewandt und sich nicht mal mehr von mir verabschiedet. Es geht also nicht nur darum, dass Dicky nicht verheiratet ist, da scheint noch mehr dahinter zu stecken.«

»Mutter! Du fängst schon wieder damit an! Hab ich dich nicht gewarnt? Du musst mit mir rechnen, und …«

Caroline merkte, dass Jimbo eine Riesenwut bekam. Seine normalerweise blasse Haut war dunkelrot angelaufen, und er ballte fuchtig die Fäuste. Deshalb unterbrach sie ihn: »Mrs. Charter-Plackett, ich glaube, es wäre um der christlichen Nächstenliebe willen eine gute Idee, diesen Verdacht nicht außerhalb dieser vier Wände zu äußern. Was auch immer es zu bedeuten hat, dass der Mann sich so seltsam verhalten hat, als Sie gesagt haben, Dickys Frau heiße Bel, kann ich wirklich nicht erraten, aber im Interesse aller, sagen Sie es bitte nicht weiter.«

»Als ob ich das täte. Ich muss mich für den Jähzorn meines Sohnes entschuldigen, den hat er von seinem Vater, nicht von mir.« Grandmama lächelte Caroline an und sagte in einem völlig anderen Ton: »Es freut mich sehr, meine Liebe, dass Sie wieder auf den Beinen sind. Sie sehen gut aus.«

»Mr. Charter-Plackett!«, rief Linda »Könnten Sie kommen? An der Kasse ist eine Schlange, und Bel ist noch nicht da.«

»Schon gut! Ich gehe ungern, aber ich gehe. Bleiben Sie, so lange Sie möchten, Caroline.« Jimbo schob sich an seiner Mutter vorbei und ging.

Caroline sah ihm nach. »Ich gehe auch. Es ist mein erster Ausgang, und ich möchte es nicht übertreiben.«

»Natürlich nicht. Wenn Sie Lust auf einen kleinen Spaziergang haben, können Sie mich jederzeit besuchen. In meinem Cottage ist es immer warm und gemütlich, und dann trinken wir eine Tasse Tee und plaudern.«

Caroline stand auf. »Danke. Ich merke es mir. Vielleicht nehme ich Sie mal beim Wort.«

»Sie sind mir immer willkommen.«

Als Grandmama an jenem Nachmittag auf das Klingeln an der Tür reagierte, hoffte sie, es wäre Caroline, doch vor ihr stand Peter. Sein vorwurfsvoller Blick beschämte sie. Warum rechnete der Mann nur immer mit dem Besten und sah so traurig aus, wenn er sich geirrt hatte? Sie waren doch schließlich alle nur Menschen.

»Was für eine nette Überraschung, Herr Pfarrer, kommen Sie doch rein.«

Sie bot ihm den besten und größten Sessel an und setzte sich auf das Sofa. Peter stützte die Unterarme auf die Knie und verschränkte die Hände.

»Mrs. Charter-Plackett. Ich bin hier, um Ihnen zu sagen, wie sehr es mich betrübt, dass Sie das mit Dicky und Bel allen erzählt haben. Als Sie das letzte Mal eine Klatschgeschichte in Umlauf gebracht haben, war sie völlig unbegründet, und es hätte Caroline sehr geschadet, um nicht zu sagen, ihr das Herz gebrochen, wenn sie davon erfahren hätte. Dieses Mal haben Sie die Wahrheit gesagt, aber Sie konnten zu dem Zeitpunkt nicht sicher sein, dass es die Wahrheit ist, und es wäre mir sehr viel lieber, Sie hätten nichts gesagt.« Er sah sie so traurig an, dass sie Herzklopfen bekam. »Ich wünschte mir wirklich, Sie hätten das nicht getan. Was haben Sie mir dazu zu sagen?«

Es war so weit. Er appellierte an ihr besseres Ich, obwohl ihr das gar nicht recht war. Sie hatte doch nur die Wahrheit gesagt. Aber vielleicht wäre sie besser ungesagt geblieben. »Ich ... es tut mir Leid, dass ich Sie enttäuscht habe. Ich habe mir nichts dabei gedacht.«

»Genau. Wissen Sie, es gibt in ganz Großbritannien keine Pfadfindergruppe mit einem engagierteren Leiter als Dicky. Er kann hervorragend mit den Jungen umgehen, wirklich hervorragend. Es sind Jungen aus allen drei Dörfern und der weiteren Umgebung dabei, und sie haben großes Glück mit Dicky. Auch die Kirche hat Glück mit ihm. Er hat die Gruppe aus dem Nichts aufgebaut, erstaunlich schnell, und er hat ungeheuer großen Einfluss auf die Jungen, und zwar einen wunderbaren guten Einfluss. Sie brauchen sich nur Rhett Wright anzuschauen, dann wissen Sie, wie viel Gutes Dicky bewirken kann. Wenn Sie den Rhett von früher gekannt hätten, würden Sie nicht fassen können, wie er sich verändert hat, und zum Teil ist das Dicky und seiner Arbeit zu verdanken. Ich werde ihn auf keinen Fall zum Rücktritt auffordern.«

»Ich verstehe.«

»Verstehen Sie es wirklich?«

Grandmama zupfte sich einen unsichtbaren Faden vom Rock, um sich Zeit zum Nachdenken zu verschaffen. »Sie meinen, er bleibt um der guten Sache willen?«

»Richtig.

»Aber er lebt in Sünde.«

Peter dachte darüber nach. »Allerdings, ja, das nehme ich an. Aber was hat das mit seiner Arbeit zu tun?«

»Vermutlich nichts.«

»Es wäre eindeutig besser, wenn er nicht mit Bel zusammenlebte, und ich weiß nicht, warum die beiden nicht heiraten …«

»Es geht um die Täuschung, darum, dass sie Ringe tragen, obwohl sie kein Ehepaar sind.«

»Aber das ist Sache der beiden, nicht Ihre oder meine. Kann ich Sie dazu überreden, Ihre Unterschrift zurückzuziehen? Wissen Sie, Mrs. Charter-Plackett, Sie haben großen Einfluss im Dorf.« Grandmama lächelte etwas selbstgefällig. »Oh, die Leute würden es um keinen Preis zugeben, sie möchten nicht, dass es Ihnen zu Kopf steigt, wissen Sie, aber es stimmt. Zum

Teil liegt es an Jimbo, er ist so beliebt, weil er so großzügig und gutherzig ist, zum Teil liegt es an Ihnen. An Ihrem Stil … Ihrem Auftreten und natürlich an Ihrer Intelligenz. Sie sind klug. Sie könnten einen so *guten* Einfluss ausüben, wenn Sie das wollten.«

Als Peter zu Ende gesprochen hatte, glühte Grandmama vor Freude. Der liebe Mann. Er hatte es auf den Punkt gebracht. Den Nagel auf den Kopf getroffen. »Ich ziehe meine Unterschrift zurück. Man wird enttäuscht von mir sein, aber das lässt sich nicht ändern. Der gesunde Menschenverstand und die gute Sache haben gesiegt.«

»Ich kann Ihnen gar nicht genug danken. Das ist wunderbar. Ich habe gewusst, dass Sie mit Ihrer liberalen Gesinnung meinen Standpunkt verstehen werden. Können Sie noch etwas für mich tun?«

»Alles, worum Sie mich bitten.«

»Könnten Sie die anderen dazu überreden, ihre Unterschriften ebenfalls zurückzuziehen?«

»Oh, das weiß ich nicht«, sagte Grandmama erschrocken. »Sie waren so unerbittlich.«

»Könnten Sie die anderen zu einer Strategiebesprechung einladen? Ich bin mir sicher, es fehlt Ihnen nicht an Überzeugungskraft, den anderen Ihre Sicht der Dinge zu vermitteln.«

»Ich könnte es versuchen. Ja, das könnte ich. Ich tu's. Es wird eine harte Nuss, aber ja, ich tu's. Ich sage den anderen, dass sie sich vom Wohl der Jungen leiten lassen müssen. Machen Sie sich keine Sorgen, Peter, Ende der Woche können Sie den Brief zerreißen. Überlassen Sie das nur mir.«

»Danke.«

»Aber Georgie tut mir Leid, wissen Sie, sie ist so verzweifelt. Sie leidet unter Bryn, und Dicky hat Glück und Freude in ihr Leben gebracht. Zwischen ihr und Bryn hat sich alles falsch entwickelt, wissen Sie, und ich kann mir nichts Schrecklicheres vorstellen, als in einer völlig gescheiterten Ehe zu leben. Ich halte nichts von Scheidungen, Sie wissen schon, in guten wie in schlechten Tagen und so weiter, aber Georgie tut mir sehr Leid. Eine schlechte Ehe muss die Hölle sein. Entschuldigung, Herr Pfarrer, aber es muss so sein.«

Peter schüttelte den Kopf. »Ich halte auch nichts von Scheidungen, aber allmählich glaube ich, dass es manchmal …«

»Ich kann nicht glauben, dass der gütige Herr das Unglück seiner Kinder will, und wenn sie wirklich alles versucht haben … Jedenfalls habe ich zu Georgie gesagt, sie soll das Glück am Schopf packen, wenn sich die Gelegenheit bietet.« Sie stand auf. »Ich will Sie nicht aufhalten, ein junger Mann wie Sie hat bestimmt keine Lust, sich das Geschwätz einer alten Frau anzuhören. Gehen Sie schon. Ich verspreche, das zu tun, was Sie wollen.«

Peter schaute mit einem liebenswürdigen Lächeln auf sie hinunter und sagte: »Nein, Sie meinen doch sicher, was *Sie* wollen?«

Ihr blieb nichts anderes übrig, als »Ja, richtig, was ich will« zu sagen.

16. Kapitel

Die von Peter angeregte einwöchige Pause, der die vier zugestimmt hatten, war für Bryn sinnlos. Er hatte keine Ahnung gehabt, dass Georgie unglücklich war, nicht die geringste, und hatte aus heiterem Himmel erleben müssen, dass Dicky auf Freiersfüßen war und Georgie an seinen Aufmerksamkeiten Gefallen fand. Es wäre eine Untertreibung gewesen, Bryn fassungslos zu nennen.

An ihm nagte das Gefühl, er habe Georgie möglicherweise irgendwann auf ihrem gemeinsamen Weg im Stich gelassen, aber es war viel zu spät, das wieder gutzumachen. Sie schlief im Gästezimmer, machte ihm das Essen und arbeitete in der Bar, aber es gab keinerlei Verständigung zwischen ihnen. Kaum Höflichkeiten und schon gar keine Gespräche. Seit dem Samstag war der Umsatz drastisch zurückgegangen; nachdem die erste Aufregung sich gelegt hatte, wollte niemand in einer Bar trinken, deren Wirt fähig zu sein schien, einen Mord zu begehen. Und an jenem Tag wäre Bryn dazu fähig gewesen. Bryn hätte Dicky hinunterwerfen, ihn herauftragen und noch einmal hinunterwerfen können, mit tiefer Befriedigung. Er war verrückt gewesen. Total verrückt. Er wusste nicht, ob er noch lange so weitermachen konnte. Was hatte es für einen Sinn, an eine Frau gebunden zu sein, die lieber bei einem anderen wäre, tausend Kilometer weit weg von Bryn?

Koffer zu tragen, aber sie schüttelte den Kopf und ging durch die Hintertür. Er starrte die Tür an, nachdem Georgie sie zugemacht hatte. Das Zuschlagen traf ihn ins Herz. Dann war also alles vorbei. Die Ehe, Georgie, das Pub. Asche. Alles Asche. Er hätte in den letzten einundzwanzig Jahren genauso gut nicht am Leben sein können. Es war alles umsonst gewesen. Es klopfte an der Hintertür. Die Lieferung von der Brauerei. Er griff nach den Schlüsseln und ging nach unten, um den Keller aufzuschließen.

Georgie mochte weg sein, aber er musste sich nach wie vor dem Alltag stellen. Musste weitermachen mit der täglichen Schinderei, die er allmählich verabscheute. Bryn fühlte sich von seinen Sorgen zu Boden gedrückt. Er schaute auf seine Füße und war überrascht, dass er weder Kette noch Kugel daran trug. Wie war das möglich, obwohl ihm das Gehen so schwer fiel?

»Das Zimmer ist bezaubernd, Mrs. Charter-Plackett. Bezaubernd! So warm und … einfach bezaubernd!«

»Es freut mich, dass es Ihnen gefällt. Diese Türkistöne geben einem Zimmer so viel Wärme, nicht wahr? Vornehm, aber einladend, denke ich immer. Im Schrank ist viel Platz, schauen Sie.« Sie machte die Mahagonitür auf und zeigte auf die leeren Kleiderbügel. »Hängen Sie ihn voll, auch in den Schubladen ist jede Menge Platz, wenn Sie ihn brauchen. Richten Sie sich ein, dann koche ich Kaffee, und wir setzen uns an den Kamin und reden.«

Georgie bedankte sich bei ihr. »Das ist wirklich nett von Ihnen. Ich bleibe nicht lange. Nur bis ich einen klaren Kopf habe.«

»Natürlich, ich lasse Ihnen Luft zum Atmen. Ich glaube, es wäre schön, wenn Sie Katherine zu mir sagten. Heutzutage wirkt es albern, mich Mrs. Charter-Plackett zu nennen, wenn wir im selben Haus wohnen. Kommen Sie nach unten, wenn Sie fertig sind.«

Sie saßen am Holzfeuer, einer Spezialität von Grandmama. Greenwood Stubbs, der Gutsgärtner, lieferte ihr die Scheite. Mr. Fitch hatte gesagt, er habe nichts dagegen, und Grandmama bezahlte das Holz, also war alles rechtens.

Georgie empfand das Feuer als tröstlich. Wie die beiden schon einmal zueinander gesagt hatten, vor einem Feuer konnte man träumen. Was für Träume hatte sie?

»Und was für Träume haben Sie?« Georgie fuhr bei der Frage zusammen, Grandmama konnte doch bestimmt keine Gedenken lesen? Sie brauchte einen Moment, um die Antwort zu finden.

»In der besten aller möglichen Welten wäre ich wirklich in einem hübschen Haus mit Dicky, wir wären beide berufstätig, kämen abends nach Hause, wären zusammen und ...«

»Das klingt sehr normal. Gar nicht abenteuerlustig.«

»Was sollten wir Ihrer Meinung nach machen?«

»Ich hatte an ein neues gemeinsames Leben in Australien, Neuseeland oder Kanada gedacht. In den Kolonien, natürlich, nicht in den USA, die sind auf Dauer zu nervtötend.«

Georgie lachte. »Ich? In Australien?«

»Warum denn nicht? Sie und Dicky wären ein wunderbares Gespann für das Leiten einer Bar. Sie mit Ihrer Erfahrung, Dicky mit seinen Witzen und seiner extrovertierten Persönlichkeit. Hervorragend!«

»Von der Gastronomie habe ich wirklich die Nase voll. Vielen herzlichen Dank.«

»Ah! Aber ist es die Gastronomie in Verbindung mit Bryn, die Sie verabscheuen, oder ist es die Gastronomie an sich? Das ist ein Unterschied.«

»Ah! Richtig.« Sie schaute in das Feuer und sagte: »Ich

hätte nicht gedacht, dass jemand wie Sie so viel Verständnis hat. Sie wirken überhaupt nicht verständnisvoll.«

Grandmama verlagerte leicht unbehaglich das Gewicht im Sessel. »Ach, ich habe auch gute Seiten. Ich habe ein paar Fehler gemacht, seit ich hier bin, aber ich gebe mir große Mühe. Heute Abend zum Beispiel treffe ich mich mit den Leuten, die meinen Brief wegen Dicky mit unterschrieben haben.«

Georgie starrte sie an. »Also haben Sie diesen Brief geschrieben?«

»Leider ja. Der Pfarrer hat mich dazu gebracht, meinen Irrtum einzusehen, und nun versuche ich, die anderen umzustimmen. Deshalb müssen Sie heute Abend leider in Ihrem Zimmer bleiben oder ausgehen. Es wäre nicht gut für Sie, hier gesehen zu werden.«

»Dem Himmel sei Dank! Sie werden tun, was Sie können? Dicky wäre ohne seine Pfadfinder nicht mehr Dicky. Das ist sein Lebenswerk. Was ich auch tue, das darf ich ihm nicht wegnehmen.«

»Nein, in der Tat, ich glaube, da haben Sie Recht. Vielleicht ist Australien doch keine so gute Idee. Wie geht es Bryn?«

»Er ist am Boden zerstört.«

»Ich verstehe.«

»Wissen Sie, was seine ersten Worte waren, als er mitbekommen hat, dass ich gehe?« Grandmama schüttelte den Kopf. »Er hat gesagt: ›Was ist mit der Bar?‹ Falls ich noch eine Bestätigung gebraucht hätte, dann wäre das sie gewesen. ›Was ist mit der Bar?‹ Ich konnte es nicht fassen.«

»Du meine Güte! Was ist mit Bel?«

»Die liebe Bel. Sie war so lieb bei der ganzen Geschichte. So verständnisvoll. Ich habe ihretwegen ein schlechtes Gewissen, schlimmer als wegen Bryn. Bel regt sich überhaupt nicht darüber auf, dass Dicky in mich verliebt ist, sie sieht das ganz philosophisch. Was kommt, das kommt, sagt sie. Vielleicht gehe ich heute Abend zu den beiden rüber und rede mit ihnen, aber wir haben Peter versprochen, uns nicht zu sehen, also sollte ich es wohl doch lieber lassen.«

»Überstürzen Sie nichts. Sie wissen, wie impulsiv Dicky sein kann.«

Georgie lächelte. »Und ob. Er ist ein wunderbarer Mann, wissen Sie. Er sieht die Welt aus Kinderaugen, und trotzdem bekommt er buchstäblich Statur, wenn er mit den Jungen zusammen ist. Er braucht nur einmal mit den Fingern zu schnippen, schon stehen sie in Reih und Glied, ohne Herumgealber. In ihm steckt auch *Kraft*, nicht nur Witz und Fröhlichkeit. Ich liebe ihn. Er macht mir so viel Freude. Das Licht meines Lebens, könnte man sagen.«

»Das klingt wunderbar.«

»Oh, er ist wunderbar!«

»Sie haben großes Glück.«

»Im Moment kommt es mir nicht wie Glück vor. Bryn hat einen Mordversuch auf dem Gewissen, und Dicky und ich haben ihn dazu getrieben. Es war nur der Überredungskunst des Pfarrers zu verdanken, dass Dicky nicht Anzeige erstattet hat. Das hätte man ihm schließlich nicht verübeln können. Er hat furchtbare Angst ausgestanden, der arme Schatz. Vielleicht bleibe ich oben in meinem Zimmer, während Sie sich mit den Leuten treffen, ich sollte Bel und Dicky wohl Zeit für eine Aussprache lassen.«

Dicky kam in einem trostlosen Zustand von der Arbeit nach Hause. Er hatte Peter versprochen, eine ganze Woche lang über alles nachzudenken, und es waren erst zwei Tage vorbei, und er sehnte sich nach Georgie. Noch schlimmer war, dass er einer Lösung nicht näher gekommen war.

»Bel! Ich bin's.« Er roch sein Abendessen, Schweinebraten, dachte er, mit einer Füllung. In der Küche herrschte das übliche

Chaos, wie immer, wenn Bel kochte. Sie ging dabei mit der größtmöglichen Lässigkeit zu Werk, aber alles geriet ihr. Sie arbeitete nach Gefühl und hätte die Waage nicht gefunden, wenn sie eine Woche lang danach gesucht hätte. Die Küche war winzig, und wenn Bel drin war, blieb Dicky lieber draußen. Er quetschte sich an der Tür vorbei und nahm zwei Flaschen Lager aus dem Kühlschrank. »Deins mach ich noch nicht auf.«

»Gut. Fünf Minuten.«

»Gut.« Dicky setzte sich in einen Sessel und sah sich im Zimmer um. Bel hatte ein gemütliches Zuhause geschaffen. Sie konnten finanziell keine großen Sprünge machen, aber Bel hatte mit dem verfügbaren Geld wunderbare Arbeit geleistet. Als Bel hier eingezogen war, war es eine nackte, kahle Höhle gewesen, und wie aus dem Nichts hatte sie ein Zuhause gezaubert. Was auch immer geschah, die Pfadfinder würde er nicht aufgeben, denn dort leistete er wirklich etwas. Dort zählte er. Dort wuchs der Versager Dicky Tutt über sich hinaus. Er konnte die Jungen nicht zählen, denen er im Lauf der Jahre geholfen hatte; die hiesige Gruppe war die zweite, die er aufgebaut hatte, und sie war die beste.

Seine Arbeit? Er tat sie, tat sie, so gut er konnte, aber es war unnütze Zeitverschwendung, die Arbeit eines Rädchens im Getriebe. Keine Zukunft, keine Chance. Aber die Pfadfinder, er schenkte ihnen und sie schenkten ihm so viel Energie, das machte ihn lebendig. Jetzt hatten sie sogar eine Kapelle! Er hatte eine Vision, wie sie an Wettbewerben teilnahmen, nicht nur teilnahmen, sondern siegten. Er hob die geballte Faust und boxte in die Luft.

Bel kam herein und sah es. »Schon wieder Tagträume?«

Dicky lächelte. »Glaub schon. Du kennst mich doch, Bel! Immer auf dem Sprung, kann nicht still stehen.«

»Da hast du Recht.« Bel stellte die vorgewärmten Teller auf den Tisch. »Hau rein.«

»Kann nicht anders. Es sieht wunderbar aus, Bel. Ich weiß nicht, wie du das alles schaffst.«

»Die Schufterei?«

»Ja, natürlich. Du arbeitest schwer. Das habe ich immer an dir bewundert.« Dicky legte Messer und Gabel weg. »Es ist zwecklos, ich hab keinen Appetit. Was soll ich bloß machen?«

»Du isst zu Abend, wäschst dich, ziehst dich um und gehst zu den Pfadfindern. Heute Abend ist Pfadfindertreffen, und du gehst hin.«

»Okay! Okay! Warum musst du immer so praktisch denken? Können wir nicht ausnahmsweise mal miteinander reden?«

»Wenn ich zu Abend gegessen habe, reden wir eine halbe Stunde, dann musst du weg.«

Sie aß schweigend weiter, ohne auch nur in seine Richtung zu schauen. Sie aß das Dosenobst mit Eiskrem, trank ihr Lager aus und lehnte sich zurück. »Als Erstes und am meisten will ich, dass du glücklich bist ...«

Dicky schüttelte den Kopf. »Ich muss doch auch an dich denken, darf nicht ohne dich planen.«

»Wenn es mich glücklich macht, dass du glücklich bist, dann ist doch alles in Ordnung, oder? Ohne diese Jungen wärst du nicht glücklich. Sie sind dein Lebenswerk, nicht die lachhafte Büroarbeit in der Fabrik. Du kämst zwar ohne das Geld nicht aus, aber es ist nicht das, was du wirklich tun möchtest. Du musst also die Stelle behalten, und du musst die Pfadfinder behalten. Die Frage ist, willst du Georgie so sehr, dass du bereit wärst, alles aufzugeben?«

»Ich will alles. Dich, Georgie, die Stelle und die Pfadfinder. Ganz schön gierig, nicht?«

»Nein, du bist ein Mann, da kann man nichts anderes erwarten.«

»Bel!«

»Mit meinen zwei Stellen käme ich einigermaßen zurecht, also mach dir um mich keine Sorgen. Tu, was du für dich willst.«

»Aber wo würdest du wohnen?«

»Darüber habe ich mir noch keine Gedanken gemacht. Aber was ist mit Georgie? Wie könnte sie hier leben, mit Bryn in der Nähe? Das wäre nicht einfach.«

Dicky trank aus, stellte das Glas ab und stieß einen tiefen Seufzer aus. Er stand auf, kam um den Tisch herum und legte die Arme um Bel. »Wo wäre ich ohne dich?«

Bel schob ihn weg. »Werd bloß nicht sentimental, das passt nicht zu dir, Dicky. Du hast dich in eine verheiratete Frau verliebt, und sie kann nicht hier leben, und du kannst nicht so einfach weg, weil auf diesem Haus eine Hypothek bis unters Dach liegt, und ich will dich nicht verlieren, und du willst mich nicht verlieren, und alles in allem hast du ein totales Schlamassel angerichtet, und dann verlangst du noch von mir, dass ich es für dich in Ordnung bringe. Aber das kann ich nicht. Ehrlich gesagt, im Grunde wünsche ich mir, wir hätten gleich, als wir hierhergezogen sind, die Wahrheit gesagt, dass wir nicht Mann und Frau sind. Wünschst du dir das nicht auch?«

»Im Rückblick, ja. Aber wir waren beide so verwundbar, damals schien es das Sicherste zu sein, überhaupt nichts zu sagen.«

»Sie hätten sich an uns gewöhnt, das wissen wir jetzt, aber damals haben wir es nicht gewusst.«

»Das stimmt. Damals nicht. Deshalb haben wir jetzt die Bescherung, und ich weiß nicht, wie wir da wieder rauskommen sollen.«

»Ich weiß es doch auch nicht!« Sie brach in Tränen aus, sprang auf und schleppte sich die Wendeltreppe hoch ins Schlafzimmer und ließ Dicky bestürzt zurück. Er konnte sich nicht erinnern, wann er Bel zum letzten Mal hatte weinen sehen. Sie musste wirklich sehr verletzt sein. Diese dauernden Versuche, vernünftig zu denken. Es lag an ihrem guten Herzen, dass sie es aus seiner Perspektive sehen wollte. Sie wollte ihm nicht im Weg stehen, weil sie ihn sehr liebte. Aber sie wollte auch nicht, dass es so kam, sie wollte ihn nicht verlieren.

So viel zu einer Woche Zeit zum Nachdenken. Er kam nicht weiter. Jedes Wort, das Bel gesagt hatte, war wahr. Er dachte darüber nach, während er das Geschirr in die Küche trug. Das Einfachste wäre, Georgie aufzugeben. Bei dem Schmerz, den ihm dieser Gedanke bereitete, krümmte er sich vor Qual zusammen. Das konnte er nicht! Er konnte es nicht! Nicht Georgie! Sie nie wieder sehen. Nie wieder. Nein, das war keine Lösung. Er schaute auf die Küchenuhr, die Ente hatte fast die Sieben erreicht. Um halb acht war sie im Teich. Er hatte die alberne Uhr vor Jahren für Bel gekauft, und sie hatte sich nie davon getrennt. Sein Mund bebte. Liebe Bel! Liebe Bel! Wie sehr er sie liebte, wie sehr er von ihr abhängig war. Und sie wollte alles aufgeben, damit er glücklich sein konnte. Er hatte sie nicht verdient.

Dicky ging zum Waschen und Umziehen nach oben. Im ersten Stock hoben sich seine Lebensgeister. Im Kopf ging er alles durch, was er heute Abend für die Jungen geplant hatte. Wenn er zurückkam, würde er Georgie anrufen, nur um gute Nacht zu sagen. Damit brach er doch sein Versprechen nicht, oder? Peter hatte gesagt, sie sollten sich nicht sehen, und das hatte er ja auch nicht vor. Eine ganze Woche ohne sie; er war wieder niedergeschlagen. Es war keine Lösung in Sicht, er würde sich im Kreis drehen, sein Leben lang hin und her gerissen sein. Eins, das wusste er, würde ihm ewig nachgehen, wenn er Georgie nicht bekam. Die beiden Tage, die sie zusammen verbracht hatten, waren die glücklichsten in seinem ganzen Leben gewesen. Bei ihr zu sein hatte ihm Schwung und Freude geschenkt; jeder Schritt, den sie machten, jede Stufe, die sie hinaufstiegen, jede Aussicht, die sie bewunderten, war etwas ganz Besonderes gewesen.

Er musterte sein Gesicht im Badezimmerspiegel. Es wirkte nicht wie ein Gesicht, das zum Verliebtsein fähig war, erst recht nicht wie eines, in das eine Frau sich verliebte. Beim Rasieren dachte er daran, wie ihre Finger durch sein Haar gefahren waren, wie ihre Lippen seine geküsst, ihre Hände seinen Körper gestreichelt hatten. Er erschauerte bei der Ekstase, in die ihn die Erinnerungen versetzten. Er hatte mit anderen Frauen geschlafen, aber nie mit solcher Freude, solcher Hingabe und solcher Aufrichtigkeit. Liebe! Man dachte darüber nach, stellte sie sich vor, hatte sich früher sogar schon eingeredet, verliebt zu sein, aber wenn man es war, wirklich verliebt war, war jeder Irrtum ausgeschlossen.

Als er zum Schlafzimmer ging, um seine Uniform aus dem Schrank zu holen, wünschte er sich kurz, die Frau darin wäre Georgie. Dann bekam er ein schlechtes Gewissen, weil er sich Bel gegenüber illoyal fühlte.

Als er ins Schlafzimmer kam, war Bel fort. Er horchte und hörte, dass in der Küche Wasser lief. Die liebe Bel. Wie sollte er nur ohne sie zurechtkommen?

An jenem Nachmittag war Peter bei Muriel und Ralph gewesen, um mit ihnen über die Schriftlesung zu reden, die sie am nächsten Sonntag in der Kirche übernehmen sollten.

»Kommen Sie herein, Peter. Tee?«

»Nein, danke. Ich habe so viel Tee getrunken, dass man ein Schiff darin vom Stapel lassen könnte. Wo ich auch hinkomme, alle scheinen zu glauben, ich bräuchte eine Erfrischung, aber ich halte es für wahrscheinlicher, dass die Leute einen Augenzeugenbericht vom Vorfall am Samstag hören wollen!«

Ralph lachte leise. »Sie müssen zugeben, dass Sie der Held der Stunde waren. Es war absolut schockierend, und die Aufregung hat sich noch nicht gelegt, oder?«

Muriel kam herein. »Geht es um die Schriftlesung, Peter?«

»Ja.«

»Es hat Sie wohl völlig überrascht, dass Dicky und Bel nicht verheiratet sind?«, sagte Ralph.

»O ja.«

»Muriel und ich sind gebeten worden, die Bittschrift zu unterzeichnen, die Leute haben gedacht, dann habe sie mehr Gewicht, aber wir haben uns geweigert.«

»Das freut mich.«

»Obwohl die Leute nicht ganz Unrecht haben.«

»Ich glaube, das spielt keine Rolle«, sagte Muriel, »wir können es uns nicht leisten, Dicky zu verlieren.«

Ralph, der überrascht war, wie nachdrücklich sie Dicky untersützte, sagte: »Ich habe geglaubt, du wärst meiner Meinung?«

Muriel machte ein verlegenes Gesicht. »Gewissermaßen schon, aber er liebt sie wirklich sehr.«

»Wirklich?«

Muriel spielte mit ihren Perlen, schlug die Beine übereinander, sah beide Männer nicht an und sagte: »Er hat's mir gesagt.«

Ralph war erstaunt über ihre Doppelzüngigkeit und sagte: »Du hast also mit ihm gesprochen, nachdem ich dir gesagt habe, du sollst dich aus der Sache heraushalten? Wann war das?«

»Vor einer Weile.«

»Aha.«

»Es ist sehr schwer, Ralph, wenn jemand so liebt wie Dicky, und schließlich setzt ihn das ja nicht völlig ins Unrecht, weil er ja nicht verheiratet ist.«

»Nein, wohl nicht, aber als du mit ihm gesprochen hast, konntest du das doch noch nicht wissen, oder?« Sie gab keine Antwort. »Oder doch?«

Muriel sah Peter Hilfe suchend an. »Ich … ich … vielleicht hätte ich es dir sagen sollen.«

Peter fragte, was sie hätte sagen sollen.

»Dass ich erraten habe, dass sie nicht verheiratet sind. Dicky hat es angedeutet, als ich mit ihm gesprochen habe. Vielleicht hätte ich es dir wirklich sagen sollen.«

Ralph war entsetzt. »Du weißt es also seit Wochen und hast kein Wort gesagt.«

Während ihrer Enthüllung hatte sie zu Boden geschaut, aber jetzt hob Muriel den Blick und sah Ralph in die Augen. »Ja, so war es.«

»Aber Muriel, was ist mit seiner Loyalität Bel gegenüber? Die kann er doch nicht einfach mit einem Achselzucken abtun? Oder etwa doch?«

Muriel schüttelte den Kopf.

»Alle regen sich viel zu sehr darüber auf«, meinte Peter. »Es wäre besser gewesen, wenn nichts herausgekommen wäre, es hätte niemandem geschadet, und das Dorf hätte keinen Gedanken daran verschwenden müssen, Dickys Rücktritt zu verlangen. Aber jetzt hat Mrs. Charter-Plackett die Katze aus dem Sack gelassen, und es ist zu spät. Machen Sie sich keine Sorgen, Muriel, wenigstens waren Sie so diskret, es für sich zu behalten. Und jetzt zu der Schriftlesung.« Er nahm den Text aus der Aktentasche und erklärte, wie er sich die Lesung am Sonntag vorstellte.

Als Peter gegangen war, sagte Muriel: »Ich muss fertig bügeln« und stand auf.

»Muriel!«

»Ja!«

»Meine Liebe, ich bin dir nicht böse, nur überrascht. Ich

habe immer geglaubt, wir hätten keine Geheimnisse voreinander.«

»Haben wir doch auch nicht. Aber du hast gesagt, wir sollten uns heraushalten, und dann hat sich die Gelegenheit ergeben, und ich habe Mitgefühl mit Verliebten. Bevor ich dir wieder begegnet bin, wäre ich schockiert gewesen, wirklich schockiert über das Ganze, aber jetzt kann ich es verstehen, und es ist schwer, wenn man liebt und es nicht darf, wenn man es möchte und nicht anders kann, wenn man es nicht verschweigen kann und will, dass es alle Welt erfährt, obwohl man weiß, dass man es niemandem sagen sollte.« Sie verstummte etwas matt und fügte dann hinzu: »Wenn du weißt, was ich meine.«

»Ich weiß, was du meinst, und ich liebe dein gutes Herz und bin stolz darauf, dass du die Welt in einem so freundlichen Licht siehst. Ich begreife jetzt, warum du verstehst, wie Dicky zumute ist. Es ehrt mich, dass du durch mich und die Liebe zu mir die Leidenschaften begreifst, die da im Spiel sind. Du bist eine sehr verständnisvolle, liebevolle Frau, und deshalb liebe ich dich umso mehr. Du meine Güte, das ist ja fast so konfus wie das, was du eben gesagt hast, aber wir beide wissen, was der andere meint, nicht wahr?«

»O ja! Ich habe geglaubt, du wärst verärgert, wenn ich dir erzähle, dass ich mit Dicky gesprochen habe, deshalb ...«

Ralph stand auf und legte die Arme um Muriel. »Es reicht! Hör auf! Jetzt wissen wir beide, dass wir Menschen mögen, die so verliebt sind wie wir und so glücklich werden, wie wir es sind.«

»Der Haken ist bloß, dass ich nicht weiß, wie die vier das Problem lösen sollen. Irgendjemand muss ein Opfer bringen.«

»Nur die vier können das Problem lösen, meine Liebe, wir haben Glück gehabt. Nicht alle Menschen finden den Weg zur Liebe so leicht wie wir.«

»O ja, Ralph! Es war ein guter Tag, an dem du zurückgekommen bist und mich gefunden hast.«

Er küsste sie und sagte dann: »Wir hätten uns fast verfehlt, meine Liebe, denk daran, dass du meinen ersten Heiratsantrag abgelehnt hast.«

»Erinnere mich bloß nicht daran.« Muriel seufzte. »Ich muss verrückt gewesen sein. Ich meine, damals habe ich nichts über die Liebe gewusst, aber das ist jetzt anders. Ich hoffe aufrichtig, dass die vier eine Lösung finden, obwohl ich mir nicht vorstellen kann, was für eine. Sie ändert die Sicht der Dinge, die Liebe, nicht wahr?«

17. Kapitel

Grandmama hatte alle Unterzeichner der Bittschrift angerufen und schließlich dazu überredet, sich noch am selben Abend in ihrem Cottage zu treffen, um die Strategie zu besprechen. Sie waren vorher noch nie zusammengekommen, denn als Grandmama Unterstützung für ihre Bittschrift gesucht hatte, hatte sie die anderen zu Hause besucht, und sie hatten dank Grandmamas Überredungskunst bereitwillig unterschrieben. Jetzt musste Grandmama sie zu einer Kehrtwendung bewegen.

Es überraschte sie, dass Sheila Bissett als eine der Ersten vor ihrer Tür stand.

»Kommen Sie herein, Sheila. Wie nett von Ihnen, dass Sie den strapaziösen Weg auf sich genommen haben. Wie lange dauert es noch, bis der Gips abgenommen wird?«

»Zwei Wochen, mit etwas Glück. Ich werde so was von froh sein! Schon das Baden wird mir wie der reine Luxus vorkommen.«

Bei der Vorstellung, dass Sheila im Moment nicht badete, rümpfte Grandmama im Geiste die Nase.

»Was wollen Sie denn noch? Ich hab gedacht, wir hätten unseren Beitrag geleistet.«

»Das sage ich Ihnen, wenn alle da sind. Wo möchten Sie sitzen?«

»Hier, mit der Fußbank für mein Bein. Könnten Sie mir die Krücken abnehmen?«

»Natürlich. Setzen Sie sich. Ich mache gleich Kaffee, wenn die anderen kommen.«

»Georgie ist also nicht hier?«

»Georgie? Warum sollte sie hier sein?«

»Ich habe sie in Ihrem Garten gesehen. Wissen Sie, ich verbringe viel Zeit damit, aus dem Fenster zu schauen. Sonst kann ich im Moment ja nicht viel tun.«

Grandmama schluckte schwer. »Na ja, sie wohnt vorübergehend bei mir. Sie brauchte einen Zufluchtsort.«

»Und da hat sie sich *Ihr* Cottage ausgesucht?«

In Sheilas Stimme schwang noch Groll wegen ihres damaligen Streits mit, aber Grandmama kam um eine Antwort herum, weil es an der Tür klingelte und Thelma und Valda im Wohnzimmer waren, kaum dass Grandmama sie hereingebeten hatte.

Als sie sich setzten, kamen Vince Jones und Venetia, sodass das kleine Wohnzimmer bald zum Bersten voll war.

Grandmama klopfte mit dem Schürhaken gegen den Kaminschirm aus Messing. »Entschuldigung. Danke! Ich glaube, wir besprechen erst, worum es bei diesem Treffen geht, dann serviere ich Kaffee.«

Damit überhaupt etwas beschlossen wurde, erforderte das folgende Gespräch Grandmamas ganzes diplomatisches Geschick. Sie waren alle völlig überrascht von Grandmamas Gesinnungswandel. Schließlich musste sie mit ihnen über ihre Christenpflicht reden, ein Thema, bei dem ihr gar nicht wohl war, denn sie war sich nicht sicher, ob der Begriff überhaupt angebracht war, aber vielleicht war er es doch, schließlich hatte Peter sie darum gebeten, und christlicher als Peter konnte niemand sein.

Vince Jones und die Schwestern Senior hatte sie irgendwann

überredet, sodass sie es nur noch mit Sheila Bisset, die absichtlich stur war, und mit Venetia Mayer zu tun hatte, die, seit sie stellvertretende Leiterin des Jugendclubs geworden war, ihre Lebensaufgabe darin sah, die Jugend zu schützen, und die nach ihrer Riesenangst wegen der Hexereigeschichte keinen Morgengottesdienst mehr ausließ.

Venetia schüttelte das dichte jettschwarze Haar, schlug sehr zur Freude von Vince Jones die schlanken Beine übereinander und stellte die eine Frage, die Grandmama nicht beantworten konnte. »Aber Mrs. Charter-Plackett, erst vor ein paar Tagen haben Sie sehr überzeugende Argumente für das Unterzeichnen der Bittschrift vorgebracht, durch wen oder was hat sich Ihre Meinung geändert? Ich habe es mir nicht anders überlegt, warum also haben Sie es getan? Sie haben mir noch nicht *richtig* erklärt, warum ich es tun sollte.«

»Aus Nächstenliebe. Aus christlicher Nächstenliebe. Schlicht und einfach aus christlicher Nächstenliebe. Wir überlegen es uns um der guten Sache willen anders. Ja, eindeutig um der guten Sache willen. Dicky ist der beste Pfadfinderführer, den sich eine Gruppe nur wünschen kann. Bestimmt gibt es im ganzen Land keine Gruppe mit so vielen Jungen und einer so langen Warteliste. Versuchen Sie nur mal, im Moment einen Jungen bei den Pfadfindern unterzubringen. Die Frage lautet: Können wir einen Ersatz für Dicky finden, wenn er geht? Wer meldet sich freiwillig?« Sie blickte in die Runde, forderte die anderen heraus, ihre Dienste anzubieten.

Sheila wollte nicht nachgeben. »Ich bin da anderer Meinung. Was nützt uns ein Pfadfinderführer, der sich nicht anständig benimmt? Die Moral ist heutzutage so lax, wir müssen Maßstäbe setzen, und ich wäre absolut verblüfft, wenn der Pfarrer Dicky behalten wollte. Ich bin mir sicher, dass er unseren Brief mit einem Seufzer der Erleichterung gelesen hat.«

»Im Gegenteil«, sagte Grandmama zu schnell.

Sheila erfasste die Situation blitzschnell. »Oh, ich verstehe, dann steckt also der Pfarrer dahinter. Er hat Sie wohl dazu gebracht, Ihren Irrtum einzusehen?«

»Ich war mit seinem Standpunkt einverstanden.«

Sheila seufzte. »Ich weiß genau, was Sie meinen. Ich schwöre, wenn er's drauf anlegt, kann er mich dazu bringen, dass ich sage, Schwarz ist Weiß.« Sie wollte sich jedoch nicht so einfach überreden lassen und sagte: »Warum sind Sie nicht von Anfang an ehrlich zu uns gewesen? Warum haben Sie nicht gleich zugegeben, dass der Pfarrer hinter Ihrem Gesinnungswandel steckt?«

Grandmama kniff die Lippen zusammen. Was für eine lästige Person diese Sheila doch war. Im falschen Augenblick durchschaute sie alles. »Richtig. Aber jetzt liegen die Karten auf dem Tisch. Wenn der Pfarrer will, dass wir den Brief zurückziehen, müssen wir es tun. Wir haben keine andere Wahl.«

Sheila dachte an Fälle, in denen Peter sie zu Dingen überredet hatte, die nie in ihrer Absicht gelegen hatten. Sie beschloss nachzugeben, weil sie wusste, dass sie Peter gegenüber sofort nachgegeben hätte. »Gut. Ich füge mich. Aber Sie müssen wissen, dass ich nur nachgebe, weil der Pfarrer es so will, nicht Ihretwegen. Ich ziehe meine Unterschrift zurück.« Hämisch darauf aus, Grandmama den Rang ablaufen zu können, sagte Sheila: »Wer meiner Meinung ist, hebe die Hand.«

Sie schaute sich in der Runde um, und alle signalisierten ihre Kapitulation. Das Treffen war Grandmama eindeutig aus der Hand genommen worden.

Hoch zufrieden rief Sheila: »Einstimmig angenommen! Und jetzt zum Kaffee. Tut mir Leid, dass ich Ihnen nicht helfen kann. Mein Bein, Sie wissen ja.«

Am nächsten Morgen ging Grandmama also zum Pfarrhaus, um Peter zu sagen, dass er den Brief zerreißen könne. Caroline kam an die Tür. »Kommen Sie doch herein, Mrs. Charter-Plackett, ich freue mich über Ihren Besuch. Wollen Sie zu Peter? Er ist leider nicht da.«

»Ja, schon, aber Sie können ihm doch sicher etwas ausrichten.«

Caroline lächelte. »Ich werd's versuchen!«

»Sagen Sie dem Herrn Pfarrer, es sei mir gelungen, alle Unterzeichner zum Rückzug zu bewegen, er könne den Brief zerreißen. Es war nicht einfach, das kann ich Ihnen sagen, aber schließlich waren wir uns einig.«

»Kommen Sie herein, setzen Sie sich. Ich komme mir ganz einsam vor, Sylvia ist nach Hause gegangen, um den Waschmaschinenmechaniker zu beaufsichtigen, Peter ist nicht da, die Kinder sind in der Schule, und ich habe Lust, mit jemandem zu reden.«

Grandmama nahm die Einladung an. Caroline führte sie ins Wohnzimmer und bat sie, auf dem Sofa Platz zu nehmen, während sie sich in einen Sessel setzte.

»Es lag an Sheila Bissett, nach dem Vorfall wegen des Erntedankfests sind wir nicht gerade ein Herz und eine Seele, wissen Sie. Die anderen waren leicht zu überreden, bis auf Venetia, sie hat Schwierigkeiten gemacht. Sie hat sich so verändert.«

»Ja, das stimmt. Peter wird sich freuen. Er macht sich solche Sorgen um die vier.«

»So geht es uns allen. Georgie ...«

»Jemand hat gesagt, sie wohnt bei Ihnen.«

»Ja. Mir tut es schrecklich Leid, dass sie in einer schlechten Ehe festsitzt. Ich weiß, wir geloben, in guten wie in bösen Zeiten beieinander zu bleiben, und wir meinen es auch ernst, wenn wir den Eid ablegen, aber beim gütigen Himmel, das Leiden muss Grenzen haben. Sie sehen wieder ein bisschen besser aus.«

»Meistens, ja, vielen Dank, aber diese verflixte Chemotherapie legt mich völlig lahm. Sie haut mich total um. Manchmal geht es mir wirklich furchtbar schlecht, so schlimm, dass ich mich wirklich frage, ob es das wert ist. Viel schlimmer als die Operation. Sie wissen also darüber Bescheid?«

»Ja, ich hatte vor Jahren Brustkrebs. Ich hatte schreckliche Angst. Innerlich bleibt ein grauenhaftes Angstgefühl zurück, nicht wahr? Als ob nichts mehr von Dauer wäre, als ob alles einem ganz leicht entgleiten könnte. Aber halten Sie durch, am Ende wird alles gut.« Grandmama merkte, dass Caroline ein verblüfftes Gesicht machte. Sie beugte sich zu ihr hinüber und tätschelte ihr das Knie. »Ich weiß, dass mich die Leute für eine arrogante alte Ziege halten, aber ich habe auch meine verständnisvollen Seiten, wissen Sie. Krebs lässt sich nicht achselzuckend abtun wie eine Blinddarmentzündung, er bleibt im Bewusstsein, macht Sie ängstlich und vorsichtig bei allem, was Sie tun, auch wenn Ihnen die Ärzte grünes Licht gegeben haben. Das Entscheidende ist, sich wieder dem Leben zu stellen, den Krebs hinter sich zu lassen und positiv zu denken, das ist die einzige Möglichkeit.«

»Ich muss im Dezember wieder hin, hoffentlich können die Ärzte mir dann etwas Positives sagen, auf dem ich aufbauen kann. Drücken Sie mir die Daumen ...«

»Soweit ich das beurteilen kann, bekommen Sie eine gesündere Farbe. Ich glaube, Sie werden es gut überstehen.«

»Danke. Es war ein furchtbarer Schock für uns. Und wie geht es Georgie?«

»Mittelprächtig. Nachdem sie jahrelang so viel gearbeitet hat, erträgt sie das Nichtstun nur schwer. Gestern wäre sie sogar beinahe in die Bar gegangen, um Bryn zu helfen, so unruhig war sie. Sie hat Schuldgefühle, wissen Sie.«

»Natürlich, das war lange Zeit ihr Leben. Sind die vier einer Lösung näher gekommen?«

Grandmama schüttelte den Kopf. »Nein. Zu seiner Ehre

muss ich sagen, dass Dicky sich nicht hat blicken lassen. Ich würde ihn sowieso nicht ins Haus lassen, das wäre ein Wortbruch von ihm. Ich habe schon genug Ärger mit Jimbo, weil ich Georgie bei mir wohnen lasse. Aber jemand musste sie aufnehmen, und Sie hätten es nicht tun können, oder?«

»Leider nein. Damit hätten wir eindeutig Partei ergriffen.«

Grandmama stand auf. »Ich will Sie nicht ermüden. Sie brauchen Ruhe, und die haben Sie nicht, wenn die beiden Kleinen nach Hause kommen.«

»Da haben Sie Recht. Aber ich liebe die Kinder so sehr.«

»Natürlich. Sie sind einfach bezaubernd. Sie haben großes Glück.«

Caroline sah Grandmama direkt in die Augen. »Ja, des haben wir.«

Grandmama senkte als erste den Blick. Wusste Caroline Bescheid über das Gerücht, das sie in die Welt gesetzt hatte? Sie wollte es nicht hoffen. »Dann auf Wiedersehen, meine Liebe, passen Sie gut auf sich auf. Ich finde selbst hinaus, bleiben Sie nur sitzen. Und vergessen Sie nicht, Peter das mit dem Brief auszurichten, ja?«

Sie machte die Pfarrhaustür hinter sich zu und ging zum Laden, um die frischen Brötchen zum Einfrieren abzuholen. Normalerweise hatte die Bäckerei um diese Zeit schon geliefert, und falls der Lieferwagen noch nicht da gewesen war, würde sie sich im Laden auf den Kundenstuhl setzen und bis zur Ankunft mit Harriet oder Jimbo plaudern.

»War noch nicht da, Mutter. Ich hab angerufen, es heißt, sie hätten einen neuen Fahrer, der sich in der Gegend nicht gut auskennt, er ist also unterwegs, aber sie wissen nicht, wann er kommt. Als er sich das letzte Mal gemeldet hat, war er grade dabei, die Tankstelle auf der anderen Seite der Umgehungsstraße zu beliefern, es sollte also nicht mehr lange dauern.«

»Ich setz mich hierher und trink einen Kaffee, wenn ich darf. Oh, da sind Sie ja, Bel. Wie ist denn die Lage bei Ihnen?«

Bel legte den Etikettierapparat weg, mit dem sie die Waren auszeichnete, und lächelte vorsichtig. »Bestens, danke. Einfach bestens.«

»Diese ganze Geschichte tut mir sehr Leid.«

»Mir auch.«

»Ja, natürlich. Und Dicky?«

»Hält die Ohren steif, Sie wissen schon.«

»Natürlich.«

»Und Georgie, wie geht's ihr?«

Grandmama war nicht wohl bei Bels Direktheit. Sie sagte: »Wie Sie schon sagten, hält die Ohren steif.«

»Dann mach ich mal weiter.«

»Ja, natürlich.« Jimbo hatte den Zucker vergessen, und Grandmama stand auf, um ihn sich zu holen, denn Jimbo war nach hinten verschwunden. Manchmal war es nützlich, im Laden zu sitzen, die Kunden zu beobachten und Linda und das andere Personal im Auge zu behalten. Man erfuhr eine Menge, wenn man sich ruhig verhielt und nur beobachtete und zuhörte.

Durch das Fenster sah sie den Lieferwagen kommen. Der Fahrer sprang heraus, machte die Hintertüren auf und lud eine große, grüne Bäckerkiste aus. Eine Kundin hielt ihm die Tür auf, und er kam mit sehr zerknirschter Miene herein.

»Bel! Der Bäcker ist da!«, rief Grandmama. Bel kam von den Regalen, wo sie beim Auffüllen Suppendosen ausgezeichnet hatte, herüber und machte Platz, damit der Fahrer die Kiste abstellen konnte.

»Tut mir Leid, dass ich zu spät komme, aber besser spät als nie; wenn ich die Strecke erst mal kenne, schaff ich's schneller ...« Er verstummte und starrte Bel verblüfft an. »So was! Bel Tutt, stimmt's? Ich hätte Sie überall erkannt. Ist es zu fassen? Wer hätte das gedacht. Ich hab nicht gewusst, dass Sie hierher gezogen sind. Was für 'ne erfreuliche Überraschung.«

Bel sah benommen aus. Sie legte das Bestellbuch weg und lief knallrot an. Dann tupfte sie sich die Oberlippe mit dem Taschentuch ab und sagte: »Na, so was, Sie sind's, Trevor. Lange nicht gesehen. Wie geht's Ihnen?«

»Wirklich sehr gut, seit ich diese Stelle habe. War fast ein halbes Jahr arbeitslos, bin froh, dass ich überhaupt Arbeit gekriegt hab. Und wie geht's Ihrem Bruder, Tricky Dicky? Eh? Meine Güte, es war immer so lustig mit Dicky im Prince Albert. Ich erzähl allen, dass ich Sie getroffen hab. Tschüs, Bel, bis morgen. Bisschen früher, hoff ich. Werd's schneller schaffen. Wir tratschen mal, wenn ich's nicht so eilig hab.«

Bel sah ihm nach, dann wanderte ihr Blick zu Grandmama, die aufgesprungen war. »Als er von Ihrem Bruder gesprochen hat, Dicky Tricky, haben Sie ihn nicht berichtigt.«

Jimbo kam hastig nach vorn. »Oh, großartig! Das Brot ist da. Wurde auch höchste Zeit. Ich pack's aus, Bel.« Jimbo war damit beschäftigt, die Kiste zu leeren, und merkte zum Glück nichts von der angespannten Lage direkt vor seiner Nase.

»Ich warte.«

Jimbo missverstand Grandmama. »Komm schon, liebe Mutter, bedien dich. Hier sind Tüten.«

Seine Mutter ignorierte ihn. »Also?«

Die Röte war aus Bels Gesicht gewichen, jetzt war es totenbleich. Sie tupfte sich wieder die Oberlippe ab und stammelte etwas, was Grandmama nicht verstand.

»Sprechen Sie lauter! Jimbo, hör zu, damit mir nicht wieder vorgeworfen wird, Gerüchte in die Welt zu setzen.«

Bel schaute Jimbo an. »Ich kann's hier nicht erklären, nicht im Laden.«

Jimbo schaute von der Kiste auf und fragte: »Was erklären?«

»Ich warte immer noch auf Ihre Erklärung. Warum geben Sie sich als Dickys Ehefrau aus? Dieser Mann behauptet, Sie wären Dickys Schwester.«

»Das geht Sie nichts an«, brach es verzweifelt aus Bel heraus. »Geht Sie überhaupt nichts an. Privatsache.«

»Nein, ist es nicht. Jetzt nicht mehr. Er hat es eben im ganzen Laden herumtrompetet. Mein Sohn hat ein Recht, es zu erfahren.«

»Jetzt hör mal, Mutter …«

»Nein, nichts da mit hör mal. Hier wird etwas gespielt, worüber wir alle Bescheid wissen sollten. Ich will die Wahrheit hören.«

»Aber ich sag Ihnen nichts, Sie wichtigtuerische alte Schachtel. Seit Sie hier im Dorf sind, haben Sie mehr Schaden angerichtet als wir anderen alle zusammen.« Bel floh nach hinten und kam kurz darauf mit ihrem Mantel und ihren Schlüsseln wieder. »Muss in die Schule. Tut mir Leid.«

Als die Tür zuschlug, sagte Grandmama: »Ich hab dir doch gesagt, dass hier was nicht stimmt. Der Nähmaschinenmechaniker war schon so merkwürdig, als ich Bels Namen erwähnt habe. Ich hab's geahnt. Ich hätte nachhaken müssen, aber du hast mich davon abgehalten.« Sie ging schnell im Laden auf und ab. »Ich hatte also Recht.«

»Um Himmels willen, Mutter, du fängst ja schon wieder an. Wie oft denn noch? Der Mann muss sich irren.«

»Sie hat es nicht abgestritten, oder? O nein! Leg mir meine Brötchen zurück. Ich bin gleich wieder da.«

Sie verließ eilig den Laden und ging zum Pfarrhaus. Als sie in die Church Lane einbog, schaute sie rechts und links, ob auch kein Auto kam. Dabei fiel ihr Blick auf die Glebe Cottages, und der Gedanke traf sie wie ein Vorschlaghammer. O Gott! Nur das nicht! Das durfte nicht wahr sein! Das bestätigte ihren Verdacht. Natürlich! In diesen Cottages gab es nur ein Schlafzimmer. Das war eindeutig. Dicky und Bel mussten ein Liebespaar sein ... aber das war doch nicht möglich ... oder? Aber das war ... ja, das war ... Inzest ... sie begingen Inzest! Eines stand jedenfalls fest, dieser Brief durfte auf keinen Fall zerrissen werden, denn jetzt war ihr jedes Wort darin ernst, und sie musste die anderen wieder dazu bringen, es sich noch einmal anders zu überlegen, und wenn es ihr Tod war. Jemand musste den Ruf des Dorfes schützen und dafür sorgen, dass es sich hier gut leben ließ. Wenn dieses Los auf sie gefallen war, ließ sich das nicht ändern.

Peters Auto stand vor dem Haus, der Moment hätte also günstiger nicht sein können. Sie hämmerte außer Atem gegen die Pfarrhaustür.

Sylvia kam an die Tür. »Guten Tag, Mrs. Charter-Plackett.«

Statt ihr wie üblich sorgfältig artikuliert zu antworten, stammelte und stotterte Grandmama. »D... der Pf... pf... pfarrer, ist er da, ja?«

»Er ist da, aber er isst zeitig zu Mittag. Hat es nicht Zeit?«

»Z... z... zeit. Nein, hat es nicht. S... s... sagen Sie ihm, dass ich hier bin. Es ist d... d... dringend.«

»Dann kommen Sie rein. Warten Sie hier.« Sylvia ging in die Küche, wo Caroline und Peter zu Mittag aßen. Peter schaute auf. »Herr Pfarrer, Mrs. Charter-Pl...«

»Ich bin's, Herr Pfarrer.« Grandmama stand in der Tür. Peter erhob sich.

»Es muss dringend sein, wenn Sie ...«

»Es ist dringend. In Ihrem Arbeitszimmer, wenn ich bitten darf.«

»Wollen Sie nicht mit uns Kaffee trinken? Könnten Sie bitte noch eine Tasse bringen, Sylvia?«

Grandmama wedelte ungeduldig mit der Hand. »Nein, dazu haben wir keine Zeit. Haben Sie den Brief zerrissen, den ich geschickt habe?«

»Die Bittschrift?«

Grandmama nickte.

»Nein, noch nicht.«

»Gut, zerreißen Sie ihn nicht. Es ist viel schlimmer, als wir geglaubt haben.«

Peter zog die Augenbrauen hoch. »Tatsächlich?«

»O ja. Ich habe eben herausgefunden, dass Dicky und Bel Bruder und Schwester sind, und in den Glebe Cottages gibt es nur ein Schlafzimmer. Da merkt doch der Dümmste, wo der Hund begraben ist. Deshalb die Sache mit den Eheringen. Alles Tarnung. Ich hab gewusst, dass da was faul ist. Ich hab's gewusst.« Sie schlug sich mit der Faust in die Handfläche und sah die drei triumphierend an.

Alle waren zunächst schockiert, dann ungläubig und schließlich voller Verachtung. Peter fand als Erster die Stimme wieder. »Kommen Sie bitte mit ins Arbeitszimmer.« Er ging voraus, und Sylvia und Caroline blieben zurück und schauten sich an.

Sylvia lachte kurz heiser auf und murmelte: »Nicht zu fassen, jetzt wird sie senil.«

»Senil? Sie gehört in eine geschlossene Anstalt. Wie grauenhaft, so etwas über jemanden zu sagen. Kann das denn wahr sein?«

»Nein.«

»Natürlich, es kann nicht wahr sein. Doch nicht Dicky und Bel. Das ist lachhaft. Genauer gesagt, ekelhaft. Ich hoffe bloß, dass Peter ihr gehörig die Meinung sagt. Jimbo und Harriet werden außer sich sein. Sie kann so scharfsinnig und aufmerksam sein, aber ihre andere Seite ... Das geht weit über mein Begriffsvermögen hinaus. Ich fasse es einfach nicht, dass sie immer zur richtigen Zeit am richtigen Ort zu sein scheint und vor allen anderen den ganzen Tratsch mitbekommt.« Sylvia warf ihr einen fragenden Blick zu, sie befürchtete, dahinter stecke mehr, als es den Anschein hatte, aber Caroline fuhr fort: »Ich räume ab. Während ich darauf warte, die ganze Geschichte zu hören, kann ich mich wenigstens nützlich machen.«

»Kommt überhaupt nicht in Frage. Sie legen sich hin. Sie hatten gestern einen grauenhaften Tag mit der Chemo, da haben Sie sich Ruhe verdient.«

»Sylvia! Sie verhätscheln mich.«

»Nein. Ab mit Ihnen.«

»Gut. Aber ich leg mich nicht hin. Ich setz mich vor den Fernseher.«

»Okay. Aber legen Sie die Füße hoch. Dieses verflixte Weib. Wo kriegt sie bloß diese irren Ideen her?«

Nachdem Caroline eine Viertelstunde lang ferngesehen hatte, hörte sie, dass Peter die Haustür öffnete. Obwohl er versuchte, leise zu sprechen, bekam Caroline zwangsläufig mit, dass er sagte: »Kein Wort, bis ich das nachgeprüft habe. Merken Sie sich das! Nicht mal zu Georgie. *Kein einziges Wort.*«

Caroline hörte Grandmama in einem eingeschüchterten Ton antworten: »Ja, gut.«

»Versprochen?«

»Versprochen.«

»Dann auf Wiedersehen. Ich melde mich bei Ihnen.«

Caroline hörte, dass er die Haustür zumachte, und drehte sich um, weil sie erwartete, dass er ins Wohnzimmer kam, doch er kam nicht. Dann hörte sie, dass er die Arbeitszimmertür zumachte. Dann war es eine ernste Sache. Wenn er die Arbeitszimmertür so hinter sich zumachte, wagte niemand, nicht einmal sie, ihn zu stören, wenn nicht gerade das Haus in Flammen stand. Dann musste es Gründe für Grandmamas Behauptungen geben. Falls es wahr war, mochte der Himmel Peter beistehen. Und auch dem Dorf, falls es wahr war.

»Noch Vanillesauce, Liebling? Es ist noch jede Menge da. Ich bin mir sicher, dass du nicht genug isst, ich finde, du solltest noch mehr zunehmen.«

»Nein, danke. Du weißt ganz genau, dass ich seit der OP drei Kilo zugenommen habe. Wenn ich so weitermache, werde ich so dick wie Bel Tutt.«

Peter ging nicht darauf ein, obwohl sie es gehofft hatte. Er hatte kein Wort über Grandmama gesagt, seit er die Tür hinter ihr zugeschlagen hatte. Caroline platzte vor Neugier, und normalerweise erzählte er ihr alles, aber manchmal ging er zu wie eine Auster, und sie wusste, dass sie ihn nicht drängen durfte. Schließlich war es bei ihr mit ihren Patienten genauso. Vertraulichkeit und so weiter. Sie seufzte.

»Du bist übermüdet, das merke ich.«

»Peter! Hör auf, mich in Watte zu packen! Ich weiß selbst, wann ich müde bin. Und ich bin es nicht. Ich bin einfach ungeduldig, weil ich wissen will, was heute Nachmittag los war.«

»Ich darf nicht ...«

»Ich weiß, dass du nicht darfst, aber ich platze trotzdem vor Neugier.«

»Mit ist klar, dass wir uns einen gemütlichen Abend zu zweit zu Hause machen wollten, aber leider kommt Dicky heute Abend, es ist ziemlich wichtig. Wir haben uns um acht verabredet.«

Caroline schaute auf die Armbanduhr. »Dann ist er in fünf Minuten hier.«

»Himmel, ich hab gar nicht gemerkt, wie die Zeit gerast ist. Kommst du mit dem Abwasch zurecht?«

»Natürlich. Möchtest du Tee oder sonst was?«

»Ich glaube, der Gemeindewhisky wäre angebrachter.«

»Okay. Ich bin im Wohnzimmer, falls du ... Es klingelt an der Haustür.«

»Hilfe! Gibt es überhaupt eine richtige Methode, sich so einem Thema zu nähern?«

»Ich zweifle nicht daran, dass der Herr dir die Antwort eingeben wird.«

Als er und Dicky im Arbeitszimmer saßen, sagte Peter: »Ich habe Sie heute Abend hergebeten, weil es heute Morgen zu diesem Vorfall gekommen ist. Bel hat Ihnen sicher gesagt, dass der neue Bäckereifahrer jemand ist, den Sie vor Ihrem Umzug hierher gekannt haben. Und zweifellos wissen Sie, was er gesagt hat. Unglücklicherweise hat der ganze Laden es mitbekommen.«

Dicky antwortete nicht.

»Kommen Sie, Dicky, ich gebe mir große Mühe, nicht die Geduld zu verlieren. Am letzten Wochenende musste ich Ihnen bei einem Mordversuch beistehen. Jetzt geht es um sehr schwerwiegende Unterstellungen. Wenn ich Sie unterstützen soll, müssen Sie mir antworten.«

Dicky sagte immer noch nichts.

»Bitte.«

»Es ist eine lange Geschichte.«

»Dann fangen wir an.«

Dicky stützte den Ellbogen auf die Sessellehne und fing an zu sprechen, ohne Peter anzusehen. Seine Stimme war längst nicht so fröhlich wie sonst. Sie war leise und sehr nachdenklich, und er wählte die Worte mit großem Bedacht. Peter wappnete sich gegen das, was ihn erwartete.

»Dieser Typ, Trevor, hat Recht. Bel ist meine Schwester. Ich rede nicht drumrum. Sie ist elf Monate älter als ich, deshalb sind wir zusammen aufgewachsen wie Zwillinge. Sie kann sich an keine Zeit erinnern, in der ich nicht da war. An unsere Eltern haben wir überhaupt keine Erinnerung, denn wie uns erzählt worden ist, hat jemand, vielleicht unsere Mutter, uns, als Bel gerade zwei und ich ein Jahr alt war, in einem Zwillingssportwagen vor einer Arztpraxis abgestellt und ist weggegangen. Seitdem ist sie spurlos aus unserem Leben verschwunden. Warum sie uns dort abgestellt hat, werde ich nie erfahren. Aus Verzweiflung, nehme ich an, jedenfalls hoffen Bel und ich, dass sie es aus Verzweiflung getan hat und nicht, weil ... nicht, weil sie uns nicht geliebt hat. Sie haben Bel und mich nach den beiden Ärzten genannt, die an jenem Morgen Dienst hatten, und wir haben den Namen Tutt bekommen, weil die Praxis in einem Vorort namens Tutt End lag. So hat es angefangen, erst in einem Heim und dann bei Pflegeeltern. Wir haben uns unser Leben lang umeinander gekümmert. Es gibt kein stärkeres Band als das zwischen Kindern, die ihre Eltern nicht gekannt haben. Die halten zusammen wie Pech und Schwefel. Man hat ja nur den anderen, wissen Sie. Jeder ist für den anderen Mutter, Vater, Schwester, Bruder, Tante, Onkel, Großmutter und Großvater. Sonst steht einem niemand bei.«

Dicky verschränkte die Finger und schaute zu Peter auf. »Sehen Sie, was ich meine? Wie meine Finger. So eng. Einmal war die Rede davon, uns zu trennen, Bel sollte adoptiert werden und ich zu neuen Pflegeeltern, aber wir sind weggelaufen und haben zwei elende Nächte in einem Schuppen verbracht, bis sie uns gefunden haben. Bel hat so viel geschrieen und geweint und so schlimme Dinge getan, dass sie beschlossen haben, sie taugt nicht für eine Adoption, also sind wir zusammen in eine andere Pflegefamilie gekommen. Es ist die Hölle, wenn man keine Wurzeln hat. Nicht zu wissen, wer oder was man ist. Zu leben wie auf Wanderdünen. Wenn man noch klein ist, mustert man die Gesichter der Menschen auf der Straße, nur für den Fall, dass man einen Blick auf jemanden erhascht, der einem ähnlich sieht, und vielleicht ist das dann die Mutter oder der Vater, auf die man jahrelang gewartet hat. Blöd, nicht? Jetzt tun wir das natürlich nicht mehr. Als wir sechzehn waren, habe ich die Stelle in der Fabrik bekommen, in der ich jetzt noch arbeite, und Bel ist Dienstmädchen geworden, hat aber nicht bei ihren Arbeitgebern übernachtet, und wir hatten eine winzige Zweizimmerwohnung, und die war unser Zuhause. Unser Zuhause in Großbuchstaben. Das erste richtige Zuhause, das wir je hatten. Wir konnten sagen, es sei unseres. Wir haben selbst über unser Leben bestimmt, haben gegessen, was wir wollten, wir sind ausgegangen, wenn wir es wollten, und waren niemandem Rechenschaft schuldig.«

»Whisky, Dicky?«

»Ich rühr die harten Sachen nicht an, Herr Pfarrer, danke.«

»Gut. Reden Sie weiter, ich höre zu.«

»Vor etwa drei Jahren hat Bel diesen Kerl kennen gelernt. Mir kam das vor wie ein gigantisches Erdbeben, es fühlte sich an, als ob meine ganze Welt einstürzt. Es hatte immer nur uns beide gegeben, immer noch in derselben Wohnung, in all den Jahren, und da war dieser Eindringling, der uns den Boden unter den Füßen wegriss. Bel zuliebe durfte ich nichts sagen, denn ich merkte, dass sie in ihn verknallt war, und ich habe gedacht, ich habe nur Vorurteile gegen ihn, weil ich meine Bel nicht verlieren will. Und es hätte durchaus so sein können, denn ich liebte sie, sie war mein Anker in den Stürmen des Lebens, wie in dem Choral. Ich werde sie immer lieben, es ist nicht schwer, Bel zu lieben.«

Er schaute zu Peter auf, konnte nicht weitersprechen, dann räusperte er sich und fuhr fort: »Sie ist ein Juwel. Sie kennt mich in- und auswendig. Jede Bewegung. Ich habe keine Geheimnisse vor Bel. Jedenfalls hat der Kerl gesagt, er hat eine Wohnung für sie beide, und er hat darauf bestanden, dass sie heiraten. Bel hat mich gefragt, was ich davon halte, und was konnte ich da schon sagen? Ich konnte ihrem Glück nicht im Weg stehen, ebenso wenig wie sie jetzt meinem Glück im Weg stehen will. Selbstsüchtige Liebe ist keine wahre Liebe, oder?«

Peter schüttelte den Kopf. »Nein.«

»Also haben sie geheiratet. Es war ein armseliges Fest, er hat gesagt, er hat keine Angehörigen, und wir hatten sowieso keine, also kamen bloß Freunde, und wir haben im Prince Albert ein bisschen gefeiert. Ich glaube, sie waren noch keine drei Monate verheiratet, als mir der Verdacht kam, dass etwas nicht stimmt. Sie wohnten in der Wohnung des Kerls, und ich steckte ganz schön in der Klemme, weil ich die Miete für unser Zuhause allein aufbringen musste. Deshalb hat Bel mich oft zu ihnen zum Essen eingeladen, um mir unter die Arme zu greifen. Hat mir die Wäsche gemacht und so. Eines Abends bin ich unangemeldet vorbeigekommen, hab mich einsam gefühlt, stellen Sie sich das vor, ich, Dicky Tutt, habe mich einsam gefühlt! Lachhaft, nicht wahr? Schon bevor ich an der Tür geklopft habe, war das Gebrüll zu hören. Sie haben das Klopfen nicht gehört, also bin ich einfach hineingegangen, und er hat sie verprügelt wie ein Verrückter. Sie war damals mager, wie ich, und er hat sie furchtbar zugerichtet. Er war ein kräftiger Kerl, und ich konnte ihn nicht daran hindern. Ein Nachbar hat die Polizei gerufen, und der Kerl wurde festgenommen.«

Dicky rang immerzu die Hände und schluckte mehrmals schwer. »Entschuldigen Sie, ich kann nicht vergessen, wie sie ausgesehen hat, als wir sie ins Krankenhaus gebracht haben. Ich habe immer wieder gesagt: ›Warum hast du mir nichts gesagt? Warum bloß nicht?‹

Um es kurz zu machen, sie kam zurück in unsere Wohnung, hat den Namen Tutt wieder angenommen, und das war's. Dann hat sie zugenommen, hat pausenlos gegessen, wissen Sie, als Trost oder so, nehm ich an. Ich hab's nicht übers Herz gebracht, was dagegen zu sagen. Der Kerl fing damit an, Bel wieder zu besuchen, hat sie belästigt, wollte sie wiederhaben, hat sich für alles Mögliche entschuldigt, wissen Sie, der übliche

Quatsch. Dass er ihr nie wieder ein Haar krümmen würde, den ganzen Schwachsinn. Sie hat geglaubt, sie sollte vielleicht zu ihm zurückgehen, aber ich habe gesagt, nein, auf keinen Fall, der Kater lässt das Mausen nicht, und ich glaube, wir waren das erste Mal im Leben verschiedener Meinung. Es hat uns das Herz gebrochen, als wir gemerkt haben, was aus uns geworden war. Wir haben uns aneinander geklammert und uns die Augen ausgeweint. Da haben wir beschlossen, dass wir keinen anderen Menschen zwischen uns kommen lassen wollen, das war es einfach nicht wert. Das Ergebnis war, dass ich sie überredet habe, sich scheiden zu lassen, und wir haben beschlossen umzuziehen. Uns ein Haus zu kaufen. Etwas *Eigenes.* Wir haben die Verkaufsanzeige für Muriels, also Lady Templetons, Haus gesehen, und mit ein paar Änderungen und einem kleinen Preisnachlass haben wir dann ausgerechnet, dass wir es gemeinsam mit knapper Not schaffen würden, es zu kaufen. Konnten uns nichts Größeres leisten, wissen Sie, und in der abgelegenen Gegend konnten wir uns sicher fühlen. Wir haben uns auf den ersten Blick in das Dorf verliebt. Wir haben Hypotheken bis unters Dach, glauben Sie mir, es war sehr schwierig. Dann wurde die Dame, bei der Bel Haushälterin war, schwer krank, und Bel konnte nicht weg von ihr. Also bin ich hierhergezogen, und Bel hat im Haus der Dame gewohnt, bis sie gestorben ist. Uns war überhaupt nichts versprochen worden, aber wir hatten beide gehofft, dass uns die Dame in ihrem Testament etwas vermachen würde, nur ist Blut dicker als Wasser, wie Sie zweifellos wissen, wenn es um Testamente geht, und Bel hat nur die goldene Uhr und ein Armband von der Dame bekommen, das war alles.«

Peter nickte. »Ich weiß, das kommt sehr häufig vor, diejenigen, die die ganze Arbeit machen, bekommen nichts, und diejenigen, die im Jahr ein paarmal vorbeigeschaut haben, kriegen alles.«

»Genau. Sie kennen Bel, sie hat in den letzten Monaten, als die Dame noch lebte, rund um die Uhr gearbeitet, sie war die Güte in Person, aber es ist ihr nicht gedankt worden. Dann kam Bel hierher.

Jetzt wird es schwierig. Sie wissen, wie klein das Haus ist, Herr Pfarrer. Aber es gehört uns, das heißt, es wird uns gehören, wenn die Hypotheken abbezahlt sind, unser Eigentum, ganz und gar, niemand kann es uns dann nehmen. Jetzt kommen wir also dazu, dass die Leute glauben, wir schlafen in einem Zimmer. Gott ist mein Zeuge, und ich sage das nicht leichtfertig, wie Sie wissen, Bel und ich schlafen nicht im selben Bett, wie alle denken. Wir teilen uns den Schrank, weil wir sonst nirgends Kleidung aufhängen können, aber ich schlafe auf dem Ausziehsofa im Erdgeschoss, und Bel hat das Schlafzimmer für sich.«

Peter dankte ihm für seine Offenheit.

Dicky holte tief Luft. »Wir sind nicht, und ich wiederhole das, wir sind nicht ... das heißt ... wir leben nicht ... wie Mann und Frau. Wir wahren den Anstand. Wir teilen uns den Schrank, wie ich gesagt hab, deshalb hole ich meine Sachen aus dem Schlafzimmer, aber ich schlafe nicht dort. Trotzdem, etwas bleibt immer hängen, wenn Sie also wollen, dass ich zurücktrete, dann tu ich's, aber ich lasse nicht zu, dass Bels Leben wegen dieser Sache ruiniert wird. Ich lasse das schlicht und einfach nicht zu. Lieber verkaufe ich das Haus und ziehe woandershin.«

»Ich verstehe.«

»Dieser beschissene Trevor, ich könnte ihn umbringen. Taucht einfach so auf, wo wir doch geglaubt haben, wir wären in Sicherheit. Das ist nicht fair, das ist einfach nicht fair.«

»Aber Sie haben alle in dem Glauben gelassen, Sie seien verheiratet.«

»Was hätten wir denn sonst machen sollen? Aber wir haben

nie gelogen, wir haben nur zugelassen, dass alle davon ausgehen, wir seien verheiratet. Wir haben nie gelogen. Einfach nie darüber gesprochen. Die hätten uns doch im Handumdrehen verjagt, wenn wir die Wahrheit gesagt hätten. Gestern Abend haben wir darüber gesprochen, und wir waren beide der Meinung, wir hätten ehrlicher und offener sein sollen, aber wir waren es nicht, weil wir Angst davor hatten, was die Leute denken würden. Unsere Unehrlichkeit hat uns das alles eingebrockt. Und jetzt gibt es Georgie. Meine liebste Georgie. Und da ist Bel, so lieb, so verständnisvoll und so rücksichtsvoll. Ich habe sie nicht verdient. Wirklich nicht.«

Peter sah den Kummer in seinem Blick. Dicky nahm sein Taschentuch heraus und putzte sich die Nase.

»Mehr gibt es nicht zu sagen. Außer dass ich Bel liebe und ihr nicht wehtun will und dass ich Georgie liebe und sie heiraten will, wenn es Bel nicht zu sehr verletzt, aber es wird sie verletzen, sie wird's sich bloß nicht anmerken lassen. Ich liebe dieses Dorf, wissen Sie das? Ich bin noch nicht lange hier, aber ich liebe es, trotz der ganzen Tratscherei und der alten Fehden liebe ich es, weil es ein Stück vom alten England ist, und das spricht mich an. Aber« – Dicky seufzte und schüttelte den Kopf – »ich sollte lieber das Haus zum Verkauf anbieten und mich von meinen Träumen, meinem Glück und meinen Pfadfindern verabschieden, es zum Teufel gehen lassen, was ich liebe.«

Peter schüttelte den Kopf. »Das will ich nicht. Nein, das ist keine Lösung.«

»Es gibt keine andere. Wir müssen uns entwurzeln und ganz von vorn anfangen.« Dicky putzte sich wieder die Nase.

Mit festerer Stimme als seiner Verfassung entsprach, sagte Peter: »Besonders Leid tut mir Bryn. Im Grunde hat er nichts von dem Ganzen ausgelöst, aber er leidet auch.«

Dicky schaute zu ihm auf. »Ich weiß. Ich muss gestehen,

dass ich die ganze Zeit wegen Bryn ein schlechtes Gewissen gehabt habe, ein richtig schlechtes Gewissen. Ihm kann man nur vorwerfen, dass er Georgie vernachlässigt hat, und das kann man ziemlich vielen Ehemännern vorwerfen. Anfangs hat es mich zum Lachen gebracht, ihn zu reizen, aber nach einer Weile hab ich mich geschämt, bloß hab ich da Georgie schon so sehr geliebt, dass ich sie nicht mehr aufgeben wollte. Wenn er mir zuhören würde, würde ich mich bei ihm entschuldigen, aber da hab ich schlechte Karten. Er erträgt nicht mal meinen Anblick.«

»Es muss eine Lösung für das alles geben. Tun Sie im Augenblick nichts. Überhaupt nichts. Jetzt ist sozusagen die Katze aus dem Sack, alle wissen Bescheid, wir müssen etwas unternehmen, aber ich weiß nicht, was. Danke, dass Sie so offen waren. Das Dorf wird sehr heftig auf die Situation reagieren, und das ist auch verständlich, schließlich sieht es für diejenigen, die von den Tatsachen nichts wissen, nach Inzest aus, und das könnten weder die Leute im Dorf noch ich durchgehen lassen. Aber es handelt sich nicht um Inzest, und irgendwie müssen wir zeigen, dass alles im Lot ist. Ich will nicht schuld daran sein, dass Ihr Leben und das von Bel ruiniert werden. Sind Sie sich im Hinblick auf Ihre enge Beziehung zu Bel völlig sicher, dass in Ihrem Leben Platz für Georgie ist?«

Dicky dachte lange über diese Frage nach, so lange, dass Peter schon glaubte, er bekomme keine Antwort darauf, und dann sagte Dicky: »Doch, da bin ich mir sicher. Auf lange Sicht wäre es alles in allem besser für Bel und mich. Vielleicht könnten wir dann beide ein eigenes Leben führen, statt …« Er gestikulierte hilflos mit der Hand, fand keine Worte für die enge Beziehung zu Bel.

Peter nickte. »Gut, Dicky, dann gehen Sie nach Hause und stehen Sie Bel bei. Schließlich muss sie sich den Leuten stellen, Sie können sich im Büro verstecken, Bel kann das nicht.«

»Und die Pfadfinder? Soll ich morgen Abend wegbleiben? Die anderen kommen sicher einen Abend lang ohne mich zurecht.«

»Bleiben Sie weg. Halten Sie sich zurück. Das ist am besten.«

Dicky stand auf. »Jetzt hab ich genug von Ihrer Zeit in Anspruch genommen, Herr Pfarrer. Ich geh jetzt. Danke, dass Sie mir zugehört haben und so verständnisvoll waren.« Eine Spur von Dicky, wie Peter ihn kannte, stahl sich in sein Gesicht, und Dicky lächelte. »Wenn noch was passiert, kann ich das Haus nicht mehr verlassen. Im Pub hab ich Hausverbot. Ich steig nie wieder auf einen Kirchturm, ich kann nicht zum Pfadfindertreffen, da bleibt nicht mehr viel übrig.«

»Im Moment nicht, aber das kriegen wir schon wieder hin. Warten Sie's ab. Es gibt ja auch noch das Jug and Bottle in Penny Fawcett!«

Dicky grinste. »Natürlich.« Dann wurden seine Züge wieder hart und schmerzerfüllt, und er sagte: »Ich weiß keine Lösung, hoffe, Sie finden eine.«

»Ich werd mir große Mühe geben. Gute Nacht, Dicky.«

»Gute Nacht, Peter, und danke.«

»Sie können jederzeit herkommen, Sie und Bel, die Tür steht Ihnen immer offen.«

Dicky stand auf der Straße. Das Außenlicht schien ihm direkt ins Gesicht. Er schaute Peter an und sagte: »Gott segne den Tag, an dem Sie hergekommen sind. Ich glaube, niemand sonst hätte meine Geschichte so verständnisvoll aufgenommen. Sie sind eine Riesenausnahme. Gute Nacht, und danke, aus tiefstem Herzen.«

Peter quittierte das mit einem Nicken und machte dann die Tür zu. Er fand Caroline vor dem Fernseher. Sie schaltete ihn mit der Fernbedienung aus, sobald Peter ins Zimmer trat. Peter sagte nichts, er sah sie nicht einmal an, sondern ließ sich in einen Sessel fallen und rieb sich die Stirn, als helfe ihm das dabei, einen klaren Kopf zu bekommen.

Sie stand auf und fragte: »Tee?«

Ohne sie anzuschauen, sagte er: »In meinem Leben als Priester bin ich mit einer Menge schwieriger Probleme konfrontiert worden, aber ich glaube, das jetzige übertrifft alles, was ich je anpacken musste.«

»Also Tee.«

18. Kapitel

Am nächsten Morgen, einem Freitag, stand für die Kinder der Schülergottesdienst auf dem Programm. Normalerweise waren alle Mütter verschwunden, wenn die Einträge ins Klassenbuch erledigt waren und die Kinder sich zum Kirchgang versammelt hatten, doch an diesem Freitagmorgen stand noch eine stattliche Gruppe am Tor und unterhielt sich.

Kate Pascoe, am Kopf der Zweierreihen, rief: »Entschuldigung, die Damen, könnten wir bitte vorbei?« Die Mütter schoben die Kinderwagen aus dem Weg und machten Platz, damit der Zug das Tor passieren konnte.

Eine Mutter fragte, als Kate an ihr vorbeikam, leise: »Könnte ich Sie gegen Mittag sprechen?«

Kate nickte. »Um eins in meinem Büro?«

»Danke.«

Kate wusste genau, worum es ging, und sie wusste nicht, was sie tun sollte. Als der Schülergottesdienst aus war, bat sie Hetty Hardaker und Margaret Booth, die Kinder zurückzubringen, sie komme gleich nach, müsse nur kurz mit Peter sprechen.

»Sagen Sie den Leuten, Sie hätten nicht den geringsten Grund, Bel zu kündigen. Ich gehe doch davon aus, dass Sie keinen haben?«

Kate schüttelte den Kopf. »Überhaupt keinen. Sie leistet so

gute Arbeit wie Pat, wenn nicht noch bessere. Es gibt keinen Grund, sie zu entlassen. Sie hat gar nichts falsch gemacht, sie hat Geduld mit den Kindern, alles ist makellos sauber, sie ist freundlich zu den Lehrerinnen. Es gibt nichts an ihr auszusetzen.«

»Das habe ich mir gedacht. Sagen Sie den Müttern, dass Sie Bel nicht entlassen und dass sie weiter in der Schule arbeitet, bis Sie eine andere Weisung bekommen. Bleiben Sie ruhig, aber entschieden, und lassen Sie sich nicht in eine Diskussion darüber verwickeln, dies sei eine Frage der Moral. Was mich angeht, tun Bel und Dicky nichts Unrechtes. Ich weiß es von Dicky selbst, und ich glaube ihm.«

»Danke. Das ist beruhigend.«

»Ich darf keine Einzelheiten erwähnen, das Ganze ist streng vertraulich, aber ich kann Ihnen versichern, dass alles im grünen Bereich ist.«

»Danke. Wunderschöner Gottesdienst. Hat mir viel gegeben. Tschüs!«

Mit einem halben Auge auf der Uhr, damit sie zu dem Termin mit der Sprecherin der Mütter nicht zu spät kam, ging Kate gegen Mittag in den Laden, um eine tiefgekühlte Gemüselasagne zu kaufen. Sie brauchte etwas Schnelles zum Abendessen, denn sie wollte nach der Schule nach Culworth und hatte keine Zeit, für sich zu kochen.

»Hallo, Jimbo! Wie geht's denn so?«

»Nicht gerade berauschend.« Er ließ die Mundwinkel hängen und wirkte unzufrieden mit sich.

»Sie haben wohl dasselbe Problem wie ich?«

Jimbo fragte, ob Bel ihr Problem sei.

»Ja. Ich glaube, meine Mütter sind auf dem Kriegspfad. Aber ich lasse mich von denen nicht einschüchtern. Peter hat mir versichert, dass zwischen Bel und Dicky alles im grünen Bereich ist. In solchen Dingen sind meine Mütter ein sensationslüsterner Haufen. Für ein bisschen Nervenkitzel tun sie alles.«

»Ich habe jede Menge Mitgefühl mit Bel, aber ich lasse nicht zu, dass mein Geschäft darunter leidet. Schon unter den besten Bedingungen ist es schwierig, Dorfläden rentabel zu führen, möglicherweise muss ich meinen Geschäftssinn also über mein Mitgefühl mit Bel stellen.«

»Und was wollen Sie tun?«

»Wir haben uns darauf geeinigt, dass sie abends, wenn wir geschlossen haben, die Regale auffüllt, nicht morgens. Aber auch dann kann ich sie nicht ohne Kundenkontakt mit der vollen Stundenzahl beschäftigen, ich brauche sie an der Kasse, wenn's eng wird.«

Kate bezahlte die Lasagne und ging mit einem kampfeslustigen Glitzern in den Augen zur Schule zurück.

Peter bemühte sich, die Kampflust in seinem Blick zu unterdrücken, als Grandmama auf seine Bitte hin in sein Arbeitszimmer kam. Er war bereit gewesen, sie in ihrem Cottage zu besuchen, dachte dann aber, er ergreife lieber die Initiative, indem er sie zu sich bestelle. »Vielleicht nimmt es ihr ja den Wind aus den Segeln, wenn sie sich nicht auf heimischem Terrain bewegt«, hatte er zu Caroline gesagt.

»Da bin ich ganz deiner Meinung. Das Schwierige an dieser Situation ist, dass Grandmama oberflächlich betrachtet vollkommen Recht hat. Inzest darf man einfach nicht durchgehen lassen, er ist schlicht amoralisch, ganz zu schweigen davon, dass er strafbar ist. Aber es ist kein Inzest, es sieht bloß danach aus.«

Peter ächzte. »Offenbar hat dir dein gesunder Menschenverstand keine Lösung eingegeben. Ich habe das Gefühl, eine große Dosis davon könnte jetzt sehr hilfreich sein.«

»Leider nicht. Entschuldige. Du musst improvisieren.«

Grandmama saß stocksteif im Sessel. Peter setzte sich ihr gegenüber seitlich an den Schreibtisch. Wie alt sie auch sein mochte, sie war bemerkenswert elegant und bewahrte sich ein jugendliches Aussehen. Sie strahlte eine solche Vitalität aus, dass Peter in Gefahr war, von ihr überfahren zu werden. Er würde sich jedoch von dieser übermächtig wirkenden Person nicht einschüchtern lassen, er war entschlossen, die Oberhand zu behalten.

»Mrs. Charter-Plackett, danke, dass Sie sich die Zeit genommen haben, mich zu besuchen. Ich habe versprochen, wieder mit Ihnen Kontakt aufzunehmen, und ich tue es in dieser Form.«

Sie nickte. »Gern geschehen, Peter. Ich möchte, dass diese Sache bereinigt wird. Das Dorf wird die Situation nicht mehr dulden. Alle wissen Bescheid, nicht durch mich, sondern weil noch andere Leute im Laden waren, als der Bäckereifahrer es ausgeplaudert hat. Sie empfinden es alle als widerlich, total widerlich, und sie wollen die beiden loswerden. Die Pfadfinder und die Schule leiden darunter.«

Peter lehnte sich im Stuhl zurück. »Möchten Sie Kaffee?«

»Sehr gern. Danke.«

Sie plauderten über das Wetter, über die Pläne für Weihnachten, über alles Mögliche, nur nicht über das eigentliche Thema. Sylvia brachte den Kaffee herein, und Peter fiel auf, dass Grandmamas Tasse unsanfter abgestellt wurde, als ihm lieb war. Er fing Sylvias Blick auf, als sie ihm seine Tasse reichte, und der Vorwurf in seiner Miene entging ihr nicht. Sylvia warf den Kopf zurück und marschierte hinaus. Als Peter kostete, merkte er, dass es nur Pulverkaffee war. Ein sicheres Anzeichen für Sylvias Missbilligung.

Er wartete, bis Grandmama ein paar Stärkungsschlucke getrunken hatte, und fing dann an. »Ich muss Ihnen eine Geschichte erzählen.« Als er erzählt hatte, welche Gründe dazu geführt hatten, dass Bel und Dicky in diese Lage geraten waren, war Grandmama den Tränen nahe. Sie suchte in der Handtasche nach einem Taschentuch und tupfte sich verstohlen die Augen ab.

»Sie sehen also, Mrs. Charter-Plackett, Dicky hat mir versichert, dass nichts Ungehöriges im Spiel ist. Er hat mir sein Wort gegeben, und ich glaube ihm. Die Allgemeinheit weiß das jedoch nicht. Außer Caroline, Ihnen und mir weiß es niemand. Ich habe Sie eingeweiht, weil Sie in den Fall verwickelt sind und weil ich weiß, ja, weil ich weiß, dass Sie mein Vertrauen nicht missbrauchen werden.« Peter machte eine Pause, trank den letzten Schluck Kaffee, stellte die Tasse ab und sah Grandmama direkt in die Augen. Sie schauten sich einen Moment lang an, und dann brach Peter das Schweigen und sagte das Allerletzte, was er hatte sagen wollen: »Ich möchte, dass Sie mir dabei helfen, eine Lösung zu finden.«

»Ich?«

»Ja, Sie. Es geht darum, die Situation zwischen Georgie, Bryn und Dicky zu klären, die natürlich eng mit der Situation zwischen Dicky und Bel zusammenhängt. Fällt Ihnen etwas dazu ein?«

»Nein. Im Moment nicht. Aber ich werde ernsthaft darüber nachdenken.«

»Ich gebe zu, dass ich völlig ratlos bin.«

»Das bin ich auch.«

»Hat Georgie Sie darüber aufgeklärt, was sie will?«

»Überhaupt nicht. Sie weiß es selbst nicht.«

Peter ließ zu, dass sich Schweigen ausbreitete. Grandmama sah in ihre Tasse und stellte zu ihrer Enttäuschung fest, dass sie den Kaffee ausgetrunken hatte. Sie sah Peter an und sagte: »Wir können nichts unternehmen, bis alle erklärt haben, was sie wollen. Will Georgie zurück zu Bryn? Will Georgie Dicky heiraten? Falls die beiden heiraten, was will dann Bel tun? Es klingt wie die Handlung einer Musicalkomödie.«

»Es ist weit davon entfernt.«

»Genau. Wer die Geschichte kennt, muss einfach Mitleid mit Dicky und Bel haben. Es ist bestimmt grauenhaft, wenn man aufwächst und weiß, dass man von der Mutter im Stich gelassen wurde, wer sie auch war und was auch immer sie für Gründe hatte. Kein Wunder, dass die beiden sich so viele Jahre lang aneinander geklammert haben. Die Armen. Wir brauchen alle jemanden, nicht wahr? Nicht zu fassen, dass eine Mutter so grausam sein kann.«

»Nein, nicht zu fassen. Hören Sie, ich möchte nicht noch mehr von Ihrer Zeit in Anspruch nehmen. Denken Sie darüber nach, und falls Ihnen etwas einfällt, lassen Sie es mich wissen, aber direkt, nicht durch einen Dritten.«

»Natürlich. Absolute Geheimhaltung.«

»Inzwischen denke ich ebenfalls nach.« Peter stand auf und lächelte Grandmama an.

Ihr Herz machte einen Sprung. Wenn sie das für ihn klären konnte, würde sie es tun. Wenn man Zeit hatte, war kein Problem unlösbar. »Natürlich. Diese ganze Affäre ist zum Teil meine Schuld. Ich bedaure, dass ich so ...«

Peter lächelte sie noch einmal an. »Irren ist menschlich.«

Grandmama lächelte dankbar zurück und sagte: »Gemeinsam sollten wir das klären können, schließlich sind wir ja beide nicht dumm, oder?«

»Bestimmt nicht.« Er führte sie hinaus und machte sich dann auf die Suche nach Caroline, die im Garten herumwerkelte.

»Caroline, du willst doch nicht etwa etwas ausgraben oder so?«

»Natürlich nicht, mach dir keine Sorgen.« Sie drehte sich

nach ihm um. »Meinst du, ich sollte die Päonien auf diese Seite umsetzen? Ich glaube, hier sähen sie wirkungsvoller aus, findest du nicht auch?«

Peter legte den Arm um ihre Taille und zog sie an sich. »Glücklich?«

Sie wandte sich ihm zu und legte die Arme um seinen Nacken. »Ich könnte nicht glücklicher sein.« Caroline küsste ihn. »Ich liebe dich.«

»Ich liebe dich. In deinem Garten bist du immer glücklich. Wie wär's mit einem Kurs in Gartenarchitektur als Anfang einer völlig neuen Karriere? Du kannst das sehr gut.«

»Wenn das stimmte, müsste ich dich nicht wegen der Päonien fragen.«

»Folge deinem Instinkt. Setz sie um. Ich grab sie für dich aus.«

»Peter! Manchmal bist du so leicht durchschaubar!«

»Ich weiß nicht, was du meinst.«

»Doch, du weißt es. Du machst dir Sorgen, dass ich es selbst versuche, deshalb bietest du sofort an, es für mich zu machen. Aber ich werd's nicht versuchen. Ich weiß, was ich mir zumuten darf.«

»Ich sollte mehr Vertrauen zu dir haben, was?«

»Ja. Und? Wie bist du mit ihr zurechtgekommen?«

»Ich bin ein schreckliches Risiko eingegangen.«

Caroline hörte sich an, was er zu sagen hatte, und meinte: »Besser du als ich.«

»Glaubst du, ich hab einen Fehler gemacht? Du hast gesagt, ich soll improvisieren.«

»Entweder wird alles bestens oder die Situation wird zehnmal schlimmer. Ein Risiko, wie du gesagt hast.«

»Ich hatte eigentlich gehofft, du wärst meiner Meinung. Sie ist der Typ, der so ein Problem lösen kann, weißt du. Grandmama ist nicht dumm, wie sie so richtig bemerkt hat.«

»Vielleicht könnten sie das Problem ganz allein lösen, wenn man sie in Ruhe ließe.«

»Sie stecken alle so tief drin, dass sie den Wald vor lauter Bäumen nicht sehen.«

»Ich hoffe mal, dass du auf das richtige Pferd gesetzt hast. Durchaus möglich, dass das Dorf trotz deiner Unterstützung was dagegen hat. Etwas Gutes hat es trotzdem, sie haben jede Menge Gesprächsstoff. Damit sind sie auf Wochen hinaus versorgt!«

Am Wochenende brodelte in der Bar der Klatsch über die vier. Vor allem über die Entdeckung, dass Dicky und Bel Geschwister waren. Leise wegen Bryn. Sie wollten seine Gefühle nicht verletzen, andererseits konnten sie sich ein so herrliches Klatschthema aber auch nicht entgehen lassen. Als unverzeihlich wurde die Tatsache angesehen, dass Dicky und Bel sie so lange getäuscht hatten. Warum hatte niemand mitgekriegt, was da gespielt worden war? Noch unglaublicher schien ihnen, dass der Pfarrer es offenbar durchgehen lassen wollte. Das konnten sie nicht begreifen, er nahm es doch sonst so genau und musste doch auch auf die Kirche Rücksicht nehmen.

Vera hatte Don auf einen Drink mitgeschleppt, weil Jimmy an Samstagabenden immer Taxi fuhr und Pat kaum noch in die Bar kam, seit sie mit Barry verheiratet war. Folglich hatte Vera, die keine Lust hatte, den Abend allein zu verbringen, Don dazu überredet, sie zu begleiten. »Wir bleiben nicht lange, es geht nur darum rauszukriegen, was sich so tut, das ist alles. Dann darfst du wieder vor deine Glotze.«

Zu Veras Freude waren Willie und Sylvia da und hatten Veras Lieblingstisch mit Beschlag belegt.

»Willie! Sylvia! Don holt eben die Getränke.«

»Wie geht's, Vera?«, fragte Willie.

»Bestens, einfach bestens. Sogar blendend. Hab wieder mehr Lohn gekriegt. Gott sei Dank.«

»Und warum?«

»Die anderen wollen keine Überstunden machen. Mir kann's nur recht sein. Mit Dons Geld, dem von unserem Rhett und meinem ist im Haushalt der Wrights geradezu der Wohlstand ausgebrochen.« Vera nickte in Bryns Richtung. »Er arbeitet also immer noch?«

»Er und Alan sind da, und du wirst Augen machen, wenn du die neue Aushilfe siehst.«

»Neue Aushilfe? Wer ist denn das?«

»Wart's nur ab«, murmelte Willie aus dem Mundwinkel. »Da kommt sie.«

Vera war überhaupt nicht gefasst auf die Erscheinung, die aus der Tür mit dem Schild *Privat* kam. Die Frau war so groß wie Bryn und hatte eine unnatürlich rote Haarmähne, die sich um ihr Gesicht herum lockte und ihr über den Rücken fiel. Man hätte sie nicht dick nennen können, aber sie war üppig. Von ihrem Oberkörper war mehr als genug zu sehen, der Rest steckte in einem funkelnden, glitzernden Oberteil, das bis zur Taille reichte und jedes Mal, wenn sie nach etwas außerhalb ihrer Reichweite griff, den gebräunten Bauch entblößte. Vera hatte schon etliche Teenager im Dorf in Miniröcken gesehen, aber der Rock, den diese Erscheinung trug, bedeckte gerade mal den Schlüpfer.

Vera war schockiert. »So was Widerliches hab ich mein Lebtag noch nicht gesehen. Georgie hätte die nie eingestellt. Nicht in tausend Jahren. Wo zum Geier kommt die denn her?«

»Aus Penny Fawcett.«

»Aus Penny Fawcett? Diesem Kaff für Scheintote? Lauter Tattergreise. Die bringt die Mäuler bestimmt ganz schön in Bewegung.«

Sylvia kicherte. »Nicht nur die Mäuler, glaub mir! Sie ist eine von Bertie Bradshaws Töchtern.«

»Nein! Doch nicht die, die vom Pfarrer erwischt wurde, als sie …« Vera senkte die Stimme und flüsterte Sylvia den Rest der Geschichte zu. Sie schloss: »Kann mich nicht erinnern, ob's Kenny oder Terry war.«

»Genau die.«

»Ist ja widerlich. Die wird Don von seinem Orangensaft ablenken.« Vera rutschte auf der Bank weiter, um Don Platz zu machen. »Behalt deine blöden Bemerkungen heut Abend bloß für dich, Don Wright, die Letzte hat genug Schaden angerichtet. Ich will nicht, dass du vom Kirchturm geworfen wirst, jedenfalls nicht, bevor ich mir deine Versicherungspolice angeschaut hab! Danke. Prost.« Vera führte das Glas zum Mund und trank durstig.

»Ich? Als ob ich so was machen würde!«

Vera, immer noch geschockt vom Anblick der neuen Barkellnerin, sagte: »Dann muss sie Elektra sein.«

»Passender Name für sie.« Das war einer von Dons seltenen Ausflügen in die Welt des Humors, und die anderen sahen ihn überrascht an.

Sylvia fand den Namen lachhaft. Sie fragte Vera, wie die anderen Töchter hießen.

»Kann mich nicht an alle erinnern, aber die Jüngste heißt Mercedes, das weiß ich. Schätz mal, dass ihre Mutter bei jeder Geburt 'nen Geistesblitz gehabt haben muss. Sie ist vor Jahren gestorben, bevor alle groß waren. Überlegt mal, bei fünf Mädchen wie Elektra ist es kein Wunder, dass sie jung gestorben ist, war die sicherste Methode, den Gören zu entkommen!«

Willie, der Elektra immer noch beäugte, erklärte, sie sei viel älter, als sie aussehe. »Schaut euch mal ihren Hals an, der verrät alles, genau wie ihre Hände. Ich wette, dass die ihre Fünfzig auf dem Buckel hat. Jammerschade, dass Jimmy nicht hier ist, der würde Stielaugen kriegen.«

Vera machte ts, ts. »Ich hab 'nen Rochus auf Bryn. Georgie hat hier immer für Stil gesorgt, nie ein unpassendes Wort, bei ihr hatte alles Klasse.«

Mit unbewegter Miene murmelte Don: »Die wird bald in seinem Bett liegen.« Er wartete, bis Bryn in seine Richtung schaute, dann rief er: »Hat ja nicht lange gedauert, bis Sie 'ne Wärmflasche gefunden haben, Bryn, mal bildlich gesprochen.«

Elektra antwortete, weil Bryn, der auf dem falschen Fuß erwischt worden war, nichts dazu einfiel. »Sie sind wohl neidisch? Nehm an, die Dörrpflaume da neben Ihnen ist Ihre Frau. Wetten, dass Sie vergessen haben, wie's geht.«

Don, dem diese kesse Antwort völlig den Wind aus den Segeln nahm, wusste nicht, wohin er schauen sollte.

Vera lief rot an, mit einem Stich ins Lila, quetschte sich von der Bank und baute sich vor Elektra auf. Weil Vera klein war, hatte sie Elektras Busenkerbe in Augenhöhe, und das machte es schwierig, Autorität in die Stimme zu legen.

»Sie sind eine Nutte. Das sind Sie, 'ne Nutte. Wagen Sie bloß nicht, so mit meinem Mann zu reden. Anständige Leute wollen so was wie Sie hier drin nicht haben, mit Ihren frechen Bemerkungen und Ihren schwarzen Spitzenhöschen.«

»Sie alte Kuh. Wetten, dass Sie keine schwarzen Spitzenhöschen tragen, Ihre Schlüpfer sind aus rosa Interlock, haben lange Beine und Elasthan drin. Sexy, das muss ich schon sagen. Kein Wunder, dass Ihr Mann da neidisch ist.« Sie zog an dem knappen Glitzeroberteil und zeigte noch mehr von dem, was sie hatte.

Vera, der nach diesem weiteren Beweis dafür, dass Elektra nicht ins Royal Oak passte, keine schlagfertige Antwort einfiel, griff nach ihrem Glas Lager, das noch halb voll war, goss es Elektra über den Busen, knallte das leere Glas auf den nächsten Tisch und sagte: »Don, wir gehen.« Als sie auf dem Weg an der Bar vorbeikamen, sagte Vera: »Jetzt schauen Sie sich an, wozu Sie mich mit Ihrem vorlauten Gerede gebracht haben.« Don und Vera rauschten im Triumph ab.

Elektra jaulte, zupfte an ihrem Oberteil herum, während ihr das Lager in den Ausschnitt, über den Bauch, über den Kunstlederrock und von dort zu Boden tropfte. Bryn kam, mit einem Geschirrtuch bewaffnet, hinter der Theke hervor und tupfte an Elektras Vorderseite herum.

Tumult folgte. Die Gäste feuerten Bryn begeistert an, machten kesse Andeutungen über die Beziehung der beiden, gratulierten Bryn zu seinem Glück und fragten, ob er Hilfe brauche.

In diesem Moment kam Peter herein. Bryn, der nicht gemerkt hatte, weshalb die Zotenreißer verstummt waren, wischte weiter an Elektra herum.

»Sie müssen nach hinten gehen und sich umziehen. Sie sind ja total durchnässt. Alan! Hol einen Lappen und einen Eimer und ...« Bryn sah Peter und brach mitten im Satz ab. Er wusste sofort, dass er wie ein Vollidiot aussah. In Peters Augen trug das nichts Positives zu seinem Fall bei. Aber scherte ihn das? Nein, überhaupt nicht. Am besten war ein Anbiederungsversuch. »Guten Abend, Herr Pfarrer! Was darf ich Ihnen bringen?«

»Ein Mineralwasser, danke, Bryn. Voll heute.«

»Stimmt. Wir hatten eben eine kleine Reiberei mit zwei Gästen. Gehört alles zur bunten Fülle des Lebens. Eh?«

»Allerdings. Ich bin nur hergekommen, um ein Treffen vorzubereiten. Ich wusste nicht, wie Sie mit der Bar klarkommen, aber offenbar haben Sie eine Aushilfe. Achtzig Pence, stimmt's?«

»Stimmt, Herr Pfarrer.«

»Ich habe an Sonntagabend gedacht, nach dem Gottesdienst, im Pfarrhaus. Den anderen ist es recht. Passt Ihnen das?«

»Elektra kann für mich einspringen, gemeinsam mit Alan müsste sie es schaffen.«

»Gut.« Peter stand an der Theke, stützte einen Fuß auf die Messingstange und musterte die Gäste. Er nickte Willie und Sylvia und ein paar weiteren Kirchgängern zu und trank sein Mineralwasser. Die Gäste kicherten verstohlen, und hier und da wurde laut gelacht.

Elektra kam zurück. Sylvia schnappte nach Luft. Sie gab Willie einen Stups und flüsterte: »Ich bin mir ganz sicher, dass das ein Top von Georgie ist. Ich erinnere mich daran, dass sie es angehabt hat. Das gehört sich doch nicht, oder?«

»Verflixt, das ist einfach unanständig. Man sollte nicht glauben, dass Georgie gleich um die Ecke wohnt, man könnte meinen, sie wär tot. Ich muss mich über Bryn wundern. Der ist nicht mehr ganz richtig im Kopf, das muss der Grund sein.« Willie ging an die Theke, um sich einen weiteren Drink zu holen. »Guten Abend, Herr Pfarrer. Leider ist es hier nicht mehr so, wie es mal war.«

Peter lächelte ironisch und sagte: »Ganz Ihrer Meinung.«

Zwei Gäste riefen gute Nacht und gingen, und die verbliebenen richteten sich auf einen ruhigen Abend ein. Am Tisch neben dem Kamin wurde Domino gespielt, ein Gast stand auf und fragte Bryn laut, ob sie ein Holzscheit nachlegen sollten. Bryn war einverstanden, ihm war es ohnehin egal, weil er mit Elektra plauderte. Zwei Männer aus Culworth wollten Darts spielen, und Elektra wechselte ein paar derbe Worte mit ihnen. Bryn schaute auf die Uhr. In einer Stunde schlossen sie. Und dann ... Er bewunderte Elektras fülliges rotes Haar und stellte sich vor, darin zu wühlen, es mit den Händen zu packen, es sich um die Finger zu wickeln, darin zu schwelgen und ... aber würde sie es ihm erlauben? Sie hatte gesagt, ihr Vater habe sie hinausgeworfen und sie wisse nicht, wohin, und so hatte er ihr mit Freuden Alans ehemaliges Zimmer überlassen. Alles hatte sich wunderbar gefügt. Als er genüsslich an die Möglichkeit außerehelicher Aktivitäten nach Barschluss dachte, hörte er, dass die Eingangstür aufging. Er schaute auf.

Es war Georgie mit ihrem Koffer. Sie war zurückgekommen. Bryn glühte von der Fliege bis zu den braunen Wildlederschuhen. In seinem Kopf drehte sich alles, bis ihm so schwindlig wurde, dass er sich an die Theke klammern musste. Durch den Nebel, der sich zu Bryns Überraschung in der Bar gebildet hatte, sah er, wie wütend Georgie wurde, als sie Elektra bemerkte.

Er beobachtete, wie Georgies Blick durch die ganze Bar wanderte, Peter an der Theke, die gierig am frischen Scheit knisternden Flammen, die Kunststoffblumen, die Elektra auf die Theke gestellt hatte und die Bryn jetzt denkbar geschmacklos vorkamen. Schließlich erreichte Georgies Blick ihn. Ihm wurde noch heißer, falls das überhaupt möglich war. Ihr Blick schmetterte ihn nieder. Er war gezwungen wegzuschauen, er konnte ihr nicht in die Augen sehen, in diese wunderschönen blauen Augen, die ihn vor vielen Jahren so verzaubert hatten; er konnte die ungeheure Traurigkeit, die er in diesen Augen sah, nicht ertragen. Georgie sagte nichts. Nicht einmal zu Peter. Sie ging durch das Lokal hinter die Theke und durch die Tür mit dem Schild *Privat*.

War sie also für immer zurückgekommen?

Ebendiese Frage stellte Sylvia Willie, und er konnte sie nicht beantworten, ebenso wenig wie sonst jemand. Tatsächlich wurde die Frage überhaupt nicht beantwortet, denn ehe sie wussten, wie ihnen geschah, hieß es: »Sperrstunde, die Herrschaften.«

Also gingen alle nach Hause, auch Peter, und niemand war klüger als zuvor.

19. Kapitel

Grandmama war an der Reihe, den Kaffeeausschank im Gemeindehaus nach dem Gottesdienst zu organisieren. Weil der Gottesdienst um zehn anfing, war Grandmama schon um Viertel nach neun da und stellte die Tassen heraus. Willie hatte die Heizung und den Boiler eingeschaltet, deshalb gab es nicht viel zu tun, außer die Tassen und Kaffeekannen herauszustellen, die Zuckerdosen aufzufüllen und die hübschen Tischdecken aufzulegen, die Muriel nach der Renovierung des Gemeindehauses genäht hatte. Und die Löffel mussten aus dem abgeschlossenen Schrank genommen werden. Wo war der Schlüssel? Verflixt noch mal, den hatte Mrs. Jones. Wo steckte sie nur?

Grandmama hörte, dass die Eingangstür aufging und Mrs. Jones rief: »Jemand da?«

»Guten Morgen!«

»Oh! Guten Morgen, Mrs. Charter-Plackett. Ich hab gedacht, ich bin die Erste. Sie haben ja schon alles gemacht. Sie müssen zeitig gekommen sein.«

»Ja. Ich hatte eine schlechte Nacht, deshalb habe ich beschlossen, früh aufzustehen und das Beste aus dem Tag zu machen.«

»Sie haben also nicht gut geschlafen? Ich hab ein sagenhaftes pflanzliches Mittel, das nehm ich, wenn ich mal 'ne schlaflose Phase hab. Da kann man schlafen, ist aber beim Aufwachen nicht so benommen. Hab ein neues Röhrchen in meiner Tasche, hier, nehmen Sie es.« Sie wühlte in ihrer geräumigen Tasche und brachte ein Röhrchen Tabletten zum Vorschein, das noch in der Tüte des Homöopathen steckte. »Nehmen Sie es schon, kaufen Sie mir ein neues Röhrchen, wenn Sie das nächste Mal in Culworth sind. Ich hab noch einen Rest zu Hause.«

»Oh, vielen Dank. Ich könnte die Tabletten ja mal ausprobieren. Normalerweise habe ich keine Schlafstörungen, nur hin und wieder. Haben Sie den Schlüssel zum Schrank? Ich brauche die Löffel.«

»So weit ist es gekommen, dass wir die Schränke im Gemeindehaus abschließen müssen. Es ist nicht mehr wie früher, was?«

Grandmama sah sie fragend an, doch als Mrs. Jones nicht darauf reagierte, bedankte sie sich für die Löffel, machte die Runde und bestückte die Untertassen.

Mrs. Jones maß das Kaffeemehl pro Kanne ab und fragte dabei: »Sie haben die neue Barkellnerin wohl noch nicht gesehen?«

»Nein.«

»Unser Kenny war am Freitag dort, er sagt, sie ist eine Nutte, und er muss es wissen.«

»Ach ja?«

»O ja. Ganz unter uns, die ist schon viel länger auf der Welt, als wir ihr abnehmen sollen. Zieht sich an, als wär sie fünfzehn, wo sie doch eher fünfzig ist. Aber wie Kenny sagt, hat sie ein goldenes Herz, und was das heißt, wissen wir alle.« Sie lenkte das Gespräch hinterlistig auf Georgie. »Muss furchtbar sein für Georgie, dass in ihrem hübschen Pub jetzt diese Nutte arbeitet. Wie hält Georgie sich denn? Kriegt sie in letzter Zeit nicht viel zu sehen. Hat sie was drüber gesagt, dass sie zu Bryn zurückgeht? Oder bleibt sie noch eine Weile bei Ihnen?«

Grandmama war heftig versucht, von dem langen Gespräch zu berichten, das sie gestern Nacht mit Georgie geführt hatte, doch sie dachte an Peters Mahnung und sagte nur: »Ich habe sie nur aufgenommen, bis sie weiß, was sie will. Sie vertraut sich mir nicht an.«

O nein, dachte Mrs. Jones, nicht die Bohne. »Es muss sehr schwierig für die beiden sein, wo sie doch Geschäftspartner sind. Schließlich gehört das Pub ihnen und nicht der Brauerei. Da ist das vom Geld her viel komplizierter, oder?«

»Da ist was dran. Ich gehe jetzt in die Kirche. Bis nachher. Ich rechne nicht damit, dass heute viele kommen. Wir haben bestimmt nicht sehr viel zu tun.«

Doch sie irrte sich. Die Kirche war voll, nicht ganz so voll wie an hohen Feiertagen, doch es waren viele da, und alle strömten hinterher ins Gemeindehaus. Grandmama und Mrs. Jones hatten alle Hände voll zu tun. Sie waren so beschäftigt, dass sie keine Zeit zum Klatschen hatten, doch das laute Stimmengewirr und das Gelächter ließen darauf schließen, dass alle anderen sich reichlich Zeit dazu nahmen.

Nach dem ersten Ansturm gönnte Grandmama sich eine Pause und schaute sich um. Als Ersten sah sie Peter, weil er einen Kopf größer war als die meisten. Er sprach mit Georgie. Arme Georgie. Sie hatte sich so tapfer dazu entschlossen, zu Bryn zurückzugehen und sich wirklich Mühe zu geben, ihr Zusammenleben zu verbessern, und was hatte sie vorgefunden? Diese widerliche Frau, die in *ihrer* Bar bediente, eins *ihrer* Lieblingstops trug, und Bryn, der ein Gesicht machte wie ein Kater, der an der Sahne genascht hat. Noch schlimmer war, was sie gemerkt hatte, als sie nach oben ging: Elektra wohnte dort, und das hätte Georgie niemals zugelassen. Alan, ja, aber ihn hatten sie schließlich gekannt, seit er achtzehn war und mit der Arbeit für sie angefangen hatte. Ihm hatten sie gern ein Zuhause gegeben, aber Elektra ... Das waren nun wirklich zwei Paar Stiefel.

Grandmama war insgeheim entsetzt über Georgies Reaktion gewesen. Sie hatte das Gefühl, dass Georgie immer noch viel für Bryn empfand, aber ihre Entdeckung hatte das in einem Moment zunichte gemacht. Offenbar hatten sie einen furchtbaren Streit gehabt; Georgie hatte Bryn in aller Deutlichkeit gesagt, was sie von ihm hielt. Das hatte sie noch nie zuvor getan. Bryn war trotzig geworden und hatte zu ihr gesagt, was sie denn eigentlich von ihm erwarte? Sie habe ihn verlassen, er habe allein zurechtkommen müssen, und wenn ihr die neue Barkellnerin nicht gefalle, wisse sie, was sie tun könne.

»Und zwar was?«

»Hau einfach ab und lass mich so weitermachen, wie ich es will.«

»Dann können wir gleich zumachen. Unsere Gäste mögen keine wie die.« Sie hatte Elektra einen vernichtenden Blick zugeworfen. »Unser Pub hat mehr Klasse. Die ist eher der Typ für das Jug and Bottle.«

Elektra hatte das übel vermerkt. »Das Jug and Bottle! Dort würde ich nie arbeiten.«

»Nein? Vielleicht haben Sie Recht, die würden Sie nicht nehmen, Sie sind nicht mal für *die* gut genug, und das will was heißen.«

Bryn hatte widersprochen: »Jetzt mach halblang, Georgie, du musst doch nicht gleich so fies sein.«

»Muss ich nicht? Vergiss nicht, Bryn, ich bin deine Partnerin in diesem Pub, und ich will meinen Anteil am Gewinn. Wenn die bleibt, gibt's auch keinen Gewinn. Leute wie Sir Ralph und Jimbo und die Herzogin und der Pfarrer kehren nicht mehr bei uns ein, wenn die hier ist. Die lockt die falschen Leute an.«

Elektra warf das Haar zurück, stemmte die Hände in die

Hüften und erwiderte: »Die sind doch sowieso ein hochnäsiger Haufen, mit ihrem Mineralwasser und ihrem Gin Tonic.« Sie äffte nach, wie jemand geziert an einem Glas nippte, und lachte. »Jede Menge Leute werden kommen, weil ich hier bin. Ich hab was übrig für Männer wie Kenny und Terry Jones, die verstehen sich drauf, Geld auszugeben ...«

Georgie hatte Elektra von oben bis unten gemustert und gesagt: »Sie müssen es ja wissen ...«

»Also wirklich, Sie grässliche alte ...«

»Alt? Ich und alt? Werfen Sie doch gelegentlich mal 'nen Blick auf Ihre Geburtsurkunde.« Nach dieser Breitseite hatte Georgie kehrtgemacht, ihren Koffer genommen und war gegangen.

Sie hatte gehört, wie Bryn »Georgie! Georgie!« rief, doch sie hatte ihn ignoriert.

Jetzt war die arme Georgie also noch aufgewühlter als vorher.

Peter sprach, Georgie hörte zu und nickte. Grandmama fiel auf, dass Mrs. Jones sich den beiden genähert hatte, vorgeblich, um benutzte Tassen einzusammeln, doch Grandmama durchschaute ihr Manöver. Die Ministranten kamen und wollten ihren Orangensaft, und Grandmama konzentrierte sich darauf, dass sie nicht alle Kekse mitgehen ließen. Die Ministranten von St. Thomas à Becket waren bekannt dafür, dass sie die Keksteller abräumten, sobald man sie nur einen Moment aus den Augen ließ.

Als Grandmama wieder aufschaute, stand Dicky bei Peter und Georgie, und Mrs. Jones kam ohne eine einzige Tasse auf dem Tablett und mit verkniffenen Lippen zurück.

»Hab überhaupt nichts mitgekriegt. Als ich nahe genug an ihnen dran war, haben beide kein Wort mehr gesagt.«

Grandmama hielt es für angebracht, schockiert zu sein. »Soll das etwa heißen, dass Sie lauschen wollten?«

Mrs. Jones grinste. »O nein, natürlich nicht! Wissen Sie, wegen dieser Geschichte mit Bel und Dicky sind mehrere Leute beim Pfarrer vorstellig geworden. Die nehmen Anstoß daran, dass die beiden ein gemeinsames Schlafzimmer haben. Ist ja schön und gut, wenn der Pfarrer sagt, Dicky habe ihm versichert, da würde nichts laufen, aber ich bitte Sie! Das sagt einem doch der gesunde Menschenverstand. Er ist schließlich ein Mann, und dass er geil ist, wissen wir ja, da muss es ihn doch manchmal überkommen wie alle anderen auch. Sie wissen schon.« Sie gab Grandmama einen Stups und zwinkerte ihr zu.

Grandmama erbleichte. An Klatsch auf diesem Niveau war sie nicht gewöhnt. Sie protestierte, aber Mrs. Jones sprach weiter. »Wen wollen die für blöd verkaufen? Mich jedenfalls nicht. So gern ich Bel hab, das ist nicht richtig. Stellen Sie sich das bloß mal vor. Widerlich! Mr. Charter-Plackett hat bestimmt keine Gewissensbisse, wenn er Bel entlässt. Er ist ein lieber Mann, aber wenn's ums Geschäft geht … Aber das brauche ich Ihnen ja nicht zu sagen. Wenn er boykottiert wird, schmeißt er Bel im Handumdrehen raus. Und die Mütter der Schulkinder haben verlangt, dass Bel gekündigt wird, aber diese Kate will nicht. Sagt, sie hat keinen Grund, Bel rauszuschmeißen, und sie tut's nicht, solange Bel gute Arbeit leistet. Sie haben mal in der Mittagspause eine Sprecherin hingeschickt, aber die hat sich an Miss Kate Pascoe die Zähne ausgebissen. Oh, ich hab gar nicht gesehen, dass Sie warten, Dr. Harris. Entschuldigung. Kaffee?«

Caroline nickte. »Ja, bitte.«

»Milch?«

»Ja, bitte. Guten Morgen, Mrs. Charter-Plackett.«

»Guten Morgen, Caroline, meine Liebe. Wunderschöner Morgen.«

»Und ob. Ich weiß nicht, warum, aber wenn Sie beide den

Kaffee kochen, schmeckt er immer viel besser. Haben Sie ein Geheimrezept oder so?«

Grandmama und Mrs. Jones plusterten sich auf.

»Unsere geheime Zutat ist Agape, stimmt's, Mrs. Jones?«

Völlig verdutzt pflichtete Mrs. Jones ihr bei.

Caroline sah sich im Saal um. »Aha! Oh, da ist er. Ich muss Peter was ausrichten. Bis gleich.«

Die beiden beobachteten, wie Caroline sich durch die Menge zu Peter schob. Sie blieb geduldig neben ihm stehen und wartete, bis er Zeit für sie hatte.

Georgie sagte eben: »Nein, Herr Pfarrer, anders kann ich das nicht sehen. Ich geh nicht zurück. Nie wieder. Ich würd nicht mal zurückgehen, wenn er auf allen vieren angekrochen käm, von der Bar bis hierher, und mich pausenlos anflehen würde.«

»Heute Abend beim Treffen ...«

»Ich komme nicht.«

»Georgie!«

»Tut mir Leid, aber ich komme nicht. Von mir aus gibt es nichts zu besprechen. Morgen früh gehe ich zu meinem Anwalt, reiche die Scheidung ein und vergewissere mich, wie's finanziell mit dem Pub aussieht. Das war's.«

Angesichts ihres Widerstands konnte Peter nur sagen: »Wenn Sie dazu entschlossen sind, gibt es wirklich nichts mehr zu besprechen. Dann kann ich das Treffen eigentlich abblasen. Das heißt also, dass Sie und Dicky ...« Er sah sie der Reihe nach an.

Dicky ergriff die Initiative. »Wir haben noch nicht besprochen, was wir tun wollen. Noch nicht. Georgie hat sich erst gestern Abend entschieden, wir hatten also noch keine Zeit, darüber zu reden. Und Bel ist auch noch da.«

Peter nickte mitfühlend. »Natürlich, Bel ist auch noch da. Leider stoße ich in diesem Punkt auf eine starke Opposition.«

Dicky seufzte. »Ich weiß. Da braut sich ganz schön was zusammen.« Er sah, dass Caroline wartend dastand. »Guten Morgen, Dr. Harris. Sie sehen gut aus. Viel besser.«

»Mir geht es auch besser, danke. Viel besser. Wenn du fertig bist, muss ich dir was ausrichten, Liebling.«

»Okay. Ja. Ich sage Bryn, dass das Treffen nicht stattfindet. Abgemacht?« Er wandte sich ab, senkte den Kopf und hörte sich an, was Caroline ihm zu sagen hatte.

Georgie wandte sich Dicky zu und sagte: »Wir müssen reden.«

»Wir essen mit Bel zu Mittag, wie sie es geplant hat, und dann gehen wir aus, nur du und ich. Es tut mir Leid, dass es so gekommen ist.«

»Mir nicht.«

»Mir schon. Andererseits heißt es, dass wir grünes Licht haben.«

Georgie drückte seinen Arm. »O ja, das heißt es, und noch wichtiger ist, ich bereue nichts, überhaupt nichts.«

Als sie gegessen hatten, gingen Bel und Georgie zum Abwaschen in die Küche. Der Platz reichte kaum für sie beide, aber das schuf eine Vertrautheit zwischen ihnen, die sie so noch nicht erlebt hatten.

»Ich möchte dir danken, dass du heute zum Essen gekommen bist«, sagte Bel. »Dicky hat eine Aufmunterung gebraucht. Ich nehme an, er hat es dir nicht gesagt, aber du musst es erfahren. Wir haben sehr böse Briefe bekommen.«

»Das darf doch nicht wahr sein. Oh, Bel!«

»Einfach durch den Türschlitz geworfen, ohne Unterschrift oder so. Dicky war völlig außer sich. Heute Morgen sind wieder zwei gekommen.«

»Wie Leid mir das tut. Die Leute hier können sehr rachsüchtig sein. Das haben wir gleich gemerkt, als wir hergekommen sind. Sehr, sehr böse, wenn ihnen etwas nicht passt. Du weißt schon, ein Dorf wie aus dem Mittelalter. Aber anonyme Drohbriefe! Das ist furchtbar. Habt ihr es dem Pfarrer gesagt?«

»Dicky will das nicht. Sagt, er stirbt vor Scham, ich meine Dicky, wenn der Pfarrer das liest. Aber es ist so scheußlich. Wir haben nichts verbrochen, und ich möchte, dass du das weißt, Georgie, wir haben *nichts Unrechtes* getan. Wirklich nicht. Überhaupt nichts.«

»Das weiß ich doch Bel, ich weiß es. So seid ihr nicht. Dicky hat mir gleich, als wir uns zueinander hingezogen fühlten, gesagt, dass du seine Schwester bist, ich habe es also von Anfang an gewusst, aber keiner Menschenseele erzählt. Ich könnte Dicky nicht so lieben, wenn das wahr wäre, was die Leute behaupten. Dann wäre er doch nicht so, wie er ist. Und außerdem wäre dann keiner von euch beiden so lieb und wundervoll. Mich brauchst du nicht zu überzeugen. Aber ich glaube, der Pfarrer sollte über die Briefe Bescheid wissen, schließlich sind es Leute aus seiner Gemeinde, die sie geschrieben haben.«

»Aber Dicky will nicht, dass er es erfährt. Sag's niemand, ja?«

Georgie streckte sich und küsste Bel auf die Wange. »Natürlich nicht. Ich halte so viel von euch, ich erzähl doch nichts weiter, wenn ihr es beide nicht wollt. Ihr könnt euch auf mich verlassen.«

Bel gab Georgie ein sauberes Geschirrtuch und sagte: »Danke. Reden wir nicht mehr darüber. Ich nehme an, irgendwann hört das auf. Ich bin froh über dich und Dicky. Sehr froh. Er braucht jemand wie dich. Eine Schwester ist nicht dasselbe.«

»Das ist sehr großzügig von dir, Bel. Ich habe mir deshalb Sorgen gemacht. Echte Sorgen. Ich wollte nicht zwischen euch stehen.«

»Es wird Zeit, dass er sich löst. Ich liebe ihn sehr, und daran wird sich auch nichts ändern, aber er muss eigene Wege gehen. Zu ihm würde ich das nicht sagen, aber es ist wahr. Unter uns, er klammert sich an mich, weißt du, das ist nicht gut für ihn.«

»Aber was wirst du machen? Wo wirst du wohnen? Hier?«

»Warten wir's ab. Lass die Töpfe stehen, die mach ich sauber. Geh du mit ihm aus und ...«

»Hör mal, Bel, ich will ihn nicht ganz für mich haben. Wir sind doch keine Kinder. Für dich wird immer Platz sein.«

Bel schaute aus dem Fenster. »Warten wir ab, wie sich alles entwickelt. Versprechen wir uns nichts, was wir nicht halten können.«

Georgie streckte sich wieder und gab Bel noch einen Kuss auf die Wange. »Falls es ein Trost für dich ist, ich liebe ihn, er ist einfach wunderbar, so voller Lebensfreude und so aufmerksam. Er ist genau der Richtige für mich, er macht mich so glücklich, und ich hoffe, dass ich ihn auch glücklich mache. Danke, dass du so großzügig bist.«

Bel lachte. »Großzügig! Ich werd froh sein, wenn ich ihn von hinten sehe! Du kannst ihn haben, mit Haut und Haar! Das ist mein Ernst!«

Als sie aufbrachen, stand Bel an der Tür und winkte ihnen nach. Sie lächelte nachsichtig, als die beiden sich vom Haus entfernten, doch ihre schönen grünen Augen füllten sich mit Tränen. Die beiden waren so miteinander beschäftigt, dass sie sich nicht umdrehten und zum Abschied winkten, deshalb sahen sie Bel auch nicht weinen, und sie war froh darüber.

In jener Nacht war Neumond, deshalb lag das Dorf, das vor zehn Jahren heftigen Widerstand gegen die Installation einer

Straßenbeleuchtung geleistet hatte, fast völlig im Dunkeln. Im Schlafzimmer von Linda und Alan brannte Licht, weil Lewis zahnte und nicht schlafen konnte, und auch über dem Laden, wo Jimbo immer noch arbeitete, war das Licht an. Er hatte Stunden damit verbracht, die Weihnachtsdekoration zu planen, hatte Kisten mit hübschem Packmaterial und Schmuckkartons hinunter ins Versandbüro getragen, damit Mrs. Jones die Weihnachtsgeschenkkörbe verpacken konnte, hatte den Weihnachtsschmuck vom letzten Jahr herausgeholt, um die Schaufenster zu planen, die zu Weihnachten sein ganzer Stolz und seine Freude waren, und sich ganz allgemein auf den bevorstehenden Feiertagsansturm vorbereitet. Er rieb sich die Augen und die Stirn, trat ans Fenster und schaute hinaus auf die Anlage. Abgesehen davon, dass der Laden und das Versandgeschäft so gut liefen, hatte er in diesem Jahr in der Weihnachtszeit mehr Bewirtungsaufträge als je zuvor. Wenn es so weiterging, war er bald ein reicher Mann. Sogar so wohlhabend, dass er die meiste Arbeit seinem Personal überlassen konnte und nur noch die Oberaufsicht führen musste, statt selbst zu schuften. Doch wenn er so darüber nachdachte, hatte der Gedanken keinen Reiz. Die Arbeit im Laden und der Kontakt mit diesen guten Leuten waren das beste Stärkungsmittel, das er sich vorstellen konnte. Er genoss es. Das galt auch für Harriet und für die Kinder. Die Menschen hier waren so bodenständig und herzlich. Halb eins. Zeit, nach Hause zu gehen.

Jimbo machte das Licht aus, schloss die Tür zum Lager ab und ging nach unten. Draußen vergewisserte er sich, dass alles gesichert war, blieb einen Moment unter dem Eingang stehen und betrachtete das Dorf. Jimbo wusste, dass es ein Privileg war, hier zu leben. Nicht irgendwo in einer Hochhaussiedlung. Jimbo erschauerte. Schon der Gedanke daran war unerträglich. Auf dem Heimweg kam er am Haus der Bissetts vorbei.

Die arme Sheila, er hatte es seiner Mutter noch nicht ganz verziehen, dass sie Sheila hilflos im Gemeindehaus zurückgelassen hatte. Er kam am Haus der Schwestern Senior vorbei, den armen alten Frauen, dann am ehemaligen Haus seiner Schwiegermutter. Der Mann, der es gekauft hatte, machte einen ganz netten Eindruck. Als er eben den Schlüssel in seine Haustür stecken wollte, war ihm, als hätte er ein Geräusch gehört.

Jimbo stand reglos da und lauschte. Da war es wieder, es schien aus Richtung der Church Lane zu kommen. Er schaute über die Anlage hinweg und sah ein Grüppchen finsterer Gestalten, das sich zur Kirche schlich. Jimbo verlor sie aus den Augen, deshalb ging er so leise wie möglich in die Anlage, um die Bewegungen der Gestalten verfolgen zu können. Doch die Königseiche versperrte ihm, obwohl sie kahl war, die Sicht. Als er weiter durch die Anlage ging, hörte er Glas splittern. Erst glaubte er, es sei ein Überfall auf die Kirche, aber als er losrannte und die Kirche und die Glebe Cottages vor sich sah, erkannte er, dass bei Dicky und Bel Fenster eingeschlagen wurden. Ohne einen Gedanken an seine Sicherheit zu verschwenden, rannte er auf die Church Lane und schrie: »Hey! Hey, ihr da! Aufhören. Seid ihr taub? Aufhören!«

Das Scheppern des Glases übertönte seine Stimme. Er lief die Church Lane entlang und schrie weiter: »Aufhören! Aufhören!« In etlichen Schlafzimmern ging das Licht an, Fenster wurden geöffnet, Rufe waren zu hören. Die vier Männer trugen Kapuzenmützen, sodass es unmöglich war, sie zu erkennen. Jimbo wusste, dass sie seine Stimme hören konnten, doch sie schmissen weiter Scheiben ein. Inzwischen war Jimbo auf der Höhe der Friedhofsmauer, wo sie an den Cottagegarten grenzte; als er den Vorgarten erreichte, stürzten zwei Männer um das Cottage herum, und Jimbo hörte, dass auch auf der Rückseite Scheiben entzweigingen. Sein Handy. Verdammt noch mal! Er hatte es im Laden liegen lassen.

Die beiden anderen Männer sprühten Farbe auf die vordere Backsteinmauer. Jimbo stürzte sich auf die beiden, aber der Größere stieß ihn beiseite. »Schwirr ab, Jimbo! Sonst setzt's was!«

Dann rannten die beiden ebenfalls um das Haus herum, und Jimbo sah, wie sie über die Friedhofsmauer sprangen und verschwanden. Er folgte ihnen zur Mauer und sah gerade noch, dass die beiden anderen weiter unten darüber sprangen und über den Friedhof davonrannten, über die Grabplatten hüpften und in halsbrecherischem Tempo hinter dem Gemeindehaus Deckung suchten. So fit Jimbo auch war, es war ausgeschlossen, dass er die Männer einholte, deshalb ging er zum Cottage zurück und rief zu den kaputten Fenstern im ersten Stock hinauf: »Dicky! Bel! Ich bin's, Jimbo. Ist mit euch alles in Ordnung?«

Nach einem Moment tauchte Dickys Kopf auf. »Wir sind okay. Sind sie weg?«

»Ja, ich hab sie nicht schnappen können. Kommen Sie runter, dann sehen wir, was wir tun können.« Jimbo ging zur Vordertür, wobei er wegen der Scherben, die den Weg und den Rasen übersäten, vorsichtig auftrat.

Dicky schloss die Tür auf, obwohl er sich das hätte sparen können; im Türrahmen steckten nur noch scharfe Glassplitter.

»Passen Sie auf, wo Sie hintreten, Dicky. Wo ist Bel? Was für ein Schock. Wenn ich die bloß erwischt hätte. Sind Sie sicher, dass Sie okay sind?«

Peter kam den Pfad entlang, den Umhang über dem Schlafanzug und Turnschuhe an den Füßen. »Mein Gott! Was in aller Welt ist denn hier passiert? Haben Sie gesehen, wer es war?«

»Leider nicht. Sie waren maskiert, es waren vier, das weiß ich.«

Bel kam in einem überweiten roten Hausmantel über dem

Nachthemd an die Tür. Ihr sonst so fröhliches Gesicht war vor Angst verzerrt und kreidebleich. »Du meine Güte. Was sollen wir bloß machen? Ich hatte solche Angst.«

Dicky legte den Arm um sie. »Keine Sorge, Schatz, wir lassen uns nicht von einem Haufen Rowdys verjagen. Sie haben übel gehaust, aber das regelt die Versicherung.«

Dorfbewohner hatten sich versammelt. Etliche hatten Taschenlampen dabei und die meisten waren entsetzt über das, was geschehen war.

»Was meinen Sie, Herr Pfarrer, wer kann das gewesen sein?«

»Hundsgemein, so was zu machen.«

»Die gehören ausgepeitscht.«

Peter hörte nicht nur die mitfühlenden Ausrufe, sondern genauso deutlich, wie jemand nicht gerade leise sagte: »Geschieht denen recht. So ein schweinisches Pärchen.« Und ein anderer murrte: »Das war 'ne gerechte Strafe für die, wir wollen die hier nicht haben.«

Peter besah sich das Cottage und versuchte, den Schaden einzuschätzen. »So spät in der Nacht können wir nichts unternehmen, um das Haus zu sichern.«

Jimbo pflichtete ihm bei. »Hören Sie, Dicky, wie wär's damit? Ich leih Ihnen mein Handy, und Sie bleiben im Haus, und Bel schläft den Rest der Nacht woanders? Sie können das Haus nicht unbewacht lassen, aber wenn Sie mein Telefon haben, können Sie wenigstens Peter oder mich anrufen, falls Sie Hilfe brauchen. Es hat keinen Zweck, die Polizei zu rufen, die braucht eine Ewigkeit, bis sie von Culworth aus hier ist. Bel, was meinen Sie?«

»Ich lass Dicky nicht gern allein, aber ich hab zu viel Angst zu bleiben.«

»Geschieht Ihnen recht, dass Sie Angst haben.«

Peter fixierte den Sprecher mit einem strengen Blick, und

der wandte schamvoll den Blick ab. »Sehr gute Idee. Hören Sie, Bel, unser Gästebett ist immer frisch bezogen, dort können Sie den Rest der Nacht verbringen. Was halten Sie von Jimbos Vorschlag, Dicky?«

»Kann nichts anderes machen. Morgen bestell ich als Erstes den Glaser. Was für eine verdammte Sauerei. Wer in aller Welt ist das bloß gewesen?«

Jimbo, dem wieder einfiel, was geschehen war, als er an den Tatort kam, sagte: »Es waren Einheimische. Ja, es waren Einheimische.«

Dicky schaute zu ihm auf. »Woher wissen Sie das? Die waren doch maskiert.«

»Sie haben Jimbo zu mir gesagt. Das stimmt, sie haben gesagt, es setzt was, wenn ich nicht abhaue, haben gesagt: ›Schwirr ab, Jimbo.‹ Also kennen sie mich. Ich dreh denen den Hals um, wenn ich rauskrieg, wer's war.«

Peter war tief enttäuscht darüber, dass es Einheimische gewesen waren. Er sah traurig in die Gesichter der Dorfbewohner, die im Garten versammelt waren. »Am besten gehen wir alle nach Hause, wir können nichts tun, nur in den nächsten Tagen die Augen und die Ohren offen halten und Dicky Bescheid sagen, wenn wir jemanden verdächtigen, diese grauenhafte Tat begangen zu haben. Und denken Sie daran, falls Reporter kommen und Fragen stellen sollten, keiner von uns weiß, *wer* es war oder *warum*. Wir wollen nicht, dass die Presse darüber berichtet. ›Schweigen ist Gold‹, dass müssen wir alle beherzigen. Bitte, lassen Sie mich nicht im Stich … und auch Dicky und Bel nicht, ja? Nichts ausplaudern, das ist die Parole. Gute Nacht allerseits und danke für Ihre Anteilnahme. Gott segne Sie alle.«

Die meisten Dorfbewohner sagten: »Gute Nacht, Herr Pfarrer«, auch diejenigen, die unfreundliche Bemerkungen gemacht hatten.

Etliche gingen zu Bel, um sie zu trösten, und boten ihr an, am Morgen beim Aufräumen zu helfen. »Das ist das Mindeste, was wir tun können. Das ist grauenhaft, wirklich grauenhaft.«

Jimbo ging in den Laden zurück, um sein Handy zu holen, und Peter brachte Bel ins Pfarrhaus.

Caroline kam die Treppe herunter, als sie hörte, dass die Tür aufging.

»Liebling?« Dann sah sie Bel. »Oh, Bel! Was ist denn bloß passiert?«

Peter erklärte es, und Caroline legte voller Verständnis die Arme um Bel und drückte sie an sich. »Das ist ja entsetzlich. Wir kochen eine Tasse Tee, und Sie nehmen sie mit ans Bett, es ist frisch bezogen.«

Bel protestierte, aber Caroline brachte sie zum Schweigen. »Das macht überhaupt keine Umstände, dazu sind wir da.«

»Ich muss zeitig raus wegen der Schule.«

»Machen Sie sich darüber keine Gedanken, wir stehen wegen der Kinder immer früh auf, und Peter spricht sein Morgengebet. Das ist kein Problem. Versuchen Sie zu schlafen, das wird nicht einfach, ich weiß. Denken Sie daran, dass einem diese schrecklichen Menschen im Grunde nur Leid tun können. Seien wir dankbar dafür, dass Jimbo um diese Zeit noch gearbeitet und die Täter überrascht hat. Es hätte alles noch schlimmer kommen können.«

Als sie zu Bett gingen, sagte Peter: »Ich will nicht die Polizei rufen.«

»Nicht?«

»Nein. Ich hoffe, Dicky tut es auch nicht.«

»Warum nicht?«

»Wenn es die Polizei weiß, erfährt es die Presse, und dann kommt alles raus. Kannst du dir denn die Schlagzeilen nicht vorstellen? Turnham Malpas wird sich über Nacht in eine Lasterhöhle verwandeln.«

»Natürlich, du meinst wegen Dicky und Bel. Das eine Schlafzimmer.«

»Genau. Alles, wofür Dicky gearbeitet hat, wäre über Nacht zugrunde gerichtet.«

»Wir hatten allen Grund, dankbar dafür zu sein, dass die Leute bisher geschwiegen haben, hoffen wir, dass sie weiter dazu in der Lage sind. Gut, dass unser Polizeirevier geschlossen worden ist, der Sergeant wäre im Nu da gewesen.«

Peter nickte. »Ich habe es bedauert, als wir den Sergeant verloren haben, aber heute Nacht bin ich froh darüber. Er wäre verpflichtet gewesen, es zu melden. Gute Nacht, Liebling.«

»Gute Nacht. Jemand weint, aber es klingt nicht nach den Kindern. Das muss Bel sein. Ich schaue nach ihr.«

20. Kapitel

Am nächsten Morgen war Jimbos Stimmung auf dem Nullpunkt. Tag für Tag schleppte er die Last des Geschäfts mit sich herum, und meistens tat er es liebend gerne, aber heute kam ihm eine Woche mit Harriet, nur sie beide, vor wie das Paradies. Die vergangene Nacht hatte das Fass zum Überlaufen gebracht. Die Zeitungen kamen zu spät, er musste eine ganze Gemüseladung wegwerfen, weil sie nicht über das Wochenende gehalten hatte, er war mit der Buchhaltung im Rückstand, und obendrein hatte er von einer Firma in Culworth einen Beschwerdebrief wegen des für eine Werbeveranstaltung gelieferten Essens bekommen. Dabei hatte er von Anfang an gewusst, dass die Firma sich einen solchen Riesenaufwand im Grunde gar nicht leisten konnte. Es lag überhaupt nicht am Essen. Die Tatsache, dass die Werbeveranstaltung schlecht besucht gewesen war, hatte nicht er zu verantworten; er hatte lediglich das Essen geliefert, und das war ausgezeichnet gewesen.

Seinen Ärger steigerte noch, dass es danach aussah, als käme Linda wieder zu spät. Falls dem so war, dann reichte es ihm. Er konnte so einiges verkraften, aber Linda wurde wirklich zu einer Belastung. Jimbo wusste, wie schwierig Babys sein konnten, aber er hatte eher das Gefühl, Linda mache mehr Theater, als bei dem armen, braven kleinen Lewis tatsächlich erforderlich war.

Als er auf die Uhr sah, war es zehn nach neun, und Linda war immer noch nicht da. Er rannte zwischen der Kasse und dem Postschalter hin und her und wünschte sich, Harriet hätte sich nicht entschlossen, die Tour zu den Farmern zu fahren, sobald sie Fran in der Spielgruppe abgeliefert hatte. Sobald die Mütter die Kinder zur Schule gebracht hatten, war es immer voll im Laden. Er brauchte Linda, und zwar sofort.

Die Türglocke bimmelte, und Linda stürzte atemlos herein. Sie rief herüber: »Tut mir Leid, Mr. Charter-P. Ist das mit Dicky und Bel nicht grauenhaft? Wir haben so gut wie nicht geschlafen, und der Gipfel war, dass die Frau, die montags auf Lewis aufpasst, nicht gekommen ist. Deshalb muss Alan sich um ihn kümmern, und mir ist alles liegen geblieben.«

»Wenn das so ist, gehen Sie nach Hause und holen Ihre Arbeit nach.«

Linda blieb unvermittelt stehen. »Was soll das heißen?«

»Hören Sie mir gut zu, ich sag das nur einmal! Wenn Sie so viel zu tun haben, dann gehen Sie nach Hause und erledigen es. Sie brauchen sich nicht die Mühe zu machen zurückzukommen. Es ist offensichtlich, dass Sie keine Zeit zum Arbeiten haben. Folglich befreie ich Sie davon, damit Sie Ihre Zeit Lewis und Alan widmen können. Ich habe darüber Buch geführt, wie oft Sie zu spät gekommen sind, wie oft Sie länger als eine Stunde Mittagspause gemacht haben und obendrein auch noch früher gegangen sind, und so Leid es mir tut, ich kann Sie nicht länger beschäftigen. Es kommt viel zu häufig vor, und ich bin nicht bereit, mir das bieten zu lassen. Das hier ist ein Geschäft, keine Wohltätigkeitseinrichtung. Sobald ich dazu komme, auszurechnen, was ich Ihnen schulde, schicke ich Ihnen das Geld. Tut mir Leid, Linda, aber das war's.«

Jimbo kassierte weiter und ignorierte Lindas entsetzte Miene. Als Linda schließlich die Sprache wieder fand, sagte sie: »Oh! So ein Witz, einen furchtbaren Moment lang hab ich doch wirklich geglaubt, es ist Ihr Ernst. So, Lady Templeton, was kann ich für Sie tun?«

Als Muriel den Mund aufmachte und um zehn Briefmarken erster Klasse bat und einen Brief als Einschreiben aufgeben wollte, sagte Jimbo: »Schluss! Es war mir Ernst! Machen Sie sich nicht die Mühe, sich den Mantel aufzuknöpfen, gehen Sie gleich.« Er wies mit dem Zeigefinger energisch in Richtung der Tür. »Da ist der Ausgang.«

»Wirklich. Nach so vielen Jahren. Ich kann's nicht fassen. Sie dürfen niemand entlassen, der jahrelang für Sie gearbeitet hat. Das dürfen Sie nicht. Es ist verboten.«

»Ich hab's getan, und zum Teufel mit den Folgen, sag ich. Das macht zehn Pfund und fünfundneunzig Pence, bitte. Danke. Fünf Pence zurück. Auf Wiedersehen, und vielen Dank für Ihren Einkauf.« Jimbo sah Linda überrascht an. »Sie sind ja immer noch da, Linda. Ich hab Ihnen doch gezeigt, wo die Tür ist.«

Linda brach in Tränen aus und ging zur Tür. Als sie eben nach der Klinke greifen wollte, platzte Alan herein.

»Oh, Alan! Woher weißt du es?« Sie warf sich in seine Arme, aber er schob sie weg.

»Die Schlüssel. Wo sind die Schlüssel? Ich kann nicht ins Pub. Alles abgeschlossen! Ich habe an die Tür gehämmert, vorn und hinten, aber es meldet sich niemand. Ich begreif's nicht, das ist noch nie vorgekommen! Ich glaube, Bryn muss krank sein. Wo hast du die Ersatzschlüssel hingelegt? Eh?«

Weil er ihre missliche Lage ignorierte, weinte Linda noch lauter. Zwischen Schluchzern brachte sie gurgelnd heraus: »In deine Sockenschublade, ganz unten.« Als er sich zum Gehen wandte, um die Schlüssel zu holen, kam Linda ein Gedanke. Sie schaute sich panisch um und schrie: »Wo ist der Kleine?«

»Der Kleine? Der Kleine? Großer Gott, den hab ich vor dem Pub gelassen, bei den Mülltonnen.« Die beiden rannten hinaus und ließen die Tür weit offen.

Muriel, die Auseinandersetzungen verabscheute und geschockt vor dem Postschalter stand, fing an zu zittern, das war zu viel für sie. Mit schwacher Stimme sagte sie: »Ich nehme mir eine Tasse Kaffee, wenn ich darf, Jimbo.«

»Natürlich, tun Sie das.«

Muriel ging zu dem Regalbrett, auf dem die Kaffeemaschine stand, aber sie war leer. »Du meine Güte.«

In diesem Augenblick kam Mrs. Jones herein. »Was ist denn mit Linda und Alan los? Die hetzen durch die Anlage, als wäre der Teufel hinter ihnen her.«

Jimbo seufzte. »Das ist eine lange Geschichte. Erzähl ich Ihnen später. Setzen Sie sich fünf Minuten an die Kasse, während ich den Postschalter übernehme, ja?«

»In Ordnung, aber wenn ich einen Fehler mache ...«

»Ich übernehme die volle Verantwortung.«

»Okay, aber ich kann für nichts garantieren.«

Jimbo ging zum Schalter hinüber. »So, Muriel ... Sie haben sich ja gar keinen Kaffee genommen.«

»Nein, es ist keiner da.«

Jimbo nahm den Strohhut ab und strich sich über den kahlen Schädel. »Ich frage mich, ob ich die Zeit zurückdrehen und an diesem Montag heute noch einmal von vorne anfangen könnte. Vielleicht säh's dann aber auch nicht besser aus. Soll ich ...?« Er nickte in Richtung der Kaffeemaschine.

Muriel schüttelte den Kopf. »Nicht meinetwegen, Sie haben genug zu tun. Soll ich wegen der Briefmarken später noch einmal kommen?«

»Ich gebe sie Ihnen gleich. Wer möchte schon Arbeitgeber sein, frage ich Sie? So, ich such die Marken raus.«

Das Baby war gesund und munter, wenn auch ziemlich überrascht, als sie es fanden, und Alan brachte die verheulte Linda nach Hause. In gewisser Hinsicht war er dankbar dafür, dass sie entlassen worden war, denn jetzt musste er sich angesichts einer Krise nicht auch noch um den Kleinen kümmern. Socken flogen in alle Richtungen, als er nach den Schlüsseln suchte, dann packte er sie und stürzte zum Pub. Er schloss die Eingangstür auf und betrat die Bar. Alles war still. Entweder lag Bryn tot im Haus, oder er war überhaupt nicht da.

Er durchsuchte die Bar, die Gästetoiletten, den Speisesaal, die Küche und die Lagerräume hinten, dann ging er die Treppe hinauf. Weil er wusste, dass Elektra es auf den einsamen Bryn abgesehen hatte, hatte er Hemmungen, die Türen aufzumachen. Die Tür zu Alans ehemaligem Zimmer war nur angelehnt. Er schaute durch den Spalt und sah, dass das Bett nicht benutzt worden war. Oder Elektra hatte es als Erstes gemacht. Fehlanzeige. Alan ging zum Schlafzimmer. Diese Tür war zu, deshalb packte er den Knauf, drehte ihn behutsam und öffnete die Tür nur so weit, dass er den Kopf hineinstecken konnte. Das Bett war benutzt worden. Auf beiden Seiten. Er versuchte es im dritten Zimmer, das nur als Abstellkammer genutzt wurde. Auch leer. Ihm fiel ein, auf dem Parkplatz nachzusehen. Er ging zum Fenster und stellte fest, dass Bryns Triumph-Sportwagen fort war.

Weder im Wohnzimmer noch in der Küche war jemand. Offenbar hatte Bryn seine Sachen gepackt und war weggefahren. Alan geriet in Panik. Allein war er überfordert. Er brauchte Georgie. Aber würde sie zurückkommen? Sie musste einfach.

Als er zu Grandmamas Cottage kam, waren die beiden gerade mit einem ausgedehnten Frühstück fertig. Sie saßen in der wunderschönen Küche in Ringelblumengelb, für die Linda ihr Leben gegeben hätte. Grandmama trug einen prächtigen Hausmantel, und Georgie hatte Hosen an und den lilafarbenen Pullover mit der Perlenstickerei auf der Brust, der Linda so gut gefiel.

Georgie stand erschrocken auf, als sie Alan sah. »Was ist denn los?«

»Bryn ist fort.«

»Fort? Wohin?«

»Weiß ich nicht. Aber er ist nicht da.«

»Nicht?«

»Nein. Nicht im Pub.«

»Dann hat er verschlafen.«

Alan schüttelte den Kopf. »Nein. Ich musste mit den Ersatzschlüsseln aufschließen. Ich war dort und hab nachgeschaut.«

»Du meinst, du hast in den Schlafzimmern nachgeschaut?« Georgie bekam Herzklopfen.

Alan nickte. »Stimmt. Elektra ist auch nicht da.«

»Nicht?«

»Nein.«

Grandmama griff ein. »Am besten gehen Sie hinüber und schauen selbst gründlich nach.«

Alan widersprach. »Ich hab doch nachgeschaut, ich kenn das Haus wie meine Westentasche, ich hab dort gewohnt. Er ist nicht da, das kann ich Ihnen sagen.«

In Georgies Kopf wirbelten Fragen herum. »Sein Auto?«

»Fort.«

Georgie setzte sich unvermittelt wieder, sackte regelrecht auf den Stuhl. Sie hatte eine Eingebung und fragte: »Seine Kleider. Hat er seine Sachen mitgenommen?«

»Das weiß ich nicht. In die Schränke habe ich nicht geschaut.«

»Nein, natürlich nicht. Es sieht Bryn nicht ähnlich, einfach zu verschwinden. Vielleicht musste er dringend nach Culworth. Oder in den Abholmarkt. Uns ist etwas ausgegangen. Ja, so muss es sein.«

Grandmama und Alan wechselten skeptische Blicke.

Georgie wurde wieder munter. »Er ist bestimmt bald wieder da. Aber ich komme lieber mit hinüber. Er hat keine Nachricht hinterlassen?«

Alan schüttelte den Kopf. »Mir scheint da mehr dahinterzustecken als bloß 'ne Fahrt zum Einkaufen.«

»Wenn das so ist, müssen wir das Lokal fürs Öffnen vorbereiten. Ist der Koch schon da?«

»Nein, aber für ihn ist es noch zu früh.«

»Verdammt, und ich wollte heute Morgen zur Bank und zum Anwalt. Das kann ich jetzt wohl vergessen. Der Teufel soll ihn holen. Und dieses Weib gleich mit. Ich hole meinen Mantel.«

Als sie den Zustand der Küche sah, rümpfte Georgie die Nase. Was Elektra auch für Stärken haben mochte, Hausarbeit gehörte sicher nicht dazu. Die Spüle und das Abtropfbrett waren voll mit schmutzigem Geschirr, der Mülleimer quoll über, und Georgie fielen mit Lippenstift beschmierte Zigarettenkippen in einer Untertasse auf dem Küchentisch auf. Bryn war an eine makellos saubere Küche gewöhnt; es überraschte Georgie, was Männer sich bieten ließen. Im Austausch wofür?

Sie begriff es, als sie einen Blick ins Schlafzimmer warf.

Mit wachsender Entschlossenheit marschierte Georgie nach unten. »Alan! Hör zu, es ist ausgeschlossen, dass wir ohne Hilfe zurechtkommen. Wenn wir Bryn ersetzen wollen, brauchen wir jemand zum Putzen, vorübergehend, vor allem heute. Du musst Überstunden machen, aber ich weiß, dass dir das sehr gelegen kommt. Bis wir rauskriegen, was hier gespielt wird, behelfen wir uns.«

»Mach dir keine Sorgen, wir schaffen das schon. Weißt du noch, als Bryn wegen seinem Leistenbruch im Krankenhaus war, da sind wir doch auch zurechtgekommen.«

»Da hast du völlig Recht. Wer im Dorf könnte putzen? Heute, sofort?«

»Linda. Jimbo hat sie heute Morgen entlassen. Sie könnte einspringen, auf Teilzeitbasis, wir brauchen das Geld. Aber heute müsste sie das Baby mitbringen.«

»Gut, heute darf sie es mitbringen. Ruf sie an. Sag ihr, ich zahle gut, und sie kriegt einen Bonus, wenn sie schnell hier ist. Also, packen wir's an.«

An jenem Abend war die Bar voll. Die Neuigkeit hatte sich blitzartig in Turnham Malpas und auf den Farmen und in den Dörfern in der Umgebung herumgesprochen. Alle Stammgäste und jede Menge Leute, die nur gelegentlich kamen, hatten einen Grund gefunden, dass Royal Oak aufzusuchen. Alan und Georgie zapften, um Bryn zu zitieren, was das Zeug hielt. Dicky war in Bryns Abwesenheit auf einen Drink vorbeigekommen, aber als er sah, wie viel die beiden zu tun hatten, bot er sich aus Mitgefühl und aus Liebe zu Georgie freiwillig als Aushilfskellner an.

»Eh! Dicky, Sie sind also auch wieder da, jetzt, wo die Luft rein ist?«

»Wie geht's dem jungen Glück denn heute Abend?«

»Elektra wird uns fehlen, und nicht zu knapp!«

»Nehm nicht an, dass Sie schwarze Spitzenhöschen tragen?«

Dicky steckte das alles gutmütig weg, und allmählich machte es ihm Spaß. Er mochte Menschen, und er wusste, dass das in der Gastronomie dazugehörte. An einem Tisch, an dem das wohlgefällig aufgenommen wurde, fing er an, ein paar Witze zu erzählen, und ehe er wusste, wie ihm geschah, hatte er ein Publikum. Nichts war Dicky lieber als ein Publikum, und er ging in die Vollen.

Nach seiner Stegreifvorstellung wurde applaudiert, und Alan und Georgie zwinkerten sich einvernehmlich zu.

»Siehst du, Alan, ich hab gewusst, dass ich Recht habe. Bryn war nicht allwissend.«

»Aber ich war doch schon damals deiner Meinung. Dicky ist schwer in Ordnung. Alle mögen ihn, dass merkt man.«

In Georgies Kopf keimte eine Idee, doch sie musste gründlich darüber nachdenken, bevor sie sie in Worte fasste. Geschäftliche Entscheidungen mussten wohl überlegt sein, bevor sie umgesetzt wurden. Aber vielleicht war es die Antwort auf so viele anstehenden Fragen.

Überraschenderweise war es Grandmama, der die Lösung aller Probleme einfiel. Sie kam an dem Donnerstag, nachdem Bryn verschwunden war, in die Bar, zu einer Zeit, in der es dort ruhig war.

»Georgie! Georgie.« Nach einem Moment tauchte Georgie auf. Sie sah müde aus. »So, meine Liebe, holen Sie uns beiden einen Drink und dann setzen Sie sich, bevor Sie umfallen. Mir ist eine Idee gekommen.«

Grandmama setzte sich in den bequemen Sessel am Kamin. Es war Nachmittag, der Mittagsansturm war vorbei, die Abendgäste waren noch nicht da.

»Whisky?«

»Nicht um diese Tageszeit, außerdem brauche ich einen klaren Kopf. Ich nehme eine Limonade, danke, meine Liebe.«

Georgie sackte auf einen Stuhl. Sie war erschöpft.

»Meine Liebe, Sie sehen überarbeitet aus.«

»Bin ich auch. Bryn hat die ganze Buchführung gemacht und fast alle Bestellungen. Mir war gar nicht bewusst, wie viel Zeit das in Anspruch nimmt. Und ich muss den Speisesaal im Auge behalten, dort sind sie unterbesetzt. Ich hab rausgefunden, dass eine Teilzeitkellnerin Essen mit nach Hause nimmt, also musste ich sie entlassen. Sie tut mir Leid, aber das geht nicht, wenn eine damit anfängt, machen es bald alle.«

»Da bin ich ganz Ihrer Meinung. Haben Sie etwas von Bryn gehört?«

»Nein, kein Wort.«

»Und was war auf der Bank und beim Anwalt? Verzeihen Sie mir die Frage, aber ich habe einen Rettungsplan und muss wissen, wie der Stand der Dinge ist.«

«Er hat fast das ganze Geld von unserem gemeinsamen Privatkonto abgehoben. Ich hatte vor, als Erstes zur Bank zu gehen und die Hälfte abzuheben, die ich als meinen rechtmäßigen Anteil betrachte, aber angesichts der Krise am Montag konnte ich nicht hin. Er ist also mit fast allem abgehauen, und ich schäume vor Wut.«

»So eine Hundsgemeinheit! Sie müssen Ihren Anteil zurückbekommen. Eindeutig, ja, Sie bekommen ihn zurück. Und das Geschäftskonto?«

»Das hat er nicht angerührt, aber da ist immer nur das drauf, was wir für Geschäftsausgaben brauchen, zum Bezahlen von Rechnungen und Löhnen und so. Was übrig bleibt, hebt Bryn jeden Monat ab und überweist es auf unser Privatkonto.«

Grandmama trank einen Schluck Limonade, stellte das Glas ab und räusperte sich. »Ich habe einen Plan. Haben Sie einen Plan?«

»Hab noch nicht viel Zeit zum Nachdenken gehabt, aber ich hab da so eine Idee, die aber noch nicht ausgegoren ist.«

»Dann hören Sie sich erst mal meine Idee an, vielleicht passt sie zu Ihrer. Bevor Sie Bryn finden, können Sie finanziell gar nichts unternehmen. Sie können das Pub nicht verkaufen, können seine Hälfte des Geschäftes nicht verkaufen, können sich nicht scheiden lassen, falls Sie das wollen.«

»Und ob ich mich scheiden lassen will. Es ist beleidigend, schlichtweg beleidigend und demütigend, dass er mit diesem *Miststück* abgehauen ist.« Georgies Gesicht verzog sich zu einer Grimasse, und in ihren Augen glitzerten Tränen. »Ich wollte ja weg von ihm, aber das ... Wenn sie jetzt reinkäme, würd ich sie umbringen, glauben Sie mir. Es war bestimmt ihre Idee, das ganze Geld zu nehmen. Bryn hat ein bisschen mehr Ehre im Leib. Aber wie kommt er dazu, sich von ihr Vorschriften machen zu lassen?«

»Vernarrt in sie?«

»Das nehme ich an. Ich hätte sie rauswerfen sollen, als ich am letzten Samstag zurückgekommen bin ... Wie auch immer, jetzt ist es zu spät. Sie haben einen Plan?«

»Ja. Eine Lösung für alles. Ich habe gehört, dass es hier hoch hergegangen ist, als Dicky ausgeholfen hat.« Georgie nickte. »Er ist wie geschaffen für so ein Lokal, wissen Sie. Als ob er hierher gehört.«

Georgie lächelte. »Da haben Sie Recht.«

»Und Sie haben mir erzählt, dass es ihm an seinem Arbeitsplatz nicht gefällt, aber er hat was mit Buchhaltung zu tun, und ich bin mir sicher, mit ein bisschen Nachhilfe von meinem Jimbo könnte er die Buchhaltung und die Bestellungen und solche Sachen übernehmen und hätte noch genug Energie übrig, jeden Tag in der Bar mit anzupacken, genau wie Bryn das macht, ich meine, gemacht hat. Er könnte also seine Arbeit aufgeben, und Sie könnten ihn einstellen.«

Sie sah Interesse in Georgies Blick aufleuchten und fuhr fort: »Es wäre jedoch keine gute Idee, wenn er hier wohnte, es hat genug Klatsch und Tratsch gegeben, das reicht Ihnen bestimmt, aber das wäre kein Problem, weil er ja ganz in der Nähe wohnt. Aber ich glaube, es wäre nicht richtig, dass Sie ganz allein hier leben, in einem Gasthaus. Überhaupt nicht richtig. Zu gefährlich, wie wär's also, wenn Bel zu Ihnen ziehen würde. Damit wäre auch das Problem gelöst, dass alle glauben, Bel und Dicky täten was Unrechtes.« Grandmama wurde aus Schuldbewusstsein rot, als sie das sagte, und hoffte, Georgie habe es nicht gemerkt. »Dann würde das ganze Dorf die skandalöse Situation vergessen, die nach Meinung der Leute im Moment in den Glebe Cottages existiert.«

»Ich glaube, da könnte was dran sein.«

»O ja! Ich weiß es. Glauben Sie mir! Sollte es dazu kommen, dass Bryn seine Hälfte von dem hier« – sie wedelte gebieterisch mit der Hand – »verkaufen will, könnte Dicky sie ihm abkaufen, und Sie beide könnten heiraten, sobald Sie geschieden sind. So!« Sie lehnte sich zurück und wartete auf Georgies Reaktion.

»Das klingt ja alles ganz hervorragend, sogar wunderbar, aber Sie haben eins vergessen. Selbst wenn Dicky sein Haus verkaufen würde, ist die Hypothek so hoch, dass er nicht genug Geld übrig hätte, um die Hälfte vom Pub zu kaufen, und die Bank würde es ihm bestimmt nicht leihen, weil er ohne das Haus keine Sicherheit mehr hätte. Also ist das unmöglich. Und ich könnte ihm auch nichts leihen, weil Bryn unser Geld hat.«

Grandmama schüttelte den Kopf. »Nein, das ist nicht unmöglich. Ich habe keinen Zweifel daran, dass das Royal Oak wächst und gedeiht, wenn Sie und Dicky das hohe Niveau aufrechterhalten. Es wäre für jeden Interessenten eine hervorragende Investition. Warum also nicht für mich? Ich habe Kapital, und ich wäre bereit, es Dicky zu leihen, wenn der Fall eintritt.«

»Nein, Katherine, das darf ich nicht zulassen!«

»Sie können mich nicht daran hindern. Alles ganz legal und vertraglich abgesichert, glauben Sie mir, Jimbo hat den Geschäftssinn von mir, nicht von seinem Vater. Es wäre völlig legal, und ich *möchte* es machen. Falls Bryn reumütig zurückkommen sollte, hätte sich nichts geändert, Dicky und Bel hätten immer noch ihr Haus, und Sie könnten frei entscheiden. Nur Dicky würde ein Risiko eingehen, wenn er seine Stelle aufgibt.«

»Ich kann's nicht fassen. Nicht fassen. Das wäre wunderbar! Durch den Plan kommt alles ins Lot.«

»Genau!«

»Aber was ist mit Bel? Was würde sie machen?«

»Oh, sie könnte ihr bisheriges Leben weiterführen. Dagegen könnte doch niemand was haben, oder? Wenn sie hier wohnt und ihre übliche Arbeit macht, sind Dicky und sie von jedem Verdacht reingewaschen. Sie könnte Dicky doch weiter beim Abzahlen der Hypothek helfen, oder?«

»O ja. Aber was ist, wenn Bryn zurückkommt? Das ist möglich.«

»Bevor er mit Ihnen Kontakt aufnimmt, können wir juristisch sowieso nichts unternehmen, finanziell bleibt es bis dahin beim Status quo. Er kann nicht verhindern, dass Bel hier wohnt, und er kann nicht verhindern, dass Sie zusätzlich zu Alan jemanden einstellen, der Ihnen hilft. Die Arbeitszeit ist mörderisch, Sie brauchen Dicky und Alan und obendrein noch eine Barkellnerin auf Teilzeitbasis.«

Georgie stand auf. »Ich kann nur ein riesengroßes Danke sagen. Ich habe mir wegen des ganzen Problems das Hirn zermartert, aber ich habe so viel zu tun, dass ich mich nicht darauf konzentrieren kann, und jetzt kommen Sie und haben so eine saubere Lösung parat.« Sie bückte sich und gab Grandmama einen herzhaften Kuss. »So! Außer einem riesengroßen Danke kann ich gar nichts sagen. Heute Abend rede ich mit Dicky und Bel.«

»Sprechen Sie gleichzeitig mit beiden, Bel soll nicht glauben, wir hätten uns verschworen und hinter ihrem Rücken ihr Leben geplant.«

»Natürlich. Jetzt muss ich aber, jede Menge Arbeit.«

»Und ich muss auch gehen. Wir bleiben in Kontakt.« Grandmama küsste Georgie, und als sie ging, drehte sie sich noch einmal um und sagte traurig: »Ohne Sie wird es einsam in meinem Cottage, wissen Sie, sehr einsam. Auf Wiedersehen, meine Liebe.«

Als sie die Stocks Row entlang zu ihrem Cottage ging, sah sie, dass Peter vor dem Pfarrhaus hielt. Als er aus dem Auto stieg, rief sie ihm zu: »Herr Pfarrer! Haben Sie einen Moment Zeit?«

Peter nickte. »Guten Tag, Mrs. Charter-Plackett. Wunderschön heute!«

»Kann ich Sie kurz sprechen?«

»Natürlich, kommen Sie ins Haus!«

»Nein, danke. Um fünf läuft eine Sendung, die ich mir anschauen möchte. Sie wissen doch noch, dass Sie mich gebeten haben, die Probleme von Dicky, Bel und Georgie zu lösen?«

»Ja.«

»Und ich habe sie gelöst, das heißt, wenn alle einverstanden sind.« Sie erläuterte ihm ihren Plan und sah mit Befriedigung die Freude in Peters Gesicht. »Über die finanzielle Seite sage ich zu niemandem etwas außer zu Jimbo, das ist geheim, aber Ihnen sage ich es, weil ich weiß, dass Sie es vertraulich behandeln. Was halten Sie davon?«

»Glänzend. Wenn alle einverstanden sind, löst es auf einen Schlag alle Probleme, und ich weiß, dass Dicky ein Gewinn für das Lokal wäre. Außerdem könnte er Pfadfinderführer bleiben. Wunderbar! Vielen herzlichen Dank.«

»Wir können nur hoffen, dass Bryn sich bald meldet.«

»Georgie hat also noch nichts von ihm gehört?«

Grandmama schüttelte den Kopf. »Nein, kein Wort. Aber es ist ja noch nicht lange her, vielleicht bekommt er Elektra bald satt, oder sie bekommt ihn satt, was wahrscheinlicher ist! Ich bin froh, dass Sie zufrieden sind. Muss gehen. Auf bald, Peter!«

Peter stützte die Unterarme auf das Autodach und sah ihr nach, als sie zu ihrem Cottage ging. Sie war wirklich eine unerhörte Mischung. Dominant, streitlustig, willensstark, tyrannisch, launisch, herrschsüchtig, gütig, verständnisvoll, mitfühlend, liebenswürdig, intelligent … die Liste war endlos. Aber was er ihr schuldete, machte alles wett! Er konnte nur hoffen, dass sie ihn nicht eines Tages zur Kasse bat.

21. Kapitel

»Sie haben meinem Plan also zugestimmt, Jimbo. Es macht dir doch nichts aus, Dicky Nachhilfe zu geben, oder?« Jimbo machte den Mund auf, um zu widersprechen, doch seine Mutter redete einfach weiter. »Dicky hat nur einen Monat Kündigungsfrist, und sie sagen, sie stellen ihn jederzeit wieder ein, wenn es nicht funktioniert, aber es wird funktionieren, das weiß ich. Und jetzt zum Geld ...«

»Zu welchem Geld?«

»Meinem.«

»Deinem?«

»Du wiederholst dich. Das Geld, das ich Dicky leihe, wenn Bryn sich dazu entschließt, seine Hälfte zu verkaufen.«

Jimbo stand unter Schock. »Du hast ihnen doch nicht etwa *Geld* versprochen?«

Grandmama witterte Opposition. »Es ist *meins.*«

»Ich weiß, aber du kannst es doch nicht einfach zum Fenster hinauswerfen.«

»Ich werfe es nicht zum Fenster hinaus. Mitnichten. Es wird eine korrekte geschäftliche Vereinbarung. Ich bin keine törichte Tattergreisin. Ich weiß, was ich tue.«

»Wirklich? Mir kommt es so vor, als wäre dir das Blut in den Kopf geschossen oder ins Herz. Man investiert sein Kapital doch nicht aus einer Laune heraus. Denk an das Risiko!«

»Ausgerechnet du redest von einem Risiko. Was war mit dem Risiko, das du mit diesem Laden eingegangen bist? Den konnte man, als du ihn gekauft hast, doch wohl kaum eine sichere Wertanlage nennen. Ein abstoßender Laden mit nur einem Raum, ohne nennenswerte Lagerbestände, zwei baufällige Cottages und ein Umsatz gleich null. Du wolltest nicht auf mich hören, stimmt's? Das Royal Oak ist wenigstens ein eingeführtes Lokal mit guten Entwicklungsmöglichkeiten, und in die investiere ich.«

»Ich habe in mich und Harriet investiert und gewusst, dass ich Recht habe. Du investierst in Wahrheit in Dicky. Du hast keine Anteile an dem Geschäft.«

Grandmama schwieg und dachte über diese Tatsache nach. »Ja, ich verstehe, was du meinst. Das muss ich mir überlegen. So geht es nicht, oder?«

»Für mich käme so etwas nicht in Frage. Viel zu riskant.«

»Aber ich möchte helfen. Nach dem, was neulich nachts passiert ist, brauchen Dicky und Bel alle Hilfe, die sie bekommen können. Sie haben es verdient. Ich habe in der Nacht überhaupt nichts gehört. Ich hatte dieses verflixte homöopathische Schlafmittel genommen, das Mrs. Jones mir gegeben hat, und habe geschlafen wie tot. Wenn ich nur etwas gehört hätte, denen hätte ich vielleicht die Meinung gesagt. Vermutlich hat man noch nicht herausbekommen, wer es war.« Jimbo schüttelte den Kopf. »Jammerschade. Auch Georgie tut mir sehr Leid, es gibt nichts Schlimmeres als eine kaputte Ehe. Und ich muss es wissen.«

Jimbo, der nebenher auf ein Blatt Papier gekritzelt hatte, welche Summen seiner Schätzung nach im Spiel waren, schaute überrascht auf. »Was meinst du damit, dass du es wissen musst?«

»Dass meine Ehe kaputt war. Vier Jahre relatives Glück und dann – pffft – hat sich alles in Luft aufgelöst.« Sie schaute den

Bildschirmschoner auf Jimbos Computer an, während Jimbo in sich aufnahm, was sie gesagt hatte.

Schließlich fragte er leise: »Was meinst du damit?«

»Ich habe es dir nie gesagt, die Gewohnheit, dich davor zu schützen, sitzt sehr tief, aber inzwischen müsstest du alt genug sein, es zu verstehen. Es lag an deinem Vater, dass du so früh ins Internat gekommen bist, es hat mir das Herz gebrochen, aber ich fand es besser, als wenn du Bescheid gewusst hättest.«

»Was genau hat er getan?«

Ehe sie sich schlüssig wurde, sah sie ihm einen Moment lang furchtlos in die Augen, dann sagte sie entschieden: »Er hatte eine Geliebte, und sie hatten drei Söhne, und er ist zwischen ihnen und uns hin und her gependelt. Wenn du in den Ferien zu Hause warst, hat er seine Zeit mit uns verbracht, und wenn du wieder im Internat warst, ist er zu ihr zurückgegangen. Ich glaube, er hatte die wahnwitzige Idee, es würde ihn von der Schuld lossprechen, wenn er dir die Treue hielte. Er hat sich eingebildet, das würde alles in Ordnung bringen, und hat nie einen Gedanken daran verschwendet, wie mir dabei zumute war. Ich hätte ihn oft am liebsten umgebracht, glaub mir. Das verlogene, treulose Ekel.«

Jimbo war entsetzt. Entsetzt darüber, dass er sein Leben lang nichts von dem Unglück in ihrem Herzen gewusst hatte. »Mutter! Das tut mir Leid, furchtbar Leid. Ich hatte ja keine Ahnung. Es fällt mir nur so schwer, es zu glauben.«

»Du kannst es mir glauben! Es ist wahr! Jetzt gibst du mir das Gefühl, ich hätte es dir nicht erzählen sollen. Vielleicht bist du doch noch nicht alt genug.«

»Mutter! Nicht alt genug? Um Himmels willen. Er war beruflich viel unterwegs, das wusste ich, aber die Wahrheit habe ich nicht mitbekommen, kein einziges Mal. Nicht einmal, als ich in Cambridge war. Ich muss unglaublich blind gewesen sein, und ihr wart unglaublich vorsichtig.«

»Gut, darüber bin ich froh. Ich bin aus altmodischen Prinzipien und so weiter bei ihm geblieben.«

»Dafür bewundere ich dich. Wirklich, ganz aufrichtig. Aber drei Halbbrüder! An den Gedanken muss ich mich erst gewöhnen. Bin ich deshalb ein Einzelkind?«

Grandmama nickte. »Ja. Ich habe behauptet, es läge daran, eine Geburt wäre grässlich, was ja von allen Frauen so empfunden wird, aber ich hätte gern mehr Kinder gehabt. Ich durfte nicht das Risiko eingehen, dass er mich für immer verlässt, verstehst du. Hinzu kam, dass ich keine Lust auf ihn hatte, wenn er mit einer anderen Frau zusammengewesen war. Der Sohn, den ich bekommen habe, hat mich jedoch überreichlich dafür entschädigt, dass ich keine anderen Kinder hatte.« Sie lächelte ihn an.

Jimbo stand auf und küsste seine Mutter auf die Wange. »Warum hast du mir nie davon erzählt?«

»Aus Stolz, fürchte ich. Ich bin nun einmal zu stolz.«

»Ja, das kann ich verstehen. Das mit meinem Vater tut mir Leid. Furchtbar Leid. Was ist nach seinem Tod passiert, an Geld scheint es dir ja nie gefehlt zu haben?«

»Sie hat Geld bekommen und das Haus, in dem sie gewohnt hat, aber der Löwenanteil des Geldes und unser Haus gingen an mich. Er hatte wenigstens den Anstand, mich für meine Toleranz in all den Jahren zu belohnen, und war so altmodisch, in mir seine rechtmäßige Frau zu sehen. Das muss ich ihm lassen. Außerdem hat er bestimmt an seinen Sohn und Erben gedacht.« Jimbo verzog das Gesicht. »Ein paar Flirts mit der Börse haben das Kapital so vermehrt, wie ich es mir in meinen kühnsten Träumen nicht vorgestellt hätte ... und er sich auch nicht!«

»Wo sind sie jetzt? Die andere Frau und die Kinder, meine ich? Obwohl sie inzwischen natürlich keine Kinder mehr sind.«

»Ich habe keine Ahnung, und es ist mir auch völlig gleichgültig. Irgendwo hast du drei Halbbrüder, die alle etwa in deinem Alter sind, hoffen wir, dass sie nicht zufällig irgendwann mal auftauchen. Ich weiß nicht, wie hoch die Wahrscheinlichkeit ist, aber ich lege keinen Wert darauf.«

Jimbo ging ans Fenster. Es bot keine Aussicht, und das Fenster war vergittert, so dass sein Blickfeld eingeschränkt war, doch er schaute gar nicht hinaus, er war tief in Gedanken. »Es hat immer Spaß gemacht, mit meinem Vater zusammen zu sein. Das gehört zu den Dingen aus meiner Kindheit, an die ich mich am besten erinnere.« Er wandte sich vom Fenster ab und sah seine Mutter an. »Was sich da abgespielt hat, muss deine ganze Einstellung zum Leben verändert haben.«

»Wenn er lachend nach Hause kam, mit seinen Geschenken und seinen Küssen, war es jedes Mal wie ein Schlag ins Gesicht mit einem riesigen, toten, stinkenden Fisch. Trotzdem muss er etwas für mich empfunden haben, denn zum Sterben kam er nach Hause zu mir. Das Schlimmste war, dass ich geweint habe, als er gestorben ist. Ich habe geweint. Getrauert. Bei seiner Beerdigung sah ich wie eine echte, verzweifelte Witwe aus, und das war ich auch.« Jimbo nickte traurig. »Aber im Lauf der Jahre hat er mich hart gemacht, und ich bin bald darüber hinweggekommen. Ich hatte gelernt, nicht lange zu weinen.«

Beide schwiegen eine Weile, dann sagte Jimbo: »Was Dicky betrifft, natürlich bringe ich es ihm bei. Es ist ganz einfach. Und falls es nötig sein sollte, ihm Geld zu leihen, berate ich dich. Wie du gesagt hast, alles legal und niet- und nagelfest. Etwas anderes kannst du dir nicht leisten.«

»Oh, das kommt schon in Ordnung. Komm her, gib deiner Mutter einen Kuss, dann gehe ich. Du musst weitermachen. Wie ich sehe, ist Linda wieder da.«

»Das ist sie allerdings, und nicht ohne einen Kniefall meinerseits, glaub mir. Ich muss gestehen, dass ich äußerst grob zu ihr war, aber sie hat mich an einem schlechten Tag erwischt. Ich bin regelrecht zu Kreuze gekrochen, um sie zum Zurückkommen zu bewegen. Das Knistern von Geldscheinen hat jedoch schließlich den Sieg davongetragen, na ja, mein Charme auch, nehm ich an. Gott, hab ich mich entschuldigt! Aber wir sind schlicht und ergreifend nicht ohne sie ausgekommen. Sie ist zwar unpünktlich, aber das Postgeschäft kennt sie in- und auswendig, und sie vertut sich nie auch nur um einen Penny. Sie hat einen anderen Babysitter und hat versprochen, pünktlicher zu sein. Warten wir's also ab. Hoffen wir, dass sie eine wichtige Lektion gelernt hat, genau wie ich. Harriet kann den Postschalter nicht übernehmen, sie muss bei den Kindern sein.«

Grandmama stand auf und nahm ihre Handtasche und ihre Handschuhe von Jimbos Schreibtisch. »Du hast großes Glück gehabt. Sie ist eine prächtige Mutter und dir eine wunderbare Ehefrau, und ich hoffe, du weißt das und zeigst es ihr täglich.«

»Oh, das tue ich.«

»Gut. Ich mache nicht viel Worte, Jimbo, aber ich bin stolz auf dich. Sehr stolz. Niemand außer dir hätte aus diesem Geschäft einen solchen Erfolg machen können. So, das waren genug Sentimentalitäten für einen Tag. Ich gehe jetzt.«

Jimbo küsste sie auf beide Wangen und hielt ihr die Tür auf. Als sie an ihm vorbeiging, tätschelte sie ihm die Wange und sagte: »In deinem Alter wird es dir doch nicht mehr schaden, oder? Er war einfach so veranlagt, und in gewisser Hinsicht hast du seine Liebe zur menschlichen Rasse geerbt, nur hat *er* nicht gewusst, wo die Grenzen sind.«

Harriet, die in der Küche gewesen war und das Personal bei der Vorbereitung eines Essens für den Abend beaufsichtigt hatte, machte sich auf die Suche nach Jimbo und fand ihn mit trostloser Miene in seinem Büro.

»Jimbo? Was ist denn? Ist mit dir alles in Ordnung?«

Er antwortete nicht sofort.

»Also?«

»Mach die Tür zu, Harriet.« Er ging eine Weile auf und ab und sah Harriet dann an. »Weißt du, ich habe eben etwas ganz Erstaunliches erfahren. Wirklich unglaublich. Ich habe drei Halbbrüder, von denen ich bislang nichts gewusst habe.«

Harriet war entgeistert. »Was in aller Welt redest du da? Bist du in den Whisky gestiegen?«

»Nein, es war Mutter, sie hat ... sie hat ...«

Einen Sekundenbruchteil lang herrschte Schweigen, dann riss Harriet schockiert die Augen auf und rief: *»Deine Mutter? Mein Gott!«*

»Also ehrlich, Harriet! Natürlich nicht. Um Himmels willen. Nein, sie hat es mir eben gesagt. Es war mein Vater, er ist während fast der ganzen Ehe fremdgegangen, und ich hab's nie erfahren. Wie alt bin ich, siebenundvierzig, achtundvierzig? Und sie war erst jetzt in der Lage, es mir zu sagen.«

»Einen schrecklichen Moment lang habe ich geglaubt ... das wäre ja zum Schreien komisch gewesen. Du meine Güte! Entschuldige, Liebling, das muss wehtun. Ich muss ernst bleiben. Erzähl's mir, wenn du das willst oder kannst.«

Also erzählte er es ihr, und Harriet war entsetzt. »Kein Wunder, dass sie so ist, wie sie ist. Wie hat sie das nur so lange ertragen? Dreißig Jahre? Ja? Jetzt wissen wir wenigstens, warum sie so hart und kompromisslos ist. Von jetzt an werde ich mir mehr Mühe geben, verständnisvoller zu sein, einen solchen Mann hatte sie nicht verdient.«

»Niemand hat so etwas verdient.« Jimbo machte die Arme weit auf, Harriet ging zu ihm und legte ihm die Arme um den Nacken, und Jimbo drückte sie eng an sich. »Nicht mal Mutter!« Sie lachten. »Muss weitermachen. Wir reden heute Abend darüber, ja? Die Kinder dürfen es nicht erfahren, meiner Mutter und auch mir zuliebe. Okay? Übrigens hat sie gesagt, dass du mir eine wunderbare Ehefrau bist.«

»Oh, tatsächlich? So, so. Auf alle Fälle war das ein Morgen der Enthüllungen! Dann muss ich unbedingt verständnisvoller sein.«

»Das gilt für uns beide. Kuss?«

22. Kapitel

»Peter? Oh, hier bist du. Ich gehe jetzt. Mein Termin ist um elf, also muss ich mich beeilen.« Caroline zog sich die Handschuhe an und lächelte Peter zu.

Er stand vom Schreibtisch auf und schaute sie ernst an, strich ihr sanft mit dem Handrücken aber die Wange. »Ich komme mit.« Er sah den Widerspruch in ihrem Gesicht und hob die Hand, um sie zum Schweigen zu bringen. »Ich lasse es mir nicht ausreden. Ich komme mit. Ich will nicht, dass du das allein ertragen musst. Das ist der Sinn der Ehe. Beistand. Muss mir nur noch die Hände waschen, hab die Finger nämlich voller Druckerschwärze. Geht ganz schnell.«

»Allein ertrage ich es besser.«

»Dieses Mal höre ich nicht auf dich. Damit ist wie gesagt Schluss.«

Während er sich die Hände wusch und seinen Umhang holte, stand Caroline am Fenster seines Arbeitszimmers und schaute hinaus auf das Dorf. Es war ein bitterkalter Tag mit einer eisigen Brise. Caroline sah, wie Grandmama sich in Pelzmantel, Stiefeln und mit einem riesigen Schal um die Schultern die Straße entlangkämpfte. Grandmamas Einmischereien waren verflixt lästig, aber wenigstens hatte sie das Problem von Dicky und Bel gelöst. Mit Georgie am Ruder und Dicky, der alle aufheiterte, gewann das Royal Oak ständig an Zulauf.

Dass Bel dort wohnte, schien auch gut zu gehen. Caroline erinnerte sich daran, wie sie Bel in jener Nacht, in der das Haus von Dicky und Bel überfallen worden war, im Gästezimmer weinen gehört hatte. Sie war zu ihr gegangen, hatte sich auf das Fußende des Bettes gesetzt und mit ihr geredet, stundenlang, wie es ihr vorgekommen war. Die arme Bel! Was für ein Dilemma. In gewisser Hinsicht eine Variante des ewigen Dreiecks. Wenn Bryn jetzt noch mit ihnen Kontakt aufnahm, kam für die drei vielleicht doch noch alles in Ordnung.

Caroline hörte, dass Peter die Treppe herunterrannte. »Ich bin so weit. Komm. Sylvia putzt oben. Ich habe ihr gesagt, dass ich mitfahre.«

»Ich nehme an, sie freut sich.«

Peter sah Caroline an, als er den Umhang zuhakte. »Meinst du?«

»Bestimmt. Tu nicht so, als wüssest du nicht, was ich meine. Das ist eine Verschwörung zwischen euch.«

Peter hatte den Anstand, ein verlegenes Gesicht zu machen. »Na ja, du hast Recht. Sylvia findet es richtig, dass ich ein Machtwort gesprochen habe.«

»Wir nehmen den Volvo, ja? Mein Auto ist so klein, das ist unbequem für dich.«

»Das hatte ich auch vor. Und du hast sowieso noch kein grünes Licht fürs Selberfahren. Gut.«

Als sie am Ortsschild von Culworth scharf links abbogen, legte Caroline die Hand auf Peters Schenkel und sagte leise: »Danke, dass du mitkommst. Ich weiß es zu schätzen. Plötzlich habe ich furchtbare Angst.«

»Das ist verständlich, aber wie auch immer der Befund lautet, was auch immer der Spezialist sagt, ich bin für dich da. Ich bin ganz in deiner Nähe. Hoffentlich hilft das.«

»Es hilft mir, mehr als du weißt. Ich würde es nicht ertragen, wenn mir gesagt wird, dass nur eine winzige Chance besteht, die Kinder aufwachsen zu sehen. Ich möchte erleben, wie sie sich entwickeln.« Die Hand auf seinem Schenkel ballte sich zur Faust und versetzte Peter einen leichten Stups. »Es gibt noch so viel zu tun, und ich möchte dich mit sechzig erleben, mit siebzig und mit achtzig. Du wirst ein reizender, würdevoller alter Herr sein.«

»Das war eine der Fragen, mit denen ich mich auf die Probe gestellt habe, als ich dich kennen gelernt habe. Mir ist klar geworden, dass du die erste Frau in meinem Leben warst, die ich im Alter kennen wollte.« Er machte eine kurze Pause und sagte dann: »Und wir werden gemeinsam alt werden.« Er nahm eine Hand vom Lenkrad, fasste nach Carolines Hand und drückte sie leicht. »Das ist ein Versprechen.«

»Wenn ich nur deine Zuversicht hätte. Meine hat sich heute Morgen verflüchtigt. Nichts mehr davon übrig.«

Während der nächsten paar Kilometer schwiegen sie, und dann sagte Peter: »Du musst daran glauben, daran glauben, dass du grünes Licht bekommst, und sobald du grünes Licht bekommen hast, verreisen wir ein paar Tage, und zwar allein.«

»Wie in aller Welt sollen wir das denn schaffen?«

Peter bremste an der Ampel. Er sah geradeaus und sagte: »Es ist schon alles organisiert.«

»Wie hat du das gemacht?«

»Ich habe deine Eltern gebeten herzukommen. Deine Mutter kann es nicht erwarten, die Zwillinge für sich allein zu haben.«

»Peter! Sie hat mir kein Wort gesagt! Du hättest es mit mir besprechen müssen. Ich habe nichts davon gewusst. Du hast mich nicht gefragt.«

»Ich weiß. Es ist eine Entscheidung, die ich für dich getroffen habe, und für mich. Wir brauchen beide Erholung. Die letzten drei Monate waren eine einzige Quälerei.«

»Du kannst doch unmöglich so kurz vor Weihnachten wegfahren. Die ganze Arbeit mit der Mitternachtsmette, mit dem Weihnachtsessen der Rentner, der Weihnachtsfeier der Pfadfinder, dem Gottesdienst am ersten Feiertag und ...«

»Ja?«

»Du hast so viel zu tun.«

»Habe ich nicht, es ist alles schon erledigt. Anne Parkin hat alles getippt, die Liturgie, die Weihnachtslieder, alles, ich hab's durchgesehen, es muss nur noch ausgedruckt werden. Sheila Bissett kümmert sich um den Schmuck, mit Grandmamas unbezahlbarer Unterstützung, wie ich hinzufügen sollte, obwohl ich von Gilbert gehört habe, dass Sheila die Unterlagen nicht aus der Hand gibt und Grandmama nicht einmal einen Blick hineinwerfen darf.«

Caroline lachte. »Wirklich?«

»Ja, es ist eine Art Waffenstillstand, keine Ahnung, wie lange der anhält. Gilbert hat die Lieder für den Chor zusammengestellt, ich habe begeistert zugestimmt. Mrs. Peel und ich haben uns lange über die Orgelstücke unterhalten, Willies Liste ist fertig, und ich brauche nur noch wegzufahren und es mir gut gehen zu lassen.«

»Wie in aller Welt hast du das so zeitig geschafft?«

»Mit Entschlossenheit, mein Liebling. Ich war fest entschlossen, dass wir eine Woche auf Kreta verbringen, nur wir zwei, um wieder zu uns zu kommen.«

»Kreta? Wie wunderbar! Da wollte ich schon immer mal hin.«

»Ich hab gedacht, da müsste es noch ziemlich warm sein, und es ist nicht zu weit weg. Wir können unsere ganzen Sorgen hinter uns lassen und einfach faulenzen, nur wir zwei. Zusammen. Allein.«

Mit einem amüsierten Lächeln erwiderte Caroline: »Wenn ich dich nicht besser kennen würde, könnte ich fast glauben, du redest über unsere zweiten Flitterwochen.«

»Genau. Ich kann's nicht erwarten. Es ist so lange her. Ich parke auf meinem reservierten Platz, dann gehen wir rein.«

Er stand auf, als sie auf den Flur zurückkam. Ihr Blick suchte ihn zwischen den wartenden Patienten, und als sie Peter gefunden hatte, schauten sie sich lange und eindringlich an. Er hatte die anderthalb Stunden, in denen sie fortgewesen war, mit Beten verbracht, hatte gebetet wie noch nie zuvor. Die Zuversicht, die Caroline eingebüßt hatte, war ihm ebenfalls verloren gegangen, aber er hatte Angst vor dem Eingeständnis gehabt, er sei genauso aufgewühlt wie sie. Er wagte nicht, früher als sie zu lächeln, falls sie schlimme Nachrichten hatte. Doch als sie auf ihn zukam, sah er, dass ihre Augen vor Freude glänzten, und Erleichterung durchströmte seinen ganzen Körper und erfüllte ihn mit Jubel.

Caroline kam näher, schaute zu ihm auf und sagte: »Ich kann's nicht recht fassen, aber ... offenbar sieht alles ganz gut aus.« Ihr Gesicht leuchtete vor Liebe. »Du hattest Recht mit deiner Zuversicht. Ich bin so dankbar, dass ich ...« Was sie noch zu sagen hatte, schluckte Peters Umhang, als er sie fest an sich drückte.

»Gott sei Dank. Gott sei Dank. Nichts wie weg hier. Schnell. Das reicht mir für mein ganzes Leben.« Er nahm ihre Hand und führte sie eilig hinaus. Als sie den Parkplatz überquerten, ließ er ihre Hand los, boxte mit geballen Fäusten in die Luft und rief: »Halleluja!«

»Peter, lass das. Alle werden es hören.«

»Und warum nicht? Was für eine Nachricht. Was für eine Erleichterung.«

»Noch eine Nachuntersuchung in drei Monaten und dann wieder nach einem halben Jahr. Ich bin so dankbar. Es war wirklich knapp.«

»Knapper, als du weißt.«

»Natürlich habe ich es gewusst, ich bin schließlich Ärztin. Ich weiß mehr als die meisten.«

»Aber sie haben dir nicht gesagt, dass dein Herz stehen geblieben war, oder?«

»Mein Herz war stehen geblieben?«

»Ja, etwa eine Stunde nachdem sie dich aus dem OP gebracht hatten.«

»O Gott, das hab ich nicht gewusst. O Himmel. Ich hatte ja keine Ahnung. Meine Beine werden ganz schwach.«

Er machte die Autotür auf. »Ich helf dir beim Einsteigen. Ich hab Todesängste ausgestanden.«

»Du warst dabei?«

»Ja. Pass auf, dein Mantel. So.«

»Ich hatte keine Ahnung. Kein Wunder, dass sie sich so viel Mühe mit mir gegeben haben. Ich hab gedacht, das machen sie, weil ich vom Fach bin, sozusagen eine von ihnen. Peter, wir brauchen diesen Urlaub, ja? Hast du gebucht?«

»Ich habe eine Option, die ich heute noch bestätigen werde. Also am Sonntag die Einweihung der Glocken, und am Dienstag fahren wir.«

Nach dem Mittagessen ging Peter in den Laden, um seine Zeitung abzubestellen, solange er verreist war.

Jimbo notierte es im Bestellbuch, und als er es zuschlug, sagte er: »Wenn Sie verreisen, müssen sich die Dinge zum Besseren gewendet haben.«

»Und ob. Sie waren im Krankenhaus sehr zufrieden, die Operation scheint erfolgreich gewesen zu sein, und Caroline muss erst in drei Monaten wieder hin. Und deshalb machen wir Urlaub. Ihre Eltern kommen her und kümmern sich um die Kinder, aber sie lesen keine Morgenzeitung.«

»Ich bin so froh, so ungeheuer froh. Harriet wird vor Freude außer sich sein, sie hat sich solche Sorgen gemacht.«

»Wir uns auch. Ich möchte das alles nicht noch einmal durchmachen. Nie wieder.«

»Das kann ich mir vorstellen. Der Sonntag wird ein großer Tag. Ich bin sehr nervös, das Glockenläuten hat mich wirklich gepackt. Wir proben heute Abend und morgen Abend, und am Sonntag ist Premiere. Wir wollen einen Lärm veranstalten, der Tote aufwecken könnte.«

»Sie haben ja keine Ahnung, wie ich mich danach sehne, die Glocken zu hören. Diese Geschichte mit den Aufzeichnungen vom Band, und dann so zu tun, als wäre es echt ...«

»Genau. Wir sind ein Riesenteam, wissen Sie. Zehn von uns streiten sich um eine Chance zum Läuten.«

»Bestens. Wunderbar. Eine großartige Nachricht.«

»Ich nehm nicht an, Peter, dass Sie gehört haben, wer Dicky und Bel überfallen hat, oder?«

»Überhaupt nichts. Aber, und das bleibt unter uns, ich bin Mrs. Jones über den Weg gelaufen ... ist sie da?« Jimbo schüttelte den Kopf »Also Mrs. Jones, und ich habe sie eindringlich angesehen, als ich sie gefragt habe, ob sie Gerüchte darüber gehört habe, wer's gewesen sein könnte, und sie ist meinem Blick ausgewichen. Ihr war offensichtlich sehr unbehaglich zumute, und sie ist gegangen, sobald sie konnte. Was meinen Sie?«

»Mir gegenüber war sie in der Sache auch sehr zugeknöpft. Könnte sein, dass Kenny und Terry was wissen, das sind solche Typen. Aber wenn wir die Polizei einschalten, dann erfährt es die Presse, und die Bombe platzt, o ja. Entschuldigen Sie mich. Bel, der Lieferwagen von der Bäckerei ist da. Kümmern Sie sich darum. Ob ich's noch erlebe, dass der mal pünktlich kommt?«

Bel rief herüber, als sie zur Tür ging: »Ein Fahrer ist ausgefallen, er muss zwei Runden machen.«

»Dafür können wir doch nichts.«

Peter verabschiedete sich. »Ich muss weg. Hab vor dem Sonntag noch jede Menge zu tun. Ich richte Caroline Ihre guten Wünsche aus.«

»Danke.« Jimbo tippte sich an den Strohhut und wandte seine Aufmerksamkeit dann dem Bäckereifahrer zu. »So geht das nicht, Trevor. Allein in dieser Woche sind Sie dreimal erst am Nachmittag gekommen. Das meiste Brot verkaufe ich morgens, wissen Sie. Jetzt ist es zu spät, und ich verkaufe ungern Brot vom Vortag. Wenn Sie wieder zu spät kommen, nehme ich die Bestellung nicht an.«

»Tut mir Leid, Mr. Charter-P. Morgen fängt ein neuer Fahrer an, dann läuft alles wieder normal. Morgen komme ich pünktlich. Tschüs für heute.« Jimbo ertappte ihn dabei, wie er Bel zuzwinkerte. Aha ... daher wehte also der Wind.

»Er hat den Lieferschein in die Kiste gelegt, Bel, ich kontrollier ihn.« Jimbo griff nach dem Schein und faltete ihn auseinander. *Liebe Bel* stand darauf. Er faltete den Schein schnell wieder zusammen. »Hier, ich glaube, das ist für Sie. Netter Mann, Sie könnten es schlechter treffen!«

Er lachte, und Bel wurde knallrot, als sie die Handschrift erkannte. »Er ist ein alter Freund. Das ist alles. Ein Freund von Dicky. Da läuft nichts.«

»Machen Sie mal halblang, Bel, warum denn nicht? Sie haben so viel Recht auf ein glückliches Leben wie jeder andere auch. Machen Sie was draus, sag ich.«

»Es geht nur darum, dass er am Sonntag zum Konzert der Pfadfinderkapelle kommt. Es findet nach dem Gottesdienst statt.«

»Ich weiß. Unsere Jungen üben seit Jahren, na ja, nicht seit Jahren, aber bestimmt seit Wochen. Ich schwöre, dass ich die Trompete selbst spielen könnte, so oft hab ich die Melodien gehört. Es wird großartig, erst die Glocken und dann die Kapelle. Was für ein Tag.«

Obwohl Turnham Malpas durchaus seinen gerechten Anteil Regen abbekam, galt schon fast als Tatsache, dass sie bei einem besonderen Anlass stets schönes Wetter hatten. Dieser Sonntag machte keine Ausnahme, was von den Leuten in Penny Fawcett und Little Derehams übel vermerkt wurde. Die Rivalität zwischen den drei Dörfern bestand seit Generationen, und gutes Wetter an einem Festtag nährte immer wieder die Animosität. Als in den beiden anderen Dörfern an jenem Morgen die Schlafzimmervorhänge aufgezogen wurden und alle den klaren, wolkenlosen Himmel und die blasse Wintersonne sahen, hieß es: »Das hätten wir uns ja denken können. Ein schöner Tag, kein Tropfen Regen in Sicht. Wie machen die das bloß?«

Turnham Malpas sonnte sich in seiner Selbstgerechtigkeit, legte den Sonntagsstaat an und ging zum 10-Uhr-Gottesdienst, doch zum ersten Mal seit unerdenklich vielen Jahren läuteten die Glocken über die Wiesen und Felder und luden die Menschen in die Kirche ein. Klar, schön und triumphierend.

Vielleicht lag es an den neuen Glocken, vielleicht auch an der Dankbarkeit der Dorfbewohner für die guten Nachrichten über Caroline oder schlicht und einfach an dem Bedürfnis, ihren Schöpfer zu rühmen; aber aus welchem Motiv auch immer, sie nahmen alle von Willie zusätzlich herbeigeschafften Sitzplätze in Anspruch. Als Willie schon glaubte, die Letzten hätten einen Platz gefunden, kamen die Nightingales, alle sieben. Willie erinnerte sich an die alte Bank, die normalerweise auf dem Friedhof stand, wischte mit einem Lappen aus dem Heizkeller den Vogeldreck ab, und er und Ralph trugen die Bank hinein und stellten sie nach hinten in die Nähe des Taufbeckens. Trotzdem mussten zwei Kinder auf der Stufe unter dem Becken sitzen. Die Glocken läuteten ein letztes Mal, die Läuter wischten sich die verschwitzten Gesichter ab und lächelten sich befriedigt zu, Peter und der Chor zogen ein, und der Gottesdienst fing an. Peter stand auf den Altarstufen und sagte den ersten Choral an. Hinter ihm prangte neben dem Altar ein schönes, von Sheila Bissett gebundenes Blumengesteck, und auch das alte Kirchensilber war aufgestellt worden und schimmerte und glitzerte im Schein der Kerze in dem wunderbaren Silberleuchter.

Mr. Fitch saß voller Stolz neben Caroline auf der Pfarrhausbank. Die Rolle des Wohltäters passte ihm gut ins Konzept, und er konnte ein gnädiges Lächeln in Richtung von Ralph und Muriel nicht unterdrücken, als Peter die Großzügigkeit von Mr. Fitch lobte, der die Restaurierung der Glocken bezahlt hatte.

Peter dankte außerdem allen, die zur Gründung der Pfadfinderkapelle beigetragen hatten. »Wir sind alle mächtig stolz. Pfadfinderkapellen sind heutzutage sehr selten, und es ist ein großes Privileg für uns, dass wir eine eigene haben. Ich habe gehört, dass sie demnächst an Wettbewerben für Blaskapellen teilnehmen will. Wir wünschen ihnen viel Erfolg. Dicky?«

Dickys Gesicht leuchtete vor Stolz. Er stand auf und ging zu den Altarstufen. »Ich bin es zwar nicht gewohnt, in der Öffentlichkeit Reden zu halten« – hier unterbrach ihn ein Riesengelächter –, »möchte aber doch sagen, wie sehr, sehr dankbar die Pfadfinder für die Großzügigkeit der Leute in Turnham Malpas, Little Derehams, Penny Fawcett und aus der Umgebung sind. Ohne das Geld und die Instrumente, die sie gespendet haben, wäre diese Kapelle nie zustande gekommen. Vor allem ein großes Dankeschön an Sir Ralph, der uns so eine umwerfende Riesentrommel geschenkt hat, die Royal Marines wären stolz, wenn sie so eine hätten. Wenn ich ein bisschen größer wäre, würd ich sie selber schlagen!«

Wieder brach freundliches Gelächter aus.

»Nach dem Gottesdienst gibt die Kapelle ein kurzes Konzert, genau gesagt, ein sehr kurzes, schließlich sind wir noch

Anfänger. Sie alle sind dazu eingeladen. Wir wollten auf dem Friedhof spielen, aber weil Sie so zahlreich gekommen sind, haben wir das Konzert in die Anlage verlegt. Ich sollte vielen Menschen danken, so vielen, dass ich nicht alle Namen nennen kann, aber vor allem möchte ich Gilbert Johns danken, der uns so wunderbar geholfen hat. Ihnen allen vielen Dank.«

Die Gemeinde versammelte sich auf der Straße am Tor zum Gemeindehaus, und die Kapelle stellte sich den Zuhörern gegenüber in der Anlage auf. Gilbert stieg auf eine umgedrehte alte Holzkiste aus dem Royal Oak, hob den Taktstock und ließ sie mit den Becken scheppern und einen Trommelwirbel anstimmen. Sheila Bissett, die zufällig neben Grandmama stand, ging das Herz auf. Der liebe Gilbert, er war ein so reizender Schwiegersohn, und hier dirigierte er vor aller Augen, als wäre er in der Albert Hall. Im Sommer, wenn das Baby kam, würde er ein wunderbarer Vater sein, und sie würde Großmutter, erfreuliche Aussichten. Sie spürte, dass Grandmama ihr einen Stups gab. »Ist das nicht wunderbar? In Anbetracht der Umstände sind sie wirklich gut.«

Sheila glaubte, gleich werde eine abfällige Bemerkung über Gilbert kommen, und fragte scharf: »Was für Umstände?«

»Dass sie alle noch so unerfahren sind. Ihr Gilbert hat Wunder bewirkt.«

Sheila plusterte sich auf und lächelte Gilberts dynamischen Rücken liebevoll an. »Ja, nicht wahr?«

»Aber das mit den Glocken, das muss aufhören.«

»Das mit den Glocken?«

»Ja, ich weiß, dass Sie mich unterstützen werden. Ich lege Einspruch ein.«

»Wogegen ist da Einspruch einzulegen?«

»Gegen den Lärm. Wir brauchen keine Glocken, die uns daran erinnern, wie spät es ist, wir haben alle Uhren.«

»Pst! Ich will zuhören.« Sheila dachte: Von wegen, hier ist jemand, der ganz bestimmt keinen Einspruch einlegen wird. Sie würde sich nicht überreden lassen, nicht von der Herzogin, nie wieder. Sheila sagte mit tiefer Befriedigung: »Rechnen Sie nicht mit meiner Unterstützung, ich liebe die Glocken.«

Grandmama war enttäuscht. Als das Konzert zu Ende war, fiel sie in den Beifall ein und pflichtete der allgemeinen Bewunderung für die Jungen bei, und als die Menge sich auflöste, um zum Mittagessen nach Hause oder auf ein Bier ins Royal Oak zu gehen, holte Grandmama Dicky ein. »Prächtig, ganz prächtig. Ein Glück für uns, dass wir Sie haben, Dicky. Ist alles in Ordnung mit Ihrer festen Anstellung in der Bar?«

»Wunderbar, ganz wunderbar, wir sind so glücklich, Georgie und ich.«

»Haben Sie etwas von Bryn gehört?«

»Leider nicht. Muss weg, mich um die Jungen kümmern, wissen Sie. Danke für alles.«

»Gern geschehen.« Sie sah, dass Jimbo und Harriet mit Peter sprachen.

Als sie näher kam, hörte sie, dass Peter sagte: »Wer hätte vor fünf Jahren gedacht, dass es hier je einen so wunderbaren Gottesdienst geben würde wie den von heute Morgen? Die Glocken hängen wieder, so viele junge Menschen in der Kirche, die Kapelle! Wunderbar. Ich bin begeistert. Alle haben sich große Mühe gegeben.«

Jimbo klopfte ihm auf den Rücken. »Nach dem Grund braucht man nicht lange zu suchen. Es liegt an Ihnen, wissen Sie. Das alles ist nur Ihnen zu verdanken.«

»In Wahrheit liegt es am Dorf.«

Grandmama mischte sich ein. »Nein, nein, nein, wir haben das alles Ihnen zu verdanken, Peter. Alles. Wir sind Wachs in Ihren Händen, ein Blick von Ihnen, und unsere Seelen liegen bloß, und wir tun genau das, was Sie von uns wollen.« Sie tätschelte ihm den Arm, schaute ihm ins Gesicht und sagte: »Aber ich muss Sie um einen Gefallen bitten.«

Peter wurde es mulmig. Er hatte von Anfang an gewusst, dass er sich dafür revanchieren musste, dass Grandmama das Problem von Dicky, Georgie und Bel gelöst hatte. »Ja?«

»Es geht um die Glocken. Sie sind viel zu laut, und ich nehme an, Sie wollen sie ab heute auch zum 8-Uhr-Gottesdienst läuten lassen. Es tut mir Leid, aber das geht nicht. Sie müssen Dämpfer bekommen oder so oder das Läuten muss kürzer sein. So wecken sie ja Tote auf.«

Peter war entsetzt. »Aber ...«

Jimbo dachte an die vielen Stunden, in denen er geübt hatte, und war empört. Er packte seine Mutter am Arm und sagte mit zusammengebissenen Zähnen: »Mittagessen, Mutter? Sofort!«

»Lass meinen Arm los, mein Lieber.« Sie wollte ihn wegschieben, doch er ließ sie nicht los. »Jimbo!«

Jimbo hielt ihren Arm eisern fest und sagte: »Das tut mir Leid, Peter, ignorieren Sie sie einfach. Komm mit, Mutter. Mittagessen, sofort. *Bitte.*«

Grandmama, die wütend war, dass Jimbo sie einfach festhielt, versuchte wieder, seine Hand abzuschütteln. Widerstrebend ließ er los.

Peter war sehr aufgebracht und sagte leise mit seiner traurigsten Stimme: »Mrs. Charter-Plackett, ich habe mich danach gesehnt, dass diese Glocken wieder läuten, und es kam mir vor wie ein Himmelsgeschenk, dass jemand bereit war, das Geld für ihre Restaurierung zur Verfügung zu stellen. Ich möchte, dass die Glocken noch viele, viele Jahre läuten. Sie verkünden die Botschaft der Kirche auf ganz besondere Weise. Es würde mich nicht überraschen, wenn man sie bis zur Umgehungsstraße hören könnte. Der Klang von Kirchenglocken muss jeden Menschen auf die eine oder andere Art berühren.« Er